LEV GROSSMAN | El códice secreto

byblos

Título original: *Codex*
Traducción: Albert Solé
1.ª edición: octubre 2005

© 2004 by Lev Grossman
© Ediciones B, S.A., 2005
  Bailén, 84 - 08009 Barcelona (España)
  www.edicionesb.com
  www.edicionesb-america.com

Diseño de cubierta: Alejandro Colucci / Estudio Ediciones B
Fotografía de cubierta: Siqui Sánchez
Diseño de colección: Ignacio Ballesteros

ISBN: 84-666-2458-9

Impreso por Imprelibros S.A.

42266-67-68-17-09-05

Lev Grossman | El códice secreto

Para Judith Grossman

Y fue tal la pena de esta dama
que realmente yo, que hice este libro,
sentí al leer acerca de su tristeza
tamaña piedad y congoja que, a fe mía,
pasé muy afligido el día entero
después de haber pensado así en ella.

GEOFFREY CHAUCER,
El libro de la duquesa

1

Edward Wozny se detuvo y, entornando los ojos, miró el sol mientras la gente pasaba por su lado en ambas direcciones. El día era caluroso y soleado. Edward llevaba un traje gris muy caro hecho a mano, y, antes de encontrar el trozo de papel que estaba buscando, tuvo que hurgar en lo que parecían ser docenas de bolsillos interiores y exteriores de distintos tamaños y formas.

Le dio la vuelta. Era de forma triangular, con un ángulo recto intacto y un borde rasgado, la esquina de una hoja de papel de copiadora rescatada de la cubeta del reciclaje en su despacho. En uno de los lados había un fragmento de un memorándum fotocopiado que empezaba: «en la medida en que todos los participantes en cualquier fondo de capital...»; en el otro lado, un nombre y una dirección escritos con bolígrafo azul. Edward lo dobló pulcramente por la mitad y volvió a guardarlo en el diminuto bolsillo interior donde lo había encontrado.

Después consultó su reloj y echó a andar Madison Avenue arriba, pasando por encima de un letrero de NO ESTACIONAR que había sido arrancado y estaba tirado en la acera. Enfrente del colmado de la esquina un hombre rociaba con una manguera bandejas llenas de coles, lechugas y cardos que impregnaban el aire con un fuerte olor a hortalizas. Un delta de riachuelos relucientes fluía hacia la alcantarilla. Edward pasó cautelosamente entre ellos y dobló la esquina para internarse en la calle Ochenta y cuatro.

Se sentía bien, o al menos hacía todo lo posible para sentirse bien. Edward estaba de vacaciones; se trataba de su primer descanso desde que había empezado a trabajar hacía cuatro años, y ya había olvidado cómo era aquello. Era libre de ir donde quisiera en el momento en que quisiera, y de hacer lo que le viniese en gana una vez que hubiera llegado allí. Había pensado que disfrutaría con ello, pero lo cierto era que se sentía inquieto y desorientado. Sencillamente no sabía qué hacer consigo mismo, con todo aquel tiempo libre y carente de programa. Hasta el día anterior había sido un resuelto y muy bien pagado banquero que gestionaba inversiones en Nueva York, y al cabo de dos semanas sería un resuelto y muy bien pagado banquero que gestionaba inversiones en Londres. Por el momento sólo era Edward Wozny, pero no estaba completamente seguro de quién era esa persona. No hacía más que trabajar, y no recordaba haber hecho otra cosa en toda su vida. ¿Qué hacía la gente cuando no estaba trabajando? ¿Jugar? ¿Cuáles eran las reglas? ¿Qué obtenías si ganabas?

Suspiró y enderezó los hombros. Llegó a una calle muy tranquila, a ambos lados de la cual se alzaban lujosos edificios de piedra caliza. Una de las fachadas se hallaba cubierta por una sola y fantástica hiedra del grosor de un árbol y tan retorcida como una cuerda. Un grupo de hombres vestidos con monos de trabajo estaba bajando un piano vertical blanco por un tramo de escalones hacia un apartamento en el sótano.

Mientras los observaba batallar con el piano, Edward casi tropezó con una mujer que estaba acuclillada en el pavimento.

—Oye, si vas a usar esa palabra conmigo —dijo ella

ásperamente—, más te vale estar seguro de que hablas en serio.

La mujer se sostenía sobre las corvas, con el vestido tensado entre los muslos y una mano apoyada en el suelo para no perder el equilibrio, como una atleta dispuesta a salir disparada de las marcas en el inicio de una carrera. Su rostro quedaba oculto a los ojos de Edward por el ala de un sombrero de color crema. Unos metros detrás de ella, un hombre de pelo blanco y rostro afilado como un cuchillo —¿su esposo?, ¿su padre?— esperaba de pie al lado de una carretilla repleta de maletas y baúles. Tenía las manos tranquilamente cruzadas a la espalda.

—No seas tan niña —replicó el hombre.

—Oh, así que ahora soy una niña. ¿Eso es lo que soy? —preguntó ella con nerviosismo. Su acento denotaba una mezcla de inglés y escocés.

—Sí, eso es exactamente lo que eres.

La mujer alzó la mirada hacia Edward. Era mayor que él, de unos treinta y cinco o cuarenta años, con el cutis bastante pálido y el cabello oscuro y ondulado; hermosa de una manera que ya había pasado de moda, como una chica en una película muda. Edward distinguió la parte superior de sus senos dentro de las copas blancas ribeteadas de encaje del sujetador. Detestaba aquella clase de exhibiciones en público —era como doblar una esquina y encontrarse con que te habías metido en el dormitorio de alguien— y trató de escurrirse junto a la mujer, pero los ojos de ella se encontraron con los suyos sin darle tiempo a escapar.

—¿Y a usted qué le pasa? ¿Va a quedarse ahí mirando dentro del escote de mi vestido, o va a ayudarme a buscar mi pendiente?

Edward se detuvo. Por un instante fue incapaz de dar

con una respuesta sencilla y diplomática. Prácticamente cualquier cosa habría bastado —una objeción educada, una réplica medianamente ingeniosa, un altivo silencio—, pero se quedó en blanco.

—Claro —musitó. Lenta y torpemente, se puso en cuclillas junto a ella. La mujer reanudó el cruce de palabras con su esposo como si nada los hubiera interrumpido.

—¡Bueno, pues antes prefiero ser una niña que un viejo con la cara roja! —le espetó.

Edward frunció el ceño, observó el cemento reluciente de la acera y fingió que de pronto se había vuelto sordo. Tenía un sitio en el que estar y asuntos propios de los que ocuparse.

Pero no pudo evitar reparar en que la pareja iba impecablemente vestida. Edward poseía un talento profesional para estimar los ingresos, y olió dinero. El hombre llevaba un traje de franela de un corte perfecto; la mujer, un vestido de color crema que hacía juego con su sombrero. Él era delgado y de aspecto un poco desandrajado, con una abundante mata de cabellos blancos; su tez era un poco rojiza, como si acabara de regresar de una estancia en los trópicos. El equipaje amontonado en la carretilla era extravagante, confeccionado en cuero rugoso de color verde oscuro, e incluía artículos de todas las formas y tamaños imaginables, desde neceseres diminutos hasta gigantescos baúles de viaje tachonados con relucientes cierres metálicos, pasando por una sombrerera del tamaño de un bombo. Era anticuado, de época o bien una meticulosa recreación de la misma. Todo tenía el aspecto vagamente elegante propio de un transatlántico de principios del siglo XX, de los que aparecían, en los viejos noticiarios cinematográficos mientras se los bautizaba con botellas de champán entre silenciosas tormentas de confeti.

14

Un sedán con las ventanillas ahumadas esperaba junto a la acera. En cada pieza de equipaje había una etiqueta con una sola palabra en letras pequeñas o grandes: WEY-MARSHE.

Edward decidió romper su silencio.

—Bueno, ¿y qué aspecto tenía? —preguntó—. El pendiente, quiero decir.

La mujer lo miró como si un shih tzu que pasara por allí de pronto hubiese hablado.

—Es de plata. El forro debe de haberse desprendido. —Hizo una pausa y luego añadió, como si eso pudiera servir de ayuda—: Es un Yardsdale.

El hombre mayor se cansó de esperar y también se acuclilló, no sin antes tirar hacia arriba de las perneras de sus pantalones con el aire de alguien que se ve arrastrado a hacer algo que queda infinitamente por debajo de su dignidad. No tardaron en verse acompañados por el chófer de la limusina, un hombre de rostro cetrino y mentón huidizo, casi una línea recta, que miró cautelosamente debajo del vehículo. El portero del edificio terminó de meter el equipaje en el maletero. Edward advirtió que ambos compartían la antipatía que sentía el hombre mayor hacia la mujer del sombrero color crema. Los tres estaban claramente aliados en contra de ella.

Algo crujió debajo del tacón derecho de Edward, que de inmediato levantó el pie para revelar los restos aplastados del pendiente. A juzgar por su gemelo superviviente, debía de haber tenido la forma de un delicado reloj de arena hecho en plata, pero ahora era un trocito de metal aplastado indistinguible de un envoltorio de chicle.

Le estaba bien empleado a la mujer por haberlo involucrado en aquello, pensó Edward. Se incorporó.

—Lo siento —dijo, sin hacer ningún esfuerzo por emplear un tono de disculpa—. No lo vi.

Edward extendió la mano. La mujer también se incorporó, con el rostro enrojecido tras permanecer acuclillada durante tanto tiempo. Edward esperaba un estallido de furia, pero en lugar de eso puso la misma cara que si hubiera recibido un regalo que esperaba desde hacía tiempo. Esbozó una sonrisa conmovedora y cogió el pendiente con una mueca de deleite. Mientras lo hacía, Edward reparó en algo que le había pasado por alto: una gota de sangre colgaba trémulamente del delicado lóbulo de su oreja. Otro puntito de sangre era visible en el hombro de su traje justo debajo del lóbulo.

—¡Mira, Peter! ¡Lo ha destrozado! —Se volvió alegremente hacia su esposo, que estaba sacudiéndose el inexistente polvo de las mangas—. Bueno, al menos podrías tratar de fingir algún interés.

Su esposo contempló el contenido de la palma de ella.

—Sí, muy bonito.

Como si tal cosa, habían vuelto a mantener las apariencias. La mujer miró a Edward con los ojos conspiratoriamente en blanco y luego se volvió hacia el coche. El chófer que apenas tenía barbilla abrió una de las portezuelas, y la mujer se acomodó en el asiento trasero.

—Bueno, en cualquier caso, muchísimas gracias —le dijo a Edward desde las entrañas del sedán.

El chófer le lanzó a Edward una mirada de advertencia, como para decir: «Ya está, eso es cuanto vas a sacar de este asunto», y la limusina arrancó con un corto y estridente chirriar de neumáticos. ¿Eran gente famosa? ¿Debería haberlos reconocido? Un pequeño pedazo de tela del vestido de la mujer había quedado atrapado en el quicio de la portezuela cuando ésta se cerró, y aleteaba frenéticamente al viento. Edward se dispuso a gritarles algo y luego se detuvo. ¿De qué habría servido? Mientras la limusina doblaba la esquina para entrar en Park Avenue, todavía acelerando, Edward la vio alejarse con una leve sensación de alivio mezclada con una sombra de decepción. Algo parecido a lo que habría podido sentir Alicia si hubiera decidido, sensata y prudentemente pero también tediosamente, no seguir al Conejo Blanco al interior de su madriguera.

Edward sacudió la cabeza y volvió a centrar su atención en lo que tenía entre manos. Oficialmente estaba de vacaciones, tenía por delante dos semanas sin nada que hacer antes de ocupar su nuevo puesto en el departamento de Londres, pero había accedido a visitar a unos clientes antes de marcharse. Éstos eran un matrimonio colosalmente rico, y Edward había desempeñado un pequeño papel a la hora de incrementar su riqueza orquestando un acuerdo bastante habilidoso, que incluía futuros negocios en el mercado de la plata, una cadena de granjas donde se criaban purasangres, y una gran y enormemente subvalorada compañía de seguros de aviación. Organizarlo había requerido semanas de una investigación devastadoramente aburrida, pero cuando Edward puso en marcha todos los elementos la cosa había funcionado a la perfección, como un juego de sillas musicales a la inversa. En cuanto la música hubo cesado, todos se encontraron sentados en una posición muy incómoda y Edward era el único que seguía de pie, libre para salir de allí con una cantidad de dinero asombrosamente importante. De hecho, ni siquiera había llegado a conocer a los clientes en cuestión e ignoraba que ellos supieran quién era, pero suponía que habían obtenido su nombre a través de su jefe. Probablemente habrían preguntado por ese joven tan prometedor que les había conseguido todo aquel dinero, y ésa era la razón por la que habían solicitado su presencia. Edward había recibido instrucciones de mantenerlos satisfechos costase lo que costase. En ese momento no se lo había tomado demasiado bien —¿qué sentido tenía iniciar una relación con unos clientes nuevos precisamente cuando él estaba a punto de irse?—, pero lo cierto es que le resultó un poco embarazoso advertir que casi lo esperaba con interés.

El edificio que acababa de abandonar la extraña pareja resultó ser el destino de Edward: un feo y antiguo bloque de ladrillos del siglo XIX. Las ventanas eran pequeñas y quedaban muy pegadas las unas a las otras excepto en los tres últimos pisos, donde eran dos o tres veces tan altas como en los otros. Una marquesina de color verde y aspecto barato sobresalía por encima de la acera, con una alfombra roja muy pisoteada debajo de ella.

El portero dio un paso adelante.

—¿Puedo ayudarlo, por favor? —dijo. Era bajo y corpulento, lucía un grueso bigote. Su marcado acento habría podido ser turco.

—Laura Crowlyk. Piso veintitrés.

—Si insiste. —Su mediocre dominio del idioma parecía ser un chiste privado que le proporcionaba cierta satisfacción—. ¿Favor de dar nombre?

—Edward Wozny.

El portero entró en una diminuta habitación a la derecha de la puerta. En el interior había un pequeño taburete de madera y un intercomunicador de aspecto anticuado, todo él mandos negros, cinta adhesiva y viejas tiras de papel que se había vuelto amarillo. Pulsó un botón y se inclinó sobre el intercomunicador para hablar por una rejilla. Edward no consiguió oír la respuesta, pero el hombre asintió y le hizo señas de que entrara.

—¡No puedo detenerlo!

El vestíbulo estaba inesperadamente oscuro después de la intensa luz del exterior. Edward tuvo una fugaz impresión de madera oscura y humo de puros, raídas alfom-

18

bras orientales de color rojo y paneles de espejos cuadrados que encajaban imperfectamente entre sí en las paredes. Era un edificio con un gran pasado que había ido cuesta abajo. En cuanto Edward pulsó el botón del ascensor, sonó un timbre y las puertas se abrieron con un estremecimiento. Transcurrieron un par de minutos antes de que el ascensor llegara a la planta número veintitrés. Edward aprovechó el tiempo para ajustarse la corbata y alisarse los puños de la camisa.

Cuando las puertas volvieron a abrirse se encontró en una luminosa antesala, tan soleada y bien ventilada como oscuro y descuidado había estado el vestíbulo, con paredes blancas y un suelo de madera pulimentada. Enfrente de él su reflejo aparecía en un espejo de cuerpo entero con un grueso marco dorado, el rostro velado por la neblina de la edad. Inspeccionó su aspecto. Era alto y delgado, de apariencia joven para su edad —veinticinco años—, con las facciones pálidas y marcadas. Tenía el pelo negro y lo llevaba muy corto, las cejas describían dos delgadas curvas que le conferían una expresión un tanto perpleja. Edward practicó su cara de banquero especializado en inversiones: agradable, bienintencionada, atenta, con un toque de simpatía (no demasiado) y una sombra de solemnidad. En un rincón había un viejo paragüero recubierto con alguna piel de reptil de aspecto exótico. Edward imaginó a la bestia que había donado su piel, abatida hacía mucho tiempo en alguna oscura colonia tropical por un cazador de safari salido de los dibujos animados y equipado con un salacot y un escopetón. Un par de puertas vidrieras daban al apartamento propiamente dicho. Edward entró en una espaciosa sala de estar. Una robusta joven negra con delantal estaba sacando el polvo a unas cuantas chucherías colocadas encima de una mesita de centro. Se volvió, sobresaltada.

—Hola —dijo Edward.

—¿Viene usted a ver a Laura? —preguntó ella, retrocediendo. Edward asintió.

La joven se retiró a toda prisa. Edward se situó en el borde de una enorme y elaborada alfombra oriental. El sol entraba a raudales a través de un par de ventanas muy altas. La opulencia de la sala contrastaba agradablemente con el exterior descuidado del edificio, era como tropezarse con el escondite secreto de un pachá. El techo era alto y blanco y había unas cuantas mesitas junto a las paredes, adornadas con jarrones llenos de elaborados arreglos de flores secas. En un cuadro pequeño, pero de aspecto bastante caro, una persona puntillista remaba.

—¿Es usted Edward?

Era una voz de mujer con ligero acento inglés. Edward se volvió. Laura Crowlyk era una cuarentona de baja estatura, rostro alargado y elegante, ojos brillantes y cabellos castaños recogidos sobre la nuca.

—Hola —lo saludó—. Usted es la persona del dinero, ¿verdad?

—Soy la persona del dinero.

Ella le estrechó la mano mecánicamente.

—¿Eddie? ¿Ed?

—Edward ya me va bien.

—Sígame, por favor.

El pasillo por el que lo condujo estaba tenuemente iluminado, pero aun así Edward reparó en un par de contornos polvorientos en la pared, como si hubieran descolgado unos cuadros recientemente. Laura Crowlyk medía casi un palmo menos que él, y su vestido de cintura imperio y tonos claros ondeaba tras ella mientras andaba.

Había una puerta entreabierta a su derecha, y la mujer lo condujo al interior de un estudio escasamente amueblado. Dominaba la estancia una cavernosa chimenea custodiada por dos grandes sillones de cuero rojizo, acogedoramente dispuestos de tal manera que formasen ángulo el uno con el otro.

—Siéntese, por favor —dijo la mujer—. ¿Le apetecería un poco de té? ¿Agua? ¿Una copa de vino?

Edward declinó la oferta. Si podía evitarlo, nunca comía o bebía delante de los clientes.

Se sentaron. Habían limpiado meticulosamente la chimenea, aunque la piedra mostraba una zona ennegrecida. Al lado de la chimenea había una cuerda de ramas de abedul metida dentro de una cuna de hierro forjado, todavía envuelta en un plástico cubierto de polvo.

Tras sentarse delante de Edward, Laura Crowlyk dijo:

—Supongo que Dan le habrá contado algo acerca de lo que va a hacer para nosotros.

—De hecho, se mostró un poco misterioso al respecto —repuso Edward—. Espero que no sea nada demasiado escandaloso —bromeó.

—No a menos que sea usted de los que se escandalizan con facilidad. ¿Estará disponible durante las próximas dos semanas, más o menos?

—Más o menos. Supongo que ya les habrá informado de que el 23 me trasladaré a Londres. Todavía debo hacer algunos arreglos.

—Por supuesto. Felicidades por su nombramiento, dicho sea de paso. Tengo entendido que se lo considera muy prestigioso. —Dejó en el aire su propia opinión—. ¿Cuánto tiempo lleva usted con Esslin & Hart?

—Cuatro años. —Edward se inclinó hacia delante en el sillón. Decidió poner fin a la típica entrevista laboral—. ¿Por qué no me cuenta cómo puedo ayudarles?

—Dentro de un momento —contestó Laura, evasiva—. ¿Usted es originario de...?

Edward suspiró.

—Bueno, crecí en Bangor. El de Maine, quiero decir. Ya sé que en Inglaterra también hay uno.

—Sí, creo que habría detectado un acento galés. ¿Sus padres...?

—Mi padre falleció hace poco. Llevo años sin ver a mi madre.

—Oh. —La mujer pareció sentirse ligeramente desconcertada—. Y se licenció en Yale. ¿En literatura inglesa?

—Así es.

—Qué insólito. ¿Se especializó en alguna área en particular?

—Bueno, el siglo XX, hablando en términos generales. Ya sabe, la novela moderna, Henry James, un poco de poesía... En fin, ya hace algún tiempo de eso.

Ser interrogado acerca de sus cualificaciones era un riesgo que formaba parte del oficio cuando tratabas con personas muy ricas, pero lo cierto es que no había esperado que el interrogatorio fuera a seguir aquella línea. Su licenciatura en literatura inglesa era uno de aquellos secretos vergonzosos que evitaba mencionar, casi al mismo nivel que el haber ido a una escuela pública o haber probado el éxtasis en una ocasión.

—Y ahora se dedica a la banca privada.

—Sí.

—Bien, bien. —Laura Crowlyk se esforzó en mostrar su acento de clase alta inglesa mientras asentía elegantemente con la cabeza—. Bueno —añadió—, deje que le hable un poco acerca de lo que le tenemos reservado. En el piso de arriba de este apartamento hay una biblioteca. Mis patronos, los Went, la trajeron aquí hará cosa de sesenta años para mantenerla a salvo, poco antes de la Segunda Guerra Mundial. Comprenda que era una época de histeria colectiva, porque todo el mundo pensaba que Inglaterra iba a ser invadida por los hunos en cualquier momento. Yo no lo recuerdo, naturalmente no soy tan vieja, pero en aquel entonces se llegó a hablar de la posibilidad de venderlo todo y trasladar a la familia a América. Afortunadamente ese plan nunca se llevó a la práctica. Pero la biblioteca vino aquí, y de algún modo nunca regresó. Llevaba mucho tiempo en la familia Went, como mínimo desde el siglo XVI. Eso no era algo insólito en las grandes familias antiguas, y estaban sumamente orgullosos de ella. Disculpe, aquí dentro hace bastante calor... ¿Le importaría abrir esa ventana, por favor?

Edward se levantó y fue a la ventana. Al ver el viejo marco de madera, temió que se resistiría, pero cuando abrió el pestillo la ventana se deslizó hacia arriba casi por sí sola, elevada por contrapesos ocultos. Una brisa invadió la estancia, y el sonido de las bocinas de los coches subió desde la calle.

—Los libros fueron traídos aquí en cajas —continuó ella—. Probablemente habrían estado más seguros en Inglaterra, dadas las circunstancias, pero olvidémonos de eso. En cuanto llegaron, adquirieron este apartamento a un jugador de béisbol profesional, creo, y la biblioteca fue transportada hasta aquí. Pero entonces terminó la guerra, y lo cierto es que las cajas nunca llegaron a ser desembaladas, al menos que yo sepa. Llevan en el piso de arriba desde entonces.

»En fin, así es como están las cosas. Es escandaloso, realmente, pero creo que los Went simplemente perdieron el interés en esos libros. Durante mucho tiempo nadie se acordó siquiera de que estaban aquí, hasta que un buen día a un contable de la familia que estaba intentando cuadrar los libros se le ocurrió preguntarse por qué pagábamos unos impuestos tan desorbitados sobre este apartamento (recuérdeme que le pregunte acerca de ello más tarde) y, naturalmente, alguien volvió a tropezarse con la vieja biblioteca. Pero ahora nadie tiene la más remota idea de qué hay ahí arriba, sólo sabemos que es muy, muy antiguo y que alguien debe ocuparse de ello.

Hizo una pausa. Edward esperó a que siguiera hablando, pero ella se limitó a observarlo pacientemente.

—¿Y los libros son... muy valiosos? —inquirió Edward.

—¿Valiosos? Oh, no lo sé. No es lo mío, como suele decirse.

—De modo que desea que determine el valor de la propiedad inmobiliaria que ocupan.

—No, en realidad no. Por cierto, ¿hizo usted algún trabajo sobre la Edad Media cuando estaba en la universidad?

—No, no lo hice, pero...

—Bueno, da igual. Al menos por ahora.

Siguiendo un principio profesional, Edward imponía a sus clientes un límite en la extensión de la narración de los hechos, y Laura Crowlyk ya había excedido su cuota.

—Señora Crowlyk, espero que no se tome a mal que le haga esta pregunta, pero ¿por qué estoy aquí? Si han encontrado algunos documentos históricos que necesitan ser evaluados, la firma puede ponerlos en contacto con un especialista que se ocupa de esa clase de cosas. Pero yo realmente no...

—¡Oh, no, no hay ninguna necesidad de algo semejante! —Pareció encontrar la sugerencia un tanto hilarante—. Estaba a punto de llegar a eso. En realidad lo único que necesitamos es que alguien lo desembale todo y lo coloque en las estanterías. Sólo abrir esas cajas, para empezar, y luego disponerlo todo con cierto orden. Organizar y catalogar. Suena espantosamente aburrido, lo sé.

—Oh, no —mintió Edward—. En absoluto.

Suspiró. O aquella mujer sufría una especie de megalómana locura inglesa o se había producido un grave fallo de comunicación. En algún punto del trayecto alguien la había cagado. Edward era analista de primera en Esslin & Hart, y al parecer aquella mujer andaba en busca de una especie de mayordomo ennoblecido para que se encargara de hacer las tareas domésticas por ella. En cualquier caso él, Edward, iba a tener que aclarar las cosas, rápidamente y a ser posible sin provocar un incidente internacional. Tenía una idea bastante razonable de la dimensión de las cuentas que representaba Laura Crowlyk, y el ofenderla no era una opción.

—Creo que ha habido un ligero malentendido —dijo con voz queda—. ¿Le importa que haga una llamada telefónica?

Edward extrajo su móvil del bolsillo de la chaqueta y levantó la tapa. No hubo señal. Miró alrededor.

—¿Hay aquí algún teléfono que pueda utilizar?

Ella asintió y se levantó, ofreciéndole una fugaz e inesperada visión de su escote mientras se inclinaba hacia delante.

—Sígame.

Edward tuvo que apresurarse para no quedarse atrás mientras la seguía. Salieron al pasillo y se adentraron en el apartamento. Una alfombra de color marrón aparentemente interminable los siguió bajo sus pies. Edward frunció el entrecejo mientras iba entreviendo más entradas, salas y habitaciones. Incluso él, un asiduo visitante de las moradas de gente acomodada, estaba impresionado por el tamaño de aquel apartamento.

Laura se detuvo delante de una puerta mucho más estrecha de lo normal, con un pomo de cristal en miniatura. Parecía la puerta de un desván o la entrada a algún escondite secreto. Al abrirla, Laura reveló una estrecha alcoba mohosa, sin iluminación y recubierta por paneles de madera oscura. El suelo estaba lleno de briznas de pintura vieja y volutas de polvo gris. En el centro había una angosta escalera de caracol de hierro forjado que llevaba hacia arriba.

—Disculpe, ¿seguro que su teléfono está por aquí? —preguntó Edward.

Ella no respondió y se limitó a echar a andar delante de él. Estaba oscuro y los escalones eran extremadamente empinados, y a Edward se le enganchó el pie en el borde de uno de ellos y tuvo que agarrarse a la barandilla. El metal resonaba tenuemente bajo sus pies. La escalera ascendía en espiral, y al cabo de un momento se adentraron en una oscuridad total. Cuando Laura se detuvo, Edward casi chocó con ella. De pie a sus espaldas, Edward percibió el aroma a coco de su champú y oyó un tintineo de llaves, seguido del chasquido de gruesos cerrojos y pestillos.

Laura tensó sus delgados hombros y tiró, pero la puerta se resistió como si alguien estuviera tirando hacia atrás desde dentro, alguien inquebrantablemente resuelto a que no se le molestara. Laura siguió esforzándose durante unos segundos y luego se dio por vencida.

—Lo siento, no puedo hacerlo —dijo con un leve jadeo—. Hágame el favor de abrirla por mí.

Se hizo a un lado y se pegó a la pared, y los dos cambiaron cautelosamente de sitio en el minúsculo descansillo de metal. Las llaves seguían en el picaporte metálico. Al cogerlas, Edward se preguntó si todo aquello sería una especie de broma pesada, les dio un cuarto de vuelta y tiró, inclinando la espalda al mismo tiempo, para luego separar un poco más los pies y volver a tirar. Oyó cómo Laura bajaba un peldaño detrás de él para no estorbarlo. La puerta era sorprendentemente gruesa, como la entrada a un refugio antiaéreo, y cuando empezó a moverse lo hizo con un fuerte crujido, como un árbol al caer con las raíces partiéndose en la tierra. De inmediato el aire penetró a través del hueco desde detrás de ellos. El viento inició un *crescendo* a medida que la puerta giraba sobre sus goznes, y luego volvió a morir cuando las distintas presiones del aire quedaron igualadas.

Al otro lado estaba negro como la noche. Edward tanteó cautelosamente el suelo con la puntera de su zapato, pues no podía ver nada. El sonido creó ecos. Distinguió un leve rastro de luz, muy arriba e indistinto pero eso era todo.

«¿Qué coño es esto?», pensó Edward. Laura pasó por su lado, poniéndole una mano en el codo con gesto inesperadamente familiar. Edward esperó a que sus ojos se adaptaran a la oscuridad.

—Sólo será un momento —dijo ella.

El sonido a hueco de sus pasos se alejó en la oscuridad. El aire era tonificantemente fresco, incluso frío, habría unos cinco grados de diferencia con respecto al piso de abajo. El olor a humedad era muy intenso, casi dulzón; a Edward le recordó al olor del cuero cuando ha empezado a descomponerse. Se sintió como si hubiera entrado en una iglesia. De pronto estuvo muy lejos del Manhattan exterior cocido por el sol. Respiró hondo y sintió cómo sus pulmones se expandían con el aire frío. Después avanzó unos cuantos pasos, a ciegas, hacia donde suponía que se había detenido Laura.

—Aquí está —le llegó la voz de ella en la oscuridad. Se produjo el chasquido plástico de un interruptor, pero no ocurrió nada.

—¿Hay algo que yo pueda...?

Edward dejó que su voz se desvaneciera en el silencio. Extendió la mano y tocó madera, áspera y astillosa.

De pronto se vio asaltado por la brusca conciencia de las dimensiones de la habitación. La pared del fondo había empezado a surgir de la oscuridad para convertirse en una enorme ventana a treinta metros de distancia.

—Dios mío —masculló Edward en voz baja.

La luz que hubiese entrado por aquel ventanal era engullida casi por completo por enormes y tupidas cortinas oscuras, dejando sólo visible un fantasmagórico resplandor rectangular.

Por fin la luz se encendió. Una lámpara de pie con pantalla marrón proyectaba una acogedora luz amarilla de sala de estar. La habitación era enorme, tanto que podría haber servido como sala de baile. De forma alargada, debía de ocupar toda la longitud del edificio, y había cajas de madera amontonadas aquí y allá, la mayor parte en el otro extremo, apiladas una sobre la otra hasta la altura de la cabeza. Había una carretilla de aluminio junto a una de ellas.

Se encontraban en la biblioteca. Las estanterías, casi todas vacías, se extendían a lo largo de una pared. En una de ellas, al final de un largo cordón negro del grosor de una culebra, se hallaba el teléfono prometido, un achaparrado artefacto negro de la era de los rotarios.

—Pensé que querría verla —dijo ella—. Antes de que telefoneara.

Edward se cruzó de brazos. Acababa de caer en la cuenta de que aquella inglesa mimada, aquella lacaya de una mujer rica, realmente creía que él iba a seguir adelante con el asunto. En aquel instante lo observaba con expresión expectante.

Él miró alrededor mientras empezaba a idear un discurso con el que poner de manifiesto su justa indignación. Era un discurso brillante, expresado en términos de la diplomacia más soberbiamente matizada, pero al mis-

28

mo tiempo minado de insultos y desprecios quizá demasiado sutiles para ser percibidos; la mujer sólo se daría cuenta mucho más tarde, mientras estuviera meciéndose en el porche de la casa de los viejos lacayos, de hasta qué punto se había mofado Edward de ella. Sin embargo, el discurso quedó en suspenso, dispuesto para la entrega, pero Edward vaciló y dio un paso atrás hacia la puerta.

—No se ha tocado nada —dijo ella—. Si puede esperar otro minuto más, le subiré unas cuantas cosas.

Titubeó. ¿A qué estaba esperando? ¿Cuál era el curso de acción más inteligente a seguir? No se atrevía a ofender a los Went, aunque sólo fuese por delegación. Ya casi era media tarde. Podía matar el resto del día, un par de horas como máximo, y mañana por la mañana telefonear a Dan y hacer que enviaran a un socio de primer año o a uno de los ayudantes más vigorosos. Dan lo había metido en aquello y él lo sacaría de allí. ¿No sería ésa la escapatoria más segura? Y ya puestos, ¿qué otra cosa tenía que hacer hoy?

Laura volvió a pasar junto a él y Edward se volvió para mirarla mientras salía por la puerta.

Cuando ella se marchó, Edward le dio un puntapié a una de las cajas de madera, que sonó a hueco en el silencio de la estancia. Una pequeña nube de polvo flotó por el aire y se posó en el suelo. Edward volvió a probar suerte con su móvil. No hubo señal; todo el apartamento era presa de un encantamiento maléfico.

—Joder —farfulló Edward, y suspiró.

Después sintió cómo su irritación empezaba a disiparse. Recorrió la gran sala de un extremo a otro. Al día siguiente limpiaría todo aquel estropicio. No era más que un montón de libros. ¿Y acaso no solía él, en su juventud sensible e idealista, leer libros? El suelo era de un parqué magnífico, con tablillas largas y estrechas y de aspecto bastante caro. La tenue claridad que entraba en ángulo revelaba minúsculas imperfecciones en el acabado. Junto a una de las paredes había una vieja y sólida mesa de madera, y Edward pasó la mano por ella. La punta de los dedos le quedó manchada de polvo. La mesa tenía un cajón, con un viejo destornillador que rodó ruidosamente en su interior.

La situación no podía ser más extraña, pero en realidad casi se alegraba de estar allí. Había algo en aquella vieja y romántica estancia que hacía que deseara quedarse en ella; una especie de presencia invisible había empezado a afirmar su fuerza gravitacional alrededor de Edward, un indetectable agujero negro que lo atraía suavemente hacia su órbita. Edward se dirigió a la ventana, apartó un poco la cortina y miró al exterior. Las ventanas llegaban al suelo de la sala, por lo que podía mirar directamente hacia abajo hasta divisar el asfalto gris de Madison Avenue. Desde aquella altura los carriles del tráfico y los pasos de peatones parecían estar perfectamente trazados. Taxis de color amarillo giraban y avanzaban a través del cruce, esquivándose mutuamente en el último momento posible. El edificio que se alzaba al otro lado de la calle era una colmena de actividad. Edward tenía una perfecta vista de él. Cada una de las ventanas del edificio contenía un escritorio cubierto de papeles, un monitor de ordenador que palpitaba con destellos azulados, arte moderno en general, ficus agonizantes y hombres y mujeres que hablaban por teléfono, haciéndose confidencias y consultando los unos con los otros, cómicamente inconscientes de lo que estaba ocurriendo en las ventanas que había arriba y a los lados. Era un salón de espejos, la misma escena infinitamente duplicada. Edward solía ser parte de aquello. Consultó su reloj. Eran casi las tres y media, el ecuador de lo que hubiese sido su día de trabajo.

La sensación de no trabajar resultaba de lo más extraña. De hecho nunca había advertido lo complicada que era su vida hasta que tuvo que salir de ella. Había tardado seis meses en planificar el traslado a Londres, delegar proyectos, transmitir a todos sus contactos y llevar a cabo la transición de los clientes clave a sus colegas en una interminable serie de almuerzos, cenas, reuniones, correos electrónicos, conferencias telefónicas, vertidos de cerebro y fusiones mentales. El mero número de hebras de las que había tenido que desenredarse delicadamente era impresionante, y cada vez que desprendía una encontraba de inmediato otras hebras unidas a ella.

—Le ruego que mantenga cerradas las cortinas. Por los libros. —La voz fría e inexpresiva de Laura provenía de la entrada, donde acababa de reaparecer tan silenciosamente como la venerable vieja ama de llaves en una película de terror. Edward retrocedió sintiéndose culpable—. Mantenemos la temperatura artificialmente baja por la misma razón.

Laura fue hacia la mesa y depositó una libreta de anillas negra y un ordenador portátil metido en su estuche.

—Esto debería ayudarlo con la labor de catalogación. En este cuaderno de notas hay algunas pautas generales a seguir, y por el momento puede guardar los datos en el ordenador. Hicimos que Alberto, él se ocupa de nuestros ordenadores, instalara un programa de catalogación que podría serle de alguna ayuda. Si tiene cualquier pregunta, diríjase a Margot y ella le dirá dónde encontrarme. Oh, y asegúrese de que no se le pasa por alto nada que haya escrito un autor llamado Gervase de Langford. Al parecer, serían libros de una época muy temprana, muy antiguos. Si ve cualquier obra suya, comuníquemelo inmediatamente.

—De acuerdo —dijo él—. Gervase de Langford.

Tras un momento de silencio, Laura dijo:

—Estoy segura de que lo veré más tarde.

—Estoy seguro de ello —convino Edward, deseoso de quedarse a solas.

—Bien, ha sido un placer conocerlo. —Obviamente ella tampoco tenía ningún deseo de quedarse. Ya había empezado a volverse.

—Adiós. —Edward tenía la impresión de que debería haber preguntado algo más, pero no se le ocurrió nada. Oyó el sonido de los pasos de Laura mientras bajaba por la escalera de metal. Se había quedado solo.

Había una vieja silla de escritorio con ruedas en el círculo de luz proyectado por la única lámpara. Edward le quitó el polvo y se sentó en ella. Era dura, pero el respaldo se flexionaba confortablemente entre un intrincado dispositivo de muelles. Edward rodó hasta la ventana y separó un poco más las cortinas, después de lo cual volvió a su lugar de origen con un sonido parecido al de un cojinete que se desliza sobre una pista de bolos vacía. La libreta de anillas que había encima de la mesa estaba cubierta con tapas de cuero negro, y contenía veinte o treinta hojas de papel cebolla apretadamente cubiertas por un texto mecanografiado a un solo espacio. Las hojas tenían muchos años, y los duros golpes de tecla de una máquina de escribir manual habían hecho que las palabras quedaran grabadas en relieve sobre el papel.

Es mi intención que los libros en esta colección sean descritos de acuerdo con los Principios de la Ciencia de la Bibliografía. Dichos principios son simples y precisos, aunque la variedad de los objetos a los cuales hacen referencia puede dar lugar a escenarios de una considerable complejidad...

Edward puso los ojos en blanco. Ya lamentaba su impulsiva decisión. Parecía estar desarrollando un peligroso hábito de ayudar a desconocidas en apuros: primero aquella mujer en la acera, ahora Laura Crowlyk. Hojeó las páginas. Estaban llenas de diagramas, descripciones y definiciones de distintos tipos de encuadernaciones, catálogos de las diferentes clases de papeles, pergaminos y cueros, ejemplos de caligrafías y escrituras y tipos de imprenta, listas de ornamentos, pies de imprenta, imperfecciones, irregularidades, maneras de imprimir, ediciones, marcas de agua y un sinfín de etcéteras.

En el extremo inferior de la última página había una firma azul, medio borrada por el paso del tiempo y absurdamente elaborada. Era casi ilegible, pero el autor había mecanografiado su nombre debajo de ella:

DESMOND WENT

Y luego un título:

13º DUQUE DE BOWMRY
CASTILLO DE WEYMARSHE

Después de la última E venía una larga serie de florituras, curvas, giros y rosetas carentes de significado, que se prolongaban hasta el final de la página.

2

—Bowmry —dijo Edward. Su voz sonó diminuta en la vasta sala desierta—. ¿Dónde demonios está Bowmry?

Volvió a dejar la libreta de anillas sobre la mesa y abrió la cremallera del estuche que contenía el portátil. Naturalmente, tenían que haber sido ellos los de la calle, pensó. El señor y la señora Went, presumiblemente el duque y la duquesa. Edward debería haberlo sabido. Supuso que en aquel momento debían de estar volviendo a su casa, dondequiera que estuviera. Qué pareja tan rara. Elevando la pantalla con una mano, tanteó delicadamente con la otra en busca del interruptor de encendido en la parte posterior. El ordenador campanilleó suavemente en el silencio. Mientras cobraba vida con una serie de zumbidos y chasquidos, Edward abrió el cajón y sacó el destornillador.

Era un destornillador pesado, dotado de un grueso mango de plástico transparente con centellas flotando dentro de él. Edward se despojó de la chaqueta encogiéndose de hombros y la colgó en el respaldo de la silla. Luego fue hacia la pila de cajas más próxima. Su móvil sonó, volviendo misteriosamente a la vida. Era uno de sus lugartenientes menores del despacho, un analista de primer año. Edward escuchó durante un par de minutos antes de interrumpirlo.

—No vayas tan deprisa. Aflójate el nudo de la corbata. Muy bien. ¿Estás sentado? ¿Te has aflojado el nudo de la corbata?

Se agachó para examinar las cajas. Estaban hechas con planchas de madera de pino que todavía olían como árboles de Navidad. Las etiquetas de embarque originales seguían pegadas a ellas, dirigidas a alguien llamado Cruttenden y estampadas con sellos gubernamentales de aspecto heráldico procedentes de ambos lados del Atlántico. Unas cuantas gotas de límpida savia amarilla habían rezumado de la madera y se habían endurecido en su sitio. Dentro de unos cuantos miles de años serían ámbar.

—Invierte el dinero en bonos de una aseguradora francesa. Sí, ya sé que en Francia hay una sequía. No, las compañías de seguros no se exponen a nada. Las compañías de seguros francesas no cubren la sequía. No la cubren. Los granjeros franceses tienen su propio fondo federal. Completamente separado.

El primer tornillo se resistió cuando las ranuras metálicas se hundieron en la blanda madera, pero no tardó en quedar fuera. Edward lo puso cuidadosamente encima de la mesa, con la punta hacia arriba. El tornillo siguiente fue más fácil, y Edward avanzó metódicamente por el canto superior de la caja, el móvil sujeto bajo la oreja, hasta que hubo diez o doce tornillos alineados sobre la mesa. Pequeñas hebras de paja seca habían empezado a asomar de debajo de la tapa, así como el borde de un periódico amarillento y hecho un ovillo que había sido utilizado como relleno.

Edward se sentía un tanto contrariado consigo mismo por haberse inclinado tan servilmente ante Laura Crowlyk. Se lo hizo pagar a su ayudante, cuyo nombre era Andre.

—No estoy interesado en los problemas de Farsheed, Andre. Los problemas de Farsheed ocurren en algún sitio que queda muy por debajo de mí. ¿Entiendes? Si Farsheed tiene problemas, no me hables acerca de ellos, resuélvelos. Entonces él ya no tendrá ningún problema, y tú y yo tampoco, y el mundo será un lugar maravilloso con montones de arcos iris, flores y pájaros que cantan.

Se dijo que era una buena forma de terminar. Edward colgó y apagó el móvil.

Para cuando consiguió sacar el último tornillo, le dolía la muñeca. Dejó el destornillador a un lado. Las bisagras de la caja chirriaron mientras la abría. Edward bajó la mirada hacia la penumbra. Dentro de la caja había varios paquetes oscuros, firmemente acomodados en una mezcla de paja y periódico y envueltos en papel marrón. Todos eran de distintas formas y tamaños. No pudo evitar sentir un hormigueo de excitación en la palma de las manos. Se sentía como un contrabandista que ha tenido éxito en su misión y desenvuelve triunfalmente su alijo en la seguridad de su escondite.

Se inclinó sobre la caja y extrajo uno de los paquetes al azar. Era pesado, aproximadamente del tamaño y el peso de un listín telefónico, el papel que lo envolvía había sido sellado y doblado con extrema precisión, como una caja de bombones caros. No había ninguna clase de marca. Edward lo puso sobre la mesa y sacó sus llaves; una de ellas tenía un afilado juego de dientes, y la utilizó para cortar la cinta adhesiva a lo largo de los bordes. Abrir paquetes era algo que había echado de menos desde que adquirió su primer ayudante en el trabajo. Fajos de hojas de periódico asomaron del envoltorio mientras rasgaba el papel. Edward desplegó una de ellas. Resultó pertenecer a un diario de Londres: IGLESIA HISTÓRICA DESTRUIDA. Dentro había otros dos paquetes, uno encima del otro, cada uno individualmente envuelto en un grueso papel de color verde.

Necesitó un minuto para desenvolver el primero, había otra capa de papel debajo, pero cuando hubo terminado un pequeño volumen encuadernado en cuero rojo apareció ante él en medio de una enorme flor de papel de envolver.

Lo cogió, sosteniéndolo con involuntaria ternura. La cubierta estaba en blanco, con sólo una tenue sombra de hilo dorado alrededor de los bordes. La palabra *Viajes* estaba impresa en letras doradas encima del lomo. El libro dejó escapar un leve hálito de humedad en la fría atmósfera de la sala.

Edward lo puso encima del periódico y lo abrió por la página del título:

VOLUMEN II

De las OBRAS del Autor

conteniendo

VIAJES

POR VARIAS NACIONES
REMOTAS DEL MUNDO,

por Lemuel Gulliver, *primero* Cirujano
y luego Capitán *de varios* Navíos.

Algunas de las eses parecían efes, otras letras habían sido impresas alargándolas y adornándolas de forma barroca, como signos integrales. Distinguió la fecha que había debajo, MDCCXXXV, e intentó descifrarla mentalmente, pero pronto se dio por vencido. La ciudad era Dublín. En la página opuesta había un retrato grabado del autor. El papel estaba maculado igual que si fuera un huevo, y una tenue mancha marrón se había extendido como una nube por encima del tercio inferior de la página del título.

Dejó el libro a un lado, manteniéndolo encima del papel de envolver para que no se llenara de polvo, y abrió el otro paquete. Éste resultó ser el Volumen I. Edward pasó las primeras páginas, ojeando distraídamente algunos pasajes. En una ocasión le habían asignado aquel libro cuando estaba en la universidad, pero nunca llegó a leerlo. ¿No habían hecho una película de dibujos animados sobre él? Ambos libros parecían hallarse en un estado casi prístino, aunque las páginas se habían vuelto frágiles y los bordes estaban un poco aplastados.

Volvió a la caja y vio que los libros de la capa superior eran los más pequeños, comprobando que había volúmenes más grandes debajo. Miró su reloj: ya eran las cuatro y media. Bueno, al menos debería conseguir que pareciese como si hubiera hecho algo antes de marcharse.

Empezó a llevar a la mesa el resto de los paquetes más pequeños y les fue quitando el envoltorio. Puso al descubierto novelas en tres tomos, pesados diccionarios, vastos atlas, libros de texto del siglo XIX sobre los que habían garrapateado escolares ya crecidos y muertos hacía mucho tiempo, opúsculos religiosos a punto de deshacerse, un juego en miniatura de las tragedias de Shakespeare, de siete centímetros de altura y equipado con un cristal de aumento. Los apiló cuidadosamente a lo largo de la mesa de trabajo. Algunos libros eran sólidos y firmes, otros se le deshacían en las manos. Un par de los más antiguos tenían tiras de cuero de un palmo de longitud y hebillas colgando de ellos. En un momento dado Edward se olvidó de lo que estaba haciendo y perdió veinte minutos hojeando una antigua edición encuadernada en cuero marrón de la *Anatomía de Gray*, con numerosas ilustraciones muy detalladas e inquietantes de cadáveres creativamente viviseccionados.

Al cabo de un rato, hizo un alto para tomarse un respiro. A aquellas alturas el suelo alrededor de él ya se hallaba cubierto por un agitado océano de papel de envolver. La sala seguía iluminada por la cálida luz de la lámpara de pie, acompañada por los tenues rayos de sol que entraban a través de las gruesas cortinas.

Edward volvió a mirar su reloj. Casi eran las seis. Había perdido la noción del tiempo. Tenía las manos llenas del polvo rojo y marrón procedente de las cubiertas de cuero. Trató de limpiarse y se puso la chaqueta. Ya le enviaría la factura de la limpieza en seco a Laura Crowlyk.

Antes de salir, volvió a acercarse a la caja. Unos cuantos de los volúmenes más grandes y pesados se habían quedado en el fondo, ocultos entre la paja como huesos de dinosaurio sumergidos en la tierra. Edward se inclinó para coger uno de ellos. Era mucho más pesado de lo que había esperado, y tuvo que apoyar el estómago en el borde de la caja y utilizar ambas manos para sacarlo. Hizo sitio en la mesa y lo puso encima con un golpe sordo. Una fina nube de polvo se alzó de debajo de él. Tras desenvolverlo, en vez de un libro encontró una caja de madera muy bien acabada con un sencillo cierre metálico en un borde. Lo abrió y la cubierta giró sobre unas pequeñas bisagras metálicas finamente trabajadas.

Dentro había un grueso tablero negro de unos treinta centímetros de ancho por sesenta de largo, recubierto de un cuero que el paso del tiempo había vuelto negro. Su superficie se hallaba cubierta por una amalgama de sellos, salientes y afiligranadas protuberancias metálicas, y la presión había estampado complejas ilustraciones en el rugoso cuero: ornamentos y motivos abstractos, paneles con figuras humanas de pie en distintas posiciones. En el centro vio un árbol de extrañas proporciones, enorme y de tronco achaparrado, con un despliegue de diminutas ramas en lo alto. Edward tocó la antigua superficie con la punta de los dedos. Había una profunda cicatriz en el cuero, la madera se había astillado debajo de él y luego había vuelto a ser alisada. Algo lo había golpeado con mucha fuerza hacía mucho tiempo. En algunos puntos la ornamentación era tan abundante y oscura que resultaba imposible seguir el motivo. Parecía más una puerta que la cubierta de un libro.

Sintió que ejercía sobre él un extraño poder que lo dejó inmóvil, como si el libro estuviera cargado de electricidad. Edward permaneció sin moverse durante un minuto en el silencio, las manos apoyadas en la cubierta trabajada mientras percibía las muescas con la punta de los dedos como un ciego que estuviera leyendo Braille. No había ninguna indicación sobre su contenido. ¿Sobre qué podía tratar un libro como aquél? Edward probó a abrirlo, pero el libro se le resistió y al reseguir los cantos con los dedos descubrió un cerrojo, atornillado a las cubiertas de madera, que lo mantenía cerrado. El metal estaba toscamente trabajado, y el tiempo lo había oxidado hasta convertirlo en una única y sólida masa. Edward se preguntó cuánto tiempo tendría. Hizo otro cauteloso intento de abrirlo, pero el cerrojo se negó a moverse y él no quería forzarlo.

Parpadeó. El hechizo se disipó tan súbitamente como había tomado posesión de él. ¿Por qué demonios no se había largado aún de allí? Así pues, cerró la caja, apagó la luz y se encaminó hacia la puerta. En contraste con el frío de la biblioteca, la barandilla metálica de la escalera en espiral estaba caliente debajo de su mano mientras bajaba los peldaños tanteando en la oscuridad. De vuelta al pasillo, la luz del día pareció ofensivamente brillante.

No obstante, se sentía extrañamente purgado por su industriosa tarde. No había merecido la pena, desde luego, pero podría haber sido mucho peor. El asunto habría podido estallarle en la cara. Avanzó por el pasillo hacia la escalera. Miró dentro de la habitación donde había hablado con Laura Crowlyk, pero ahora estaba vacía. La ventana que había abierto poco antes volvía a estar cerrada. Los rayos de sol entraban en un ángulo más estrecho, y con un tinte entre dorado y anaranjado. Edward percibió que alguien preparaba la cena en algún sitio. ¿Viviría Laura Crowlyk allí?

La mujer de la limpieza con la que se había encontrado estaba sentada en el borde de una silla en el vestíbulo de la entrada leyendo *Allure*. Levantó la vista cuando apareció Edward y se apresuró a salir por otra puerta. Edward abrió las puertas de cristal junto al ascensor y pulsó el botón de llamada. Se ajustó la corbata en el viejo espejo velado.

—¿Se va?

Edward se volvió, sonriendo. Había abrigado la esperanza de que podría salir de allí sin llegar a tropezarse con Laura Crowlyk.

—Lo siento, no he podido dar con usted. Perdí la noción del tiempo.

Ella asintió gravemente mientras alzaba la mirada hacia él.

—¿Cuándo volverá?

¿Por qué molestarse en responder? Que Dan se encargara de presentar las disculpas. La cagada había sido suya.

—No estoy seguro. Consultaré mi agenda y la telefonearé por la mañana.

—Perfecto. Llámenos mañana. —Miró detrás de ella a alguien que estaba en la otra habitación, y podría

41

haber intercambiado un par de palabras susurradas con quienquiera que fuese—. Espere un momento. Le daré una llave del apartamento.

Volvió a alejarse durante otro minuto. El ascensor llegó. Edward contempló impacientemente cómo las puertas se abrían con un ruidoso traqueteo y volvían a cerrarse. No quería la llave, lo único que quería era largarse de allí. Laura regresó, avanzó hacia él a través de la enorme alfombra oriental y le dio una llave tipo tubo hecha de un metal oscuro. Bueno, por el momento tendría que aceptarla.

—Es la del ascensor —le dijo Laura—. Hay un orificio especial para ella. El portero le dejará entrar desde la calle.

—Gracias.

El ascensor emitió un tañido ahogado y volvió a abrirse. Edward entró en él y puso la mano encima del borde recubierto de goma para impedir que se cerrara.

—Bueno, mañana la telefonearé —aseguró—. Hablaremos acerca de lo que tengo que hacer.

«Quizá debería cortar por lo sano —pensó—. Darlo por liquidado de una vez. Venga, hazlo ya.» Ella lo miró sin inmutarse, como si pudiera percibir la indecisión de Edward pero conociera el desenlace por anticipado.

—Entonces hasta mañana.

La puerta empujó impacientemente el hombro de Edward y luego se cerró.

Veinticinco minutos después Edward volvía a estar en territorio familiar, sentado en un maltrecho sillón en el apartamento de su amigo Zeph. Su mano sostenía una sudorosa botella de cerveza McSorley. La habitación desprendía un agradable olor a viejo. Estaba oscura, en parte porque las luces se hallaban apagadas, pero sobre todo porque las ventanas estaban cubiertas por grandes hojas de papel en colores primarios tipo jardín de infancia. La única luz provenía de una pantalla de ordenador.

Zeph estaba sentado junto a él jugando a un juego de ordenador. Edward lo conocía desde la universidad, cuando se les había asignado la misma habitación durante el primer curso. Sorprendentemente, después de aquello habían seguido siendo amigos. Zeph siempre estaba demasiado en la onda para los fanáticos del ordenador con los que compartía la mayoría de sus clases, a diferencia de Edward con respecto a los preprofesionales adinerados con los que pasaba la mayor parte de su tiempo, y aquella sensación compartida por ambos de no llegar a encajar del todo se había convertido por sí sola en un vínculo entre ellos. Zeph se ajustaba a la idea infantil de un ogro: algo más de metro noventa de estatura, con el cuerpo enorme y delicadamente rollizo de un hombre de constitución voluminosa que nunca hacía ejercicio. Tenía una gran nariz de patata y los no muy conseguidos rizos de rastafari propios de un aficionado blanco.

—Así que hoy he ido a ver a los Went —dijo Edward, rompiendo un largo y confortable silencio.

—¿Los quién? —La voz grave de Zeph sonó como un disco puesto a bajas revoluciones.

—Los Went. Esos clientes ingleses de los que te hablé. Resulta que lo único que querían era que alguien les organizara su biblioteca.

—¿Su biblioteca? ¿Qué diablos les dijiste?

—¿Qué podía decirles? Estoy organizando su biblioteca.

—¿Lo estás haciendo?

—Bueno, di un primer paso. Es una biblioteca bastante grande, ¿sabes?

Profundas arrugas horizontales cruzaron la enorme

43

frente de Zeph mientras intentaba realizar una maniobra especialmente complicada en el juego al que estaba jugando.

—Edward —le dijo parsimoniosamente—, acabas de recibir el nombramiento más prestigioso de tu aburrida pero indudablemente lucrativa carrera. Eres el chico de oro. Dentro de dos semanas dejarás el país. ¿Por qué ibas a querer pasar tus últimos días en la ciudad más grande del mundo limpiando el ático de uno de esos personajes que interpreta Jeremy Irons?

—No lo sé. —Edward meneó la cabeza—. Supongo que he metido la pata. Mañana me quitaré el muerto de encima. Llamaré a la oficina y le arrancaré la cabeza a alguien. Pero es raro, porque en cuanto llegué a esa vieja biblioteca y vi todos esos libros metidos en cajas, en aquella enorme habitación antigua... No sé. No puedo explicarlo. —Edward bebió un sorbo de cerveza. Realmente no podía explicarlo—. Sólo fue una visita de cortesía. Tienes razón, debería estar de vacaciones.

—Por ejemplo en Venecia. Eso sí que es descansar del trabajo.

—Mañana lo anularé todo. Es sólo que ando un poco escaso de sueño. Pasé un par de noches seguidas trabajando antes de celebrar una de esas grandes reuniones de planificación, y todavía no he conseguido recuperarme del todo. —Bostezó—. Fue muy extraño, porque por una vez casi me resultó agradable hacer algo que no me obligara a pensar. Sin que hubiera nadie mirándome. Se limitaron a dejarme solo allí arriba. Son una especie de aristócratas; él es un duque o un barón o algo por el estilo. —Se recostó en el asiento y suspiró—. Además, me conviene estar cerca de ingleses. Necesito aprender a tratar con ellos.

—¿Qué hay que aprender? —Zeph bebió un trago de una lata de Pepsi Diet—. Dientes horribles, acentos sexy.

Zeth llevaba pantalones de chándal y una camiseta con las palabras GOGO PARA PRESIDENTE impresas en ella. Mientras hablaban seguía jugando, sus enormes manos manipulando con sorprendente delicadeza el teclado sin cable. El ordenador estaba sobre una larga mesa sostenida por dos frágiles caballetes de Ikea, en el centro de una habitación muy reducida. Las paredes estaban empapeladas con pósters del diagrama Mandelbrot reproducido en colores psicodélicos, y gruesos textos de matemáticas con el lomo partido se amontonaban en precarias pilas por los rincones.

—¿Y esto qué es, de todos modos? —dijo Edward, señalando la pantalla. Trataba de no alentar las tendencias a obsesionarse por la informática de Zeph, pero de vez en cuando fingía tomarse un interés—. Parece un juego infantil.

—¿Has tenido alguna vez un Atari 2600?

—Supongo. Tuve un Atari. No sé qué número era.

—Probablemente fuese un Atari 2600. Esto es un viejo juego para Atari 2600 llamado *Aventura*. Tú eres el cuadradito que hay aquí. —Zeph pulsó las teclas y un pequeño cuadrado amarillo se movió en un círculo por la pantalla—. Has emprendido la búsqueda del Santo Grial. Necesitas conseguir la llave para abrir el castillo. Entonces encuentras más llaves, con las cuales abres más castillos, hasta que encuentras el Grial. Luego llevas el Grial de regreso al castillo amarillo y ganas. Por el camino te tropiezas con dragones que intentan comerte, como el que me está persiguiendo en este instante. —Una criatura que parecía un pato verde iba dando saltos detrás del cuadrado—. También hay un imán, un gran puente púrpura y un murciélago que coge cosas y luego se va volando con ellas... Ah, y está la espada. Muy útil para matar dragones.

El cuadrado cogió la espada, que en realidad no era más que una flecha amarilla, y la blandió a través del dragón. El animal murió, acompañado por un lastimero fundido descendente.

—Llave, castillo, espada, dragón. Los bloques de construcción básicos de un diminuto universo autocontenido. Muy simple. Nada es ambiguo. Cada historia termina de una de estas dos maneras: muerte o victoria.

Ahora el cuadrado tenía el Grial, un palpitante recipiente cinco veces más grande que él. Edward contempló lánguidamente el cuadrado mientras éste llevaba el Grial de regreso al castillo amarillo y la pantalla se iluminaba emitiendo destellos y extraños efectos de sonido burbujeantes.

—¿Así que eso es la victoria? —preguntó Edward.

—Cuán dulce es. Y ése sólo era el nivel uno.

—¿Cuántos niveles hay?

—Tres. Pero lo realmente bueno que tiene es que éste es el código original de Atari. Alguien se tomó la molestia de escribir un programa emulador que hace que mi ordenador personal de cinco mil dólares piense que es una consola Atari de veinte dólares del año 1982. Después aspiraron el código de un viejo cartucho de *Aventura*, lo colgaron en Internet, yo me lo bajé y colorín colorado este cuento se ha acabado.

—Ah —dijo Edward, bebiendo un sorbo de cerveza. Estaba fría y era satisfactoriamente amarga—. ¿Y eso es legal?

—Es una especie de zona gris. ¿Quieres llevártelo para jugar un poco con él?

—La verdad es que no.

Zeph levantó su corpachón de la silla de escritorio y volvió a tomar asiento en un sillón destartalado que Edward reconoció de sus días universitarios.

—¿Y quién va a hacer tu trabajo aquí cuando te hayas trasladado a la delegación de Londres?

—Es un intercambio. Hay un tipo inglés que vendrá aquí. Un tal Nicholas... o algo así.

—¿Nickleby? —Zeph bebió otro trago de su lata—. ¿Sabes qué es ese tipo en realidad? Pues es tu aparición viva. Se trata de un mito céltico. Una aparición viva es un doble, una criatura que ha nacido en el mismo instante que tú y tiene exactamente el mismo aspecto. Ay de ti si alguna vez llegas a encontrarte con tu aparición viva. —Chasqueó los dedos—. Eso es todo. Fin de la partida.

—Lo mismo digo. —Edward se levantó—. Voy al cuarto de baño.

Zeph y Caroline vivían en un largo, tortuoso y polvoriento apartamento del West Village que habían comprado al contado con un montón de opciones para el mercado bursátil procedentes de una empresa punto com para la que Caroline había dejado de trabajar justo en el momento propicio. Prácticamente cada pared se hallaba recubierta de estanterías, incluidas las de la cocina y el cuarto de baño, y en ellas estaba la colección de juguetitos de plástico de Zeph y Caroline: rompecabezas chinos, LEGOS, figuras de acción, premios de la Comida Feliz, cubos de Rubik, esferas y dodecaedros. Edward nunca había entendido qué veían en ellos. Zeph aseguraba que contribuían a mejorar su capacidad de visualización espacial, aunque conociendo la tesis de licenciatura sobre topología de Zeph, Edward pensaba que su capacidad de visualización espacial quizá ya estuviera mórbidamente sobredesarrollada.

Al volver, Edward se sorprendió al encontrar a un hombrecito de pie en el pasillo delante del estudio de Zeph, enfrascado en el estudio de su colección. Edward nunca lo había visto antes.

—Eh —dijo Edward.

—Hola —lo saludó el hombre con voz serena. Tenía la cabeza perfectamente redonda, y sus lacios cabellos oscuros eran tan finos como los de un niño.

Edward le tendió la mano.

—Soy Edward.

El hombrecito volvió a dejar en la estantería la pirámide de plástico rosa con la que había estado jugando. Edward retiró tardíamente la mano.

—¿Es usted amigo de Zeph? —aventuró.

—No.

El hombre-niño, realmente diminuto, apenas un metro cincuenta de altura, alzó la mirada hacia él sin parpadear.

—Así que...

—Yo solía trabajar con Caroline. Como operador de sistemas.

—Ah, ¿sí? ¿Igual que en una oficina?

—Exactamente. —Sonrió como si se sintiera deleitado por el éxito de Edward—. Exactamente. Mantenía en funcionamiento el servidor del correo electrónico y la red local. Muy interesante.

—Sin duda.

—Sí, lo era. —Parecía carecer por completo de algún sentido de la ironía—. Considere el ejemplo de los paquetes de datos. En el mismo instante en que clicas EN-VIAR sobre un correo electrónico, tu mensaje se divide en un centenar de fragmentos separados a los que llamamos «paquetes». Es como enviar una carta rasgando una hoja de papel en mil trocitos y tirándolos por la ventana. Los paquetes de datos siguen sus distintos caminos por Internet, moviéndose independientemente y paseándose de servidor en servidor, pero todos llegan al mismo destino al mismo tiempo, donde vuelven a reunirse espontáneamente en un mensaje coherente: tu correo electrónico.

El caos se convierte en orden. Lo que ha sido dispersado es reordenado.

»También aprendes mucho acerca de la naturaleza humana. Es asombroso lo que algunas personas llegarán a dejar en sus discos duros, completamente sin cifrar.

El hombrecito alzó la mirada hacia Edward y arqueó elocuentemente las cejas. Edward consideró la posibilidad de que pudiera estar tirándole los tejos. De pronto se sintió dominado por un ardiente deseo de volver a estar en el estudio de Zeph con su cerveza.

—Discúlpeme un momento —dijo.

Pasó con mucho cuidado junto al hombrecito, evitando todo contacto físico igual que hubiese hecho con un perro de dudosa procedencia, y volvió a entrar en el estudio de Zeph. Cerró la puerta y se quedó de pie con la espalda apoyada en ella.

—¿Ya sabéis que hay un gnomo en vuestro pasillo?

Caroline estaba allí, sentada en las rodillas de Zeph. Era una muchacha de cara redonda enmarcada por una corona de cabello rizado y tono castaño tirando a miel. Sus pequeños ojos permanecían entornados tras los cristales redondos de sus gafas con montura de acero.

—Veo que has conocido a nuestro amigo el Artista —dijo. Su voz era el opuesto de la de Zeph: suave como un murmullo, parecía más propia de una flor de la pradera.

—Un día la siguió a casa —añadió Zeph—. Ahora aparece de vez en cuando y se queda un rato rondando por aquí. Es bastante inofensivo.

La mirada de Edward fue de uno al otro.

—¿Dejáis que se pasee por vuestra casa como si tal cosa?

—Oh, tarde o temprano terminará largándose —explicó Caroline—. Al principio me puso bastante nerviosa, pero pronto comprendí que no tienes que prestarle ninguna atención. Padece un leve autismo, algo llamado síndrome de Asperger. Sabe arreglárselas bastante bien por sí solo. El síndrome no interfiere en su inteligencia, probablemente es más listo que nosotros tres juntos, pero significa que tiene problemas a la hora de tratar con las personas. Y llega a obsesionarse con ciertas cosas, como los ordenadores. De hecho, va bien tenerlo cerca. Es un programador increíble. Trabaja por cuenta propia.

—A veces pasa al lenguaje máquina sin darse cuenta mientras está hablando —añadió Zeph—. Sólo unos y ceros. —Se estremeció, abrazándose sus enormes hombros—. Te pone los pelos de punta.

—¿Y por eso sólo tiene un nombre?

Caroline lo miró con ceño.

—No seas malo, Edward. El Artista lo hace lo mejor que puede. Zephram, ¿Edward va a venir con nosotros esta noche?

—No se lo he preguntado. ¿Quieres venir a una fiesta, Edward?

—No lo sé. Todo eso de archivar me ha dejado un poco cansado.

Zeph cogió un trozo de cristal volcánico que sujetaba un fajo de papeles y recuperó de entre ellos un pequeño sobre de color crema.

—¿Te acuerdas de un tipo que había en la universidad llamado Joe Fabrikant? —preguntó.

—¿Fabrikant? —Edward frunció el entrecejo—. Creo que sí. Rubio, el típico preescolar.

—Estamos haciendo unos cuantos ajustes secundarios para su intranet. —Caroline se acomodó encima del regazo de Zeph—. Cosas relacionadas con la base de datos. Él siempre está soñando despierto.

—Gana toneladas de dinero —dijo Zeph—. El gran triunfador de nuestra clase.

—Es una de esas personas genéticamente perfectas. Parece un gigantesco dios noruego.

Zeph le pasó el sobre a Caroline, que se inclinó hacia delante y se lo entregó a Edward. Dentro sólo había una tarjeta con una invitación a una fiesta.

—Estoy seguro de que Fabrikant no tiene idea de quién soy —dijo Edward.

—Pues de hecho nos pidió que te preguntáramos si querías venir.

—¿De veras? —Era sorprendente.

Zeph se encogió de hombros.

—Saliste en la conversación. Supongo que ha oído hablar de tu traslado a Londres. Eso se la puso dura. Te recuerda de la universidad.

Caroline cogió el teclado e inició otra partida de *Aventura*.

—Anda, ven —insistió Zeph—. La bebida es gratis. Podrás ir tras las personas influyentes y las personas que carecen de influencia irán tras de ti. Te encantará.

Edward no respondió. Su amigo tenía razón, y en cualquier otra noche durante los últimos cuatro años él no habría dudado en aceptar. ¿Por qué no aquella noche? Edward pensó en las personas que estarían allí; conocidos lejanos como Fabrikant, gente con la que nunca había llegado a encontrarse pero a la que conocía hasta las últimas líneas de sus almas xerocopiadas, grapadas y compulsadas.

Hacía calor. Se quitó la chaqueta y la dejó cuidadosamente doblada encima del brazo de su asiento. Bebió otro sorbo de cerveza. En la pantalla, el cuadrado amarillo de Caroline dejó atrás la entrada a un pasillo que se hallaba bloqueado por una línea negra.

—¿Puedes pasar por ahí?

—Nanay. Eso es un campo de fuerza. *Verboten*.

Caroline estaba en el patio del castillo negro, delante del rastrillo. Tres dragones-pato, rojo, amarillo, y verde, la perseguían haciéndola correr en un gran círculo. Caroline se burlaba de ellos y siempre se mantenía fuera de su alcance, pero al cabo de un rato cometió un error de cálculo y quedó atrapada entre los dientes del dragón rojo. El cuadrado se detuvo, vibró de pánico por un instante y luego el cuadrado bajó por la garganta del dragón para ir a parar al interior de su estómago.

—Mala suerte, vieja amiga —dijo Zeph.

Contemplaron la pantalla sumidos en un fúnebre silencio. Absurdamente, debido a un error de programación, los otros dragones no parecían haber advertido que el cuadrado estaba muerto y seguían describiendo círculos y mordiéndolo dentro del estómago del dragón rojo. El murciélago negro apareció en la pantalla desde la esquina superior izquierda. En otro lugar del apartamento se oía música, parecía *Smoke Gets in Your Eyes*.

—Maldición —dijo Zeph—. El Artista le ha echado mano a nuestra colección de CD.

—Aguanta —dijo Caroline—. Espera un segundo, esto ocurre de vez en cuando.

El murciélago voló en diagonal, aparentemente sin verse obstaculizado por los muros. Efectuó varias pasadas preliminares a través de la pantalla, desplazándose en ángulo a través de ella, luego cambió de curso deliberadamente y sin reducir la velocidad cogió al dragón rojo y se alejó volando con él. El cuadrado fue con él, todavía dentro del estómago del dragón, y la cámara modificó el encuadre para seguirlos. El murciélago los llevó implacablemente a través de laberintos, castillos, salones y cámaras secretas. Era como ser un fantasma embarcado en una enloquecida gira destinada a encantar el mayor número de casas posible, un vertiginoso recorrido de los rincones ocultos del universo.

De pronto Edward se dio cuenta de que estaba exhausto. Zeph y Caroline, por mucho que los quisiera, eran unos fanáticos de la informática y aquello estaba empezando a resultar excesivo. De todos modos, debería pasar por la oficina y aclarar aquel asunto con los Went antes de que su jefe diera por terminada la jornada laboral. Consultó su reloj.

—Debería marcharme —dijo.

—Te acompañaré hasta la puerta. —Zeph se incorporó, empujando violentamente el sillón contra la pared.

Edward lo siguió al pasillo y luego entraron en la pequeña y oscura sala de estar. El aire se hallaba impregnado de alguna especia desconocida que recordaba a la comida india, probablemente procedente del restaurante que había al otro lado de la calle. El escritorio de Caroline estaba allí, con sus libros y expedientes esparcidos alrededor de él.

—Espera. —Zeph se detuvo—. Sólo será un momento.

Volvió al pasillo y regresó con un pequeño sobre cuadrado de papel manila, cerrado con un cordelito rojo.

—Para ti.

Edward deshizo con mucho cuidado el nudo del cordel. Abrió la solapa del sobre y depositó el contenido en su mano. Era un CD.

—Siento no tener un estuche —dijo Zeph.

Edward observó la superficie del disco y vio fugazmente su rostro reflejado en ella, glorificado como el de un santo medieval, con un realce hecho de luces prismáticas. Le dio la vuelta. El CD estaba completamente en blanco.

—¿Qué es?

—Algo para mantenerte ocupado —dijo Zeph—. Lo grabé yo mismo.

—¿Es música?

—Es un juego.

—¿Un juego de ordenador? —inquirió Edward, sintiendo que se le caía el alma a los pies—. ¿Quieres decir como el Tetris o algo así?

Zeph asintió.

—En realidad fue el Artista el que hizo que me enganchara a él. Es asombroso.

Edward se esforzó por fingir entusiasmo.

—¿Cómo se llama?

—No tiene nombre. Algunas personas lo llaman MOMO, no sé por qué. Es lo que se conoce como un proyecto de origen abierto. Eso quiere decir que se trata de una colaboración entre montones de personas distintas llevada a cabo en Internet. Pruébalo, es una gran escapatoria. Realmente adictivo.

—Estupendo. Muchísimas gracias. —Edward volvió a meter el disco en el sobre, sosteniéndolo con el pulgar y el índice como si fuera un insecto muerto, y anudó delicadamente el cordel. Sin percatarse de su consternación, Zeph le tendió la mano y Edward se la estrechó.

—En cualquier caso, mis congratulaciones. Feliz ascenso. Te telefonearé luego para lo de esa fiesta. Diviértete un poco para variar. —Zeph descorrió el pestillo—. Tampoco sería el fin del mundo.

En la calle empezaba a anochecer. El apartamento de Zeph y Caroline estaba en el West Village, cerca de Washington Square Park. Edward fue a pie hasta la Sexta Avenida y torció a la derecha, dirigiéndose hacia la zona alta. Se sentía cansado y extrañamente pasivo. ¿Iba a ir a la oficina? No, decidió que no iba a hacerlo. Estaba demasiado cansado. En lugar de eso telefonearía mañana por la mañana.

El sol se estaba poniendo, pero el calor de la tarde persistía. Edward respiró hondo. El aire estaba cargado de un olor extraño pero no del todo desagradable, un aroma exclusivamente neoyorquino compuesto del humo de los vendedores callejeros de las aceras, las emanaciones del metro, el vapor procedente de un millón de tazas de café, los delicados aromas de miles de cócteles de quince dólares. Un equipo de rodaje había empezado a instalarse sobre la concurrida acera, extendiendo gruesos cables eléctricos dentro y fuera de remolques blancos sin identificaciones y redistribuyendo a los transeúntes en la calle. Tres mesas para jugar a las cartas permanecían desocupadas a un lado cargadas con ensaladas de pasta, sándwiches vegetales y latas de refrescos dietéticos, todo ello momificado en plástico transparente. Los técnicos habían cubierto el pavimento con una pegajosa capa blanca parecida a la espuma de afeitar para que simulara la nieve de una escena invernal. Teniendo en cuenta el calor reinante, la situación le pareció tan surrealista que Edward experimentó una sensación de desconexión, como si nada de lo que estaba viendo guardase ninguna relación con él.

Paró un taxi en la calle Catorce. El conductor no respondió cuando Edward le dio su destino —el nombre que había en su licencia sonaba a chino—, pero pareció entender. El móvil de Edward sonó: otra vez Andre. Lo dejó sonar. El tapizado negro del taxi había sido remendado tantas veces que parecía más precinto de embalar que vinilo, pero era suave y mullido, y el asiento estaba marcadamente inclinado hacia atrás. Edward tuvo que reprimir el impulso de cerrar los ojos y echar una cabezada. Contempló apáticamente por la ventanilla cómo las elegantes fachadas de Chelsea se convertían en los relucientes acantilados de metal y cristal del centro de la ciudad, para luego adoptar el suave tono verdoso de Central Park, sus abultados promontorios creados artificialmente y sus puentes de estilo victoriano, con su complejo enladrillado empapado en orina que ya empezaba a desmoronarse.

Tal vez fuese la cerveza que había bebido en casa de Zeph, pero realmente se sentía exhausto, con el cuerpo al límite de sus fuerzas. Edward había estado trabajando demasiado duro durante aquellos últimos meses. Engullía el trabajo sin parar, revolcándose en él y atracándose de él, setenta, ochenta horas a la semana. Cuanto más trabajaba, más trabajo quedaba por hacer, y siempre encontraba un poco más de apetito, un poco más de espacio dentro de su estómago donde meterlo. Lo único finito era el tiempo, lo cual siempre podía solucionarse durmiendo menos. Cada noche al poner su radio despertador Edward calculaba hasta qué punto podría aguantar, como un buceador que traza el plan de inmersión para un peligroso descenso nocturno, equilibrando las presiones mientras estima su aguante y raciona sus preciosas reservas.

Imágenes de los últimos seis meses se agolparon en su mente, como si los campos de fuerza que las mantenían a raya se hubieran desvanecido o hubiesen cedido súbitamente. El crepúsculo permanente del centro; el no exento de atractivo rostro de su ayudante, ya sentada a su escritorio cuando él llegaba allí por la mañana; el cómodo sillón de cuero de su despacho; el acusador ojo rojo de su correo de voz, fulminándolo con la mirada como el ojo malévolo de HAL; los firmes apretones de manos con abogados; su móvil sonando en todas partes: mientras se afeitaba, en una película, dentro de un cubículo en los servicios del aeropuerto de La Guardia. Últimamente el icono parpadeante del correo electrónico en la esquina superior derecha de su portátil había empezado a aparecer en la visión de Edward incluso cuando estaba lejos de su escritorio, haciendo que levantara la cabeza con una brusca sacudida ante la nada, como si estuviera fuera de sus cabales. Tres o cuatro veces al mes había pasado una noche en vela, haciendo flexiones en el suelo enmoquetado para mantenerse despierto hasta las seis, pequeños músculos estremeciéndose en su pecho a causa de la cafeína, la mandíbula apretada como las fauces de un robot de hierro. Edward tomaba un taxi para ir a casa en el sombrío silencio de primera hora del amanecer, sintiéndose como si le hubieran aporreado la cabeza. Llegaba a casa y se duchaba, diciéndose que se sentía bien, perfectamente bien, listo para seguir adelante, y se ponía una camisa limpia. Mientras se ajustaba el nudo de la corbata en la cocina, apoyándose en su todavía flamante horno (no había encendido el gas ni una sola vez), podía ver el coche de la empresa con el motor en punto muerto junto al bordillo, el tubo de escape exhalando nubecillas de vapor que se elevaban en el aire de las primeras horas de la mañana, mientras esperaba llevarlo de regreso a la oficina para una reunión a las siete y media...

Edward despertó de golpe cuando el taxista chino se detuvo delante de su edificio. Tuvo que hacer un gran esfuerzo para sacar la cartera del bolsillo delantero de sus pantalones. Estaba tan cansado que pensó que se dormiría en cualquier momento, allí mismo, en mitad de la acera. Pasó un minuto entero tratando de abrir la puerta principal con la llave del despacho antes de encontrar su llave del edificio. Iba a perder el conocimiento. Finalmente logró entrar, subió por la escalera y echó los pestillos detrás de él en el interior del apartamento. Ni siquiera llegó al dormitorio, porque se limitó a tenderse boca abajo en el sofá.

3

Mientras crecía en Maine, Edward no había albergado deseo alguno de convertirse en asesor de inversiones o, en realidad, de ser cualquier otra cosa. Él no era uno de aquellos niños que habían puesto sus miras en alcanzar una meta determinada: ser médico, bombero, o astronauta especializado en las misiones de detección a larga distancia. Cuando pensaba en su infancia, cosa que ocurría raramente, la imagen que le venía a la mente era la de la nieve cubriendo la barandilla de un porche a última hora de la tarde, amontonándose más allá contra el poste de la esquina, y él preguntándose si al día siguiente suspenderían las clases en la escuela.

Su familia vivía en una vieja casa victoriana pintada de blanco con una rala extensión de césped enfrente y un neumático para columpiarse detrás. Sus padres eran ex hippies, comuneros que habían resultado carecer de estómago para la vida en la granja, y cuando volvieron al redil se encontraron establecidos en la estrecha franja suburbana que circundaba la vieja ciudad de ladrillo de Bangor y la separaba de la fría vastedad de pinares que había más allá.

Bangor era una capital maderera del siglo XIX que había pasado por una mala época. Hacía falta un montón de nieve para que se suspendieran las clases, pero afortunadamente en Bangor caía mucha nieve. Si empezaba a nevar antes de que él se fuera a la cama (cuanto más tarde empezara a nevar, mayores eran las probabilidades), Edward se quedaba despierto escuchando el silencio envuelto por la nieve y luego, en cuanto sus padres se quedaban dormidos, apuntaba el haz de una linterna hacia la ventana para ver brillar cada copo de nieve antes de desvanecerse en el anonimato colectivo encima del césped. Observaba febrilmente la oscuridad e intentaba evaluar la frecuencia y calidad de los copos, teniendo en cuenta temperatura y duración, humedad y velocidad del viento, mientras rezaba inarticuladas pero fervientes plegarias dirigidas al superintendente escolar. Lo habitual era que se viese despertado por el sonido de la máquina quitanieves mientras se abría camino por la fuerza calle abajo, seguida unos minutos después por el rugido del camión que se disponía a enterrar las esperanzas de Edward bajo una mezcla de tierra y sal.

Tras crecer en aquel paisaje blanco y negro, con un manto de nieve cubriendo el suelo desde octubre hasta mayo, tenía cierto sentido que Edward estuviera dotado para el ajedrez.

En una ocasión, mientras su madre conducía las cinco horas que los separaba de Boston para llevarlos a ver a unos parientes, el padre de Edward le dio una condescendiente lección de diez minutos sobre un minitablero magnético de ajedrez, haciéndolo pasar de un lado a otro entre los asientos delantero y trasero. Edward ahogó el rey con su padre en el primer intento, lo venció en el segundo y nunca volvió a perder. Tenía siete años. Durante los cinco años siguientes pasó cada fin de semana —la totalidad del sábado y la mayor parte del domingo— en un club de ajedrez en Camden, antaño una mansión suntuosa y ahora medio abandonada, que olía a papel de pared desportillado y húmedo y viejos tapizados de pelo de caballo. Estaba poblado casi exclusivamente por niños irritantemente precoces como Edward y viejos melancólicos, incluidos dos emigrantes rusos llenos de nostalgia que mascullaban *Bozhe moi!* y *Chyort vozmi!* a través de sus abundantes barbas, mientras Edward capturaba grácilmente sus caballos y se hacía con sus torres.

Cuando tenía doce años, un profesor de Bowdoin le daba clases de ajedrez diarias después de la escuela, y Edward viajaba a Boston y a Nueva York, y en una ocasión incluso a Londres, para los torneos de ajedrez. Tenía un número en la clasificación nacional y una estantería llena de trofeos de ajedrez en su dormitorio. La mera visión de Edward —ya alto, pálido como un alfil blanco, con una postura rígidamente envarada ante el tablero—, llenaba de temor los diminutos corazones de sus adversarios de menor edad.

A los trece años todo había terminado. Su don se evaporó como el rocío en el duro amanecer de la pubertad, de manera indolora y casi de la noche a la mañana, y aunque después recordaba con claridad lo que significaba vagabundear por los relucientes corredores de la mente, las puertas a aquel edificio secreto habían quedado firmemente cerradas, la llave de plata perdida, el sendero cubierto de maleza, para nunca más volver a ser encontrados. Su posición en la clasificación cayó en picado, sus partidas se convirtieron en una llorosa serie de abandonos después de las primeras jugadas. A veces sorprendía a sus padres mirándolo como si se preguntaran qué había sido de aquel brillante sustituto que las hadas les dejaron en lugar de su hijo.

Pero a pesar de las lágrimas y las miradas perplejas de sus padres, en lo más profundo de su ser Edward no se sentía devastado por la pérdida de su don. Éste se había ido tan misteriosamente como llegó. Lo echaba de menos, pero nunca había parecido enteramente suyo, siempre lo había sentido como su huésped, un custodio temporal, nada más. No estaba amargado. Sólo deseaba que a su don le fuera lo mejor posible dondequiera que lo hubiesen llevado sus alas invisibles.

No obstante, había momentos en que volvía los ojos con nostalgia hacia sus años como niño prodigio. En los años que siguieron a esa época Edward se encontró una y otra vez tratando de recuperar la sensación de maestría carente de esfuerzo y tranquila serenidad que había conocido en el tablero de ajedrez, la sensación de ser alguien especial destinado a cosas mejores. La buscó en su trabajo escolar, en los deportes, en el sexo, en los libros e incluso, mucho tiempo después, en su trabajo en Esslin & Hart.

Nunca la encontró.

Cuando despertó, seguía tendido en el sofá. Fuera estaba oscuro. Se incorporó y se quitó la corbata, que estaba llena de arrugas tras quedar atrapada debajo de él.

Un tenue resplandor rosáceo procedente de las luces de la calle iluminaba las dos ventanas delanteras. Su apartamento era largo y estrecho, la forma del magro edificio de apartamentos del Upper East Side cuyo último piso ocupaba. Todo él era una gran habitación: en la parte delantera se hallaba la sala de estar, que daba paso al estudio, que a su vez precedía a una estrechísima cocina, más allá de la cual había un dormitorio pobremente iluminado y un cuarto de baño desproporcionadamente suntuoso. Edward habría podido permitirse algo mucho mejor, pero nunca había dispuesto del tiempo necesario para buscarlo, ¿y qué sentido habría tenido hacerlo? Él casi nunca estaba allí. El aire acondicionado se había averiado el verano pasado y Edward ni siquiera se había molestado en hacer que lo repararan.

Su radio despertador marcaba las 21.04 en trémulos números rojos. Edward se levantó y fue hacia su escritorio en la oscuridad, abriéndose la camisa blanca con una mano. Era demasiado temprano para meterse en la cama, pero tampoco estaba seguro de que realmente quisiera estar despierto. Bostezando, recogió su chaqueta de allí donde la había dejado caer en el suelo y sintió la rígida forma del sobre de papel manila en el bolsillo interior: el regalo de Zeph. Lo sacó y lo miró.

Zeph había escrito encima del sobre, en letra mayúscula: PARA EDWARD, QUE TIENE TIEMPO DE SOBRA.

Hizo caer el CD en su mano. No tenía ninguna señal, y tuvo que adivinar cuál era el lado legible. Cuando lo inclinó bajo la luz, distinguió dos radios de colores alrededor del agujero central.

Edward suspiró. Tenía un colega llamado Stewart, un par de años más joven que él pero aun así un adulto, que guardaba una GameBoy en su despacho. Era adicto a ella, jugaba continuamente, durante las reuniones, mientras hablaba por teléfono, junto a la fuente del agua, en la parte trasera de una limusina. Era uno de los chistes que corrían por la oficina, Stewart y su GameBoy púrpura, pero Edward simplemente lo encontraba embarazoso. Aborrecía la expresión de lasitud que aparecía en el rostro de Stewart cuando jugaba: la mirada fija, los labios fláccidos y separados, como un retrasado mental que intentara resolver un problema de cálculo. Si alguna vez veía aparecer esa GameBoy delante de un cliente, Edward había jurado que la tiraría por una ventana.

Pero no tenía elección, al menos debía echarle un vistazo al juego. Zeph sin duda le preguntaría al respecto. Edward se dirigió a su escritorio y tanteó debajo de él en busca del botón de encendido de su ordenador. Bostezó y se desperezó mientras éste pasaba a inicializarse, y luego introdujo el disco en la unidad de CD-ROM. Un programa que se llamaba a sí mismo «eneljuego.exe» pidió permiso para autoinstalarse. Edward dio su consentimiento. El programa pasó unos cuantos minutos abriendo una serie de ficheros colosales y copiándolos en el disco duro. Edward miró alrededor, poniéndose cómodo. Cuando el programa hubo terminado, había un nuevo acceso directo disponible en el ordenador. Edward hizo doble clic sobre él.

La pantalla se ennegreció súbitamente, y los altavoces emitieron un fuerte chasquido. El disco duro zumbó como una clueca poniendo un huevo. Durante un minuto no ocurrió nada más. Edward volvió a mirar el reloj. Eran las nueve y media. Todavía podía cambiar de parecer acerca de aquella fiesta en la oficina de Joe Fabrikant. La lámpara del escritorio creaba una isla de luz en el apartamento sombrío. Edward apoyó la cabeza en la mano.

De pronto el ordenador volvió a la vida. Diminutas letras blancas aparecieron en la pantalla sobre un fondo negro.

¿UN JUGADOR O VARIOS?

Edward pulsó UNO. Las palabras desaparecieron.

ELIJA UNO:

* VARÓN
* MUJER

Edward parpadeó. La cuestión parecía un poco personal. Jugueteó con la idea de mentir y por fin escogió VARÓN.

63

ELIJA UNO:

   * TIERRA
   * MAR
   * RÍO

Optó por el último.

ELIJA UNO:

   * FÁCIL
   * MEDIO
   * DIFÍCIL
   * IMPOSIBLE

Estaba de vacaciones. FÁCIL.

ELIJA UNO:

   * CORTO
   * MEDIO
   * LARGO

CORTO.

La unidad de CD-ROM emitió unos cuantos chasquidos más y luego guardó silencio. La pantalla volvió
a ensombrecerse durante tanto tiempo que Edward empezó a preguntarse si el programa se habría colgado. Se
disponía a tratar de abortarlo cuando el disco duro reanudó su agitación. Edward vaciló, las manos suspendidas
encima del teclado. La pantalla se aclaró.

Al principio pensó que estaba viendo una fotografía,
congelada y digitalizada. La escena era sumamente rea-

lista, como mirar a través de una ventana en otro mundo. La luz era verde, había árboles, un bosquecillo de esbeltos arces y álamos temblones con los rayos de sol filtrándose entre ellos. Una ligera brisa agitaba sus diminutas hojas. Detrás del delicado lienzo de árboles se extendía un terreno descubierto de hierba verde.

Edward movió el ratón. Su punto de vista se desplazó hacia un lado como una cámara de cine. Luego lo inclinó hacia abajo con cuidado y vio un sendero cubierto de hojas. Lo inclinó hacia atrás, dirigiéndolo al cielo. Éste era azul, con una solitaria nube blanca disolviéndose en él como una gota de leche en un charco de agua.

Entonces reparó en que Zeph no lo había telefoneado para ir a la fiesta. De todos modos ahora no recordaba cuál era la dirección. Quizás a aquellas alturas ellos estarían allí, relacionándose y charlando y ya medio borrachos. Edward fue a la cocina, se sirvió una copa de tinto frío de una botella medio vacía que guardaba en la nevera y a la que había vuelto a poner el corcho y regresó con ella al escritorio. Con aquel calor el vino frío le sentaría bien.

Había algo extraño en el juego. Las imágenes se movían con una fluidez perfecta, sin mostrar los saltos o las vacilaciones propias de los dibujos animados. Los colores habían sido sacados de una intensa paleta hiperreal, como un paisaje verdoso segundos antes de una tormenta, y la calidad de los detalles era sorprendente. Centrándose en una rama cercana, Edward vio que una de sus hojas tenía un diminuto semicírculo irregular mordisqueado en uno de los bordes. No era tanto una película cuanto el cuadro de un antiguo maestro que hubiese cobrado vida.

La condensación había creado cuentas sobre la superficie de su copa de vino. Edward miró el reloj: eran casi las diez.

Acababa de decidir que se quedaría en casa cuando de pronto vio un sobre cuadrado en el suelo, cerca del sofá. Alguien debía de haberlo metido por debajo de la puerta empujándolo con la mano, empleando la fuerza suficiente para que se deslizara un par de metros hacia el interior de la habitación. El sobre, grueso y cuadrado, tenía su nombre y su dirección escritas con una caligrafía excelente en la parte delantera. Se dijo que le resultaba vagamente familiar, y estaba en lo cierto: contenía una invitación a la fiesta de Fabrikant.

—Bueno —dijo en voz alta—. Vaya por Dios.

¿Cómo habían conseguido entrar en el edificio? Edward contempló la invitación durante un instante, y luego la dejó a un lado encima de la mesa para concentrarse de nuevo en la pantalla del ordenador.

Ramas y árboles crujieron mientras se abría paso a través de ellos. Cuando hubo salido a terreno descubierto, vio que se hallaba en lo alto de un risco que caía en picado hacia un ancho río muy por debajo de él. El agua poseía el gris uniforme del acero bruñido y se hallaba fruncida por pequeñas olas. El sol se cernía sobre ella, un brillante disco dorado en un cielo azul, a través del cual más nubes blancas como el algodón corrían a una velocidad que no tenía nada de natural.

A lo lejos, delicadas colinas verdes como salidas de un campo de golf se alejaban del río a ambos lados, interrumpidas aquí y allá por oscuras extensiones de bosque. Río abajo, un enorme puente de piedra se extendía a través del valle. Edward miró hacia abajo y vio sus propios pies: zapatos de cuero negro y pantalones de sarga marrón. Cerca, en el mismo borde del risco, había un solitario poste de madera gastada por la intemperie con un buzón de correo clavado a él. Dentro del buzón había un sencillo sobre blanco, una pistola y un reloj de arena

hecho de plata, puesto de lado. Edward supo instintivamente que habían sido dejados allí para él y para nadie más.

Echó a andar hacia ellos, pero algo atrajo su mirada
desde el borde de la pantalla, y Edward se volvió y cayó
por el borde del risco.

La pantalla se bamboleó alrededor de él: cielos azules, río plateado, paredes rojas del risco, otra vez cielos
azules. Estaba cayendo. Se había sumergido hasta tal
punto en el juego que su cuerpo inició una respuesta de
pánico: su cuello se tensó con un súbito hormigueo y su
oído interno tembló. Hubo un último destello de intenso sol antes de que Edward chocara con el agua. Después
la luz cambió para volverse apagada y turbia, marrón, gris
y verde. El cuerpo descendió lentamente hacia el fondo del río, meciéndose de un lado a otro como una hoja
que cae, y terminó descansando sobre la espalda, vuelto
de cara hacia la reluciente superficie temblorosa.

Edward pulsó unas cuantas teclas. No sucedió nada.
Su punto de vista se hallaba ligeramente inclinado; podía
ver una pequeña porción del fondo arenoso, unas cuantas muestras viscosas de vida vegetal, la superficie que
rielaba por encima de él. Un pez de agua dulce de aspecto pardusco —¿una trucha?— eclipsó momentáneamen-
te el sol acuoso cuando pasó nadando muy por encima de
él. Edward se dio cuenta de que estaba muerto.

El apartamento estaba en silencio. Vacilante, Edward pulsó otra tecla. La pantalla se aclaró.

Volvía a estar en el bosque, de regreso al principio.
Soplaba una suave brisa. El cielo era azul. Estaba vivo.

4

Al día siguiente Edward despertó tarde. Le dolía la cabeza. Lo último que recordaba era haber vagado por el paisaje verde en el juego, a través de colinas, praderas y bosquecillos, manipulando los controles mientras iba en busca de pistas. En algún momento se había terminado el vino y había empezado a servirse sorbos de una botella de grappa —Zeph y Caroline se la habían traído de una conferencia en Florencia el año pasado—, basándose en el principio de que seguir fiel a los líquidos extraídos de la uva minimizaría su resaca. Ahora estaba reconsiderando aquel principio a la luz de la nueva evidencia.

¿Cuándo se había ido finalmente a la cama? Dios, no era mejor que Stewart y su maldita GameBoy. El ambiente en el apartamento se había vuelto asfixiante. Todas las ventanas estaban cerradas y el sol entraba a raudales. Edward notó la humedad del sudor en la espalda cuando bajó las piernas al suelo. Se levantó tambaleándose de la cama, abrió todas las ventanas que pudo encontrar y volvió tambaleándose a la cama.

Miró el reloj, eran las dos de la tarde. Sacudió la cabeza. El estrés y la falta de sueño finalmente habían podido con él. Apoyó la cabeza en las manos. Estaba bastante seguro de que era viernes. Lo normal era que a esas alturas él ya llevase horas trabajando. De pie en la cocina, se sirvió un vaso de agua y lo vació en una larga e ininterrumpida serie de tragos. En la encimera había una enorme manzana. Edward cogió un cuchillo de acero para trinchar la carne y cortó un pedazo. Se lo comió directamente de la hoja. Su fría firmeza hizo que le dolieran los dientes.

Había un mensaje en el contestador. Sin duda lo habían dejado la noche anterior después de que él se hubiera ido a la cama.

«—Edward. Soy Zeph. —Intenso ruido de fondo—. Aquí todos están hablando por sus móviles, así que Caroline y yo, hemos pensado que también deberíamos llamar a alguien. —Caroline dijo algo en medio del bullicio—. No estoy gritando. Así es como yo hablo. Oye, ésta es mi voz normal. —Zeph estaba borracho—. Todos estamos muy cabreados contigo —continuó—. Fabrikant está cabreado porque tú no estás aquí y nosotros estamos cabreados porque tú no estás aquí, y eso equivale prácticamente a todo el mundo... Bueno, hay unas cuantas personas más, probablemente ellas también están cabreadas contigo, pero no puedo asegurarlo. La verdad es que no me apetece preguntárselo. Ahora deberíamos largarnos. Estoy harto de hablar solo. Oh, el Artista está aquí. ¿Verdad que es demasiado? Se pasea por ahí asustando a la gente. ¡Uau, esa tía sí que tiene pinta de zorra! —añadió Zeph.

»—Fíjate en esos tacones —dijo Caroline en un segundo plano—. ¿Por qué no se limita a llevar zancos?

«—Voy a...»

La llamada se cortó en aquel punto.

Edward se dirigió al cuarto de baño para echarse un poco de agua fría en la cara. Habían transcurrido un par de días desde que se afeitó. «Estás perdiendo los pedales —pensó—. Desperdiciaste la noche anterior y ya has desperdiciado la mitad del día de hoy. Contrólate un poco, gilipollas.» Mientras se miraba en el espejo, pensó que debería telefonear a la oficina y aclarar aquel lío con la biblioteca de los Went. No, ya era demasiado tarde para eso. Debía ir allí. Seguro que ya estaban esperando que apareciese. Edward se imaginó el oscuro y fresco silencio de la biblioteca de los Went.

Una nueva capa de sudor había empezado a perlar su frente. Decidió tomar una ducha. Luego se vistió y metió un cuaderno de notas y un suéter viejo en su bolsa de cuero. No iba a pasar el día entero deambulando por el apartamento. Al menos los Went tenían aire acondicionado. De camino hacia la puerta se detuvo delante del ordenador. La pantalla del monitor tenía un aspecto enfermizo y polvoriento bajo la luz directa del sol. Seguía encendida, con el salvapantallas dibujando obsesivamente una y otra vez cordilleras montañosas que luego volvía a borrar de inmediato. Ni siquiera se había molestado en salir del juego. Lo había dejado conectado durante toda la noche mientras dormía.

Edward pulsó la barra espaciadora y la pantalla se vació. Todavía estaba vivo. Frunció el entrecejo. Lo lógico habría sido pensar que a esas alturas ya habría llegado algún invasor del espacio o lo que fuese y lo habría matado. Quizás eso ya había sucedido, quizá le habían dado muerte un millar de veces desde la noche anterior y luego había sido devuelto a la vida otras tantas. ¿Acaso importaba? ¿Cómo iba a saberlo él?

A pesar de que en el exterior era primera hora de la tarde, según un diminuto reloj digital situado en la parte inferior de la pantalla, en el juego eran las siete de la tarde. Una delgada y reluciente banda de crepúsculo que empezaba a desvanecerse se extendía a través de los árboles por la mitad del horizonte, rojo, oro y verde. Edward se acercó al borde del risco. El contraste de la claridad solar en las agitadas aguas del río estaba reproducido con exquisito detalle, venas de fuego que ondulaban y se estremecían. Edward se quedó de pie durante un rato, limitándose a mirar.

Algo había cambiado respecto a la noche anterior. La carta en el buzón de correos había desaparecido, al igual que la pistola. Edward se acordó de aquella canción de los Beatles que hablaba de hojas agitándose dentro de un buzón de correos. Y de hecho, ahora había hojas en el suelo; la escena se había alterado sutilmente, volviéndose más otoñal. El reloj de arena que había visto antes seguía allí, pero yacía roto en el suelo y la pálida arena que había contenido se hallaba esparcida sobre la hierba, que parecía menos brillante y mostraba algunas calvas. El tiempo había transcurrido en la escena. Edward miró nerviosamente alrededor.

Río abajo, el puente había quedado reducido a un montón de ruinas. Toda la luz de la estructura había desaparecido, y una de las dos torres de piedra que la sustentaban se había esfumado por completo. La otra estaba medio en ruinas. Edward corrió río arriba a lo largo del risco para obtener una vista mejor. Descubrió que en el juego se movía rápida y ágilmente, desplazándose sobre el terreno más deprisa de lo que él o ninguna otra persona podría llegar a correr en la vida real. Parecía como si el puente hubiera envejecido, erosionándose y debilitándose poco a poco hasta que finalmente se había desplomado bajo el mero peso del tiempo. ¿Cómo podía haber transcurrido tanto tiempo? Una larga y cremosa faja de espuma fluía corriente abajo desde la base de la torre superviviente. Cuando estuvo más cerca, Edward oyó el suave murmullo del agua. Parte de un león de piedra tallada seguía al acecho junto a la base de la torre.

¿Cómo había envejecido tanto el puente en una sola

71

noche? ¿Y qué se suponía que tenía que hacer él? ¿Repararlo? ¿Cuál era el objetivo del juego? Edward se deslizó por una empinada ladera y alcanzó el final del camino, acercándose todo lo que se atrevió al lugar donde el maltrecho borde del sendero se precipitaba hacia abajo. La corriente se acumulaba contra la base de la torre. No había otro sonido que el fluir del agua y un bucle con el canto de los grillos grabado en él. Una pequeña embarcación de vela como las que aparecían en los dibujos animados ascendía poco a poco río arriba, absurdamente en paz, mientras dejaba tras de sí una estela blanca sobre el agua azul oscuro. El límpido sonido de una campana llegaba desde ella.

Edward pulsó la tecla Esc para ver si el juego le permitía salir, pero no ocurrió nada. Probó Ctrl Q, luego Alt F4 y finalmente Ctrl-Alt-Suprimir. Nada, aunque se le permitió guardar una copia del juego en su fase actual.

—Joder —dijo en voz alta.

Quizá volver a matarse ayudaría. Se acercó al borde del camino, un sendero de gravilla blanca con una cresta de hierba verde que corría a lo largo del centro. El hecho de suicidarse, aunque sólo fuera en un juego, le parecía un poco raro, pero, tras un instante de vacilación, retrocedió para cobrar impulso y corrió por encima del borde. Esta vez no tropezó, sólo cayó: un momento de inmovilidad en el que flotó apaciblemente en el aire fue seguido por un rápido descenso hacia las aguas oscuras.

En vez de hundirse volvió a subir a la superficie. Su punto de vista osciló arriba y abajo, y la corriente empezó a llevárselo. No se estaba hundiendo. Trató de sumergirse, pero no se le ocurría cómo. Flotaba como un corcho.

—Muere —masculló entre dientes—. Muere, pequeño cabrón.

Al cabo de un rato se hartó de tratar de ahogarse. Estaba anocheciendo en aquel lugar irreal. Edward nadó hasta la base de la torre y se encaramó a ella. Muy lejos de allí, casi indistinguible desde la orilla, vio alejarse la embarcación en la distancia. Había algo escrito en la popa, ahora ilegible, aunque Edward pensó que podía ser la palabra «MOMO».

Un camión de la basura obstruía el paso por la estrecha calle de los Went, por lo que el taxista dejó a Edward en la esquina del apartamento. Una mujer de expresión hosca vendía los números atrasados de *Penthouse* y *Oui*, descoloridos por el sol y deteriorados por el agua, que tenía esparcidos sobre una mesa para jugar a las cartas. El calor era brutal, la ciudad parecía un horno de cemento. El sol se reflejaba con destellos cegadores en las ventanas de los apartamentos y los espejos laterales de los coches; incluso la acera brillaba más de lo normal. Edward pasó junto al portero sin mirarlo siquiera.

—¡Adelante! —anunció fríamente el portero mientras Edward pasaba junto a él.

Después del resplandor del exterior, Edward quedó prácticamente cegado en la penumbra del vestíbulo y tropezó con una mesita de centro, golpeándose la pierna. El aire olía a cuero. Edward fue hacia los ascensores, moviéndose con cuidado entre la oscuridad, y sacó del bolsillo la llave de tubo que le había dado Laura. La llave entró sin ninguna dificultad en un orificio circular junto al botón del piso decimoséptimo. Las puertas se cerraron con un ruidoso deslizarse.

Edward esperaba que no habría nadie en casa, que podría escabullirse al piso de arriba sin tener que hablar con nadie. Le dolía la pierna. Un anciano *jasid* subió en la novena planta, apestando a sudor bajo su chaqueta negra, y se bajó en la décima. A medida que se aproximaba a su destino, Edward tuvo la extraña premonición de que las puertas se abrirían sobre la nada, o quizás ante una pared desnuda, o un acantilado, pero cuando llegó allí sólo había la antesala recubierta de espejo, exactamente como antes, con la mujer de la limpieza pasando vigorosamente el aspirador por la alfombra oriental en la habitación contigua.

No vio a Laura por ninguna parte. Edward cruzó la habitación y avanzó por el elegante pasillo blanco con sus fantasmagóricos cuadros ausentes, hasta que encontró el armario con la escalera en espiral. El sonido del aspirador fue perdiéndose detrás de él. Sus zapatos resonaban sobre los escalones de metal. Esta vez la puerta que había al final de la escalera se abrió sin ninguna dificultad, y Edward la cerró firmemente tras él. Entrar en la biblioteca fue como meterse en un cine una tarde de verano; el mismo oscuro frescor, la misma atmósfera de callada anticipación. Respiró hondo, igual que la primera vez. El aire estaba frío y olía a moho, pero lo sintió como una toalla mojada sobre su dolorida frente.

Dadas las circunstancias, la perspectiva de una larga tarde de trabajo, tranquila y relativamente libre de esfuerzo mental, parecía increíblemente agradable. Cruzó la larga sala en dirección a la mesa, caminando despacio mientras disfrutaba del silencio y la soledad. Todo estaba exactamente tal como lo había dejado. El gran volumen encuadernado en cuero del día anterior seguía abierto encima de la mesa, oscuro y solemne como una lápida. Edward conectó el ordenador y se dirigió hacia la caja abierta mientras aquél se inicializaba. Las gruesas cortinas estaban separadas por apenas una rendija, a través de la cual penetraba una solitaria línea de luz que se extendía a lo largo del suelo de madera.

Sacó de la caja unos cuantos libros y los llevó a la mesa. Abrió el primero de los paquetes, un delgado volumen encuadernado en cuero gris verdoso con ribete dorado. *Un viaje sentimental a través de Francia e Italia*, por Laurence Sterne. El cuero estaba tan blando y se desmenuzaba con tanta facilidad que le tiznó los dedos. El libro era diminuto y delicado, apenas de un centenar de páginas. Edward lo abrió sólo hasta el frontispicio. Había sido impreso en 1791.

Desenvolvió el resto de los libros, tirando el papel al suelo a medida que lo hacía: *La queja; o pensamientos nocturnos y la fuerza de la religión*; una narración del desenterramiento de un mamut congelado escrita en la época victoriana, llena de soberbias ilustraciones y encuadernada junto con un tratado contemporáneo sobre los meteoritos; *Le sofa*, una novela prerrevolucionaria francesa con cubiertas de papel rosa, resultó ser un relato pornográfico —con un fuerte transfondo revolucionario— de la vida sexual de la aristocracia francesa, escrito desde el punto de vista de un mueble consciente; un fajo inidentificable de viejos papeles atados con una cinta negra: opúsculos religiosos americanos de la primera época; una edición, llena de manchas y de aspecto barato, de *Manzanas a un penique cada una* de Joyce.

Edward abrió la libreta de anillas que contenía las instrucciones y las siguió lo mejor que pudo. Contaba las páginas extra sin numerar al principio y al final de cada volumen. Medía cada libro en centímetros. Evaluaba con la punta de los dedos el estado de los bordes y chasqueaba la lengua ante los lomos arrugados o que se habían partido. Contaba imágenes e ilustraciones y buscaba cualquier ornamento en un gran libro que listaba los más populares, junto con los nombres y las fechas de los impresores que los inventaron. Copiaba cualquier marca o inscripción: la guarda al final del *Sterne* estaba cubierta de aritmética, escrita con la tinta de una pluma que se había vuelto de color sepia con el paso de los años. Pasó un buen rato descifrando una firma en *Manzanas a un penique cada una*. El libro resultó haber pertenecido a Anita Loos.

Para cada libro tecleaba una entrada en el ordenador, ya que el programa de catalogación disponía de un campo independiente para cada segmento de información. Nadie subió del apartamento para molestarlo. Dentro de la biblioteca hacía frío, pero el suéter viejo que había traído consigo lo mantenía caliente y evitaba que el polvo le manchara la ropa. El dolor de cabeza se desvaneció gradualmente conforme trabajaba. El tráfico que circulaba por Madison quedaba tan lejos que apenas parecía un murmullo, puntuado por el ocasional bocinazo musical.

Edward volvió a la caja a por otra pila de libros: un tratado legal inglés en tres volúmenes; una guía de viajes por la Toscana de los años veinte llena de descoloridas flores silvestres italianas, que sobresalían de las páginas como en un aleteo de mariposas; una edición francesa de Turgeniev tan consumida por el paso del tiempo que se le partió en las manos; un registro de la sociedad londinense del año 1863. En cierto modo aquello era estúpido. Edward estaba tratando aquellos libros como si fueran reliquias sagradas. Seguramente jamás llegaría a leerlos. Pero había algo magnético en ellos, algo que exigía respeto incluso en los más ridículos, como aquel tratado victoriano donde se aseguraba que el rayo era causado por las abejas. Aquellos libros eran información, datos, pero no bajo la forma con la que estaba acostumbrado a tratar Edward. Eran fragmentos de memoria, no digital, eléctrica o estampada a partir del silicio, sino obtenida mediante un laborioso trabajo artesanal a partir de la pulpa de madera y la tinta, el cuero y el pegamento. A alguien le habían importado lo suficiente como para escribir aquellas cosas, posiblemente incluso leerlas, al menos para mantenerlas a salvo durante ciento cincuenta años, a veces más, cuando hubieran podido desvanecerse al contacto de una chispa. ¿Eso les daba valor por sí mismas? No obstante, lo cierto es que la mayoría de aquellos libros habrían dejado tieso de aburrimiento a Edward en cuanto los hubiese abierto, lo cual era imposible. Tal vez eso le resultaba tan atractivo: la visión de tantos libros que nunca había tenido que leer, tanto trabajo que nunca había tenido que hacer. ¿Cuándo fue la última vez que había terminado un libro? Un libro de verdad, no sólo de detectives.

Un fuerte olor húmedo y acre se elevaba en suaves vaharadas de cada volumen abierto. El catálogo en el ordenador se alargaba, entrada por entrada, y Edward perdió la noción del tiempo. La mayoría de los libros provenían de Inglaterra, pero había un buen número procedentes de América y del Continente, y unos cuantos de todavía más lejos. Algunos de los ejemplares alemanes estaban impresos en una negra caligrafía gótica tan delgada como patas de araña, que tardaba el doble de tiempo en descifrar; en cuanto a los libros en cirílico o árabe, se limitaba a dejarlos a un lado como causas perdidas. Una tarjeta impresa cayó de un libro de poesía bengalí. Edward la recuperó del suelo. Rezaba así: «Con los cumplidos del autor», encima de una firma florida e ilegible.

Cuando el haz de luz procedente de la ventana llegó al escritorio, Edward consultó su reloj y vio que casi eran las seis. Se levantó y se estiró, la columna vertebral chasqueando deliciosamente. La larga mesa se hallaba cubierta en sus dos terceras partes con ordenadas pilas de viejos libros, y el suelo estaba lleno de enormes rollos de papel de envolver. Se sintió gloriosamente virtuoso, como un monje medieval que hubiera terminado su penitencia diaria y pudiera retirarse a la abadía para disfrutar de una cerveza y un poco de queso artesanal.

Seguía teniendo presente el libro mencionado por Laura, escrito por alguien de algún lugar desconocido. Edward lo había anotado: Gervase de Langford. Sólo para ganarse unos cuantos puntos extra llevó a cabo una búsqueda de las entradas que ya había creado, pero el libro no figuraba allí. Dirigió la mirada hacia las formas oscuras de las otras cajas que esperaban ser abiertas y se preguntó si conseguiría llegar tan lejos antes de que se marchara a Inglaterra.

En las estanterías de la pared había algunos libros de referencia, y decidió echarles un vistazo. Iban desde opúsculos xerocopiados hasta libros de bolsillo baratos, pesados tomos y enormes catálogos formados por diez y veinte libros, con cada volumen tan grueso que la encuadernación se había deformado bajo su propio peso. Era material altamente técnico: *Repertorium Bibliographicum*, *Gesamtkatalog der Wiegendrucke*, *Incunables en bibliotecas americanas*, *Catálogo de títulos cortos del siglo XVIII*, *Encuadernaciones inglesas de la Restauración*. Bueno, nunca le había tenido miedo a un poco de investigación. Bajó de la estantería un libro muy voluminoso con el aspecto de ser toda una autoridad sobre la materia titulado *Catálogo de libros ingleses antes de 1501*.

Resultó no ser más que una colección de catálogos de tarjetas de distintas bibliotecas, todas ellas concienzudamente fotografiadas en blanco y negro y dispuestas en orden alfabético, hilera sobre hilera, página tras página de papel de seda, decenas de miles de ellas. Edward despejó un espacio sobre la mesa debajo de la lámpara y lo abrió. Necesitó un minuto para encontrarlo, pero allí estaba, justo entre Gervase de Canterbury (m. 1205) y Gervase de Tilbury (*c.* 1160-*c.* 1211): Gervase de Langford (*c.* 1338-*c.* 1374). Había tres tarjetas a su nombre, dos de ellas para distintas versiones de lo que parecía el mismo libro, *Chronicum Anglicanum* (Londres, 1363 y 1366). La tercera se llamaba *Les contes merveilleux* (Londres, 1359).

En la parte inferior de cada una de las tarjetas había una retahíla de abreviaturas de dos y tres letras, indicando las bibliotecas que disponían de ejemplares de los libros. La clave para las abreviaturas estaba en un largo apéndice al final del volumen. Tras pasar varias páginas hacia delante y hacia atrás, descubrió que el *Chronicum Anglicanum* estaba en bibliotecas de Nueva York, Tejas e Inglaterra. El ejemplar de Nueva York se hallaba en un lugar llamado Depósito Chenoweth para Manuscritos y Libros Raros. Edward anotó el nombre, apagó el ordenador y recogió sus cosas. Mirando alrededor para asegurarse de que todo parecía ordenado, apagó la lámpara del escritorio y se encaminó hacia la escalera.

Abajo, la luz de las primeras horas del anochecer inundaba el pasillo, tiñendo de un suave rosa caramelo las desnudas paredes blancas. Todas las ventanas habían sido abiertas, y una brisa delicada y refrescante recorría las habitaciones vacías. Antes había querido evitar a la gente, pero ahora, tras una larga tarde de trabajo silencioso, se sentía de un humor gregario. Casi abrigaba la esperanza de tropezarse con Laura Crowlyk. Volvió a preguntarse si ella vivía allí, si comía y dormía allí durante la noche. Mientras iba hacia el ascensor miró por el hueco de una puerta entreabierta y descubrió un pequeño despacho atestado. Las paredes, el suelo, la parte superior de los archivadores e incluso el alféizar de la ventana estaban llenos de carpetas de papel manila, fajos de hojas, libretas negras de tres anillas y ficheros de fuelle a punto de reventar cerrados con cordeles anudados, como si algún gigantesco pájaro amante del papel estuviera preparando su nido. Resultaba raro ver un despacho sin ningún ordenador en él.

Edward titubeó un instante y luego entró en el despacho, diciéndose que no había momento mejor que el presente. Descolgó el auricular y llamó a información para que le dieran el número del Depósito Chenoweth para Manuscritos y Libros Raros. ¿Estaría abierto todavía? El hombre que respondió a su llamada lo pasó sin ninguna clase de ceremonias a otro departamento donde lo pusieron en espera. Mientras aguardaba, examinó los papeles esparcidos encima del escritorio: impresos de seguros, cartas, una especie de enredo legal acerca de contratistas que pulían los suelos. Había copias en papel carbón rosado de facturas por algún trabajo en ordenador, extendidas a nombre de Alberto Hidalgo.

Una mujer se puso al teléfono.

—Privilegios.

Edward explicó que andaba buscando a Gervase de Langford.

—¿Libro o manuscrito? —preguntó ella secamente.

—Libro. —¿Qué otra cosa podía ser?

—¿Está usted afiliado a alguna institución?

—A la Colección Went —improvisó.

Hubo un intercambio ahogado de palabras con alguien más presente en la habitación y luego la mujer volvió a ponerse al teléfono:

—¿Es usted miembro de la familia Went? —preguntó.

—Soy un empleado suyo.

Algo en la periferia de su campo visual atrajo la atención de Edward: Laura Crowlyk lo miraba, inmóvil en la entrada. Edward dio un respingo, sintiéndose culpable. Terminó de aclarar la gestión con la biblioteca.

—Necesitará inscribirse cuando llegue —le advirtió la mujer—, así que traiga una foto de carnet y algo que demuestre dónde vive.

—Entendido.

Colgó. Hubo un momento de silencio mientras Laura Crowlyk lo miraba de arriba abajo, reparando en su holgado y sucio suéter y su rostro sin afeitar. Edward tuvo la impresión de que había cometido un error.

—¿Ha terminado? —preguntó ella.

—Quería telefonearlos antes de que cerraran. Lo siento. No pude dar con usted —dijo, y cayó en la cuenta de que ya había utilizado aquella excusa en una ocasión anteriormente.

—No he estado escondiéndome. —Laura entró en la habitación y empezó a vaciar significativamente el escritorio. Edward cogió su bolsa de viaje para marcharse.

—No olvide anotar sus gastos en el Chenoweth —dijo ella—. Le cobrarán una cuota cuando se inscriba. Es bastante cara. Y si planea tomar notas, llévese papel y lápiz. No puede entrar bolígrafos o plumas en la sala de lectura.

—¿Ha estado usted allí?

—Oh, sí, en un par de ocasiones. Pero dudo que tengan algo allí que pueda interesarle.

—He decidido investigar un poco acerca de Gervase de Langford.

Aquello la hizo sonreír, mostrando sus prominentes dientes blancos.

—Ah.

—Por cierto —dijo Edward—, todavía no he encontrado nada sobre él ahí arriba.

—Estoy segura de que ya aparecerá.

—¿Qué más puede decirme acerca de él? No estoy seguro de saber realmente qué ando buscando.

Ella se encogió de hombros.

—Creo que lo reconocerá en cuanto lo vea.

—Eso espero.

Edward tuvo la certeza de que ella estaba esperando a que se marchara. En consecuencia, trató de alargar perversamente la conversación todo el tiempo posible.

—Puede que esté subestimando mi ignorancia.

—Sí, bueno, no sé por qué ella no pidió a alguien más cualificado para que se encargara de esto —dijo Laura, irritada—. Yo misma, por ejemplo. Pero la duquesa es así.

—¿La duquesa?

—Sí, la duquesa.

Laura Crowlyk suspiró, se ajustó el pelo distraídamente y se inclinó para abrir un cajón del escritorio que estaba lleno de archivos. ¿Había la más leve sombra de whisky en su aliento?

—De acuerdo. Si lo que busca son pistas, mire esto. —Sacó del cajón una carta escrita a máquina y copió algo de ella en un papel adhesivo—. He aquí el título. Éste es el nombre del libro que están buscando.

La letra de Laura Crowlyk era pulcra y refinada, sin duda el producto de algún internado inconcebiblemente elitista. En el papel rezaba: *Un viaje al país de los cimerios*.

Edward asintió sabiamente mientras lo leía, como si las palabras significaran algo para él.

—¿Le importa que le pregunte por qué lo estamos buscando?

Ella lo miró con sus ojos de color pizarra inquietantemente inexpresivos.

—Porque la duquesa así lo pidió.

El sol de un naranja fundido casi había descendido por completo sobre New Jersey. De pronto Edward fue muy consciente de que estaban solos en un apartamento vacío.

—Este proyecto es idea suya —continuó ella—. Se lo digo por si aún no lo ha deducido. Ustedes también son idea suya, me refiero a la gente de Esslin & Hart. No sé lo que hicieron con sus finanzas (no me lo cuente, gracias, no estoy interesada), pero al parecer le causaron una gran impresión, usted en particular. A veces me pregunto si todos somos idea suya, de alguna complicada forma metafísica. De alguna manera el mundo de la duquesa parece más sustancial que el nuestro. O al menos más interesante.

»En cuanto al libro, supongo que sería valioso, aunque hasta qué punto es algo que se me escapa. Aparte de eso, no sabría decirle por qué lo estamos buscando, sólo que ella se mostró extremadamente insistente en que lo hiciéramos. Es un poco inusitado. No suelo tener ningún contacto directo con ella. Éste es un puesto avanzado considerablemente remoto de su imperio: la Embajada Americana, lo llamamos.

Su ironía contenía una sombra de amargura. Edward se preguntó si se sentía un poco sola.

—Usted ya está al corriente acerca de la duquesa, ¿verdad? —inquirió ella.

—Bueno —dijo Edward, con calculada vaguedad—, sí y no.

—Bien, pues si va a trabajar para ella, entonces más vale que aprenda. —De pronto, al hablar de los Went, parecía menos severa, adoptando un aire casi universitario—. Blanche y yo fuimos juntas a la escuela. A ambas nos pusieron un curso por delante de lo que nos correspondía. A veces pienso que en su caso fue un error. Era brillante, ciertamente, pero pasó por una época bastante difícil. Su familia es muy antigua. Aquí nadie los conoce, pero en Inglaterra todo el mundo quería llegar hasta ella. Eso tuvo... un impacto sobre Blanche. Se volvió muy tímida y desconfiada con algunas personas, y quizá demasiado confiada con otras. —Miró a Edward—. Es un lugar común, pero realmente ha llevado una vida muy protegida.

»En cuanto a Peter, sólo me he encontrado con él unas cuantas veces, en la boda y también luego. Ahora apenas se relacionan con nadie. Viven en una propiedad en el norte de Inglaterra, y casi nunca salen de ella. Es enorme. Compraron los terrenos circundantes en un radio de varios kilómetros a la redonda, aunque la mayor parte sigue siendo bosque. Parque para ciervos.

Sin duda ahora le hablaría de la antigua maldición familiar que seguía pesando sobre ellos cada vez que salía luna llena. Edward reprimió una sonrisa. Todo sonaba tan irreal como la torpe exposición en una película de terror barata. Edward se acordó de un tipo al que había conocido en la universidad que se suponía era un aristócrata. Era sueco y muy alto, y la gente aseguraba que era un barón. Compartieron una clase de historia china, pero el barón no dijo una sola palabra en todo el semestre. Pasaba su tiempo en el sótano del dormitorio estudiantil jugando a la máquina del millón y añorando, suponía Edward, sus lejanos fiordos.

—¿Así que ha conocido usted al duque? —la animó a seguir.

—Por supuesto que lo he conocido —dijo ella—. Ambos son muy buenas personas. Sí, son muy buena gente. Tengo entendido que últimamente él no se encuentra demasiado bien, pasa la mayor parte del tiempo en la cama. Es duro para Blanche. Ella es bastante más joven que él, ¿sabe?

—Oh —dijo Edward—. ¿Lo es?

—Sí, lo es —respondió, y volvió a encerrarse en sí misma. Cogió el papel, cerró el cajón del escritorio y se levantó—. Pero borre de su mente cualquier clase de ideas. Nunca llegará a conocerla.

Edward parpadeó.

—Puedo asegurarle —dijo con franqueza— que mi cerebro se halla completamente desprovisto de ideas.

—Bien —dijo ella sin dejar de remover los papeles—. Yo también seré sincera. No me gusta esta ciudad, no me gusta este país dejado de la mano de Dios y no me gusta usted. Pero si tiene éxito, si encuentra el Gervase, la duquesa podría considerar apropiado llevarme de vuelta a Inglaterra, y no hay nada en esta vida que me haría más feliz. En cuanto a esta empresa, le ayudaré de cualquier manera que pueda. Más allá de eso, me lavo las manos en cuanto a usted. ¿Ha quedado claro?

Alzó la mirada hacia Edward, un poco sonrojada. Él meditó un buen número de respuestas bruscas y sarcásticas antes de contestar.

—Sí —dijo—. Ha quedado claro. Gracias por su sinceridad.

Sólo unos minutos más tarde, mientras bajaba en el ascensor, Edward cayó en la cuenta de que en algún momento de la tarde había decidido que nadie más que él iba a organizar la biblioteca de los Went.

5

A las once de la mañana del lunes Edward bajó de un taxi enfrente del Depósito Chenoweth para Manuscritos y Libros Raros. Era otro día soleado, caluroso, lleno de luz, y la calle parecía una fotografía sobreexpuesta. El aire estaba cargado de humedad y humos. Una gran hormigonera perteneciente a un equipo de la construcción giraba suavemente en la acera, la brillante superficie cubierta de escarcha en algunos puntos. Edward tuvo que resistir un abrumador impulso de abrazarlo.

Por fuera la biblioteca Chenoweth era decepcionantemente sencilla, una casa de cuatro plantas hecha de piedra gris ennegrecida por el hollín y embutida entre dos edificios de apartamentos. La primera planta estaba ocupada por una *boutique* de ropa llamada Zaz!. La puerta de la biblioteca quedaba a la derecha, indicada por una reluciente placa de latón. Encima de ésta, dentro de un marco de metal y cristal, había una tarjeta anunciando una exposición titulada OBRAS MARGINALES RARAS DEL RENACIMIENTO, accesible SÓLO MEDIANTE VISITA CONCERTADA.

La puerta principal daba a un estrecho y oscuro pasillo, al final del cual una mujer de piel canela estaba de pie detrás de un atril iluminado, en lo alto de un tramo de escalones. Parecía la encargada de las mesas de un restaurante.

—Deje aquí sus cosas, por favor —dijo, e hizo firmar a Edward en una tablilla con sujetapapeles.

Edward se separó de mala gana de su maletín de Hermès, que la mujer añadió a un desordenado montón de mochilas en el rincón que tenía detrás. En vez de llevarlo hacia arriba, la escalera lo condujo hacia abajo. Edward reparó en que el exterior de la biblioteca era engañoso, la mayor parte de ella quedaba por debajo del nivel del suelo. Cuando abrió la puerta de cristal al final de la escalera fue como atravesar una compuerta para entrar en un mundo extraño, un mundo de aire frío, limpio y destilado, paredes blancas, cristales, mullida moqueta e iluminación indirecta elaboradamente diseñada. Hileras de terminales de ordenador y archivadores para catálogo hechos en madera se hallaban esparcidos alrededor de una enorme sala abierta, poblada exclusivamente por hombres ancianos y mujeres jóvenes que rellenaban impresos o empujaban resueltamente en una u otra dirección carritos de madera de ruedas chirriantes. Vestigios de luz solar se filtraban en la sala, aunque Edward no pudo figurarse de dónde procedían. Por fortuna, la temperatura era unos cinco grados inferior que en la calle.

Un hombre de pelo blanco y apenas metro cincuenta de estatura fue hacia Edward y lo llevó al mostrador, un enorme baluarte de madera que ocupaba toda una pared, y le dio un lápiz y unos cuantos impresos para rellenar. Encima del mostrador había un gran libro de visitas encuadernado en cuero, abierto por un cordón de terciopelo lastrado, y Edward recibió instrucciones de firmar en él. Escribió obedientemente un cheque extendido a la biblioteca por importe de 180 dólares y le fue entregado un recibo. Cuando hubo terminado, el gnomo de pelo blanco perdió inmediatamente todo interés en él y Edward quedó abandonado a sus propios recursos.

Se dirigió a un ordenador con un anticuado monitor negro y verde. Alrededor del mismo había unos cuantos panfletos de instrucciones xerocopiados esparcidos sobre el tablero. Edward se sentó y tecleó el nombre «Gervase», y luego pulsó en BUSCAR. Nada. Necesitó cinco minutos con los panfletos antes de descubrir que los fondos medievales estaban catalogados en una base de datos separada del resto de la colección de la biblioteca. Cuando logró averiguar cómo acceder a la base de datos medieval, los otros dos Gervase, Canterbury y Tilbury, aparecieron de inmediato, pero Langford no. Edward volvió a consultar las instrucciones y descubrió que si bien el ochenta por ciento de los fondos del Chenoweth habían sido transferidos al catálogo electrónico, el único registro existente del otro veinte por ciento estaba en el viejo catálogo de tarjetas de papel.

Así pues, cruzó la sala y se encaminó a uno de los numerosos archivadores de madera. La parte frontal estaba tachonada por cientos de diminutos cajones con relucientes manijas de latón, cada una con una etiquetita de papel pulcramente escrita a mano encima de ella. Edward caminó a lo largo de unos diez metros de cajones antes de llegar a la letra G, y luego a las iniciales Ge, donde encontró... otra vez nada. Finalmente preguntó a una menuda auxiliar de biblioteca rubia, quien le informó de que estaba consultando el catálogo de libros, y que las obras de Gervase, que fueron publicadas antes del advenimiento del tipo móvil de imprenta, habían sido escritas a mano, por lo que en no eran consideradas libros, sino manuscritos. Los manuscritos estaban catalogados en un sistema separado en otra parte de la sala.

Fue allí donde Edward encontró la tarjeta que andaba buscando:

Autor: Gervase, de Langford, *c.* 1338-*c.* 1374
Título: *Chronicum Anglicanum: (segunda parte)*

Gervasius Langfordiensis
Publicado: Londres, 1366
Descripción: XVI, 363 pp.; mapas; 34 cm.

Eso era todo, más un largo número. Edward copió el número con el lápiz, desprovisto de goma de borrar y que apenas tenía punta, en una tira de papel, en el dorso de la cual había un fragmento de lo que en tiempos pasados fue una propuesta de investigación sobre John Donne y la Revolución inglesa.

Pero ¿dónde estaban los libros? Sólo veía dos o tres estanterías dispersas, que no contenían más de un par de centenares de volúmenes cada una como máximo. Se quedó allí con la tira de papel en la mano, preguntándose qué hacer a continuación. Deambuló por la sala lanzando miradas fugaces a los otros clientes, tratando de deducir cuál era el protocolo local. No obtuvo ningún resultado. Miró a través de varias entradas, ninguna de las cuales parecía prometedora. El funcionamiento de aquel lugar era un modelo de misteriosa y reluciente eficiencia, como algún incomprensible lavabo público ultramoderno.

Cuando Edward pasó por tercera vez ante el mostrador de la entrada, una de las ayudantes, una mujer joven de cabellos oscuros y cara ovalada atrajo su atención.

—¿Puedo ayudarlo en algo? —preguntó jovialmente.

—Sí —admitió él—. Yo, ah...

Ruborizado, extendió sin decir palabra la tira de papel con el número en ella. La mujer la examinó con aire experto.

—Ya lo tengo —dijo—. Ocupe un asiento. Enseguida se lo traeremos.

La joven, que apenas parecía haber salido de secundaria, sugirió que Edward esperara en la sala de lectura, lo cual le pareció bastante razonable. Edward la vio desaparecer por una puerta de metal incongruentemente gruesa que había detrás del mostrador.

La tenue iluminación de la biblioteca le recordó a un restaurante romántico. Al azar, Edward entreabrió una puerta e interrumpió un animado seminario de graduación en pleno desarrollo. Retrocedió instintivamente —sólo estaba mirando, gracias— y cerró la puerta. Su siguiente intento fue más prometedor: una larga y espaciosa cámara con quince o veinte mesas de madera idénticas, regularmente espaciadas. Detrás de cada mesa había una sola y severa silla de respaldo de madera, y cada mesa tenía un ordenador portátil, cuidadosamente alineado con la esquina superior derecha. En la sala reinaba el silencio y la luz era un poco más intensa, pero el aire era glacial, todavía más frío que en el vestíbulo. Una hilera de oscuras pinturas al óleo en elaborados marcos dorados colgaba a lo largo de las lisas paredes blancas, cada una de ellas con el accesorio de su propio foco en miniatura.

Había cinco o seis personas trabajando. Edward escogió una mesa vacía y tomó asiento. Cruzó las manos delante de él. Transcurrieron diez minutos. El silencio se veía interrumpido ocasionalmente por los académicos enfrascados en su trabajo: ligeras toses, el sonido de una página al ser vuelta, leves carraspeos, una nariz al ser sonada. Nadie hablaba. Edward empezó a hacer esbozos con el lápiz en la hoja de papel en blanco que había traído consigo para tomar notas. Nunca había sido capaz de dibujar nada, pero hizo lo que pudo con algunas formas geométricas: cubos, esferas y conos iluminados y ensombrecidos desde distintos ángulos. La ausencia de ventanas hacía que tuviera la sensación de encontrarse a una gran profundidad. En cada rincón, prudentemente alejado de los libros, un haz de claridad solar procedente del mundo superior descendía a través de una claraboya. Edward se acercó a una de ellas y miró hacia arriba. La claraboya era un panel cuadrado de cristal, de varios centímetros de grosor e incrustado a un metro de profundidad en el techo. Más allá de éste, infinitamente lejano, distinguió un fragmento de abrasador cielo azul.

Una mano le tocó el hombro. Era la chica del mostrador de la entrada. Le indicó por señas que la siguiera al vestíbulo.

—Lo siento —dijo solemnemente en cuanto estuvieron fuera—. Los materiales que ha solicitado no se encuentran disponibles.

—¿No se encuentran disponibles?

—Están siendo utilizados por otro cliente.

—Otro cliente. ¿Alguien que está aquí?

—Bueno, sí. —Hizo chasquear su chicle—. No puede sacarlos del edificio.

—¿Sabe durante cuánto tiempo estarán ocupados?

—No. Lo siento.

Edward hizo una mueca.

—¿Y si vuelvo dentro de un par de horas?

—¡Eso es cosa suya! —exclamó a ella, volviéndose.

—De acuerdo. Gracias.

La joven se alejó grácilmente, casi dando saltitos. Molesto, Edward dejó la sala de lectura y subió por la escalera. ¿Cuáles eran las probabilidades? ¿Cuántas personas en el mundo habían oído hablar siquiera de Gervase de Langford? ¿Y una de ellas estaba allí, hoy, en persona, leyendo exactamente el libro que él necesitaba? Cuando abrió la puerta, el aire caliente y húmedo del mundo exterior lo envolvió en su abrazo, y Edward se estremeció agradecido y se frotó las manos heladas. Era como volver a la superficie después de una profunda inmersión marina que le había dejado helado hasta la médula. La recepcionista le devolvió su maletín.

Pero entonces el recuerdo de la conversación que había mantenido con Laura volvió a su mente, acompañado con el recuerdo de la propia duquesa. Edward vaciló, de pie en el sombrío pasillo, sosteniendo el maletín en sus brazos como si fuese una bandeja de cafetería. Después se lo devolvió a la mujer y bajó por la escalera para dirigirse de nuevo a la sala de lectura.

No había manera de saber durante cuánto tiempo tendría que esperar. Desesperado por matar el tiempo, Edward levantó la tapa del ordenador colocado sobre la mesa. Al hacerlo, emitió un ominoso crujido, pero ninguno de los otros lectores levantó la mirada. Conectó el ordenador. La polvorienta pantalla de cristal líquido fue iluminándose lentamente, hasta que apareció el teclado visual. Sorprendido, Edward vio una trayectoria etiquetada con la palabra «MOMO», como si hubiera sido puesta allí específicamente para él.

Volvió a mirar alrededor. Por un instante tuvo la sensación de estar atrapado en una conspiración internacional, pero entonces se acordó de que Zeph había dicho que el juego era popular entre los *hackers*. Quizás alguien del personal informático de la biblioteca había guardado una copia sobrante en una de las máquinas de la institución para su uso personal. Y los ordenadores públicos siempre estaban llenos de restos que flotaban a la deriva: tal vez uno de los clientes de la biblioteca era tan adicto al juego que lo habían instalado disimuladamente en uno de los portátiles de la sala. El portátil era viejo, barato y de escasa capacidad, y Edward realmente no esperaba que tuviese suficiente potencia para llegar a procesar el juego, pero no tenía nada que perder. ¿Por qué no? Llevaba consigo una copia del juego guardada en un disco portátil. Lo conectó al ordenador de la biblioteca, pasó su juego al teclado visual e hizo clic dos veces sobre el icono.

Ventanas llenas de códigos se formaron y se desvanecieron en la pequeña pantalla, sucediéndose unas a otras más deprisa de lo que sin duda podía llegar a reproducirlas el lento monitor de cristal líquido. Un poderoso chasquido eléctrico brotó de los altavoces. Encima de la mesa había unos auriculares de plástico baratos, y Edward los conectó en la parte posterior de la máquina.

Miró con aire culpable a los otros lectores, que no parecían haberse dado cuenta de lo que estaba ocurriendo. Transcurrieron diez segundos, luego casi un minuto. Empezaba a pensar que el programa se había colgado.

Pero entonces, tan lentamente como las candilejas escendiéndose en un escenario a oscuras, la escena familiar apareció, esta vez con fantasmagóricos tonos grises y blancos: el mismo extenso cielo, el mismo ancho río, la misma hierba, el mismo camino blanco, el mismo puente en ruinas. Edward no pudo evitar tener la sensación de que la realidad se desvanecía en torno a él. Su campo de visión se estrechó, encogiéndose hasta quedar reducido a un único rectángulo brillante.

Desde su posición en la base de la torre del puente derrumbado, Edward orientó la perspectiva hacia la superficie del río. El caudal era menor de lo que recordaba y el agua, empalidecida por los sedimentos que transportaba, se había vuelto un poco lechosa. La corriente fluía con rapidez, y en algunos lugares se convertía en espuma blanca y olas que se alzaban. Edward tuvo la impresión de que de algún modo el tiempo había vuelto a precipitarse hacia delante, diez años o quizá cien, no lo sabía. Un árbol, casi entero y con aspecto de haber sido recién arrancado de la orilla, llegó flotando por el río, girando y agitándose en el agua. Sus ramas todavía se hallaban cubiertas de verdes hojas empapadas, que relucían fríamente bajo la luz del amanecer. Por primera vez desde que había empezado a jugar, sintió que sabía exactamente lo que se suponía que debía hacer. El árbol chocó pesadamente con la base del puente y Edward saltó ágilmente al tronco desde su base de piedra. Aquello habría sido imposible en la vida real, el tronco estaba demasiado mojado y resbaladizo, pero en el juego fue fácil.

El árbol fue arrastrado río abajo, llevándose consigo a Edward mientras el agua hervía en un mar de espuma alrededor de él. Avanzó haciendo equilibrios a lo largo del tronco hasta que alcanzó las ramas y encontró una zona seca. El río era ancho y rápido, transportando al árbol por su cauce a una considerable velocidad. Ahora era de día, la fría y clara luz de la primera hora de la mañana. Las rocas, los árboles y las lomas arenosas que se alzaban a ambos lados quedaban atrás sin esfuerzo. Cantos de pájaros digitalizados resonaban a intervalos regulares desde los cañizos que crecían junto al río.

Los minutos pasaron, diez, tal vez quince. Las orillas del río se alisaron y se volvieron menos escarpadas. Pronto vio que se acercaba a los aledaños de una ciudad.

Habría esperado una ciudad de fantasía, un castillo flotante hecho de azúcar hilado o una sombría fortaleza de Tolkien, pero lo que obtuvo fue algo mucho menos exótico: era Manhattan. De hecho, el río por el que estaba descendiendo era el Hudson. Edward no tardó en pasar bajo el puente George Washington, y cuando llegó al Upper West Side, abandonó el árbol y nadó hasta la orilla. Cruzó la carretera. Las calles se hallaban desiertas. Restos de desperdicios genéricos, amorosamente representados en tres dimensiones, rodaban a lo largo de las aceras.

Su ensoñador avance, sus botas de siete leguas, lo llevaron sin esfuerzo hacia el sur hasta Midtown. El cielo era tan soleado y falto de nubes como siempre, pero la ciudad parecía gris y muerta. Edward pasó a través del

Rockefeller Center. Casi esperaba leer en la marquesina del Radio City la palabra «MOMO», pero en lugar de eso las letras rezaban TENGO UN MAL PRESENTIMIENTO ACERCA DE ESTO. Cada una de las banderolas que se alzaban alrededor de la famosa pista de patinaje lucía un solitario árbol achaparrado sobre fondo oscuro. Una sensación de inquietud fue apoderándose de él.

No supo por qué, pero de pronto se encontró caminando a través de la ciudad hacia la calle Cincuenta, dirigiéndose instintivamente hacia... ¿qué? Instantes antes de llegar, Edward supo la respuesta. Se dirigía hacia la biblioteca Chenoweth, el edificio en el que se hallaba en aquel momento en la vida real. Había algo peligroso y a la vez irresistible en la idea de cerrar el cortocircuito lógico. ¿Qué haría cuando llegara allí? ¿Entrar en el edificio? ¿Bajar por la escalera? ¿Se vería a sí mismo sentado allí, inclinado sobre un ordenador portátil? Edward dobló por la última esquina. Allí donde debería haber estado la biblioteca Chenoweth sólo había ruinas: muros derrumbados, cristales rotos, polvo de ladrillos.

Entonces sucedió algo extraño. Cardos peludos de gruesas hojas brotaron de las ruinas. El tiempo había empezado a acelerarse. El reloj en la torre de una iglesia se convulsionó al otro lado de la calle, sus manecillas un borrón gris, para luego estallar en llamas con un audible bramido.

Edward se reclinó en el asiento y se frotó los ojos. Recorrió la sala con la mirada: los cuadrados de luz solar se habían desplazado medio metro en las esquinas. ¿Qué hora era? Últimamente había estado perdiendo la noción del tiempo. Unas cuantas personas nuevas habían entrado y otras se habían ido, pero nadie le prestaba atención. De acuerdo. Todo estaba bajo control.

Se desperezó y miró su reloj. Más de la una, había estado jugando durante casi una hora. Debería tener cuidado con eso. Sin embargo, comenzaba a entender qué era lo que la gente encontraba tan adictivo en aquellos juegos. MOMO no tenía nada de la apresurada falta de eficiencia de la realidad: una callada anticipación, un significado establecido de antemano hacían que cada momento se cargara de tensión. El juego era una versión de la realidad más intensa y con una mayor calidad, mejor concebida y más absorbente. Por fin cerró el portátil, y éste se durmió con un suspiro. Luego volvió a salir al vestíbulo. La misma joven que lo había ayudado antes seguía en el mostrador de la entrada, pero cuando Edward logró atraer su mirada la muchacha se limitó a sonreírle apenadamente y meneó la cabeza.

Él no estaba acostumbrado a esperar. Si lo que hubiese estado esperando fuera el informe de un analista, las cotizaciones de unos bonos o unos cuantos expedientes de los archivos, a esas alturas ya habría estado subiéndose por las paredes. O habría puesto manos a la obra y llevado a cabo la investigación él mismo. Ya había desperdiciado la mitad del día, y no estaba dispuesto a desperdiciar el resto. Volvió a la sala de lectura y se quedó de pie en la entrada, las manos en las caderas. Sólo había cinco personas, hombres y mujeres, cada uno centrado en su trabajo. Uno de ellos debía de tener a Gervase.

Descartó de inmediato a dos de ellos, una mujer mayor de gruesos carrillos y un hombre joven de pelo revuelto y aspecto un poco alocado. Ambos estaban trabajando con papeles sueltos, cartas o documentos, no libros. En otra mesa, un negro alto y de cabello completamente blanco estudiaba a través de una lupa de joyero las páginas amarilleadas de una publicación pulp. Eso sólo dejaba dos más: una mujer joven, alta y de aspecto severo, y el anciano de la tos seca.

Edward avanzó por el perímetro de la sala, fingiendo

examinar los libros de referencia. Las estanterías estaban acristaladas, y su reflejo hizo que se sintiera un poco cohibido. Trató de adoptar un aspecto lo más casual posible. La mujer joven lo ignoró, inclinándose sobre su libro como una jugadora que protege su mano. Edward optó por el anciano. Éste alzó la mirada cuando Edward se aproximó, sus rojos labios humedecidos separados por la expectación. En el último momento Edward vio que el libro que estaba leyendo se hallaba escrito en árabe. No había habido suerte. Edward volvió la cabeza y siguió andando.

Tenía que ser la mujer joven. Describió un cauteloso círculo alrededor de la sala y se dirigió hacia el lugar en el que estaba sentada. La mujer permanecía intensamente concentrada mientras tomaba notas en un cuaderno de espiral abierto sobre la mesa junto a ella, poniendo todo su empeño en ello, su larga y desgarbada forma casi doblada sobre el tablero de madera. Los cabellos, que le llegaban hasta la barbilla, eran castaños y muy lisos, cortados rectos sobre su pálido cuello. Llevaba un cardigan de lana verde encima de una sencilla camiseta blanca.

Edward acercó una silla y se sentó enfrente de la mujer. El libro que había abierto ante ella era muy voluminoso, la cubierta sola ya debía de tener un centímetro y medio de grosor. Las páginas, moteadas y frágiles, estaban cubiertas por una apretada y fina caligrafía negra dispuesta en ordenadas columnas. La mujer no pareció advertir la presencia de Edward.

—Discúlpeme... —empezó a decir él, en lo que esperaba fuese un discreto susurro.

Ella alzó la mirada con serena decisión. Su rostro, largo y elegante, no era exactamente bonito, pero poseía unos ojos castaños y una boca grande y expresiva, que descendía de forma natural en las comisuras como la de un gato. Casi con idéntica rapidez, volvió a tomar notas en su cuaderno.

—Discúlpeme...

Ella tocó con la goma de borrar de su lápiz una tarjetita impresa que estaba sujeta a la mesa con cinta adhesiva. Rezaba así: SE RUEGA NO HABLAR EN LA SALA DE LECTURA.

La mujer volvió a examinar el libro.

Edward se levantó, recogió el lápiz y la hoja de papel de donde había estado sentado y volvió a la mesa de la mujer. Escribió cuidadosamente sobre un trozo de papel: ¿ÉSE ES GERVASE DE LANGFORD?

Se lo pasó a la desconocida.

Esta vez ella lo miró durante un poco más de tiempo. Luego titubeó y asintió de mala gana.

Edward escribió: NECESITO HACERLE UNA PREGUNTA.

La mujer suspiró y apretó los labios, como si aceptara el hecho de que verse interrumpida continuamente en su silenciosa labor fuera su inevitable destino en la vida, aunque no estuviera dispuesta a mostrarse condescendiente al respecto. Se levantaron juntos y fueron hacia la puerta. Edward vio que era bastante alta, tanto como él. El movimiento en sí mismo fue impresionante, como el de una gran garza en peligro que desplegara grácilmente sus alas para emprender el vuelo. Edward le abrió la puerta y ella pasó por delante de él. La mujer de los gruesos carrillos lo estaba mirando y frunció el entrecejo. Edward le hizo una mueca.

Quería sentarse con ella a una de las mesas de conferencias que había en el vestíbulo, pero la mujer se limitó a permanecer de pie junto a la puerta.

—Es gracioso —dijo Edward, sonriendo como si realmente lo fuera—. Yo también he venido aquí para consultar el Gervase de Langford.

Esperaba que ella le devolviera la pelota que acababa de lanzarle, pero la mujer se limitó a guardar silencio, escuchando.

—Verá, me estaba preguntando cuándo cree que habrá terminado con él.

Ella llevaba un pequeño reloj de plata, pero no lo miró.

—Seguiré trabajando durante el resto del día.

Había algo raro en su voz, extrañamente átona e inexpresiva. No contenía ninguna disculpa o invitación a negociar. Edward se rascó la nuca. Estaba aventurándose en un territorio con el que no se hallaba familiarizado en lo tocante al protocolo.

—¿Y si sólo le echo un vistazo?

La expresión de ella se mantuvo inalterable.

—¿Cuánto tiempo necesita?

—Quince minutos.

—¿Transcribirá, localizará algo o hará dibujos?

—No, no lo creo. Sólo necesito... Sólo he de comprobar unas cuantas cosas.

Ella lo miró impasiblemente. Su larga nariz tenía la curva aristocrática de una pista para el salto de esquí.

—¿Puede hacerlo ahora mismo?

Edward asintió.

Ella se hizo a un lado, dejando libre la entrada como si hubiera estado considerando la posibilidad de retarlo a un duelo.

—Dispone de quince minutos. Venga a buscarme cuando haya terminado.

Mientras ocupaba la silla de la mujer, Edward vio que ésta había dejado algunas de sus cosas allí, las herramientas del oficio, esparcidas sobre la mesa en un semicírculo alrededor del libro. Había un punto de libro de terciopelo rojo; una pequeña lupa de aspecto tan delicado y serio que parecía equipo de espionaje ruso desmilitarizado; tres lápices del número cuatro, alineados y afilados hasta proporcionarles temibles puntitas. La mujer se había llevado consigo el cuaderno de notas, pero había dejado allí su bolso. Estaba abierto, y su identificación estudiantil de la Universidad de Columbia quedaba a la vista. Su nombre, debajo de su foto con los labios apretados y sin sonreír, era Margaret Napier.

El tiempo pasaba. Edward contempló el volumen con lo que esperaba fuese el ojo de un profesional. La sensación de antiguo autodominio inanimado que irradiaba lo desconcertó. Volvió a preguntarse qué estaba haciendo él allí. El libro era grande y grueso, sus páginas moteadas tenían un tacto extrañamente aterciopelado distinto al del papel corriente. La cubierta estaba hecha de un material gris muy pálido, que Edward no logró identificar inmediatamente, y tenía lo que parecía un cierre de metal prehistórico sujeto a ella. Tres delicadas rosetas rosadas eran visibles a lo largo de los bordes de las páginas reunidas. El libro era tan manifiestamente antiguo que Edward temió fuera a convertirse en polvo en cuanto volviera la primera página. Cuando lo hizo, no encontró ninguna página con el título, sólo mero texto.

Tomó unas cuantas notas. La escritura era densa y negra, casi totalmente ilegible. Edward pensaba que se suponía que los libros medievales contenían imágenes, pero aquél apenas tenía ornamentos, sólo unas cuantas volutas diseminadas entre las columnas de texto. Deletreó un par de palabras, lo suficiente para ver que el libro estaba escrito en latín. Pasar las páginas de un libro que no era capaz de leer sólo podría mantenerlo entretenido durante un rato, pero se dijo que debía agotar la totalidad de los quince minutos para fastidiar a Margaret Napier.

Sin embargo, incluso eso le pareció aburrido poco después. Edward encontró a Margaret Napier sentada a una mesa circular en el vestíbulo, con un cajón entero del catálogo de tarjetas frente a ella. Había quitado osadamente la varilla de metal que pasaba por el centro del cajón y sacado unas cuantas tarjetas de catálogo. Las estaba clasificando en pilas sobre la mesa delante de ella, como si se hallara absorta en algún complejo juego de cartas privado, y de vez en cuando hacía una anotación.

—¿Quién está ganando? —preguntó él alegremente.

—¿Ganando? —Margaret Napier alzó los ojos y lo miró sin comprender. Bueno, de todos modos ella no se merecía ninguna conversación ingeniosa.

—¿Realmente le está permitido hacer eso?

Ella siguió clasificando las tarjetas.

—Yo solía trabajar aquí —dijo—. De todos modos, el catálogo en papel ya casi es una redundancia. La mayor parte de su contenido se encuentra duplicado en formato electrónico.

—¿Le importa si le hago unas cuantas preguntas? —dijo Edward, sentándose enfrente de ella—. Acerca de Gervase de Langford, quiero decir.

—¿Por qué?

—Bueno, estoy haciendo unas investigaciones y...

—¿Es usted estudiante?

—Trabajo para una colección privada.

Ella sacó otra tarjeta del cajón y la puso encima de la mesa con un golpe seco. Edward decidió seguir adelante.

—Verá, he estado buscando un libro que fue escrito por Gervase de Langford. Y como parte de la investigación, me he familiarizado con las características físicas de su obra.

—Trabaja para una colección privada —repitió ella—. ¿Está interesado en adquirir una de sus obras?

—De hecho, creo que quizá ya tengamos una.

Ella levantó la vista de su trabajo. *Touché*. Pareció advertir la presencia de él por primera vez.

—Está diciendo que sus jefes pueden hallarse en posesión de un nuevo ejemplar de la obra de Gervase de Langford. —Dejó el lápiz encima de la mesa, todavía escéptica pero ahora decididamente interesada—. ¿De qué se trata? ¿Otro *Chronicum*?

—No —respondió Edward—. Es un... creo que una especie de libro de viajes. Algo acerca de la tierra de los cimerios.

De inmediato supo que había cometido un error. La expresión de ella volvió a alejarse, de manera visible, barajando de nuevo las tarjetas. Edward esperó, escuchando el siseo de su lápiz mientras arañaba el papel en el silencio de la biblioteca, pero ella no dijo nada más.

—¿Sabe de qué libro estoy hablando? —insinuó él.

—El libro del que está hablando no existe.

Parecía casi enfadada.

—Mis jefes opinan lo contrario.

—Entonces están lamentablemente mal informados.

—Bueno, sentirán mucho saberlo.

—Estoy segura de ello.

—Pero ¿sabe usted de qué le estoy hablando? —insistió él tercamente—. ¿*Un viaje a la...*?

—*Un viaje al país de los cimerios*. —Pronunció las palabras fluidamente y con naturalidad, pero con un extraño acento cantarín. Puso los énfasis de distinta forma a lo que él habría esperado, pronunciando la palabra «cimerios» como si se escribiera con k—. Es un fraude sobradamente conocido.

Edward parpadeó.

—Siento tener que decir esto —añadió—, pero no sé de qué me está hablando.

—Usted no es medievalista, ¿verdad?

Lo dijo sin ningún desprecio. Edward tuvo la impresión de que simplemente deseaba alcanzar un entendimiento más claro de la situación con la que estaba tratando.

—No —dijo Edward—, no lo soy, soy... —¿Qué era exactamente?—. Soy un profano en la materia.

—Entonces permita que le aclare una cosa... en los términos que emplean los profanos en la materia. —Asumió un tono profesional que Edward reconoció como perteneciente a una sala de juntas. Era el sonido de un oponente implacable dispuesto a asestar un golpe de gracia—. A mediados del siglo XVIII un hombre llamado Edward Forsyth tenía una imprenta de tercera categoría en un callejón de uno de los barrios pobres de Londres. Forsyth imprimió un librito que contenía lo que él aseguraba eran fragmentos de un libro de profecías escrito por un monje medieval llamado Gervase. El libro se titulaba *Un viaje al país de los cimerios*. Interrúmpame si voy demasiado deprisa para usted.

La gentileza personificada, Edward hizo un gesto de asentimiento con la cabeza para que continuara.

—Los fragmentos contenían un viaje alegórico sensacional y ocasionalmente salaz que culminaba en una visión mística del fin del mundo. Forsyth, un ex convicto que empleaba a escritorzuelos de tres al cuarto, los presentó como una profecía del apocalipsis, acompañados por ilustraciones adecuadamente sensacionales. El resultado fue la maravilla de un día. El *Viaje* tuvo un gran éxito de ventas, y Forsyth se convirtió en un hombre rico.

»Desde ese momento bibliófilos aficionados y estudiantes aquejados de exceso de celo han hecho progresar sus carreras especulando con que realmente existía ese libro místico, con el mismo título, y que el supuesto monje Gervase es la misma persona que Gervase de Langford, un auténtico estudioso menor de principios del siglo XIV. No obstante, al margen de esos vuelos fantasiosos, los académicos serios coinciden en que *Un viaje al país de los cimerios* es una invención.

Esta vez sí que miró su diminuto reloj de plata.

—Y ahora me excusará, pero mi tiempo aquí es muy limitado.

Recogió las tarjetas de encima de la mesa, devolviéndolas hábilmente a su orden original, y empezó a reinsertarlas dentro del catálogo.

—Gracias por su ayuda —le dijo Edward. «Maldita zorra.»

—No hay de qué.

Edward se mordió el labio mientras ella se levantaba y llevaba el pesado cajón de vuelta al catálogo. La vio alzarlo hasta el sitio que le correspondía, y vio lo delgados que eran sus brazos y sus hombros. La puerta que daba a la sala de lectura se cerró tras ella, y de pronto Edward se dio cuenta de que se había quedado helado. El sol distante y desprovisto de calor de las claraboyas hizo que sintiera todavía más frío. Fue a por sus cosas. Se sentía oscuramente decepcionado. Había algo incitante en aquel pequeño proyecto, aquella búsqueda en miniatura. En realidad, él no confiaba en que llegara a ninguna parte, pero tampoco pensaba que se convertiría en algo absurdo tan deprisa como lo había hecho. Ahora la sala de lectura estaba casi vacía y sólo quedaban en ella Margaret Napier y el hombre de pelo blanco y aspecto distinguido, que seguía pasando lentamente las páginas de la misma maltrecha publicación pulp. Edward recogió sus papeles e igualó los cantos, no porque hubiese nada útil en ellos, a menos que uno contara como tales sus obras maestras geométricas. Margaret no le prestó la menor atención. Edward se marchó y subió por la escalera hasta el oscuro rellano. Cuando abrió la puerta de cristal que daba a la calle, tuvo la impresión de haber pasado días en el subsuelo. De hecho, casi se sorprendió al ver que sólo era media tarde.

6

La mañana del martes Edward despertó lentamente.
Se estaba habituando a levantarse tarde. Se quedó tendido boca arriba mientras abría y cerraba los ojos parsimoniosamente, como un náufrago que hubiera sido llevado
por las olas hasta la suave pendiente de una playa de blanca arena. Estaba despierto, pero seguía soñando, y cada
vez que cerraba los ojos el sueño volvía a iniciarse automáticamente, regresando al principio para luego continuar a través del mismo curso de acontecimientos, como
un fragmento de película con los extremos pegados que
fuera proyectado una y otra vez.

En el sueño Edward se encontraba a bordo de un
palangrero que subía y bajaba sobre las agitadas aguas
de un oscuro mar tachonado por las crestas blancas de
las olas. Su padre estaba allí, con un aspecto canoso e
irascible. Iba vestido como un pirata en unos dibujos
animados, con sombrero, pata de palo y uniforme azul.
¿O era quizá la librea del portero de los Went? Las
nubes eran bajas y oscuras, parecían flotar a escasos
metros por encima de las olas. La luz empezaba a re-
mitir.

Tenían un pez enganchado en el sedal, pero era tan
grande y fuerte que estaba arrastrando la embarcación a
través de las aguas hacia él. A veces lo veían fugazmente
cuando se aproximaba a la superficie. Era un pez enorme,

de tres o cuatro metros de longitud, esbelto y musculoso como una anguila.

Cuando por fin el pez se cansó, consiguieron subirlo por la borda con el cabrestante. Ahora la tripulación de la embarcación incluía a Caroline, la esposa de Zeph, así como a Helen, la secretaria de Edward en el trabajo. El pez era de color verde aceituna, la cabeza puntiaguda como la de una tortuga y brillantes ojos amarillos. Lo depositaron en la cubierta, pero incluso estando expuesto al aire se negó a morir. De hecho, recuperó fuerzas mientras regresaban lentamente a casa a través del mar embravecido, debatiéndose y lanzándoles mordiscos y desplegando sus agallas rojas como la sangre. Nadie sabía qué clase de pez era. Ni siquiera estaban seguros de que fuese comestible. Las olas crecían y de pronto la embarcación se hallaba peligrosamente superpoblada. «No seas tan niño», dijo el ama de llaves de los Went, poniendo los ojos en blanco en una muestra de disgusto. Edward vio la costa, bajas colinas verdes encima de las cabrillas estremecidas, pero a medida que ésta se aproximaba tuvo una sensación de desastre inminente. Nunca llegarían a tierra. Una boya de advertencia tañía en la distancia...

El teléfono estaba sonando. Edward abrió los ojos. El contestador respondió a la llamada.

—Qué tal, compañero de juegos. —Era la voz de Zeph—. Por favor, llámame lo antes posible.

Edward siguió inmóvil durante un rato y miró vagamente el teléfono en la mesilla de noche. La sábana estaba enredada en una larga soga que, de algún modo, se había extendido alrededor de sus brazos y sus piernas. Con sumo esfuerzo, se incorporó lo suficiente para mirar la radio despertador junto a su cama. Era casi la una de la tarde.

—Dios mío —dijo, súbitamente despierto—. Otra vez no.

Parpadeó y paseó la mirada por el mobiliario de su apartamento. ¿Cómo podía haber dormido durante trece horas seguidas? Fue al cuarto de baño y se echó agua fría en la cara. En las profundidades de su subconsciente debía de estar ocurriendo algo, pensó, una especie de remodelación o retapizado que requería que una gran parte del sistema permaneciera desactivada, con alguna oscura aplicación ejecutando entre bastidores operaciones desconocidas en las que consumía enormes fragmentos de memoria RAM psíquica.

Las sábanas le habían dejado en la piel una larga señal que se iniciaba en la ingle y subía hasta las clavículas, como la cicatriz de una cirugía horriblemente invasiva. Edward salió a la cocina goteando agua, se frotó la cara con una toalla y sintió aún más intensamente su frescura en contraste con el calor que hacía. Arrojó al suelo la toalla mojada y cogió unos calzoncillos limpios de la cómoda.

En cualquier caso, no se encontraba mal. Después de la decepción del día anterior debería haberse sentido deprimido, pero en cambio se sentía renovado, reabastecido, rejuvenecido. El mundo parecía limpio y recién lavado, como si la realidad hubiera sido concienzudamente restaurada y remasterizada digitalmente durante la noche para que él la visionara con placer. Se había sacudido de encima la sensación de derrota que había experimentado después de la investigación de ayer. Estaba empezando a disfrutar de su nueva doble vida —banquero especializado en inversiones por el día, cazador de un libro por la noche— y no iba a renunciar fácilmente a eso. Decidió que aún no iría al apartamento de los Went. Si iba a decirles que todo había terminado, que el libro (como quiera que se titulase) se hallaba perdido para siempre, o que nunca había existido, lo haría con un dossier completo sobre el tema, acompañado por gráficos, tablas y apéndices y encuadernado en cuero sobre papel de triple tramado. Y sabía exactamente por dónde empezar.

Encendió el ordenador y utilizó el Google para dar con Margaret Napier. En Manhattan no tuvo suerte, pero en Brooklyn encontró un número a nombre de M. Napier. Era una apuesta arriesgada, ir de Brooklyn a Columbia suponía un largo desplazamiento, pero aun así anotó el número, pinchándose en la rodilla desnuda cuando la pluma atravesó el papel.

Un contestador respondió a su llamada. Ella no daba su nombre, pero su voz baja y carente de emoción era inconfundible. Edward se disponía a dejar un mensaje cuando la voz se cortó.

—Diga.

Hubo un rápido acorde de realimentación cuando el contestador se desconectó.

—Hola. Margaret Napier, por favor.

—Napier —corrigió ella, pronunciándolo con un acento distinto—. Habla con ella.

—Margaret, soy Edward Wozny. Nos conocimos ayer en la biblioteca Chenoweth. —Silencio—. Le pregunté acerca de Gervase de Langford. —Sintió una punzada de vergüenza; después de todo, ella no había llegado a decirle cómo se llamaba—. Había un par de cosas que quería seguir comentando con usted, si dispone de un segundo.

Hubo una larga pausa.

—Lo siento, no estoy interesada —dijo ella secamente—. Adiós.

—Me gustaría hablarle de una oportunidad laboral que ha surgido —se apresuró a improvisar él. Otra pausa. La música estridente del estéreo de un coche con los graves puestos al máximo resonó debajo de la ventana de Edward y se alejó.

—No le entiendo.

—Déjeme explicárselo —dijo él—. Me encuentro sometido a cierta presión en lo que concierne al tiempo por parte de la Colección Went para resolver el tema de Gervase de Langford. Pensé que quizá podría persuadirla de que actuara como asesora en el proyecto. —Edward no estaba demasiado seguro de cómo se tomaría aquello la familia Went, pero decidió seguir adelante de todas formas—. Usted tiene algunas reservas acerca de la validez del libro. Sé a qué se refiere. En cualquier caso, esas reservas podrían hacer de usted un recurso muy interesante. Nosotros necesitamos a alguien capaz de anticipar cualquier posible obstáculo a la autentificación del volumen antes de que éste aparezca.

Silencio. Edward notó el sudor en la oreja, allí donde sostenía el auricular contra ella.

—¿Quiénes son «nosotros»? —inquirió Margaret Napier.

—¿Cómo dice?

—Cuando dice «nosotros» —repitió ella—, ¿a quién se está refiriendo?

—A mí mismo, principalmente. Y a una mujer llamada Laura Crowlyk que representa a la familia Went, la propietaria de la colección.

—¿Cuánto puede pagarme?

Edward no había llegado tan lejos en sus planes, pero lo poco que sabía acerca de los estudiantes graduados sugería que aquello sería su principal fuente de influencia sobre Margaret Napier. Hizo unos cuantos cálculos y dijo:

—Digamos treinta dólares a la hora.

—¿Y cuánto tiempo requerirían?

—¿Cuánto tiempo puede darnos?

—Diez horas a la semana —respondió ella inmediatamente.

—Diez horas. Perfecto.

—De acuerdo.

—De acuerdo. —Estaba un tanto sorprendido. Las cosas estaban progresando más rápidamente de lo que esperaba—. Muy bien. ¿Cuándo puede empezar?

—En cualquier momento.

—¿Hoy? —preguntó Edward, dispuesto a averiguar si podía confiar en ella.

—¿A qué hora?

—¿A las cuatro? ¿Por qué no se reúne conmigo en el Café Lilas, en la Ochenta y dos?

—Perfecto.

Todo había concluido antes de lo previsto, no parecía haber nada más que añadir. Edward se despidió y colgó.

Ella ya estaba allí cuando llegó Edward, sentada en una esquina del fondo de la sala, sus largas piernas cruzadas debajo de una pequeña mesa con tablero de mármol. El Café Lilas era un establecimiento luminoso y agradable, con altos ventanales divididos en pequeños cuadrados en la parte frontal. Las numerosas mesas de metal blanco estaban dispuestas en ángulos aleatorios formando grupos de dos y tres. Ventiladores blancos suspendidos del techo giraban lentamente en sincronía, creando una atmósfera reminiscente de un bar de expatriados en un hotel tropical.

Margaret Napier fue directamente al grano. No estaba interesada en los preliminares, y Edward no tenía nada que objetar a eso. Mientras hablaban, él se dio cuenta de que la había juzgado mal. Había confundido su frialdad y falta de emoción con arrogancia o un mero dárselas de lista, pero estaba equivocado. Era más bien como una profunda falta de interés. Edward nunca había conocido a nadie que estuviera tan profundamente devorado por su trabajo. Margaret Napier rara vez establecía contacto visual, su voz siempre mantenía ese tono bajo, casi mecánico, en el que había reparado Edward durante su primer encuentro con ella, como si no pudiera privarse de la energía extra necesaria para dotarla con cualquier auténtica inflexión. Hablaba claramente, con frases largas y elaboradas que siempre se tomaba la molestia de completar, redimiendo conscientemente cualquier cláusula que hubiera quedado colgada en el aire, al mismo tiempo que cerraba firmemente todos los paréntesis. No obstante, todo estaba desprovisto de cualquier tipo de inversión emocional. El efecto era el de alguien leyendo a regañadientes una declaración preparada en un apuntador electrónico, una declaración preparada por alguien contra el que Margaret Napier tenía un viejo y serio agravio pendiente. Edward consideró la posibilidad de que pudiera sufrir de depresión clínica.

—Gervase Hinton, posteriormente Gervase de Langford —empezó—, nació en Londres a finales de la cuarta década del siglo XIV. Corrían los años de la Baja Edad Media. La guerra de los Cien Años con Francia acababa de empezar. Eduardo III se había convertido en rey de Inglaterra matando al amante de su madre, Mortimer, quien a su vez había sido rey tras matar al padre de Eduardo III, Eduardo II, sodomizándolo con un atizador al rojo vivo.

»Es importante entender lo distinta que era la vida en el siglo XIV. Londres, la mayor ciudad de Inglaterra, contaba con una población de unos cuarenta mil habitantes, y esas cuarenta mil personas tenían cien iglesias entre ellas. Los ingleses pensaban en Londres como Nueva Troya, una ciudad que había sido fundada por los descendientes de Eneas después de la guerra de Troya. El hombre medio medía un metro sesenta de estatura.

En los banquetes la gente comía capones y cochinillos y creía en los duendes y las hadas. Los hombres llevaban medias con un color diferente en cada pierna. La población estaba compuesta de nobles, caballeros, mercaderes, sirvientes y campesinos, en ese orden. Todos ellos vivían en la creencia cristiana de que el mundo se hallaba en un proceso de lento pero continuo declive, que terminaría llevando al Día del Juicio y el fin de los tiempos.

—Claro —dijo Edward—. El rey Arturo y todo eso.

—No. El rey Arturo vivió en el siglo VII, si es que llegó a existir. Eso fue setecientos años antes de que Gervase de Langford naciera. El rey Arturo quedaba tan lejos en el pasado con respecto a Gervase como lo está Gervase de nosotros. En el siglo XIV el rey Arturo ya formaba parte de una versión legendaria y sentimentalizada de la historia inglesa. Piense en *Los cuentos de Canterbury*. Gervase fue un contemporáneo de Chaucer.

Un camarero les trajo dos copas de vino tinto. Margaret devolvió la suya y pidió un café con hielo.

—No sabemos de nada inusual en la infancia de Gervase. Su familia se dedicaba al teñido, y al parecer obtuvieron algún dinero de ello. Su padre y su tío ocupaban una posición prominente dentro del gremio de tintoreros de Londres. Poseían propiedades en la ciudad y en Gloucester.

»Cuando Gervase tenía unos diez años presenció el primer brote de la plaga que nosotros llamamos la Muerte Negra, pero que en aquel entonces era conocida simplemente como la Muerte. La plaga mató entre una tercera parte y la mitad de la población de Europa, causando una devastación sin precedentes. Pueblos enteros quedaron vacíos. Barcos fantasma flotaban a la deriva por el océano, transportando sus tripulaciones muertas. Las ciudades quedaron tan despobladas que los lobos salían de los bosques y atacaban a los supervivientes. En Aviñón el Papa mantenía hogueras ardiendo a cada lado de su trono para tener a raya a los vapores maléficos.

»Gervase fue afortunado. Sobrevivió a la Muerte, al igual que un tío suyo llamado Thomas, y cuando la plaga empezó a ceder en 1349, heredaron una considerable cantidad de dinero y propiedades de miembros de la familia que habían muerto. Thomas se convirtió en uno de los mercaderes más distinguidos de Londres.

»La mayor parte de lo que sabemos acerca de la vida de Gervase proviene de registros oficiales y fragmentos de papel que han sobrevivido por casualidad. A veces los registros familiares se utilizaban como papel sobrante para hacer encuadernaciones, y ocasionalmente pueden ser recuperados del interior de viejos libros. Un salterio de Langford que fue desligado para su restauración nos proporcionó un recibo de la casa del conde de Langford por pantalones y botas para un tal Gyrvas Hyntoun, y a partir de ahí presuponemos que Thomas Hinton envió al joven Gervase al norte para que sirviera como paje. Podemos conjeturar que Gervase probablemente tomó parte en el asedio de París en 1360, porque el conde de Langford y su séquito estuvieron allí. No sabemos nada más de él hasta 1362, cuando Gervase reaparece como un estudiante de leyes en las sedes de Tribunal en Londres.

»Todo esto era perfectamente normal para el ambicioso hijo de un mercader acomodado. Pero lo que siguió no lo fue. Un hombre joven en la posición de Gervase habría podido esperar convertirse en un escudero o un valido al servicio del rey y, con el paso del tiempo, subir hasta una posición de considerable importancia, como hizo Chaucer. Pero Chaucer era uno de esos que están decididos a buscarse la vida, un hombre de compañía, que conocía las reglas del juego y lo jugaba bien. Gervase era algo más, algo distinto. Renunció a su posición en la corte y volvió al norte, nuevamente al servicio del conde de Langford, donde se convirtió en una especie de representante de la familia y estudiosa mascota. Ayudaba a administrar la propiedad, hacía recados importantes para el conde, y en su tiempo libre escribía sus libros. Los Langford no eran una familia prominente, y Gervase quizá supuso una dolorosa decepción para su tío.

Margaret se detuvo allí. Pareció perder el hilo de sus pensamientos y miró vagamente por el ventanal. Un ruidoso grupo de estudiantes universitarios había empezado a acomodarse alrededor de una gran mesa. Edward esperó a que ella siguiera hablando, pero no lo hizo.

—¿Eso es todo? —preguntó Edward—. Pero ¿por qué regresó a Langford, si le hubiera ido mejor en Londres?

—Nadie lo sabe —dijo Margaret—. Yo creo que dejó Londres bajo una oscura nube, alguna clase de estigma político. Nadie sabe de qué se trató exactamente. Debió de ser algo bastante grave para mandarlo a las provincias: fíjese en Chaucer, quien fue juzgado por violación y luego llegó a ser jefe de aduanas para todo Londres. A Gervase le ocurrió algo distinto, algo peor, y eso proyectó sobre su carrera una sombra de la que nunca se libró.

»Gervase acompañó a una delegación diplomática a Venecia. He llegado a oír sugerir que participó en labores de espionaje, y que su nada distinguida carrera no era más que una tapadera para ocultar su verdadera identidad, pero una vez más, realmente, no hay ninguna evidencia que lo respalde. Quizá Gervase pensó que una posición menos prominente le proporcionaría más tiempo para escribir, aunque lo cierto es que el conde lo hacía trabajar como un esclavo. Especular no sirve de nada, porque no hay manera de llegar a saberlo.

Edward asintió.

—Pobre bastardo.

Bebió un sorbo de vino y estudió el rostro ovalado y curiosamente pálido de Margaret. El sol destellaba en sus lisos cabellos oscuros. Ella le sostuvo la mirada con su habitual frialdad.

—Bueno, eso en cuanto a su vida —dijo él—. ¿Qué hay de sus libros?

—De acuerdo con nuestras pautas actuales, Gervase no escribió mucho. —Edward percibió que Margaret se aburría, pero su discurso siguió siendo tan conciso y bien estructurado como una disertación preparada—. Hay una docena de poemas menores atribuidos a él, versos ocasionales que pudo haber llegado a escribir o no. Sabemos con certeza que escribió un libro de fábulas de animales, *Les contes merveilleux*, que en algunos pasajes son ingeniosas pero por lo demás resultan muy convencionales. Su obra maestra, tal como están las cosas, es el *Chronicum Anglicanum*, un relato de lo que por aquel entonces era la historia reciente de Inglaterra, los siglos XI y XII. La terminó en 1362. En aquellos tiempos Gervase probablemente estaba considerado como alguien bastante pasado de moda debido a su interés en el pasado reciente, habida cuenta de que esa clase de estudios dejó de estar en boga con Beda el Venerable.

Edward había pedido una ración de pastel de chocolate sin harina. Cortó un pedazo con el borde del tenedor.

—¿La ha leído? —preguntó.

—Sí.

—¿Es tan aburrida como suena?

Ella no mordió el anzuelo.

—Es un documento importante. Una investigación muy erudita llevada a cabo en un período durante el que la investigación erudita había pasado de moda. ¿Hay algo más específico que pueda contarle acerca de ella?

—No. Lo siento, continúe. ¿Así que Gervase se quedó en Langford durante el resto de su vida?

Ella asintió.

—Como de costumbre, la historia sólo registra las partes malas. En una ocasión lo asaltaron para robarle, en el camino que iba de Langford a Hull. Nunca recuperó sus pérdidas. Se casó con una mujer llamada Elizabeth, que era muy joven incluso para aquella época. Parece haber sido un matrimonio de conveniencia; ella era una de las doncellas de la condesa. Elizabeth murió dos años después, y no hubo hijos. Gervase recibió las habituales recompensas y anuidades insignificantes de sus nobles señores, pero nunca fueron suficientes para llegar a proporcionarle una posición acomodada. Tomó parte en las habituales rencillas legales. Alrededor de 1370 sufrió una grave lesión en los terrenos del castillo. Posiblemente se cayó de uno de los muros. Algunos lo han llamado suicidio fallido. Después de eso ya no se levantó de la cama.

»Murió en 1374, antes de cumplir los cuarenta. No era insólito. En aquel entonces las personas no vivían tanto tiempo. Fue un año de plaga, y tal vez eso fuese lo que finalmente lo mató, pero una vez más, no lo sabemos con seguridad. Después de todo, la primera vez sobrevivió a la plaga.

Hasta el momento, no había mucho que Edward pudiera utilizar. Un camarero se llevó los platos de la mesa contigua haciendo bastante ruido. Margaret finalmente probó su café.

—Parece una lástima —dijo él.

—¿El qué?

—No lo sé. Que no hubiera algo más en su vida.

—¿Como qué?

—No lo sé. —Edward puso ceño—. ¿Algo más dramático?

116

Margaret se encogió de hombros sin mostrar ninguna simpatía.

—La mayoría de las personas lo pasaron bastante peor que él. Muchas de ellas vivían de las coles y los guisantes sobrantes que recogían en el campo de algún noble después de la cosecha. Según cualquier criterio razonable, Gervase fue extremadamente privilegiado.

—Dudo que eso le haya impedido nunca ser desgraciado a nadie.

Ella volvió a encogerse de hombros, un movimiento sutil de un delgado hombro, obviamente nada interesada en aquella línea de especulación.

Los rayos del sol penetraban por los ventanales y arrancaban destellos al mármol de las mesas y las cucharas que habían sido utilizadas. Una planta tropical de grandes hojas se alzaba en un rincón, medio verde, medio muerta.

—Así que Gervase escribió dos libros y quizás unos cuantos poemas —añadió Edward—, y tuvo un empleo horrible trabajando para un noble menor. ¿Por qué es tan importante Gervase?

Margaret arqueó interrogativamente sus delgadas y oscuras cejas.

—¿Qué le hace pensar que Gervase es importante?

Edward titubeó, perplejo.

—Supongo que di por sentado... ¿Insinúa que no lo es?

Edward captó un tenue destello en los ojos de ella.

—Es una figura menor significativa —dijo Margaret con tono bastante sereno, y bebió otro sorbo de café.

«De acuerdo —pensó él—. Ya volveremos a eso.» Quería otra copa de vino. Le hizo una seña al camarero y tocó su copa con la punta de los dedos.

—¿Y ese otro libro, el que estoy buscando? ¿Dónde

117

encaja el *Viaje*? —Trató de imitar la pronunciación de Margaret.

—El *Viaje* ya es enteramente otra cuestión —dijo ella—. Si, por el puro placer de discutir, nos tomamos seriamente la posibilidad de que sea auténtico, y supongo que el hacerlo es una de las condiciones de mi empleo, naturalmente entonces tendría verdadera importancia. Sólo hubo tres escritores realmente importantes en la Inglaterra de finales del Medievo: Chaucer, Langland y el Poeta de la Perla. Juntos esencialmente inventaron la literatura inglesa. Una narración ficticia de longitud significativa procedente de ese período, escrita en inglés y no en latín o en francés, por un erudito de la sofisticación general de Gervase... Su valor sería inestimable. Y por supuesto —añadió pragmáticamente—, ese libro podría tener algún valor monetario.

—¿Cuánto?

—Cientos de miles. Tal vez millones.

—¡Uau! —Muy a su pesar, Edward no pudo evitar sentirse impresionado.

—Desde luego. —Era evidente que Margaret se recordaba a sí misma que le estaban pagando por aquello—. Bueno, el *Viaje* recrea los restos de una narrativa medieval perdida, un romance consistente en cinco fragmentos. Empieza como una leyenda del Grial. La búsqueda del Santo Grial comprendió a muchos caballeros, centenares, no sólo Lanzarote y Galahad y aquellos de los que usted ha oído hablar. Todos ellos tuvieron sus propias aventuras a lo largo del camino. Algunas exitosas, otras un poco menos. El *Viaje* se inicia dentro del género del Grial contando la historia de un caballero previamente desconocido, pero se desvía rápidamente hacia otra cosa.

»El caballero es un noble, nunca nombrado, que deja atrás a su esposa y su hijo en lo peor del invierno. Después de algunos vagabundeos preliminares pasa un tiempo en el castillo de un amable señor que lo agasaja magníficamente, con mucho alardear e intercambiar historias ante el fuego rugiente, mientras las ramas cubiertas de hielo crujen en el exterior. Una noche, surgiendo de la oscuridad, un extraño caballero irrumpe en la sala. Tiene el cuerpo de un hombre enormemente musculoso y la cabeza de un ciervo con una gran cornamenta de astas plateadas. En éstas se halla empalado el cuerpo del hombre de armas que había estado montando guardia fuera. Su sangre chorrea sobre el rostro del extraño caballero.

»Como ya puede imaginar, todo el mundo guarda silencio. El extraño caballero inclina su cabeza cornuda, dejando que el cuerpo del hombre de armas caiga sobre la alfombra, y luego se incorpora y desenvaina una espada de larga y delgada hoja. Les habla. Describe una extraña capilla con muros de vidrieras de colores, el lugar, dice, donde santa Maura de Troyes lloró sus milagrosas lágrimas. La llama la Capilla de la Rosa. Entre aquí y allá hay grandes peligros, asegura, pero es un lugar sagrado de gran poder. En resumen, que les manda ir en busca de la capilla o renunciar a su honor caballeresco. El caballero ciervo habla con una voz aguda y ceceante, al parecer una de las consecuencias de tener la cabeza de un ciervo.

»Cuando termina de hablar, el caballero ciervo cambia de forma. En vez de un caballero con la cabeza de un ciervo, pasa a ser un ciervo con la cabeza de un hombre barbudo. Les guiña un ojo a los presentes, defeca sobre la hermosa alfombra roja del señor del castillo, pasa la pezuña unas cuantas veces a través de los excrementos y luego desaparece a grandes saltos en la noche invernal.

»Aquella noche nadie duerme en el castillo. Lo olvidan todo acerca del Grial y juran unánimemente aceptar el desafío del caballero ciervo; en parte por el bien de su honor, pero también para vengar al hombre de armas, quien resulta ser el sobrino de alguien. Los sirvientes son sacados de la cama y puestos a trabajar envolviendo comida, preparando las armaduras y herrando caballos. Los caballeros dedican algún tiempo a rezar pidiendo la guía divina. Hay una gran discusión muy técnica acerca de los méritos y deméritos de las distintas piezas de una armadura y una disquisición bastante detallada sobre las técnicas de caza, señuelos y aguijones y ese tipo de cosas, pero el quid de la cuestión es que a la mañana siguiente todos parten hacia el bosque, sabuesos gañendo, escarcha sobre el acero, el orbe ensangrentado del sol haciendo guiños entre los árboles nevados, estandartes de aliento brotando de las bocas de los caballos. En cierto modo, es el punto culminante de la historia. Ciertamente es el más feliz.

»No tardan en captar el olor del caballero ciervo, pero éste resulta ser un antiguo maestro en estas lides, y los lleva una épica persecución, entrando y saliendo de arroyos y ríos, subiendo y bajando montañas, volviendo sobre sus pasos, dejando falsos rastros. Cada vez que creen tenerlo se desvanece misteriosamente, y cada vez que están a punto de darse por vencidos vuelve a aparecer, posando descaradamente en algún lejano promontorio, y la persecución se reanuda.

»Al principio todos parecen pasarlo en grande, con mucho cantar alrededor de la hoguera de acampada y ocuparse de pequeñas empresas secundarias conforme éstas aparecen, como matar gigantes y enderezar entuertos locales. Pero con el paso del tiempo los caballeros empiezan a sentirse cansados. La persecución hace meses que dura, y el esfuerzo empieza a hacer mella. De noche es peor. Dormidos dentro de sus pabellones de seda, los caballeros tienen sueños inquietos. Mujeres resplandecientes salen flotando de entre los árboles y los tientan a romper sus votos caballerescos. Ermitaños malhumorados surgen de la nada, vestidos con malolientes camisas de pelo, para exigir limosnas, plantear espinosas preguntas teológicas y advertirles que van a ir todos al infierno. Entonces sucede algo realmente terrible.

—¿Qué? —preguntó Edward, consciente de que estaba extasiado.

—Una mañana, temprano, el señor del castillo y sus hombres encuentran el rastro del caballero ciervo. —Margaret bebió otro sorbo de café—. Es fresco, y por una vez realmente parecen tener una oportunidad de alcanzarlo. Deciden llevarlo hacia un desfiladero sin salida en las estribaciones de unas montañas. Ven entrar al ciervo en el desfiladero. Los caballeros van detrás de él para custodiar la entrada y se disponen a esperar. Pasan varias horas sentados allí, hasta que el sol ha subido en el cielo y empiezan a cocerse dentro de sus armaduras. El viento cesa. Los insectos dejan de cantar. A pesar del intenso sol, la entrada del desfiladero está oscura y llena de sombras. De hecho, es tan negra como la medianoche. Por un instante el bosque guarda silencio. Entonces la espesura cruje y el ciervo sale corriendo a gran velocidad del oscuro desfiladero. Sus ojos ruedan frenéticamente en su cabeza humana. «¡Renunciad! —les grita por encima del hombro—. ¡Renunciad! ¡Por el amor de Dios, dejad este lugar si valoráis en algo vuestras vidas!» Hay algo en el desfiladero a lo que incluso el caballero ciervo le tiene pavor. Corre hacia el grupo de caballeros acorazados, y el señor del castillo le asesta un profundo tajo en el hombro cuando pasa junto a él, pero el caballero ciervo se abre paso y vuelve a internarse en el bosque.

»Ésta es la clase de situación para la que viven los caballeros. Con su típica incapacidad para centrar la aten-

121

ción en algo durante mucho tiempo, se olvidan por completo del ciervo mágico y la Capilla de la Rosa, y hacen otro solemne juramento de afrontar la aventura del desfiladero sin salida. Desmontan y marchan hombro con hombro hacia la oscuridad. La siguiente página del libro está completamente cubierta de tinta negra.

7

Edward se secó el sudor de la frente con la muñeca. Dentro del local hacía calor, aunque Margaret no parecía sentirlo. Se la veía muy fresca y tranquila. Siguió hablando con su voz de conferenciante profesional.

—Ni palabras ni imágenes, sólo una página de negrura. Es un recurso nada habitual, muy literario, incluso innovador; se ha escrito a menudo acerca de él. Sterne probablemente tomó prestada la idea para las páginas jaspeadas en *Tristram Shandy*, aunque yo no creo que nadie haya demostrado de manera concluyente que Sterne leyó el *Viaje*. Nadie sabe lo que significa, si es que significa algo, y no hay muchas pistas. Ahí es donde termina el primer fragmento.

»El segundo fragmento es muy corto. Empieza con el señor del castillo volviendo a su casa. No sabemos qué le ocurrió en la página negra, o qué ocurrió después, sólo que ha transcurrido un tiempo. Sus compañeros se han ido, presumiblemente han muerto, y su búsqueda de la Capilla de la Rosa parece haber fracasado. En cuanto al Santo Grial, el señor del castillo se ha olvidado por completo de él. Es un cascarón de su antiguo yo, un esqueleto que va por ahí haciendo ruido dentro de su armadura. Además, su castillo ha sido arrasado hasta los cimientos en su ausencia. Cuando él se marchó, aparentemente uno de sus enemigos vio una oportunidad y puso sitio al castillo. Sólo queda un campo lleno de escombros, tierra calcinada y piedras caídas. Su esposa y su hijo están muertos. El invasor se disponía a ultrajar a la esposa del señor del castillo cuando un ángel apareció y la mató.

—¿Qué? —Edward casi se atragantó con el vino—. ¿Por qué?

—Para evitarle tener que caer en el pecado.

Edward tragó saliva.

—Eso es una insensatez. ¿Qué hay de matar a los invasores? Eso habría ayudado un poquito más.

—El Dios medieval es misterioso.

Edward resopló.

—Una forma muy delicada de expresarlo. ¿Qué ocurre a continuación?

—El señor del castillo se prepara para dar inicio a una extravagante exhibición de dolor, pero se nos ahorran los detalles, porque el fragmento termina ahí.

»La tercera parte retoma el tema del juicio divino. Es el más académico y teórico de los cinco fragmentos, y también el más largo, más que los otros cuatro juntos. En ciertos aspectos es similar al *Paradiso* de Dante, no siendo tanto una narración cuanto un intento de perfilar las líneas generales de la *Weltanschauung* del autor. El fragmento empieza con el señor del castillo errando por los campos, penitente y sin hogar. Se cree maldecido por Dios. Ha estado viviendo a la intemperie, durmiendo al raso y nadando en ríos de frías aguas. De todas las personas posibles se ve acompañado en sus vagabundeos nada menos que por el caballero ciervo, quien todavía cojea a causa de la herida que le infligió el señor del castillo. Esta vez los dos se llevan tan bien que parecen viejos amigos. Son como dos viejos soldados que sirvieron en ejércitos enfrentados durante la misma guerra. Ahora que la guerra ha terminado, son los únicos que se comprenden mutuamente.

»Se retiran juntos a la choza de un ermitaño en lo alto de una montaña, donde hacen que el diálogo siga discurriendo de un modo casi socrático. Hay una larga digresión sobre cómo deben ser interpretados los sueños, en su mayor parte tomada textualmente del *Comentario sobre el sueño de Escipión* de Macropio: en realidad los escritores medievales no tenían ninguna clase de escrúpulos en lo que concierne al plagio. Mientras hablan, el caballero ciervo cambia de forma a voluntad, pasando de caballero ciervo a ciervo caballero y de vuelta al principio, según el humor de que esté en cada momento. Cubren un gran número de temas: cosmología, teología, hermenéutica y en particular escatología, la discusión teórica que se ocupa del fin del mundo. Si el mundo fuera a terminar, ¿cómo sabríamos que ha terminado? ¿Es posible que el mundo ya haya terminado y estemos viviendo las consecuencias de su fin? ¿Es esto el infierno? ¿O peor aún, es esto el cielo? Aquí la autoridad es el caballero ciervo, siendo algo así como una entidad mística, pero el señor del castillo también tiene algunas ocasiones de lucirse. En un momento dado observa, amargamente pero con un guiño al lector muy propio del siglo XVIII, que si él fuera un personaje en un romance no querría saber cómo terminaba su historia, porque ningún final, ni siquiera la recompensa definitiva del cielo, podría compensarle la pérdida de su esposa y su hijo.

Edward empezaba a disfrutar viéndola hablar. Todo era muy distinto a lo que estaba acostumbrado: aquella mujer invertía todo su tiempo sólo en leer y en pensar acerca de lo que leía. En cierto modo, parecía una forma ridícula de malgastar el tiempo, pero quizás era mucho más importante que lo que hacía él durante todo el día. O solía hacer.

—El cuarto fragmento es el más problemático, y aquél

acerca del que más se ha escrito, aunque no creo que los comentarios hayan hecho gran cosa para aclararlo. El tono es distinto al del resto del *Viaje*. Se parece más a un sueño, una alucinación o uno de los grotescos del Bosco. Incluso se diría que no es obra de la misma persona: sus repeticiones y su violencia parecen reflejar la mente de un niño o un adulto patológico. Si fue un adulto quien escribió eso, creo que él o ella se encontraba muy cerca de la enfermedad mental.

»El señor del castillo reanuda su vida aventurera, aunque ya no con ninguna búsqueda o empresa en mente. Ahora sólo está perdido... —Margaret se interrumpió, como si no supiera continuar de forma coherente. Suspiró y apartó de un soplido el flequillo, un gesto de muchacha que no resultaba nada característico en ella—. El texto se vuelve muy repetitivo, de manera casi obsesiva: el señor del castillo mata a un monstruo tras otro, gigantes, demonios, dragones, así sucesivamente una y otra vez. En ocasiones parece matar dos o tres veces al mismo monstruo. El tiempo se mueve en círculos, doblándose o triplicándose sobre sí mismo. En algunas partes el verso degenera hasta convertirse en un catálogo de a quién o qué ha combatido o dado muerte o salvado el señor del castillo, simples listas, despojadas de cualquier narración o significado. En un momento dado se nos dice que ha vuelto a casarse y ha reconstruido su castillo, engendrando a un nuevo hijo. Envejece y está satisfecho, y la narración se ramifica y sigue las aventuras de su hijo, quien parte en su propia búsqueda. Pero éste crece gradualmente para convertirse en su padre, quien se encuentra con el caballero ciervo y vuelve a perseguirlo por todas partes, y pronto el relato se inicia de nuevo. El tiempo es circular. Excepto que esta vez el señor del castillo triunfa en su empresa: completa la búsqueda, encuentra la Capilla de la Rosa y es aceptado inmediatamente en el cielo.

»Pero la cosa dura poco. El señor del castillo es expulsado del cielo basándose en algún tecnicismo teológico que no tiene ninguna lógica, al menos hasta donde yo he podido ver. De regreso a la tierra se convierte en un hombre amargado, y se venga persiguiendo al caballero ciervo, matándolo y comiéndose su carne. —Edward torció el gesto—. A partir de este punto el mismo texto parece enloquecer. Las personas mueren y vuelven a la vida sin ninguna lógica o razón aparentes. El señor del castillo comete suicidio, destripándose con una misericordia (un tipo de daga de hoja muy delgada), sólo para ser violentamente resucitado por un ángel despectivo y sarcástico. El caballero ciervo también reaparece, esta vez enfadado porque se le ha hecho desaparecer dándole muerte antes, y advierte al señor del castillo de que la vida sólo es un sueño, que el cielo es la única realidad verdadera y que no debería tomárselo todo tan en serio. Enormes huestes se reúnen y luchan entre sí sin ninguna razón, siendo todo ello descrito con minucioso detalle. El narrador es como un niño pequeño que tuviera un arcón lleno de soldados con los que jugar, poniéndolos en fila y derribándolos una y otra vez. Se ofrecen ecos de un paisaje devastado por la guerra y la plaga.

»Finalmente el relato vuelve a describir un círculo, el tiempo se curva sobre sí mismo y regresamos a la fatídica cacería en pos del caballero ciervo, exactamente como antes. De hecho, pasajes enteros del primer fragmento reaparecen palabra por palabra, y el poema se convierte en un pastiche de sí mismo. Al igual que antes, el caballero ciervo es atrapado en el desfiladero sin salida y huye corriendo en un estado de pánico. El señor del castillo parece ser consciente de que todo esto ya ha sucedido, pero se encuentra desvalido, impotente para cambiar su curso. Y al igual que antes, los caballeros entran en el desfiladero. Pero una vez más, nunca vemos qué hay dentro, porque ahí es donde termina el fragmento.

—Maldición —dijo Edward—. Otra vez frustrados. —Miró su reloj. Faltaban unos minutos para las seis. Se le ocurrió pensar que si aquello duraba mucho más, Margaret podría cobrarle por otra hora de trabajo—. Adelante con el fragmento cinco.

Imperturbable como siempre, Margaret continuó.

—Empieza con el señor del castillo a la deriva en el océano dentro de un bote. No tiene remos, vela o timón. Confía en Dios para que lo lleve a la orilla sano y salvo. Ha transcurrido algún tiempo. Está muy hacia el norte, y hay icebergs por todas partes en torno a él. Exóticas ballenas árticas salen a la superficie y se sumergen alrededor de él, belugas, cabezas de arco y narvales. Coleridge tomó prestadas unas cuantas líneas de este pasaje para *La balada del viejo marinero*: «Y a través de la ventisca los nevados riscos/derramaban un lúgubre resplandor:/no divisamos hombre ni bestia alguna./El hielo reinaba por doquier.»

»Los autores medievales suelen insertar historias de obras clásicas en las suyas, y aquí el narrador aprovecha la oportunidad para recoger un par de episodios de la *Odisea*, concretamente, el de las sirenas y el de los comedores de lotos. La verdad es que no sabría decir por qué lo hace. También incluye la historia de Paolo y Francesca, acerca de una mujer y su cuñado que se convierten en amantes mientras están leyendo un libro juntos. El esposo de la mujer entra y los mata a ambos. El cuento fue bastante popular, tanto Dante como Boccaccio tienen sus propias versiones de él, pero la versión de Gervase está extrañamente bastardeada: él le otorga un final feliz, en el que los amantes literarios escapan juntos y a partir de entonces viven felices.

»Finalmente el señor del castillo llega a la costa de un país desolado. Desde la playa sólo puede ver una duna tras otra, puntuadas por retazos de nieve. La arena es del color del hierro, "sin pueblo, o casa, o árbol alguno o arbusto, o hierba, o campo arado ninguno". Gervase dedica un párrafo entero a describir la curiosa cualidad de la luz: hay algo acerca de ella que inquieta al señor del castillo, porque es pálida y tenue y un poco ultraterrena. Por fin llega a un lugar habitado, cuyas gentes se presentan a sí mismas como los cimerios del título del libro. El señor del castillo al fin ha llegado.

»En Cimeria, le dicen, siempre es crepúsculo: ni de día ni de noche. Es un país frío, duro y despoblado. El señor del castillo vaga por allí, y lo vemos a través de sus ojos. Los habitantes subsisten a base de cosechas de raíces y rebaños de ovejas de un hirsuto pelaje. El terreno está atravesado por arroyos de aguas gélidas, y el señor del castillo se tropieza con el cuerpo helado de una mujer en una acequia. Atraviesa las ruinas de una población, chozas derrumbadas y muros de piedra que han sido derribados y dispersados. Pasa por un campo donde los surcos están llenos de nieve, y compara la alternancia de tierra negra y nieve blanca con las líneas de escritura en una página.

»Y ahí termina el último fragmento. Es un pasaje muy desolado. Al igual que los otros, está impregnado por una sensación de melancolía y anhelo, pero sin ningún tema obvio. No hay duda de que algunas partes de él son alusiones al *Inferno* de Dante. Lo que, dicho sea de paso, es otra razón para pensar que no pudo haber sido escrito por Gervase de Langford, porque que yo sepa el único hombre en Inglaterra que había leído a Dante en aquel momento era Chaucer.

Margaret miró dentro de su vaso medio vacío. Edward jugueteó con lo que quedaba del pastel. Un enorme camión pasó ruidosamente por la estrecha calle, resollando entre un resoplido de frenos mientras ocultaba temporalmente el sol.

—¿Qué cree que significa todo eso? —inquirió Edward.

—¿Qué significa? No lo sé. Leído como el producto de una mente medieval, el *Viaje* probablemente sería una alegoría religiosa. El progreso del alma desde el pecado hacia la gracia. Podría haber tenido alusiones políticas: usurpación, la difícil situación del trabajador agrícola... Y la psique de Gervase tuvo que quedar profundamente afectada por el espectáculo de la Muerte. Puede que viviera bajo una insoportable carga de culpabilidad y vergüenza por haber sobrevivido cuando tantos otros murieron, así como con el miedo de que la plaga volviera para reclamarlo.

—¿Qué hay de los cimerios? ¿Quiénes eran?

—Nadie especial. Tienen una base real, suponiendo que eso importe. Eran una tribu nómada que invadió Asia Menor en algún momento alrededor del año 1200 a.C.

—¿Así que existieron realmente?

—Por supuesto que existieron. —Margaret sonrió levemente—. La moderna Crimea deriva su nombre de Cimeria. Pero la realidad histórica no es ni con mucho tan interesante como la literaria. En la tradición clásica se pensaba que los cimerios eran una tribu legendaria que vivía en una tierra donde siempre reinaba el crepúsculo. Ovidio los menciona en las *Metamorfosis*, y Ulises visita la tierra de los cimerios en la *Odisea*. En la mitología del mito clásico el mundo se hallaba circundado por un río llamado Océano. Los cimerios vivían en el lado más alejado de Océano, y más allá de Cimeria sólo estaba el Hades. Plinio pensaba que Cimeria estaba en Italia, donde supuestamente había una entrada al mundo subterráneo, pero quienquiera que escribió el *Viaje* parece estar combinando o fusionando Cimeria con Ultima Thule, la tierra legendaria situada más hacia el norte que había en el mundo.

En la puerta se inició una discusión entre el *maître* y un hombre que quería entrar en el local con su perro. Margaret miraba fijamente a Edward. Él se preguntó si simplemente estaba esperando a que le dijera que podía marcharse.

—Así que si yo estuviera buscando este libro, y suponiendo sólo por el bien de la discusión que existe, ¿qué aspecto cree que tendría?

—Bueno, en cuanto al formato —dijo ella, formando un puente con los dedos—, sería un códice. Probablemente estaría escrito sobre pergamino y no sobre papel. Las cubiertas serían de madera recubierta de cuero. Se trataría de un manuscrito, la imprenta todavía iba a tardar cien años en ser inventada, y estaría escrito en letra gótica. Muy difícil de leer para quienes no sean expertos en el tema. Al margen de eso, podría tener prácticamente cualquier aspecto. Por aquel entonces hacer un libro era como hacer una película hoy en día: requería un montón de tiempo, un montón de dinero y un montón de personas con muchas habilidades distintas. Había que comprar el pergamino y las plumas y la tinta. Había que hacer que el texto fuera escrito por un escribiente, después era ilustrado por un ilustrador, luego era encuadernado por un encuadernador, y así sucesivamente.

Un camarero pasó junto a ellos y puso discretamente la cuenta sobre la mesa entre los dos.

—¿Podría Gervase haber hecho todo eso? ¿Podría habérselo permitido?

Ella meneó la cabeza y dijo:

—Es posible. Un hombre joven de una familia de la clase media alta, que servía a una casa noble... Sí, es posible. Pero en cuanto al texto propiamente dicho... Lo siento, no sé cómo puedo llegar a convencerlo, y es obvio que usted no está interesado en que se lo convenza, pero simplemente no es el producto de una mente medieval.

Edward apretó los labios y asintió. Margaret Napier era sincera, creía en lo que decía, y probablemente estuviese en lo cierto. No tenía ninguna razón para engañarlo; como mucho, quizá tuviera un interés financiero en impulsarlo a seguir adelante, en prolongar aquellas sesiones. Edward estaba decepcionado. En algún momento, inconscientemente o sin saber por qué, había empezado a desear que el libro fuese real. Sacó su cartera.

—¿Y qué cree que les sucedió a esos caballeros? Me refiero al final de la primera parte, en el desfiladero sin salida.

—Se ha vertido mucha tinta sobre esa página negra, dicho sea sin intención de hacer ningún juego de palabras. —Margaret hizo girar los posos de café. No intentó evitar que Edward pagara—. Hay al menos un libro entero acerca de ello, *Oscuridad visible* de Capshaw. Los freudianos opinan que es un útero, o un ano, o una tumba, o las tres cosas a la vez. Los marxistas hablan de la aparición del capitalismo en Inglaterra y la conversión de la novela en una mercancía más. Es especialmente popular entre los deconstruccionistas. Lo he visto llamar un error del impresor, un mapa de África y una protesta contra el Acta del Sello de 1727.

—¿Y usted qué cree que es?

—No tengo ninguna opinión al respecto. —La habitual ausencia de emociones de Margaret regresó de inmediato—. No es mi campo.

—De acuerdo. Muy bien. —Aquella mujer estaba empezando a cansarlo. Edward necesitaba ir a algún sitio y pensar. O mejor aún, ir a algún sitio y no pensar. En la mesa contigua una pareja joven con aspecto de dedicarse a la abogacía había empezado a discutir en tensos susurros—. ¿Por qué no lo dejamos por ahora? ¿Vuelve a Brooklyn? —Ella negó con la cabeza—. Bien, vaya donde vaya, coja un taxi y guárdese el recibo. La próxima vez me gustaría que viniera a ver la colección, suponiendo que los Went se muestren conformes. ¿Qué le parecería eso?

—Perfecto —dijo ella, sin exhibir reluctancia ni entusiasmo. Se levantó y Edward la siguió hasta la puerta y a la acera. Faltaba poco para que fueran las seis y media, pero era una larga tarde de verano y fuera seguía habiendo luz de día.

—¿Puedo...? —¿Debería? Edward gesticuló vagamente señalando hacia el East Side al mismo tiempo que buscaba un taxi con la mirada.

—Voy hacia arriba —dijo ella—. A Columbia.

Se volvió hacia la boca del metro, el bolso rebotando sobre su cadera. Edward la llamó.

—Una cosa más. Antes dijo que ese libro sería un códice. ¿Eso qué significa?

—Un códice... —Se interrumpió y se volvió hacia él. Parecía un poco disgustada por tener que definir un concepto tan básico—. Un códice no es más que... un códice. Por oposición a un pergamino, una tableta de cera o una roca con palabras esculpidas en ella. Un códice es un conjunto de páginas escritas, dobladas y atadas a un lomo colocado entre dos cubiertas. Es lo que alguien como usted llamaría un libro.

8

Dos días después, Edward se citó con Margaret en la acera de enfrente del edificio de los Went. El día era caluroso y húmedo. Estaba nublado. El trueno flotaba en el aire. El mango de un paraguas sobresalía del bolso de cuero de Margaret, aunque todavía no había llovido. Llevaba el pelo pulcramente recogido hacia atrás con un broche. Pálida y delgada, Edward pensó que hubiese podido seguir la moda gótica sin problemas, pero no se había molestado en hacerlo. Entraron en el edificio pasando junto al portero, que esta vez lo reconoció y asintió con la cabeza para indicarles que podían pasar.

—¡Vienen y van! —dijo, sonriendo bajo su frondoso bigote.

Mientras subían en el ascensor, Edward se aclaró la garganta.

—Quizá debería haberles advertido de que iba a venir usted hoy —dijo—, pero no se preocupe. Sólo sea agradable con Laura. La conocerá: es la Chica Viernes de los Went.

—Gracias —dijo Margaret secamente—. No estaba preocupada.

Las puertas se abrieron sobre un apartamento silencioso y vacío. No vieron a nadie mientras iban por los pasillos hacia la escalera de caracol que llevaba al piso de arriba. La luz que entraba por las ventanas era apagada y gris, como la de la luna.

Hasta entonces no se había fijado realmente en la escalera de caracol, pero Edward advirtió que era una verdadera maravilla: quizás acompañado de Margaret estaba viéndola a través de los ojos observadores de ella. Era una auténtica muestra del momento de esplendor del viejo *art nouveau* neoyorquino, hierro macizo, forjado todo él en una sola pieza y goteando ornamentos serpentinos al estilo Aubrey Beardsley. Debía de pesar al menos una tonelada. Margaret lo siguió por la escalera sin hacer ninguna pregunta y esperó en la oscuridad mientras él abría la puerta con su llave y luego tanteaba alrededor, buscando la solitaria lámpara de pie.

Era casi como llevar a casa a una novia para que conociera a los padres, algo que Edward había hecho lo más raramente posible cuando estaba en la universidad. Se sintió aliviado al ver que había dejado los libros en un estado razonablemente ordenado antes de salir. Llenaban la larga mesa de madera en apretadas hileras de altas pilas multicolores, como un modelo de ciudad hecho de rascacielos en miniatura. Mientras abría el ordenador y lo conectaba, Margaret cogió el primer libro de la primera pila más próxima. Era un volumen de tapas duras color verde musgo que parecía bastante moderno. Lo inspeccionó manteniéndolo cerrado, dándole la vuelta con manos expertas entre sus pálidos y delgados dedos, y luego dejó que el libro cayera suavemente abierto sobre su palma y estudió unas cuantas páginas. Inclinó la cabeza y olisqueó delicadamente el pliegue central con su larga y elegante nariz.

—Ha sido lavado —dijo, torciendo el gesto—. Lo han frotado con detergente. Una repugnante práctica francesa, echa a perder el papel. Debería ser ilegal.

Examinó los lomos de cada pila por orden, minuciosamente y sin apresurarse. Parecía haber olvidado que Edward estaba en la habitación. Se detuvo cuando llegó al estuche de madera que contenía el libro antiguo que él había desenvuelto durante su primer día allí. Estaba en el fondo de una alta pila de libros pero, antes de que Edward pudiera ofrecerse a ayudarla, ella los sacó de la caja y los puso en el suelo con un solo movimiento nacido de la práctica. Los libros dejaron un rastro de manchas de polvo sobre la pechera de su vestido, pero ella no pareció inmutarse. Abrió el estuche y miró dentro de él.

—¿Qué sabe acerca de éste? —preguntó, después de una larga pausa.

—Nada. —Edward se aclaró la garganta—. No consigo dar con la manera de abrirlo.

—¿Qué dice el catálogo?

—No hay ningún catálogo. Verá, he estado trabajando en ello, pero ése todavía no lo he hecho.

Ella lo miró. Estaba muy oscuro, ninguna luz entraba por las ventanas cubiertas, por lo que sólo había la lámpara y el brillo fantasmal del monitor.

—¿Qué quiere decir? ¿Este libro no se halla descrito?

—Que yo sepa no.

—¿Todos estos libros...? —Paseó la mirada por el resto de los libros que había sobre la mesa—. ¿No han sido catalogados?

—Nadie más sabe acerca de ellos, si se refiere a eso. —Edward tecleó imperturbablemente en el ordenador, abriendo el fichero que había creado—. He estado trabajando en ello. De hecho, para eso se me contrató.

—¿Y qué criterios de catalogación está siguiendo? ¿Quizá las normas internacionales? ¿El sistema de la Biblioteca del Congreso?

Él meneó la cabeza.

—Yo no entiendo de esas cosas.

Margaret bajó la mirada hacia el libro que había dentro del estuche y tocó su cubierta con las manos. Exhaló un hondo suspiro.

—Esta situación es muy poco habitual —dijo finalmente.

—Eso no es todo —añadió Edward—. Mire aquí.

Margaret se acercó hacia donde señalaba y miró dentro de una caja abierta, que se hallaba casi vacía excepto por unos cuantos paquetes pesados de gran tamaño en el fondo. Se le escapó un jadeo extraño y un tanto nervioso, pero recuperó la compostura casi de inmediato y fingió toser.

Se volvió hacia Edward.

—Es muy improbable que una colección tan antigua y de este tamaño pueda haber permanecido completamente descatalogada —dijo suavemente—. Tiene que haber registros de ella en algún sitio.

—Puede que esté en lo cierto. Pero entonces, ¿por qué iban a contratarme los Went?

—No lo sé. Pero tiene que haber documentos. Un manifiesto de embarque, recibos de ventas, documentos referentes al seguro, exenciones fiscales. Objetos como éstos no se deslizan a través de la historia intocados, invisibles, sin ninguna huella. Dejan tras de sí pisadas, rastros. ¿Cuánto tiempo han estado aquí estos libros?

—Toda la colección vino de Inglaterra a bordo de un barco, justo antes de la Segunda Guerra Mundial.

Relató lo que le había contado Laura Crowlyk acerca de la historia de la colección durante su primer día. Mientras Edward hablaba, ella volvió a la mesa y abrió los cajones.

—¿Qué está buscando? —preguntó Edward.

—Deberíamos abrir esas otras cajas antes de seguir

adelante. —Cruzó los brazos—. Puede que en alguna de ellas haya documentación.

—De acuerdo. —Edward no había pensado en eso.

Recuperó el destornillador de donde lo había dejado y se lo entregó. El equilibrio de poder dentro de la habitación había cambiado, y no a favor de Edward.

—Quite el polvo de esas estanterías —ordenó ella—. Vamos a necesitar un montón de espacio.

Edward volvió al piso de arriba llevando consigo un cubo de aluminio lleno de agua caliente, una botella de líquido limpiador, dos rollos de papel higiénico y un paquete por abrir de esponjas que la mujer de la limpieza le había dado cuando lo encontró hurgando debajo de una pileta en un cuarto de baño que no se utilizaba. Margaret ya había abierto la caja siguiente y estaba sacando los libros de ella. Edward dejó el cubo en el suelo con un ruido metálico y Margaret dio un respingo.

Trabajaron en silencio en la penumbra de la biblioteca. Edward oía el crujido de viejos tornillos abandonando la blanda madera y el seco tintineo cuando ella los dejaba caer despreocupadamente al suelo, su respiración ligeramente agitada por el esfuerzo físico. Al principio trató de mantener una conversación, pero al cabo de un rato decidió que ella quizá se sintiera más a gusto si no hablaban. Empapó una esponja en agua jabonosa y la puso encima de la primera estantería. La capa de grueso polvo se desprendió con una sola pasada. Era interesante, en cierto modo. Edward pasaba la mayor parte de sus días en lugares que otras personas limpiaban, personas que se llevaban la basura, pasaban el aspirador sobre las moquetas y frotaban subrepticiamente las tazas de los lavabos mientras él estaba en otro sitio, o mientras desviaba la mirada y hablaba más alto en el teléfono. Pensó en las mujeres de la limpieza que hacían la ronda de su oficina cada noche después de la jornada laboral a altas horas de la madrugada, parloteando en español, portugués o ucraniano mientras empujaban sus carritos de plástico gris ante ellas. Las únicas palabras del idioma de Edward que parecían conocer eran «disculpe» y «lo siento». Se preguntó si todas tendrían doctorados en microbiología en sus países natales, e iban a casa para escribir brillantes *romans fleuves* en sus distintas lenguas nativas.

Cuando hubo terminado con una hilera de estanterías, el agua en el cubo se había vuelto de un sólido color gris. Edward secó la madera con el papel higiénico. Al volverse vio que Margaret seguía trabajando en las cajas, haciendo girar diestramente el destornillador con sus delgados y fuertes dedos.

—¿Ha encontrado algo? —le preguntó él.

Ella meneó la cabeza sin volverse.

—¿Quién era Cruttenden? —dijo después.

—¿Quién?

—Cruttenden. —Había empezado a sudar a pesar del frío que hacía en la sala, y se detuvo para secarse la frente con el antebrazo—. El nombre que hay en las etiquetas de embarque de todas esas cajas.

—No tengo ni idea. Él, ella o ello probablemente fue el predecesor de Crowlyk. Posiblemente ya hace varias Crowlyk de eso.

—¿Crowlyk...?

—Laura. La que me contrató, la secretaria. Quizá debería saber que los Went no suelen aparecer mucho por aquí. Son algo así como una presencia ausente. Supongo que pasan la mayor parte de su tiempo refugiados dentro de su propiedad en Bowmry. Laura es la que realmente dirige la función.

139

—¿En Bowmry? —Ella lo miró con curiosidad.

—Bowmry. Son de allí. Los Went son aristócratas o miembros de la realeza o algo por el estilo. El duque y la duquesa de Bowmry.

—Ah —dijo ella, como si le hubiera proporcionado una pista involuntariamente.

—¿Qué?

—Gervase de Langford estaba al servicio del duque de Bowmry.

—Creía que había dicho que trabajaba para un conde.

—Era la misma persona. En el sistema inglés, una persona puede tener más de un título de par del reino. A finales de su carrera el conde de Langford fue nombrado primer duque de Bowmry por Eduardo III. Eduardo estaba loco por los ducados, tal vez porque los inventó él mismo.

—Entonces, ¿eso significa que los Went podrían no estar del todo desencaminados?

—No. Pero me da una idea de por qué creen que podrían tener un Gervase.

Volvió a sacar libros de la caja que había ante ella y a apilarlos en el suelo.

—Quizá podría llevar esos libros de la mesa a las estanterías que ha limpiado.

—Recibido alto y claro.

Cuando Edward terminó, los libros ocupaban tres estanterías y media en la pared, un horizonte desigual de intensos marrones, verdes, azules y ocres, reseguido aquí y allá por trazos de oro y plata como ventanas iluminadas. Margaret había dejado de trabajar en las cajas y estaba desenvolviendo un paquete en el espacio que Edward había despejado sobre la mesa. El libro era diminuto, apenas más grande que una baraja de naipes, con lisas cubiertas marrones agrietadas que parecían haber sido esmaltadas y luego tostadas en un horno. Edward la vio ponerlo con sumo cuidado encima de la mesa como un gorrión herido.

—Hay una manera correcta de catalogar un libro —dijo ella—. Ya puestos, bien podría conocerla, si es que va a encargarse de hacerlo. —Sacó del bolso un lápiz y un cuaderno—. Una descripción bibliográfica formal consta de cuatro partes. Encabezamiento y página del título; encuadernación; colación y colofón; y los contenidos del libro. Así que empezando por el encabezamiento...

Mientras hablaba, escribía fluidamente en su cuaderno. Edward miró por encima de su hombro y vio que Margaret tenía la caligrafía pulcra y estilizada de un arquitecto:

Johnson, Samuel, Un viaje a las Islas Occidentales de Escocia. 1775.

—Ahora la página del título.

[dentro de rectas dobles] UN I VIAJE I A LAS I ISLAS OCCIDENTALES I DE I ESCOCIA. I [lema del editor] I LONDRES: I Impreso para W. STRAHAN T. CADELL en el Strand. MDCCLXXV.

—Ahora la encuadernación.

Oveja sobre tableros jaspeados, deformado, guardas marrones.

—Este cuero suave es piel de oveja, un material muy barato —añadió—. ¿Ve cómo tiende a agrietarse en las junturas?

Siguió explorando el libro con los dedos, midiéndolo,

fijándose en los aspectos técnicos de los formatos y los pliegues, las signaturas y la foliación y la paginación. Mientras trabajaba, fue tomando nota mediante una fórmula de aspecto arcano consistente en letras mayúsculas, corchetes, índices sobrescritos y caracteres griegos:

$$\pi^2 \ \S^4 \ A^2 \ [B\text{-}C^4] \chi^2 D\text{-}G^8 \ 2\chi^4 H\text{-}M^8 \ 3\chi I$$

Trabajaba con total concentración y una intensidad casi mecánica, describiendo en voz alta sus acciones con los tonos de un forense que lleva a cabo una autopsia. Edward no tardó en perder el hilo de lo que le decía, aunque fingió escuchar de todas formas. Se hallaba tan absorta en lo que estaba haciendo que parecía haber olvidado que se suponía que se lo estaba explicando, como si ni siquiera recordara que él se encontraba allí. Cuando se concentraba, su rostro era menos severo; la expresión se volvía extrañamente serena, relajada, casi feliz.

Cuando hubo terminado, arrancó del cuaderno las páginas completadas y las metió dentro del librito marrón. Luego lo dejó a un lado y empezó a desenvolver el siguiente. Había sido transportado dentro de una caja de cartón repleta de periódicos viejos hechos tiras. Cuando apareció, descubrieron que era marrón oscuro, casi negro, con la forma de un ladrillo hecho de cenizas, corto y estrecho pero de unos veinticinco centímetros de grosor. El lomo se había desgastado hasta quedar reducido a unas cuantas hebras, y tiras de cuero se extendían a través de las páginas reunidas en apretados fajos.

Margaret lo trató con una delicadeza especial. Levantó cuidadosamente la cubierta superior, sosteniéndola con ambas manos. De alguna manera la impresión del interior parecía distinta, elegante e inclinada, recordando más un texto escrito a mano que letras impresas.

—Es un incunable —murmuró, extasiada.

—Edward, ¿puedo hablar con usted un momento?

El momento quedó helado y se hizo añicos. La voz venía de detrás de ellos, y Edward se volvió con expresión culpable. Laura Crowlyk estaba observándolos desde el descansillo al final de la escalera. Las entradas sorpresa parecían ser una de sus especialidades.

—¡Laura! —exclamó Edward jovialmente, para ocultar su disgusto—. Laura, me gustaría que conociese a Margaret Napier. Es una medievalista de Columbia. Me está ayudando con la catalogación.

La mirada de Laura se posó en Margaret.

—Hola.

—Hola.

Laura contempló a Margaret con expresión gélida, evaluándola como una combatiente potencial. Margaret apenas levantó la vista del libro que había encima de la mesa. Se produjo un incómodo silencio.

—Reúnase conmigo en mi despacho, Edward, por favor. Dentro de cinco minutos.

Se volvió y descendió por la escalera sin esperar una respuesta. Sus pisadas tenuemente metálicas se desvanecieron en la distancia.

—¿Debería irme? —preguntó Margaret, en cuanto Laura se hubo marchado.

—No, quédese aquí. Siga haciendo... lo que fuese que estaba haciendo. ¿Qué ha dicho que era ese libro?

—Un incunable —repitió ella, poniendo el énfasis en la segunda sílaba—. Un libro que fue hecho durante los primeros cincuenta años de existencia de la imprenta. De 1454 a 1501.

—¿Qué libro es?

—*Historia Florentina*. Poggio Bracciolini.

—¿Y quién era Bracciolini?

—Un erudito del Renacimiento. Trabajó sobre Quintiliano.

Su interés en mantenerlo al corriente estaba flaqueando. Edward observó por encima de su hombro mientras ella separaba delicadamente las páginas. Margaret no llevaba ningún perfume, pero su pelo tenía un olor que no era desagradable, delicadamente dulce pero con una sombra de amargor.

—Debería bajar —dijo Edward—. Enseguida vuelvo.

Mientras bajaba por la espiral de metal hacia la luminosidad del apartamento principal, Edward se sintió como un niño que ha sido convocado al despacho del director de la escuela. Se recordó que para empezar él les estaba haciendo un favor. La puerta de Laura se hallaba abierta, y ella estaba sentada a su escritorio examinando un fajo de papeles con una pluma en la mano, los cabellos castaños recogidos en un moño detrás de la nuca. Edward tuvo la impresión de que se había esforzado en adoptar la mayor severidad posible. Las persianas estaban medio bajadas contra el día gris, y Laura había encendido una lámpara de escritorio.

Esperó unos segundos antes de reconocer la presencia de Edward. Se había puesto unas gafas sin montura, pero volvió a quitárselas.

—Tendré que pedirle que deje de trabajar ahí arriba —dijo.

Su voz era tan seca como de costumbre. Edward miró por la ventana el tejado marrón de un edificio al otro lado de la calle. La decepción fue como una puñalada en el pecho. Estaba sorprendido, pero aún más sorprendente era lo mucho que le dolía la noticia. Algo que había estado esperando que llegara a ocurrir, sin saberlo siquiera, le había sido abruptamente arrancado.

—Laura, si esto tiene que ver con...

—No debería haberla traído aquí, claro está —dijo ella, con los labios apretados—. Pero no, no tiene nada que ver con eso. Espero que no será demasiada molestia para usted.

—En absoluto —repuso él con orgullo.

Ella volvió a bajar la mirada hacia sus papeles. A Edward no se le ocurrió nada que decir, pero no quería dejar las cosas así. Sólo le restaba aceptar aquella noticia con deportividad, pero por alguna razón había olvidado cómo hacerlo. «Esto es un golpe de suerte —se dijo—. Te has quitado el muerto de encima.»

—Redactaré un informe —dijo finalmente—. Sobre el trabajo que he hecho hasta ahora, quiero decir. A menos que usted prefiera que...

—Eso no será necesario. —Descartó la idea con un gesto de la mano.

—Oiga, le pido disculpas por haber traído aquí a Margaret, pero tiene que entender que ella es un recurso inapreciable para este proyecto. —Puso la punta de los dedos en el borde del escritorio para fingir un gesto de seguridad en sí mismo—. Ya sé que antes debería habérselo consultado para que me autorizase, pero realmente creo que debería reconsiderarlo.

—No es eso. Ya le he dicho que ahora no importa. El hecho es que ayer recibí una llamada del duque.

—El duque.

—Sí. Me ordenó que cancelara inmediatamente el trabajo en la biblioteca.

—Oh —dijo Edward, comprendiendo que se había equivocado—. Bueno, supongo que con eso está todo dicho. Pero no lo entiendo. ¿Por qué parar ahora? Estaba empezando a hacer auténticos progresos.

—No lo sé. —Empezó a cambiar rápidamente montones de papeles de una bandeja a otra—. Sencillamente no lo sé. —Edward vio que en realidad no estaba enfadada por lo de Margaret, sino porque Gervase habría podido ser su billete de regreso al hogar, y ahora se le estaba escurriendo entre los dedos—. No me corresponde cuestionar las decisiones del duque. Quizá va a volver a llevar los libros a Inglaterra antes de lo previsto. Quizás ha decidido que no merecen que nos tomemos todas estas molestias después de todo. ¿Quién sabe? Quizá se limitará a vender la colección y hará que Sotheby's se encargue de hacernos el catálogo.

Edward asintió lentamente.

—¿Cómo va su salud? —preguntó con miserable cortesía—. Me refiero al duque. Antes usted mencionó que no se encontraba demasiado bien.

Ella hizo como si no hubiera oído la pregunta.

—Es extraño, ¿verdad? —agregó—. Telefoneó anoche, y en Weymarshe tenían que ser las tres de la madrugada. Verá, lo normal es que él nunca hable conmigo directamente. Técnicamente yo sólo trabajo para la duquesa.

—¿Es allí donde viven? ¿En Weymarshe?

Ella le lanzó una extraña mirada.

—La mayor parte del tiempo. Weymarshe es el nombre de su propiedad en Inglaterra.

—¿Es un castillo? —Quizá responder a preguntas acerca de los Went la haría sentirse mejor.

—Supongo que podría llamarlo así. —Volvió a sus papeles—. Weymarshe ha sido reconstruido y se le han añadido anexos tantas veces que realmente no sé cómo lo describiría usted. Es un auténtico batiburrillo. La mayor parte de él fue reconstruido a finales del siglo XVII, después de la revolución, pero algunas partes de la estructura son muy antiguas. Dicen que incluso fue edificado sobre unas viejas fortificaciones. Los académicos siempre quieren hacer excavaciones en él, pero los Went no se lo permiten.

Alzó la mirada hacia Edward con aire pensativo.

—Oiga, cuando vino usted aquí por primera vez, pensé que quizá pretendía hacer carrera a costa de la familia. Las compensaciones son bastante grandes. Y no me refiero sólo al aspecto financiero, naturalmente.

Edward parpadeó.

—¿Pensó que buscaba conseguir un empleo con los Went? ¿Una posición permanente?

No sabía si sonreír o sentirse insultado. Laura se limitó a encogerse de hombros.

—La duquesa ya ha llegado a esa clase de arreglos antes con otras personas jóvenes. Particularmente con hombres.

—¿Y eso qué haría de mí? ¿Me convertiría en un sirviente?

—Bueno, llámelo como quiera. —Edward consideró, demasiado tarde, la posibilidad de que pudiera haberla insultado—. De haber jugado bien sus cartas, quizá nunca más tendría que haber trabajado. A los Went les gusta rodearse de gente interesante, para que los aconsejen si surge algo. No todo el mundo vale para eso, quiero decir que no se trata de una carrera en el sentido habitual de la palabra, pero algunas personas lo consideran muy sugestivo. Especialmente los americanos, según he descubierto.

—Estoy seguro de que es así.

Edward lo dejó correr. Ofenderla mientras se disponía a salir por la puerta no hubiese tenido ningún sentido. Dirigió la mirada hacia el escritorio de Laura. Había la foto de una mujer en un sencillo marco negro; drásticamente acortada, desde el ángulo oblicuo en que la veía Edward, pero innegablemente la duquesa. Reconoció su ondulante cabellera oscura, la boca grande y sensual. En la fotografía incluso llevaba el mismo sombrero de color crema que él le había visto cuando se encontró con la duquesa en la calle. Había algo maternal en ella, pero también algo innegablemente sexy. La duquesa era como la mejor amiga de tu madre, aquella sobre la que fantaseabas en la secundaria antes de descubrir algo más acerca de esas cosas.

—Pero supongo que ahora todo eso ha quedado anulado —añadió Laura—. Mire, no sé qué decirle. Cuando hicimos los arreglos iniciales, el asunto parecía de lo más urgente, pero ahora... Bueno, todo ha cambiado. Espero que no se sienta demasiado decepcionado.

—No, no. Por supuesto que no. —Su voz le sonó distante incluso a él. Se volvió dispuesto a marcharse—. ¿Se pondrá en contacto conmigo si hay algún cambio?

Ella esbozó una leve sonrisa de simpatía.

—Sí, naturalmente.

—Iré a recoger mis cosas arriba.

Volvió a subir por la escalera a la biblioteca, donde Margaret seguía escribiendo diligentemente en su cuaderno. El incunable estaba abierto en el círculo de claridad procedente de la única lámpara, y cuando Margaret se inclinó sobre él, la luz brilló a través del telón de sus oscuros cabellos.

Edward se aclaró la garganta.

—Deberíamos marcharnos —dijo.

Margaret terminó la frase que había estado escribiendo, le puso el punto y luego levantó la vista.

—¿Por qué?

—Cambio de planes. Hemos quedado fuera del caso.

—¿El caso?

—La biblioteca. Van a poner fin al proyecto. —No consiguió mantener completamente alejada de su voz la frustración que sentía—. Lo siento, no tenía idea de que esto iba a pasar. Al parecer la orden llegó desde arriba. Todo ha sido extremadamente repentino. Incluso Laura parecía sorprendida.

A Edward aquella situación le resultaba un poco embarazosa, pero Margaret no dio señales de que la afectara. Se limitó a asentir, cerró el libro y dejó caer su cuaderno dentro del bolso. Luego se levantó y se alisó la falda. Edward apagó la lámpara y bajaron cautelosamente por la escalera entre la oscuridad. Edward miró alrededor casi con nostalgia. Era la última vez que vería el interior del apartamento de los Went, y le sorprendió lo muy unido que había llegado a sentirse a él.

—He de ir a dejar la llave —dijo—. Luego podremos marcharnos.

—Espere.

En la oscuridad del pasillo, Margaret le puso la mano en el brazo. Fue un gesto extraño, desmañado y sincero al mismo tiempo. Edward dudaba que hubiera llegado a tocarlo físicamente antes. Al principio pensó que estaba intentando animarlo.

—No les dé la llave —dijo. Margaret rebuscó dentro del bolso y sacó de él un gran aro para las llaves. Luchó con él hasta que consiguió sacar una llave de tubo hecha de un metal gris. Era indistinguible de la llave de los Went—. Deles ésta en vez de la suya.

—¿Qué? —Edward bajó la voz hasta un susurro enronquecido—. ¿Se puede saber de qué está hablando?

—Necesito tener acceso a esta colección.

—¿Qué? ¿Por qué?

—Necesito volver a entrar aquí. Para examinar esos libros.

Edward la miró sin decir nada. Ella parecía no darse cuenta de que lo que estaba diciendo no tenía ningún sentido.

—Margaret —empezó, procurando adoptar un tono paciente y razonable—, estas personas son mis clientes. He escapado por los pelos de verme metido en un buen lío sólo por haberla traído aquí. Sea lo que sea, y no quiero saber qué es, si alguien llegara a descubrirlo...

—No lo harán.

Aún no se había sacudido la pechera del vestido, y había un tiznón de polvo de cuero rojo en su pómulo, como una pintura de guerra.

—Margaret...

—Mire —explicó ella, como si estuviera hablándole a un niño—. La llave es exactamente igual. Ésta es del candado de una bicicleta; esta otra, la de los Went. Si se dan cuenta, limítese a decir que fue un error. Confundió una llave con la otra.

Él la miró en silencio mientras se frotaba el mentón. Advirtiendo que había llegado su momento, ella le quitó de la mano la auténtica llave y la metió en su bolso. Luego, tomando la otra mano de Edward entre las suyas, apretó la llave de la bicicleta contra su palma y cerró sus dedos entumecidos sobre ella.

—Ya está. —Lo soltó—. ¿De acuerdo?

—Esto es de locos. —Edward sacudió la cabeza. Sentía como si en el interior de ésta hubiera un enjambre de abejas volando en círculos carentes de significado, perdidas y desorientadas, sin reina—. ¿Cree que va a irrumpir en su apartamento cada vez que le entren ganas de examinar un libro?

—Si es necesario. Si no podemos llegar a ningún otro acuerdo.

—¿Qué otro acuerdo? ¿De qué me está hablando? Santo Dios, de todos modos probablemente volverán a llevar los libros a Inglaterra. Por eso nos echan de aquí.

—Quizá no lo harán.

—Eso no viene al caso. —Miró nerviosamente por encima del hombro de ella en busca de señales de Laura. ¿Durante cuánto tiempo iba a seguir aquello?—. Oiga, no podemos hacer esto —dijo con un furioso susurro—. No tiene sentido, y es una idiotez.

—¿Qué va a hacer? ¿Decirles que tengo su llave y que no se la devolveré?

Se quedaron inmóviles mirándose mutuamente.

—Edward —añadió ella con tono muy serio—, ya va siendo hora de que le quede claro de una vez qué es lo que realmente importa aquí. Estamos hablando de unas personas que heredaron su dinero. Esta colección sólo representa una minúscula fracción del total de su riqueza, y por lo que nosotros sabemos puede que estén preparándose para liquidarla con muy poca o ninguna consideración hacia su valor intelectual y cultural. ¿Sabe usted qué les ocurre a libros como éstos una vez que son vendidos? —En los últimos treinta segundos sus ojos habían adquirido una intensidad incandescente—. Son desencuadernados. Los tratantes los desmantelan, los cortan y los venden página por página porque de esa manera valen más dinero. ¿Lo entiende? Desaparecerán para siempre. Estarán muertos. Nunca volverán a ser recompuestos.

—Lo entiendo —siseó él—. También entiendo que mi carrera no puede terminar por culpa de un estúpido sentimentalismo de culebrón barato. Y no quiero que esto suene desalmado por mi parte, pero no veo qué hay ahí arriba de tanta importancia como para que yo deba arriesgar mi futuro por ello. Y no entiendo por qué se está poniendo usted tan nerviosa por un montón de...

—¡El porqué no importa! —replicó Margaret vehementemente mientras su rostro enrojecía. Si antes sus ojos habían ardido, ahora eran puro fuego. Dio un paso adelante hacia el ascensor. Edward se dispuso a cortarle

151

el paso y ella lo agarró por la muñeca, apretándosela con toda la fuerza de que era capaz y mirándolo a los ojos—. Usted no entiende nada —susurró, articulando cada palabra con voz cortante y escupiendo las consonantes—. ¡Es usted un idiota y un ignorante que sólo piensa en el dinero! No le importan nada los libros, no le importa nada la historia, y tampoco le importa nada de lo que es importante. Así que si no va a ayudar, entonces apártese de mi camino.

Extendió el brazo hacia un lado como un signo de admiración. Respirando hondo, se apartó un mechón de pelo de los ojos.

—Y no me estoy poniendo nerviosa.

Se miraron fijamente. Era una situación de tablas. Edward debería haber estado furioso, pero en cambio tuvo que reprimir una risita histérica. No sabía si abofetearla, besarla o echarse a reír. Era una locura, pero había algo magnífico en Margaret Napier, en sus discursos y su fanatismo académico. Edward sabía que aquello estaba mal, que debería tomarse las cosas más en serio, pero también fue consciente de la tentación que sentía, y para empeorarlo aún más se trataba de la tentación más diabólica de todas: la de no hacer nada, quedarse sentado y dejar que las cosas ocurrieran y llegaran a descontrolarse por completo. ¿Qué sucedería si dejaba que ella se quedara con la llave? Quizá los Went todavía no habían terminado con él después de todo. Una sensación de mareo se apoderó de él, como un súbito vértigo, como si fuera un personaje en un videojuego y alguien estuviera jugando con él en algún otro lugar.

Alguien puso en marcha un aspirador en algún lugar pasillo abajo.

—¿Qué va a hacer con su bicicleta? —inquirió Edward.

—¿Cómo dice?

—Su bicicleta. Sin la llave. ¿Cómo va a abrir el candado de su bicicleta?

—Oh. —Se ruborizó—. Tengo una llave de repuesto.

—Yo no sé nada de esto. ¿Lo ha entendido? —Edward alzó las manos con las palmas hacia fuera—. No sé absolutamente nada. Si no me queda otro remedio, diré que usted me dejó fuera de combate con una presión vulcaniana sobre los nervios y se llevó la llave mediante la fuerza.

Ella lo miró con ojos inexpresivos. La súbita intensidad había desaparecido, volvía a ser simplemente Margaret.

—Ya sé que cree que está siendo muy lista —añadió él—. Pero no es así. Esto es una gran, gran estupidez.

—De acuerdo —dijo ella secamente, con su voz monocorde de antes—. De acuerdo. —Mientras pasaba junto a él para luego alejarse por el pasillo le dio una palmadita en el hombro, como dejándose llevar por un impulso surgido en el último momento—. Siento haber dicho eso. Usted no es ningún idiota.

«Ahí es donde te equivocas», pensó Edward.

9

Alrededor de la medianoche, Edward se encontró dentro de un taxi con Zeph subiendo hacia Broadway.

—¿Qué cerveza has traído?

Edward sacó seis sudorosas latas de Negra Modelo de una bolsa de papel marrón en el suelo. Zeph se encogió de hombros.

—Tendrá que servir. —Cruzó sus enormes antebrazos y miró por la ventanilla—. Esos tipos son unos auténticos esnobs en lo que concierne a la cerveza. Microdestilan.

—¿Dónde se celebra eso, de todos modos? —preguntó Edward.

—Broadway con la Cincuenta y uno. En las oficinas de Wade y Cullman, contables colegiados y pilares de la comunidad financiera.

Edward se recostó en el tapizado negro del asiento y puso las manos detrás de la cabeza.

—¿Qué estoy haciendo aquí? —dijo, alzando la mirada hacia la tela llena de desgarrones del techo del taxi—. Esta noche iba a empezar a hacer el equipaje. Dentro de una semana tengo que estar en Londres. ¡Una semana!

—¿Todavía no has empezado a hacerlo?

—He estado trabajando en casa de los Went.

—Los Went. Eso sí que es como para echarse a reír. Te están utilizando, tío. —Zeph agitó el puño delante de la cara de Edward—. ¿Por qué no eres capaz de verlo?

Edward se encogió de hombros.

—Digamos que me estoy habituando a trabajar allí. Algunos de esos libros antiguos son realmente hermosos.

—Bueno, en general yo juzgo el valor de un libro por lo profundamente que están grabadas las letras en la cubierta. De todos modos, necesitas unas vacaciones.

Edward soltó un bufido.

—Necesito unas vacaciones de mis vacaciones. Joder, ¿te das cuenta de que han pasado tres días desde que leía el *Journal?*

La emoción de su salto a lo desconocido, dando a Margaret su llave del apartamento de los Went, ya había palidecido y se había congelado en una delgada capa grasienta de temor y arrepentimiento. Los Went lo habían echado a patadas privándolo del acceso a la biblioteca, y en vez de olvidarse del asunto, de salvar al menos su profesionalidad de la debacle, él había dejado abierta la puerta para que Margaret jodiese todavía más las cosas. Dejarla entrar en el apartamento de los Went era como dar las llaves de la farmacia a un adicto.

Con el peso de aquel desastre potencial suspendido sobre él, Edward había permitido que unas cuantas pintas inocentes bebidas con Zeph se convirtieran en aquella tramposa y comprometedora excursión a altas horas de la noche. El coche se había quedado atascado en el tráfico cerca de Times Square. Un rascacielos recién inaugurado se alzaba sobre ellos, su tercio inferior completamente empanelado con resplandecientes pantallas de vídeo. Las pantallas hervían, vibraban y se agitaban con una incesante información policromada mostrada en píxeles gigantes, cada uno del tamaño de una bombilla. Era perturbador, hipnótico, si lograbas precipitarte dentro de ello.

—Debería advertirte acerca de algo —dijo Zeph—. Cuando te estás relacionando con esos tipos, tienes que andar con mucho cuidado. Ellos se rigen por un código social muy estricto, y no les gusta la gente que viene de fuera. Y tú vienes de fuera. Crees que ellos son unos perdedores, pero lo que no entiendes es que ellos piensan que los perdedores somos nosotros. A mí me toleran porque hablo su lenguaje y entiendo las matemáticas y los ordenadores. En realidad, ellos no me consideran un perdedor. Eso sólo lo piensas tú. Tú... Bueno, has jugado un poquito a MOMO y eso está muy bien, pero ahora no empieces a comportarte como si fueses superior sólo porque te han socializado como es debido, fuiste al baile de fin de curso y follas de vez en cuando.

—Pero es que yo no follo —dijo Edward—. Nunca follo.

—De hecho, allí podría haber chavalas —dijo Zeph con voz pensativa—. Las chaladas de la informática pueden ser muy atractivas. Pero olvídate de ello, porque te aborrecerán todavía más de lo que lo hacen los tipos. Son como las abejas, tío. Pueden oler tu miedo.

—Ajá.

—Incorporar la funcionalidad multijugador a MOMO requirió un montón de trabajo. Estamos hablando de personas que realmente entienden cómo funciona toda esa mierda.

—Ajá.

El taxi avanzó unos metros y luego volvió a detenerse en seco.

—Quizá deberíamos ir andando —sugirió Edward.

—Los primos andan, tío. Los jugadores van sobre ruedas.

Cinco minutos después bajaron del taxi en la calle Cincuenta. El aire era como el agua de un baño caliente. Tan cerca de Times Square la atmósfera era como la de una feria del campo, una celebración de la nada tan constante como carente de propósito, sin ningún objeto y ningún fin. Las aceras estaban llenas de turistas desorientados que todavía padecían los efectos del *jetlag*. Edward siguió a Zeph a través de la multitud hacia la base de un enorme rascacielos de granito rosa. La entrada era bastante pequeña, una sola y modesta puerta de cristal embutida entre dos comercios que vendían productos electrónicos sin marca procedentes del mercado gris. Dentro Zeph saludó con la cabeza al joven negro con librea que estaba sentado detrás de un mostrador de mármol en el vestíbulo leyendo las Notas de Cliff para *Cumbres borrascosas*. Le enseñó al guardia una tarjeta que sacó de la cartera, luego firmó en su cuaderno y se dirigieron hacia los ascensores.

Esperaron. El efecto de la cerveza que habían bebido estaba empezando a disiparse.

—¿Cómo llamaste antes a esta cosa? —le preguntó Edward.

—Una fiesta RAL.

—¿Una fiesta... RAL?

—R, A, L. Quiere decir Red de Área Local.

—Claro. —Edward se masajeó las sienes—. Colega, tengo la sensación de que me estás llevando al interior del corazón de la nocturnidad.

Subieron hasta el piso treinta y siete y salieron del ascensor. Zeph sostuvo su identificación delante de un manchón oscuro en la pared, y éste los hizo pasar con un zumbido a través de las puertas de cristal que llevaban al vestíbulo. Las luces estaban apagadas. El escritorio de la recepción se hallaba vacío.

—Todo esto constituye una grave utilización indebida de los recursos de la empresa —susurró Zeph mientras iban por un pasillo silencioso—. Afortunadamente, los tipos del departamento de informática son los únicos que se encargan de llevar el control de dichos recursos, así que pueden emplearlos todo lo mal que quieran. Normalmente el personal de ventas estaría aquí en este mismo instante, moliendo sus almas para convertirlas en polvo mágico de oro, pero por suerte todos se encuentran muy lejos asistiendo a una reunión en New Jersey.

Salieron del pasillo a una gran sala llena de cubículos blancos hechos con paneles. Las luces del techo estaban apagadas, pero la mayoría de los cubículos se hallaban iluminados desde dentro por lámparas de escritorio. La sala carecía de ventanas. Las separaciones sólo llegaban a la altura del hombro, y por encima de ellas podían ver las cabezas de gente que estaba de pie o charlaba animadamente.

Al pasar junto al primer cubículo, Edward sintió que algo le pinchaba en el pecho. Un hombre alto y de largos cabellos oscuros ondulados que no sonreía empuñaba una pistola Nerf de un intenso color rosa, apoyando la punta del arma en la pechera de la camisa de Edward. El hombre vestía pantalones cortos y una camiseta azul celeste del Sea World. Parecía joven, de unos veinticinco años, pero su pelo ya tenía franjas grises.

—Dale la cerveza, colega —dijo Zeph.

Edward le alargó la bolsa de papel marrón. El hombre la cogió sin bajar la pistola Nerf y la puso detrás de él. Con su mano libre, él y Zeph intercambiaron un arcano y secreto apretón de manos.

—Bueno, vamos a instalaros —dijo el hombre en cuanto hubieron terminado.

—Soy Edward. —Edward le tendió la mano, pero el hombre se limitó a pasar junto a él.

—Lo sé.

Avanzaron juntos por la hilera de cubículos. De algún modo, Zeph se las había arreglado para desaparecer. Edward lo vio entrar en uno de los despachos con sus enormes brazos alrededor de dos tipos bajitos y gordos que parecían ser gemelos. Hacía un calor opresivo, y Edward ya estaba sudando. Un chico flaco con aspecto de estudiante de secundaria caminaba hacia atrás a lo largo de la pared, extendiendo cable entre grandes pilas de altavoces. Por todas partes había hileras de luces estroboscópicas, y una gran máquina negra parecida a un deshumidificador que Edward no reconoció.

El hombre de los cabellos ondulados se detuvo delante de un cubículo. En el interior había una silla y una mesa con un ordenador de un modelo bastante corriente.

—Éste es el tuyo —dijo—. Puede que tengas que ajustar un poco la sensibilidad del ratón hasta que te sientas cómodo con él. Hagas lo que hagas, no salgas del juego. Si se cuelga, coge el teléfono y marca 2-4444. ¿Eres diestro?

Edward asintió.

—¿Sabes cómo usar uno de éstos? —preguntó, alzando un amasijo de cables negros. Era un teléfono de auriculares.

—Claro.

—Entonces de acuerdo.

Edward se sentó y empezó a desenredar los cables del teléfono con expresión lúgubre. No estaba hecho para esa clase de sitios. La culpa no era de Zeph, que no le había retorcido el brazo para que viniera. De hecho, Edward creía recordar haber insistido con un tono de voz inapropiadamente alto para que lo llevara consigo. Pero ahora que estaba allí y empezaban a desvanecerse los efectos de la cerveza todo parecía un error. No, él no pertenecía a aquel lugar. A aquellas personas no les gustaba. Deseó estar acostado en casa.

La silla tenía una especie de incómoda almohadilla ortopédica sujeta a ella mediante unas tiras. El monitor mostraba una sencilla pantalla negra con un menú de órdenes en un familiar tipo blanco. Edward contempló con indiferencia el desorden que había encima del escritorio: tiras rosadas para las llamadas de teléfono, pegatinas amarillas, un paquete de pañuelos de papel medio usado, una bola de goma azul con forma de globo para apretar y disipar el estrés, una minitribu de pitufos: Papá Pitufo, el Pitufo Genio, la Pitufina. La luz roja del correo de voz estaba encendida en el teléfono. Clavadas con chinchetas a las paredes del cubículo, forradas con una tela que habría sido fea como moqueta y lo era mucho más como pared, había una serie de fotografías que mostraban un gatito blanco y negro cuyos ojos rojos miraban fijamente.

—¡Wozny!

Edward dio un respingo. La cabeza desgreñada de Zeph apareció sobre la pared del cubículo. Estaba hablando por un megáfono.

—¡Quiero ese informe de ventas y lo quiero ahora!

—Me parece que no he acabado de pillar cómo funciona esto —dijo Edward.

Zeph bajó el megáfono.

—Lo harás muy bien. Sólo recuerda: si mueres, es porque eres débil y te lo mereces. Venga, vamos a ver si hay manera de conseguirte una piel.

La cabeza de Zeph desapareció. Edward se levantó y lo siguió al pasillo.

—Bueno —dijo—. ¿Te relacionas mucho con esta clase de personas? ¿Como cuando yo no estoy disponible, por ejemplo?

Zeph no estaba escuchando.

—Y pensar que esos patéticos humanos viven así, un día sí y otro también. Pobres mendigos.

Se detuvo y llamó con los nudillos a la puerta de un despacho.

—¿Qué es una piel? —preguntó Edward.

—Ya sabes... Piel. Películas con piel. Sumergirse sin nada encima de la piel. Piel.

El despacho era una pequeña habitación cuadrada con paredes desnudas hechas de tableros de aglomerado que contenía una enorme terminal de trabajo. Para su sorpresa, Edward reconoció a la persona que se hallaba encorvada ante ella: era el gnomo al que había visto en el apartamento de Zeph, el Artista. No podía ser ningún otro; aparte de su cara redonda y sus finos cabellos negros, era tan menudo que los pies apenas le llegaban al suelo. Lo infantil de su físico hacía que costara adivinarle la edad, pero Edward pensó que podía tener treinta o treinta y cinco años. El Artista apenas levantó la vista cuando entraron en el despacho.

Se produjo un momento de silencio. Incluso Zeph vacilaba en molestarlo. Entonces el hombrecillo miró hacia arriba y recogió tranquilamente algo de debajo de la mesa. Lo alzó.

—Así que esto es... —empezó a decir Zeph.

—Sonreíd —dijo el Artista suavemente, y hubo un destello cegador. Era una cámara.

—Maldita sea. —Edward se volvió, parpadeando para hacer desaparecer los puntitos verdes de sus ojos—. ¡Joder, podrías haberme avisado!

Pero el Artista ya volvía a estar concentrado en su teclado. Hizo aparecer en la pantalla la imagen de Edward y luego la manipuló con el ratón, retocándola, volviéndola más nítida, estirándola como un trozo de regaliz, extrapolándola en tres dimensiones y haciéndola girar hábilmente a través de los tres ejes.

—Ésa es tu piel —dijo Zeph—. Ése es el aspecto que vas a tener en el juego.

El juego. Edward se acercó un poco más y miró por encima del hombro del Artista.

—¿Puedo cambiarlo? —preguntó—. ¿Debo llevar estas ropas?

—¿Preferirías otra cosa? —preguntó el Artista cortésmente.

—No lo sé. —La figura de la pantalla vestía como él, pantalones color caqui y una camiseta marrón de Barneys—. No es que vaya lo que se dice vestido para matar.

Las diminutas manos del Artista parlotearon sobre el teclado y la figura se quedó inmóvil. Sus prendas empezaron a pasar por una rápida sucesión de estilos y colores.

—Un momento por favor.

De pie detrás de él, Edward distinguió el levísimo atisbo de una calva iniciándose en su coronilla. El Artista le dio unas cuantas veces a la flecha de retroceso, hasta que la figura de la pantalla quedó vestida con un traje negro, un sombrero de copa y un monóculo. También llevaba un paraguas enrollado: el perfecto caballero inglés.

—Eh, espera un segundo —protestó Edward—. ¿Por qué tengo que...?

Zeph le dio una palmada en la espalda, extasiado.

—¡Eso es excelente! ¡Me encanta! Pareces el señor Cacahuete.

Un disco flexible salió con un tenue gemido de una ranura en el lado de la unidad de trabajo. El Artista lo cogió y se lo tendió a Edward.

—Ya hemos terminado.

Volvió a teclear. Edward y Zeph salieron del despacho andando hacia atrás y cerraron la puerta.

—¿Y ese tipo de qué va exactamente? —inquirió Edward mientras se encaminaban a su cubículo. No se le iba de la cabeza la primera conversación que habían mantenido en el apartamento de Zeph, cuando el Artista había mencionado lo de husmear en los ordenadores de la gente. La idea de aquel extraño pequeño elfo autista como un ser omnisciente, mirando con ojos de rayos-X dentro del disco duro del alma de Edward y haciendo una comprobación ortográfica de sus más vergonzosos secretos, era inquietante.

—El Artista siempre es así. Un genio total. A su lado, soy como un puto bromista. ¿Sabes qué hace con sus noches? Preparar en secreto simulaciones globales del clima para el Servicio Meteorológico Nacional. Trabaja en los superordenadores realmente serios, el auténtico Gran Hierro. A todos los efectos prácticos, el Artista es Dios.

—Pero ¿a qué ha venido lo de esas ropas? ¿Le hablaste de lo de Inglaterra?

—Relájate. Tienes muy buen aspecto. Estás metido en el rollo Bond.

Mientras estaban en el despacho con el Artista habían llegado más personas, y los cubículos iban llenándose. La versión del *Satisfaction* de los Rolling Stones hecha por Devo tartamudeaba desde los grandes altavoces de los rincones. Zeph explicó que el servidor podía manejar a treinta y dos personas a la vez, y aquella noche probablemente rozarían ese número de participantes.

—Dios mío. Prácticamente tenéis vuestra propia subcultura.

—No tienes idea —dijo Zeph—. MOMO es grande. Nadie sabe quién lo empezó, simplemente surgió burbujeando de nuestro inconsciente colectivo a través de Internet. Ni siquiera el Artista está al corriente de todo lo que hay en él. MOMO es mucho más grande que los libros. ¿Esa biblioteca con la que estás trasteando? Tecnología obsoleta. Estamos asistiendo al amanecer de un nuevo medio artístico, y ni siquiera lo apreciamos.

Edward no respondió. Se preguntó qué pensaría Margaret de él si pudiera verlo ahora. En cierto modo ella le recordaba un poco al Artista: era igual de dueña y señora de su propio mundo, e igualmente inconsciente de todo lo demás. Mientras pasaban junto a uno de los cubículos, un hombre joven muy flaco y con una enmarañada barba roja les dio a cada uno una botella de cerveza, ya abierta, una lata de Mountain Dew, Code Red, también abierta, y una botella de agua.

—Estas bebidas proporcionarán a vuestro cuerpo toda la cafeína, el azúcar y el alcohol que necesita para mantenerse sano y alerta —salmodió.

Edward volvió a su cubículo, se sentó y puso los pies encima de un soporte ortopédico que encontró debajo del escritorio. Su teléfono sonó y Edward dejó que el correo de voz se encargara de responder, pero el teléfono volvió a sonar. Estaba pensando en descolgarlo cuando oyó la voz de Zeph desde el otro extremo de la sala:

—¡Que lo cojas, joder!

Edward pulsó el botón del altavoz.

—¿Qué?

—Ponte el auricular. —Esta vez la voz de Zeph provenía del teléfono—. Van a ponerse en conferencia contigo por la otra línea.

—Oye, ¿cuánto tiempo va a durar esto?

—¿Adónde tienes que ir? El destino te llama, cobardica. Contesta a la otra línea.

Edward se puso los auriculares y contestó a la otra línea. De inmediato oyó una cacofonía de voces mayormente masculinas que cotilleaban, alardeaban, hablaban de chorradas, recitaban rutinas cómicas de Monty Python y discutían sobre arcanas cuestiones arquitectónicas de la red.

—Bueno —dijo—. ¿Hay alguna chavala en esta cosa?

—¡Hola, Cleveland! —gritó alguien con voz enronquecida. Edward pudo oír cómo la voz resonaba en el cubículo contiguo.

—¿Estás ahí, Edward? —Una voz calmosa y tranquilizadora que Edward no reconoció se abrió paso a través
del parloteo.

—Sí.

—Haz clic sobre la pantalla donde pone INGRESAR.

Edward obedeció. Sintió un hormigueo de inexplicable nerviosismo en las palmas.

—¡Bien, Estrella Chunga Seis! ¡Hagámoslo!

—¡Los que van a morir te saludan! —canturreó una
voz de bajo.

—De acuerdo, chicos —dijo la voz calmosa—. Abro-
chaos los cinturones. Es hora de luchar contra los robots.

La pantalla se ennegreció y Edward oyó debatirse a su
disco duro. Luego se produjo una larga y significativa pausa durante la que alguien eructó ruidosamente. Entonces
un mensaje de error apareció en la pantalla de Edward, y
hubo un gemido colectivo.

—¡Maldito cabrón hijo de una maldita puta cabrona!
—dijo la voz, tan calmosa como siempre—. Zeph, ¿puedes venir aquí y ver si estos ajustes del servidor están como
es debido?

—Puedo acceder a ellos desde aquí —fue la réplica.

Un debate susurrado se inició en la línea de conferencia.

—Alguien debería reescribir los protocolos de acceso a la red en esta cosa partiendo de cero —sugirió una
voz de mujer—. No hay ninguna razón por la que deba ser
tan inestable.

—No creo que sea una cuestión de red, el cuello de
botella está en los mismos protocolos. Si ellos no...

—Protocolos mi culo...

—Tampoco tiene por qué ser tan lento —añadió alguien—. Ahora mismo está utilizando parches cúbicos en vez de tramas bezier...

—De acuerdo, de acuerdo. —La voz había regresado—. Que todo el mundo vuelva a entrar, por favor.

La pantalla volvió a ennegrecerse. Una barra horizontal hueca apareció en la negrura y luego las palabras CARGANDO MAPA surgieron encima de ella. Edward la contempló impacientemente mientras la barra se llenaba de izquierda a derecha con un azul líquido. Cuando el proceso se completó, la barra desapareció y hubo una pausa más larga.

Entonces apareció una escena: una mesa llena de velas. De pie alrededor de la mesa, formando un círculo, sus pálidos rostros iluminados por la luz de las velas, había dos docenas de hombres y mujeres vestidos con una variedad de atuendos descabellados, como si fueran un conventículo de brujas y hechiceros. Las paredes eran de piedra, con tapices rojos y azules colgados en ellas. Podía ser la sala de banquetes de un castillo. Todo —la urdimbre de los tapices, la textura de la mesa de madera, la claridad amarilla de las velas que palpitaba y relucía— tenía esa misma vívida cualidad hiperreal que Edward reconoció en MOMO. Su punto de vista le indicó que se suponía que él también estaba de pie en el círculo, y vio que uno de los hombres que había en el otro lado tenía la cara de Zeph. Éste, alto y gordo, iba vestido como un monje, con una túnica rematada por una capucha y una cuerda atada alrededor de la cintura.

Edward permaneció inmóvil. Por un instante nadie más se movió. Luego el círculo se rompió y todos corrieron hacia las salidas, dejándolo solo.

Edward parpadeó sin apartar la mirada de la pantalla. Por fin, se inclinó sobre el teclado y, manipulando el ratón, guió a su yo virtual fuera de la sala por un largo pasillo que iba en línea recta. El silencio fue absoluto hasta que Edward dobló una esquina y se encontró entre dos hombres que estaban tratando de despadazarse mutuamente con hachas de mango muy largo. Uno de ellos llevaba un anticuado traje espacial al estilo del programa Apolo, con visor facial dorado reflectante incluido. El otro era Clint Eastwood ataviado para ir a una sala de baile. Una explosión destelló cerca de ellos, se oyó un compás de bajo y la fuerza de la onda expansiva los separó, lanzándolos en direcciones distintas. Algo zumbó debajo de Edward, que casi saltó de su asiento. El almohadón ortopédico resultó ser una esterilla eléctrica conectada al ordenador y sincronizada con los efectos de sonido.

—Ten cuidado, hippie —musitó una voz por el teléfono.

—Estás entrando en un mundo de dolor, amigo mío...

Edward había quedado vuelto en sentido contrario. No pudo encontrar a los hombres de las hachas. Ahora estaba en un pasillo de piedra con aspilleras para las flechas sucediéndose a lo largo de una pared. Una mujer que llevaba un vestido isabelino muy escotado corrió hacia él con una pistola de metal azul en la mano, el escote saltando locamente. Un chorro de clavos metálicos brotó de la pistola y, cada vez que uno de ellos le daba a Edward, la barra que medía su salud en el fondo de la pantalla se acortaba.

Edward la esquivó y corrió sin mirar por dónde iba, hasta que los clavos dejaron de clavársele en la espalda. Terminó encontrándose en una estrecha pasarela, haciendo frente a un hombre corpulento con un faldellín y sin camisa.

El hombretón dio un paso adelante. Edward hizo lo mismo. No estaba muy seguro de qué debía esperar. Cuando apenas les separaban un par de metros, el hombretón hincó una rodilla en el suelo de la pasarela con una rapidez sorprendente y levantó a Edward por encima de su cabeza en una presa de lucha libre. El mundo se volvió borroso mientras daba vueltas alrededor de él. Edward vio que la pasarela discurría por encima de un vasto abismo circular.

—¡Mira! —vociferó el hombre con un marcado acento escocés—. ¡Soy tu padre!

Sin aparente esfuerzo, lanzó a Edward por encima de la barandilla. Los ladrillos y la argamasa pasaron vertiginosamente junto a su rostro mientras descendía hacia la oscuridad, al igual que Alicia al caer por la madriguera del conejo, y luego Edward estuvo muerto.

Y entonces volvió a estar vivo. Despertó en un dormitorio suntuosamente amueblado, yaciendo sobre la espalda en una cama de cuatro postes. Una hermosa luz teñida de amarillo entraba a través de las cortinas translúcidas. Edward pasó a través de ellas y salió a un balcón de piedra desde el que se dominaba un patio de verdor impecablemente dispuesto. El cielo era azul, la hierba tenía el color verde de una mesa de billar. Precisos senderos cubiertos de gravilla blanca irradiaban de una fuente central. El sol arrancaba destellos al agua que manaba de ella. Edward se alegró de haber escapado del combate por el momento. De todos modos realmente no estaba de humor.

Sorprendido, vio que el Artista estaba en el jardín. Su piel no tenía nada de surreal o exagerada. Parecía exactamente tal como era en la vida real. No corría, disparaba o asestaba mandobles, sino que estaba sentado perfectamente inmóvil en un banco de mármol. Alzó la vista hacia Edward y ambos se miraron, pero ninguno de los dos habló. El sol había empezado a ponerse detrás de una línea distante de vaporosos árboles salidos de un cuadro de Claude Lorrain.

La pantalla se oscureció hasta quedar negra. El tiempo se había agotado. El juego había terminado. Una columna de estadísticas apareció en el monitor. Al lado del nombre de Edward se leía, con el típico desprecio de la gramática propio de los informáticos: HAS MUERTO ONCE VECES Y HAS MATADO CERO ENEMIGOS.

Edward apenas tuvo tiempo de examinar la lista antes de que la pantalla volviera a oscurecerse y, cuando se iluminó, se encontró de nuevo en el círculo de jugadores. Esta vez se hallaban sumergidos, suspendidos entre la superficie y el pálido suelo arenoso de un gran océano o lago no muy profundo. En el otro extremo del círculo, a la derecha de Zeph —tan cerca que sus hombros casi se tocaban— flotaba una figura muy alta y robusta que llevaba armadura. Su rostro quedaba oculto en la oscuridad del fondo, pero una imponente cornamenta de astas plateadas brotaba de su cabeza. ¿Era...? Tenía exactamente el mismo aspecto que Edward había imaginado que tendría el caballero ciervo, acerca del que le había hablado Margaret en el *Viaje*.

Entonces los jugadores se desvanecieron como un banco de peces asustados, pateando y dando brazadas para alejarse en todas direcciones mientras dejaban estelas de burbujas que ascendían lentamente tras ellos. El hombre de la cornamenta ya había desaparecido antes de que Edward pudiese llegar a estar seguro de que había estado allí.

Edward se alejó nadando en solitario, a través de la luz lechosa que parecía emanar de todas partes. El silencio sólo era roto por el ocasional retumbar apagado y el burbujeo distante de un grito. Casi inspiraba sosiego. Edward nadó hacia arriba, pero por mucho que lo intentara nunca conseguía alcanzar la superficie que rielaba y se movía por encima de él, aunque se acercó lo suficiente para ver cómo los pálidos vientres de las olas coronadas de espuma pasaban rápidamente sobre su cabeza. A veces un haz de verdosa claridad solar caía como una lanza desde lo alto, a través de una abertura en las nubes invisibles, y luego volvía a desaparecer. Edward pasó largos y tensos minutos huyendo a través de un complejo de cavernas luminiscentes, jugando al gato y al ratón con una mujer que llevaba un traje de buceo negro, hasta que fue inesperadamente devorado por una gigantesca anguila del tamaño de un tren. HAS MUERTO ONCE VECES Y HAS MATADO CERO ENEMIGOS.

Volvieron a jugar una y otra vez. Edward no pudo evitar que la sala, los cubículos, los auriculares, los pitufos, todo se desvaneciera y pasase a formar un mero telón de fondo. ¿Qué era él, un memo? ¿Un adicto a la violencia? El juego, aquellas pequeñas imágenes en una pantalla de televisión, se adueñó completamente de sus sentidos. Quizá Zeph tenía razón y aquello era lo auténtico, el hechizo realmente poderoso, un nuevo medio para el nuevo milenio. Combatieron en una lisa llanura, mientras bajaban esquiando por una ladera alpina, en el desierto, en la jungla, con espadas, con láseres, o sin armas, de tal forma que tenían que darse muerte a patadas y puñetazos con las manos desnudas y los dientes. Edward murió y fue reencarnado instantáneamente, como apagar y encender un interruptor de la luz. Vivió cien vidas cortas y brutales en una noche. Cuando un jugador moría, el cuerpo yacía durante unos minutos allí donde había caído antes de que desapareciera, y en un par de ocasiones Edward tuvo la desconcertante experiencia de tropezarse con su propio cadáver elegantemente ataviado, mirándolo con ojos que ya no podían ver. Durante un rato todos tuvieron alas hechas de plumas blancas y volaron en círculos silenciosos alrededor de una meticulosa recreación de la ciudad que flotaba entre las nubes de *La guerra de las galaxias*. Cuando el combate se volvía especialmente encarnizado, una tenue neblina blanca se infiltraba en la cargada atmósfera de las oficinas: los chalados de la informática habían instalado una máquina de humo portátil.

Los pensamientos de Edward derivaron hacia la idea de comprar acciones en una de aquellas compañías que creaban juegos para ordenador. Algo tan adictivo tenía que ser repugnantemente provechoso. La hostilidad inicial que había percibido alrededor de él en cuanto llegó se había disipado, y un espíritu de cuerpo improvisado se había difundido por la sala, abrazándolo incluso a él. Ya no se trataba de los chalados de la informática contra el extraño llegado de fuera. Ahora estaban todos juntos en aquello, una Red de Área Local de hermanos en armas, unidos por el vínculo eléctrico del combate virtual. ¿Podía un libro lograr aquello?

Eran casi las cinco de la madrugada cuando a Edward se le ocurrió consultar su reloj. Llevaban cuatro horas jugando sin ninguna interrupción. El sudor había empapado la camisa de Edward, y había cinco cervezas y tres latas de Code Red vacías en el suelo alrededor de su silla. No sabía cuántas veces se había levantado para ir a orinar.

La última partida se celebró en el mismo castillo donde habían empezado. Edward despertó dentro de una habitación circular en una torre muy alta. Miró por la ventana y vio un cielo sin sol lleno de colores que giraban y se arremolinaban como la guarda jaspeada de un libro antiguo. Edward estaba cansado de luchar y no le habría importado limitarse a echar una siesta virtual. Empezó a bajar por una larga escalera de caracol, pero un ágil espadachín con bigote de mosquetero se encontró con él mientras subía y lo atravesó con un sable.

Tal vez fuese la cerveza o lo tardío de la hora, pero Edward ya no parecía capaz de aguantar treinta segundos sin que lo mataran. La suerte le había vuelto la espalda. Un francotirador lo liquidó en dos ocasiones desde arriba. En un momento dado fue a nadar por el foso del castillo y una corriente negra lo aspiró hacia abajo, quedando atrapado contra una reja de hierro y ahogándose. Cuando por fin consiguió un arma decente (un lanzacohetes), Edward lo disparó accidentalmente a quemarropa contra una bailarina que llevaba un tutú de color rosa y los dos murieron en la detonación.

Sólo vio a Zeph una vez más, cuando se encontraron cara a cara en el centro de una batalla campal.

—¡Huelo una comadreja! —aulló Zeph—. ¡Muévete o dispara!

—¿Se puede saber de qué coño estás hablando? —masculló Edward con los dientes apretados.

Estuvieron desmenuzándose mutuamente durante un minuto lleno de tensión antes de que alguien barriera la habitación con un láser apuntado a la altura de la cintura, cortando por la mitad a todos los que había en ella.

—Eso ha sido una chorrada —dijo algún jugador.

—No hay nada peor que un perdedor que no quiere admitirlo —replicó una voz estridente. ¿La del Artista, quizá?

Edward renació en la oscuridad y pasó mucho tiempo vagando por un espacio de techo bajo y gruesas vigas de madera, que daba la sensación de ser una buhardilla. Finalmente llegó a una arcada de piedra que parecía una salida. Edward miró por el hueco, pero no había nada excepto negrura. Sus auriculares crujieron.

—Mantente alejado de esa entrada —advirtió la voz calmosa en sus oídos—. Ahí dentro no hay nada. El nivel todavía no ha terminado. Si sigues adelante podrías hacer caer toda la red.

Algo en aquellas palabras hizo que Edward se acordara del desfiladero sin salida dentro del cual había desaparecido una partida entera de arrojados caballeros en el *Viaje*. ¿Qué les había ocurrido allí dentro? Guiado por una súbita corazonada, Edward retrocedió un poco y luego atravesó la arcada corriendo todo lo deprisa que pudo.

Sucedió tan rápido que Edward nunca supo si había muerto y luego renacido, o si fue mágicamente transportado a otra parte del castillo, pero de pronto se encontró de pie en un parapeto del muro exterior de la fortaleza. El oscuro cielo jaspeado había desaparecido: aquel cielo era azul y estaba muy despejado, el sol brillaba. El día era tranquilo y silencioso. Edward había dejado muy atrás el combate.

Hasta entonces no se había fijado en el paisaje que había más allá del castillo, pero ahora todo se hallaba desplegado panorámicamente ante él. Apacibles colinas cubiertas de árboles se perdían en la lejanía, cada una de ellas reluciendo con un vívido verde esmeralda. Algunas eran tierras de cultivo, divididas en cuadrados como una colcha hecha de retazos verdes, o como una función matemática fantásticamente compleja expresada en tres dimensiones, y otras estaban puntuadas por diminutos y perfectos árboles, todos ellos idénticos. Allí no había combates, sólo una inacabable paz electrónica.

Edward se preguntó si sería aquél el aspecto que tenía Weymarshe. ¿Realmente podía haber algún lugar tan digitalmente perfecto en la vida real? Una oleada de añoranza infantil que no tenía nada de irónica creció repentinamente en su interior, precipitándose sobre él desde no sabía dónde y colmándolo de melancolía antes de que Edward estuviera preparado para ella. Dios, ¿qué era lo que iba mal en él? De pronto se sintió abrumado por la autocompasión: eso lo llenó de embarazo, pero no pudo detenerlo, simplemente tenía que dejar que ocurriera. Lágrimas vacías rodaron por sus mejillas. Durante los cuatro últimos años el tiempo parecía haberse detenido, pero ahora pasaba vertiginosamente junto a él como un vendaval de fuerza huracanada, como el viento surgido de una bomba atómica, arrancándolo todo y lanzándolo en un loco girar hacia partes desconocidas. De repente Edward sintió su futuro, su trabajo como asesor de inversiones y sus ascensos, sus bonificaciones de final de año y sus fiestas de la oficina, todo ello suspendido como un peso de plomo alrededor de su cuello que tirara de él. No quería aquello. Sólo tenía una vida, y quería que fuera alguna otra cosa. El terror se agitó en su interior y, horrorizado, Edward se agarró a algo.

Los Went, ellos eran su billete de salida. No sabía por qué o cómo lo sabía, pero sin duda ellos eran la llave. Iba a encontrar el libro, el códice. Se frotó los ojos con las manos, hasta que llegaron los colores. La ola empezó a alejarse. Edward sacó un pañuelo de papel de un paquete perteneciente al infortunado morador del cubículo dentro del que estaba sentado.

Al cabo de un buen rato, volvió al paisaje y, por primera vez en toda la noche, fue consciente de que estaba mirando una pantalla. Se apartó de los baluartes para volverse hacia el interior del castillo y se encontró bajando la mirada hacia el mismo patio soleado que había visto hacía unas horas. Nada había cambiado. Había la misma fuente de piedra, la misma hierba, los mismos senderos de grava blanca. Deseó encontrar un tramo de escalones para bajar allí. Antes no había reparado en que había un enorme y viejo árbol, cuyo tronco era tan grande que de hecho formaba parte de uno de los muros del castillo. Sus musculosas raíces se habían deslizado entre los bloques de piedra, separándolos y uniéndolos en un irresistible y aplastante abrazo. Sus hojas se hallaban esparcidas sobre la hierba debajo de él.

La pequeña figura del Artista seguía sentada allí, en un banco de mármol, inmóvil, las manos en el regazo mientras contemplaba plácidamente el movimiento de la luz sobre el agua en la fuente. Edward se aclaró la garganta.

—¡Eh! —llamó—. ¿Cómo bajo hasta ahí?

El Artista alzó los ojos hacia él para mirarlo inescrutablemente y meneó la cabeza.

—No puedes.

10

—¡Y entonces, entonces allí está... él. Sale de la casa de Andy y lleva puesto un Speedo! —Dan, el jefe de Edward, no podía parar de reír—. ¡No estoy bromeando! Quiero decir que... Bueno, Andy tiene una piscina, pero no es como si esto fuera una fiesta de piscina. Todos los demás están de pie por allí con sus vestidos grises y sus... y sus... y sus zapatos que han pasado diez horas escogiendo, porque se trata de Andy y todo el mundo quiere impresionarlo, yo incluido, y entonces él va y sale al porche y su... su paquete está como... bueno, luchando contra el espandex, y se lanza directamente a la piscina. Y todo el mundo se queda de pie allí atónito, sencillamente impresionado ante lo payaso y gilipollas que es este tipo, mirando esas burbujas que suben del agua allí donde se ha zambullido. ¡Y entonces, ahora... ahora viene la mejor parte, allá que sube el Speedo! ¡Se le cayó! ¡Es ese Speedo de un rojo intenso flotando en la piscina, y todos lo estamos mirando como si... como si acabara de caer del cielo!

Habiéndose sacado aquello de dentro, Dan exhaló un prolongado y satisfecho suspiro.

—He hecho que Amanda cambie su contraseña por «speedo» —añadió a modo de epílogo—. Así cada vez que entra en el sistema por la mañana tiene que teclear «speedo» para poder acceder a él.

—Ajá.

Un bajón en la conversación. Evidentemente Dan esperaba contar con una audiencia más receptiva para aquella gema, pero Edward no se sentía con fuerzas para ello. ¿Es posible tener resaca de un juego de ordenador? Escuchó en un silencio contemplativo, tendido sobre la cama y con la mirada fija en el vacío blanco del techo. Era mediodía.

—En fin, Ed, la razón por la que te he llamado es que antes te envié un correo electrónico pero no obtuve respuesta. Así que pensé que terminaría de aclararlo por teléfono.

—Lo siento —mintió Edward—. He tenido algunos problemas con mi conexión. Llevo unos cuantos días fuera del sistema. —No había revisado su correo electrónico. Lo imaginó acumulándose como un montón de nieve, cada vez más y más alto, dentro de alguna taquilla virtual en alguna parte, pero no sintió ninguna ansiedad al respecto.

—Lo lamento, tendría que haber llamado antes. ¿Va todo bien?

Hubo una pausa. Edward tapó el receptor con la mano y tosió. Sentía como si la voz en el otro extremo de la línea llegara hasta él desde otra era, por un cable tendido a través del vacío desde su dormitorio hasta un período anterior de su vida, uno inexpresablemente distante que ya no tenía relevancia alguna con nada de lo que estaba sucediendo en su dimensión actual. Intentó formarse una imagen mental del rostro de Dan: ancho, cuadrado, mejillas que habían empezado a aflojarse. Dentro de diez años sería exactamente igual que un bulldog.

—¿Te he despertado?

—No, no, nada de eso —dijo Edward. Se aclaró la garganta—. Nada de eso. ¿Qué pasa?

—Bueno, la gente de E & H en Londres ha estado tratando de contactar contigo para ponerse de acuerdo en lo del domicilio y no han tenido noticias tuyas. Supongo que falta cosa de... ¿Menos de una semana antes de que empieces allí? Sólo quieren saber si necesitas ayuda para instalarte.

—Sí. La necesito. Diles que muchas gracias y que ya me comunicaré personalmente con ellos. Tú sólo dame su contacto de información, si no te importa.

Dan le dio a Edward un largo número de teléfono transatlántico. Edward fingió tomar nota de él. Probablemente ya lo tenía en alguna parte. Permaneció acostado con los ojos cerrados mientras la conversación pasaba por sus naturales e inevitables etapas: hacer el equipaje, luego pasaportes, luego billetes aéreos, luego aeropuertos, luego aduanas y luego, benditamente, conclusión. Colgó.

Hacía demasiado calor para volver a quedarse dormido, así que trató de no pensar en nada, apartando las sábanas de una patada. Una esquina de la sábana ajustable se había salido del sitio junto a su cabeza. Una brisa procedente de la ventana entreabierta enfriaba el sudor sobre su frente. En la acera de debajo de su ventana se había iniciado un altercado, un hombre y una mujer que discutían acerca de quién sabía qué, cuándo se enteró ella y quién le había hablado de ello, pero todo parecía muy, muy lejano. Las voces subían flotando hacia Edward, ligeras y rielantes, entrando y saliendo de su conciencia.

Sabía que estaba perdiendo el rumbo. El códice tenía la culpa. Pero una parte de él nunca se había sentido más en el buen camino. Para su propia sorpresa, la resolución de la noche anterior no lo había abandonado. En aquel momento había parecido un instante de sabiduría ebria, de esas que se desvanecen a la mañana siguiente, pero la fuerte convicción todavía estaba con él. Edward había tomado una decisión, y por ahora eso era suficiente. Se volvió y se quedó nuevamente dormido.

A las dos, Zeph y Caroline llamaron al interfono desde abajo. Mientras subían, Edward se apresuró a ponerse unos pantalones cortos de color caqui y una camiseta blanca. Se echó agua en la cara y se pasó las manos por el pelo.

Nada más abrirse la puerta, Zeph entró caminando pesadamente y haciendo ruido al respirar. Pasó junto a Edward y se dirigió a la sala de estar. Su amplia frente estaba perlada en sudor; su camisa hawaiana púrpura y anaranjada, completamente empapada.

—Buenísimos días tenga usted —dijo con un pésimo acento irlandés.

—Necesitamos agua —dijo Caroline con voz enronquecida, dirigiéndose hacia la cocina. Su top a franjas la hacía parecer tan flaca como un poste. Salió de la cocina llevando dos vasos llenos de agua con hielo que tintineaba musicalmente, puso uno encima de la mesita de café y vació el otro de un solo y largo trago. Luego se dejó caer en el sofá de terciopelo marrón al lado de Zeph—. ¿Verdad que es horrible? —añadió. Señaló la camisa de Zeph con un fláccido brazo y luego lo dejó caer—. Tuvimos una pelea a causa de ella en el metro mientras veníamos hacia aquí. Dios, fuera hace un calor criminal.

—No he salido.

—La conseguí gratis —dijo Zeph sin moverse—. De una empresa de *software* en Honolulú.

Señaló un punto en su estómago donde el nombre de la empresa aparecía en letras diminutas entrelazadas entre las hojas.

—Eh, anoche te perdí el rastro.

—Oh, sí. —Edward se acordó—. Lo siento. —Al final de la noche, después de ver al Artista sentado en el patio, se había levantado de su mágica silla vibratoria para ir tambaleándose como un zombi al cuarto de baño de la firma, que olía a cerrado. Había contemplado sus ojos enrojecidos y llorosos en el espejo, y el hechizo quedó roto como si tal cosa. Edward salió de las oficinas sin decir nada a nadie, paró un taxi y llegó a casa poco antes del amanecer.

—Fue un montaje bastante intenso, incluso para lo que es esa gente. —Zeph se tocó la sien con el vaso de agua—. El viernes que viene volveremos a hacerlo. Unos tipos a los que conozco van a alquilar un almacén en Queens, montarán la instalación, abrirán el código del servidor e intentarán meter en la red a 128 jugadores a la vez.

—Para entonces, Edward ya se habrá ido —intervino Caroline—. ¿No es así?

Edward hizo los cálculos y dijo:

—Supongo que sí.

Súbitamente suspicaz, Caroline paseó la mirada por la habitación, del suelo al techo pasando por las estanterías.

—¿Has empezado a hacer el equipaje?

—La verdad es que no.

—Te estás tomando todo esto con mucha calma —dijo Zeph—. Eso no es propio de ti.

—¿Verdad que es magnífico? —Edward se dio cuenta de que se hallaba en peligro inminente de sufrir una intervención bienintencionada—. Me dejo llevar por la corriente, disfrutando de una vibración ocasional aquí y allá.

Zeph y Caroline se miraron.

—Si quieres que te sea sincero —gruñó Zeph—, no sé qué decirte. Eso es algo que nosotros no podemos captar.

—Yo tampoco. Pero es una sensación muy agradable.

—Bueno, entonces —dijo Caroline—, tiene que estar bien.

Zeph empezó a jugar con dos montones de pegatinas que había encima de la mesa de café, tratando de aparejarlos en un solo montón.

—Maldición, menudo calor hace —dijo—. Es como

aquella novela de H. G. Wells, ésa en la que el mundo se dirige hacia el corazón de un gigantesco cometa llameante.

—Los cometas están hechos de hielo, amor —corrigió Caroline—. No arden.

—Ya. —Zeph dejó las pegatinas—. Bueno, supongo que debe de ser alguna otra novela.

—¿Sabías —continuó ella— que la cola de un cometa en realidad es un torrente de partículas excitadas por la radiación que emite el Sol? Eso significa que cuando un cometa se está alejando del Sol, su cola lo precede a lo largo de su trayectoria en vez de extenderse detrás de él.

Edward y Zeph la miraron. Luego éste volvió nuevamente la mirada hacia Edward.

—Bien, Edward —le dijo—, ¿vas a hacer las maletas o qué?

—Sí, voy a hacer las maletas.

Edward echó la cabeza hacia atrás por encima del respaldo del asiento. Sabía que Zeph y Caroline estaban siendo sensatos. Él había tenido cuatro años de sensatez desde que salió de la universidad, pero sabía cómo sonaba lo sensato. Una hebra de telaraña colgaba de una sección de moho dentro de su campo de visión. Edward la observó mecerse en la brisa inexistente.

—Lo haré durante el fin de semana —dijo—. Quizás ordenaré que alguien se encargue de hacerlas por mí. ¿Sabíais que puedes pagar a gente para que venga a tu casa y se encargue de hacer el equipaje? En cualquier caso, tampoco tengo mucho que recoger.

—Hay una cosa que puedes hacer —añadió Zeph—. Mete tu equipaje dentro de uno de esos pañuelos rojos que sirven para hacer paquetes y luego átalo al extremo de un palo. Lo he visto toneladas de veces en la televisión.

Caroline dejó en el suelo su vaso vacío.

—En realidad, no son tanto los aspectos prácticos del

traslado los que nos preocupan —dijo—. Se trata más bien de la ambivalencia subyacente en esta nueva fase de tu vida que indica esa obvia reluctancia tuya a ocuparte de tales aspectos prácticos.

—Oh.

—Si quisieras, todavía podrías echarte atrás. Simplemente di no. Di que eres alérgico a la cerveza caliente. Di que estás teniendo una crisis nerviosa. ¿La estás teniendo, por cierto? ¿Estás teniendo una crisis nerviosa?

—No. —Edward meneó vigorosamente la cabeza. No había forma de explicarles lo que planeaba hacer, lo que estaba pensando. Todavía no—. No, no se trata de nada de eso. Quiero ir, os lo aseguro. Tengo que hacerlo.

Pensó en Weymarshe. A lo largo de la noche había edificado una vívida imagen de aquel lugar dentro de su mente, casi contra su voluntad, sin basarse en ningún tipo de evidencia surgida de la realidad. La imagen era extraña y al mismo tiempo familiar, como una instantánea de un carrete de película largamente olvidado que hubiese encontrado años antes en el fondo de algún cajón que no utilizaba, y de pronto allí estaba, por fin revelada, tan fresca y vívida como el día en que fue tomada. La imagen mostraba una antigua gran casa de campo inglesa edificada en piedra caliza gris. El tejado era un conjunto de picos, chimeneas y dormitorios, refrescada por delicadas neblinas y acurrucada en el interior de un laberinto de praderas y setos de un oscuro verdor, que casi parecían la pauta de un circuito impreso.

—En todo caso, mi subarrendador estará aquí dentro de un mes, así que para entonces probablemente ya debería haberme ido.

—Probablemente —convino Zeph—. Bueno, al menos tienes tus cajas. —En el rincón había un montón de cajas de cartón apiladas hasta la altura de la cintura—. Venga, vamos a guardar algunas de estas cosas.

—No tenéis por qué hacer esto, chicos —dijo Edward—. De veras.

—Pero es que queremos hacerlo. —Caroline se apoyó en la rodilla de Zeph y se levantó del suelo.

—Si nos pagas —bromeó Zeph.

Caroline encontró unas tijeras y un poco de precinto de embalar y empezó a desplegar las cajas. Edward y Zeph bajaron los libros de las estanterías. Ella puso un CD y Edward conectó los ventiladores junto a las ventanas. La habitación empezó a oler a polvo y precinto de embalar. De vez en cuando Zeph ponía objeciones a algunas cosas —una corbata, un cuenco, un despertador— y se detenían a discutir si Edward debería llevárselo, dejarlo allí, tirarlo o dárselo a Zeph.

—¿Vas a llevarte esa pintura? —inquirió Caroline, contemplando críticamente una enorme lámina que Edward se había gastado bastante dinero en hacer enmarcar.

Era un cuadro de la escuela del Renacimiento septentrional, holandés o belga o danés, uno de esos países, Edward no sabía cuál. Lo había comprado en la red, un clic nacido del impulso, y cuando lo recibió Edward se quedó bastante sorprendido ante su tamaño, pero desde entonces se había acostumbrado a él. No tenía muchos más objetos decorativos. El cuadro mostraba a una multitud de campesinos entrados en carnes trabajando en un campo de trigo. Éste era de un dorado amarillo intenso y el artista, cuyo nombre Edward ni siquiera sabía cómo pronunciar, se había tomado la molestia de pintar individualmente cada tallo con un pincel superfino. Tanto los hombres como las mujeres lucían hilarantes cortes de pelo hechos con un cuenco. Algunos cortaban el trigo con largas guadañas, otros lo recogían en gavillas y otros se alejaban cargados con ellas, presumiblemente para regresar a alguna aldea cercana. El resto estaba sentado o recostado alrededor de un gigantesco árbol de tronco nudoso pintado en primer término, en una zona del campo que ya había sido vaciada, roncando y hablando y comiendo espesas gachas de cuencos de madera.

Edward no se tenía por alguien particularmente bendecido con unos grandes poderes de apreciación estética, pero se sentía secretamente orgulloso de su cuadro. Un aire de satisfecha resignación flotaba sobre la escena. De algún modo, en la incesante guerra por mantenerse vivos y conseguir que el mundo mantuviera algún semblante de orden, aquellos campesinos se las habían ingeniado para llegar a firmar una paz separada. Aquellas personas estaban trabajando, pero no eran miserables. No se odiaban a sí mismas, ni odiaban a los demás o a las gavillas de trigo. Habían logrado alcanzar un equilibrio. Podían soportarlo. Cada vez que miraba la pintura, Edward veía nuevos detalles (un par de pájaros que volaban en las alturas, una diminuta luna redonda suspendida en una esquina del pálido azul del cielo), como si la pintura no se hallase congelada en el tiempo sino que evolucionara lentamente, de manera imperceptible, como un cristal que fluye.

—Enviarla por barco va a ser una auténtica lata —dijo Edward—, pero no quiero renunciar a ella.

—Creo que no lo entiendo —dijo Zeph.

—¿Qué hay que entender? —Edward se encogió de hombros—. Es sólo que me gusta ver trabajar a ese montón de mamones medievales.

Al cabo de unas horas cruzaron la calle para ir a un restaurante japonés, donde se estaba fresco. La tarde se aproximaba a su fin, y eran las únicas personas que había en el local aparte de unos cuantos seguidores de la moda en el paro y turistas japoneses que añoraban el hogar. Versiones japonesas de grandes éxitos del rock & blues occidental sonaban incesantemente de fondo. Edward y Zeph, todavía un poco resacosos, se atracaron de sopa de miso salada, *kimchi* insoportablemente picante y empanadillas al vapor abrasadas por abajo y mojadas en salsa de soja y vinagre, que engulleron con rondas de amarga cerveza japonesa.

Cuando terminaron de comer, Zeph se echó hacia atrás y bostezó de forma exageradamente informal.

—Bueno, he estado husmeando por ahí acerca de tus amigos los Went —dijo.

Edward removió con los palillos un poco de jengibre saturado de agua.

—¿Qué pasa con ellos? ¿Cómo has llegado a enterarte de que existen?

Zeph se tocó elocuentemente la nariz con un dedo.

—¿Quiénes son los Went? —inquirió Caroline.

—Son las personas para las que está trabajando Edward —respondió Zeph—. Los de la biblioteca. ¿Sabes que son ricos?

—Por supuesto que son ricos —dijo Edward.

—Pero ¿sabes hasta qué punto lo son? —Por una vez Zeph sonaba casi serio—. Los Went son ricos de la misma manera en que Marvin Gaye era «atractivo para las mujeres». ¿Sabías que son los terceros propietarios de tierras de Inglaterra?

—¿Qué?

—No sabes ni la mitad. En la red corren toda clase de rumores acerca de ellos. Prueba a buscar alguna vez en los grupos de noticias sobre derechos inmuebles. ¿Sabes que los Went pagan a *Forbes* para que los mantenga fuera de su lista anual de las grandes fortunas?

Edward se echó a reír.

—Zeph, eso es ridículo. Nuestra firma maneja una buena parte de sus inversiones. Si los Went tuvieran esa clase de dinero, yo lo sabría. Y en todo caso, el dinero sencillamente no funciona así. Los Went no pueden esconder una cantidad tan grande. El dinero encuentra maneras de hacerse notar.

—¡Es cierto! Edward, esas personas tienen una de las mayores fortunas privadas de Europa y se están gastando la mitad de ella en tratar de asegurarse de que nadie sepa acerca de la otra mitad. Y hace unos años hubo un escándalo: al parecer los Went tenían un hijo que fue secuestrado. El duque se negó a pagar el rescate.

—¿Y qué sucedió? ¿Recuperaron a su hijo?

Zeph meneó la cabeza.

—Murió. Se dice que los secuestradores lo mantenían escondido dentro de una cámara frigorífica y murió congelado. Los Went lograron que no saliera prácticamente en ningún periódico.

Edward miró a Caroline.

—Zeph, ya sabes que la mayor parte de lo que se cuenta en Internet es pura invención.

—Edward tiene razón —convino Caroline—. Cariño, ¿te acuerdas de cuando colgaste aquella bola diciendo que Bill Gates había sido el actor infantil que interpretaba al hijo de Batman en la televisión? ¿Te acuerdas de cuántas personas se lo creyeron?

—Batman ni siquiera tenía un hijo —dijo Edward.

—¡Pero eso era distinto! Eso era... ¡Mira, eso me lo inventé! Vaya, ya veo que soy algo así como la Casandra de Internet. Al menos pasa sus nombres en alguna ocasión por Lexis-Nexis a ver qué sale de allí. Los Went valen miles de millones.

—¿Miles de millones de dólares o miles de millones de libras? —preguntó Caroline.

—¡No lo sé! ¡Miles de millones de euros, o soberanos, o piezas de ocho, o lo que quiera que utilizan como dinero allí! Tienen una enorme propiedad privada en Bowmry. Son como reclusos: hay un seto descomunal que rodea la propiedad. El seto de los Went es famoso, por el amor de Dios.

—¿Y de dónde proviene todo ese supuesto dinero?

—Eso sí que no lo sé. Aunque tú podrías averiguarlo, Edward, si lo intentaras —dijo Zeph, todavía dolido—. Lo tienen repartido por todo el lugar. Una gran parte del dinero es bastante nuevo, ella procede de una gran familia industrial. Pero él tampoco debía de ser un mendigo, porque su familia se remonta al inicio de los tiempos. Probablemente se hicieron con el mercado de la pintura facial de color azul allá en 1066.

—¿Te he dicho que estaban pensando en ofrecerme un empleo? —preguntó Edward.

—¿Un empleo? ¿Te refieres a algo más aparte de ser escribano en jefe, o lo que quiera que eres ahora?

Edward asintió. Zeph y Caroline se miraron.

—Y tú dijiste que no —lo animó ella cautelosamente.

—¡Oh, por supuesto! —aseguró Edward, súbitamente incómodo—. En todo caso, no me lo ofrecieron exactamente a mí. Iban a llegar a una especie de acuerdo con la empresa. No sé de qué se trataba exactamente.

—¿Sabes?, algunas personas dicen que está en coma. El duque, quiero decir. —Zeph arrancó una astilla de uno de sus palillos—. Dicen que la familia lo está ocultando por razones legales. Algunos aseguran que tienen un niño al que mantienen encerrado en una buhardilla y que está trastornado. Leí que hay familias enteras de sirvientes que viven como siervos en los terrenos de la propiedad, y que no han salido de ella durante generaciones. Esa clase de chorradas, ya sabes... La mejor era una carta en el *Economist* donde se aseguraba que los Went tienen su propia moneda dentro de la propiedad, una economía autosuficiente con su propio dinero, así que no pagan ninguna clase de impuesto a la corona.

—Eso sí que da un poco de miedo —dijo Caroline—. En cualquier caso, ¿qué supone ser duque? ¿Es más que un conde?

Nadie lo sabía. La conversación se interrumpió. Todos bebieron de sus cervezas japonesas y el camarero, un adolescente de aspecto hosco con un parco bigote, puso la cuenta boca abajo encima de la mesa sin hacer ruido y se alejó sigilosamente.

—Por cierto, Fabrikant quiere saber por qué no fuiste a su fiesta —añadió Zeph.

—Otra vez ese tipo —dijo Edward—. ¿Qué quiere de mí?

—No lo sé exactamente. —Zeph miró a la gente que pasaba por la acera—. Pero él me dijo para quién estabas trabajando. Supongo que su empresa, InTech, hace negocios con ellos. Creo que Fabrikant está intentando conseguir que los Went compren acciones de ella. Pero eso es estrictamente confidencial.

Edward asintió.

—Sé que viven en un castillo. Me refiero a los Went.

—¿Un castillo? —Por una vez Caroline pareció impresionada.

—Hasta tiene un nombre. Lo llaman... —Edward perfiló una placa rectangular con los dedos— Weymarshe.

Caroline resopló.

—*Quel* anacronismo.

Después de que sus amigos se marcharan, Edward pasó el resto del día en su apartamento viendo la televisión en calzoncillos, tendido en el sofá y comiendo M&Ms de una bolsa de medio kilo. Era un buen sofá. Lo había encargado a Pottery Barn durante el acceso de frenesí comprador fruto de su primera bonificación de Esslin & Hart, y cuatro años después todavía era el objeto más caro que poseía. Era gigantesco, tres metros de largo, y estaba tapizado en terciopelo marrón. De acuerdo con cualquier patrón estético imaginable, sin duda era horrendo, pero había ocasiones en las que Edward se tumbaba en él en busca de consuelo. Aquélla era una de esas ocasiones.

Estaba deprimido. Su trabajo en Londres, el premio por el cual había trabajado tan duramente durante tanto tiempo, parecía perder valor a cada día que pasaba, al mismo tiempo que su relación con los Went y el códice se debilitaba. Salvo por Margaret. Además, se dijo que ahora que ella tenía la llave del apartamento de los Went él ya no le servía de nada. Así que se dedicó a ver a personas mayores jugando al golf. Vio programas sobre la vida salvaje, sobre ejércitos de hormigas que construían puentes vivientes, calamares gigantes al acecho en las profundidades de la Fosa de las Marianas y aves azules del paraíso que hacían sus mullidos nidos circundados de tierra en los bosques australianos. Cada vez que aparecía algo remotamente financiero Edward cambiaba de canal, torciendo el gesto cuando el azar lo llevaba a la CNNfn, con su escurridiza y venenosa serpiente azul de datos fiscales deslizándose a través del extremo inferior de la pantalla para devorar rapazmente su propia cola.

Alrededor de las siete llamó Zeph, pero Edward no descolgó el auricular. Su contestador estaba atestado de mensajes de colegas, invitaciones de amistades del trabajo para ir a los Hamptons y desesperadas súplicas de ayuda por parte de Andre, pero era tal el número de llamadas por responder, que Edward sabía que nunca conseguiría ponerse al día. Cuantos más mensajes se acumulaban más difícil resultaba pensar en ellos, de modo que se quedaban esperando allí, un agujero negro de obligaciones culpables y todavía no atendidas en la pared, que iba volviéndose cada vez más y más negra.

Como cena se comió un tarro entero de cebolletas dulces de cóctel, pequeñas perlas italianas de aspecto maligno pero infinitamente sabrosas y todavía frías como el hielo por haber estado dentro de la nevera. A las diez llenó hasta el borde un vasito de whisky y se lo bebió. A las once se preparó para ir a la cama.

Antes de ir a dormir, Edward fue a su escritorio y encendió el ordenador. Metió en el disco duro el juego que había copiado y abrió MOMO. Ahora no parecía tener ningún sentido, sin que eso supusiera que antes sí lo hubiese tenido. Edward apenas recordaba lo último que había ocurrido. ¿Había ido en busca de la biblioteca y ésta se había esfumado, y luego el tiempo había empezado a transcurrir más deprisa...? Aun así, era algo hacia lo que escapar. Y no cabía duda de que tenía ganas de dispararle a algo. Edward se sentó ante el teclado.

Todavía estaba de pie delante del solar vacío en el que debería haber estado la biblioteca, pero en vez de un campo lleno de escombros ahora había una explosión de verdor. Matorrales, hierbajos y árboles enteros habían brotado del suelo donde antes no había nada, como si Edward hubiera pasado años de pie allí, echando raíces en la tierra, mientras la naturaleza seguía su curso alrededor de él.

Los matorrales y las malas hierbas se movían, susurrando y creciendo visiblemente. De hecho, había algo gravemente erróneo en el tiempo: transcurría con una rapidez salvaje. Antes, cuando estaba en el puente, había tenido la inexplicable sensación de que el tiempo se había precipitado hacia delante durante su ausencia. Esta vez estaba viendo cómo ocurría, y mientras aquello se producía la naturaleza reclamaba la ciudad en una monstruosa orgía de fertilidad. Enormes enredaderas cubrían los rascacielos, extendiéndose alrededor de ellos en espirales que entraban por las ventanas rotas y salían de ellas. Los árboles brotaban en una súbita erupción de los accesos al alcantarillado, enraizados en el fértil barro de las cloacas para agitar sus ramas mientras crecían como zombis de película que salieran de la tumba y estiraran sus rígidos miembros. Una piña verde del tamaño de una calabaza de Halloween cayó de algún lugar por encima de Edward y reventó en un millón de fibras leñosas sobre la calle.

Por lo que Edward podía percibir, aquello no lo afectaba. El mundo envejecía alrededor, pero él no. Echó a andar hacia el Rockefeller Center mientras la ciudad literalmente se pudría en torno a él. En la lejanía, en algún lugar de la parte alta, una torre de oficinas suspiró y pereció en silencio, para derrumbarse grácilmente sobre sí misma entre una nube de polvo. Cualquier mecanismo de frenado cósmico que hubiera podido existir antes para mantener en marcha al tiempo, y con él un ritmo regular y razonable, había fallado por completo, por lo que ahora el tiempo corría totalmente fuera de control.

Entonces, tan súbitamente como había empezado, volvió a detenerse. El tiempo redujo drásticamente la velocidad hasta recuperar su cansino y lento caminar. Deteniéndose en el inicio de Central Park, que se había convertido en un impenetrable bosque de Sherwood, Edward vio cómo la frenética agitación de las plantas quedaba paralizada y pasaba a la inmovilidad. El tiempo volvía a ser tiempo.

«¿Sabes una cosa? —pensó Edward—. Esto es muy aburrido. Y ya ni siquiera tiene sentido.» Archivó su copia del juego, apagó el ordenador y se fue a la cama.

El teléfono sonaba. Parecía como si hubiera estado haciéndolo durante horas, pero sólo podían haber sido unos segundos, dado que el contestador todavía no había registrado la llamada. Edward abrió los ojos y se sentó en la cama. Su nuca quedó apoyada en la fría dureza de la pared. Se aclaró ruidosamente la garganta con un enérgico carraspeo y luego cogió el auricular y se lo llevó a la oreja. Volvió a cerrar los ojos.

—Diga.

—¿Oiga?

La voz era granulosa y saturada de estática, como una antigua grabación realizada sobre un cilindro de cera. Hablaba con un acento bastante raro, una mezcla de inglés y escocés, que resultaba extraño y familiar al mismo tiempo.

—¿Diga? —volvió a decir Edward.

—¿Oiga? ¿Con quién estoy hablando?

—Soy Edward. ¿Quién es usted?

—¿Edward? Soy la duquesa. ¿Cómo está?

Edward abrió los ojos. El apartamento estaba oscuro y en silencio, sus formas y contornos indistintos tranquilizadoramente presentes y justificados. Por un instante pensó que estaba soñando, pero entonces se dio cuenta de que aún sostenía el teléfono en la mano.

—¿Oiga?

—¿Oiga? —lo imitó ella con voz de jovencita—. «Su excelencia» sería más apropiado si vamos a guiarnos por el Debrett, pero no voy a insistir en que nos andemos con ceremonias. Mire, ¿puede oírme? Yo apenas le oigo.

Edward recordó la única vez que la había visto, allá en la acera, con el vestido color crema que se le ceñía al cuerpo y su devastadora sonrisa. Parecía como si hubieran pasado años de eso. Apenas podía relacionar la persona con la que estaba hablando con aquélla a la que había conocido. La estática era como un vendaval que arreciaba y amainaba, mareas de ruido blanco que se debilitaban para luego crecer y alejarse. Edward volvió a cerrar los ojos y sus pensamientos, con el arte carente de esfuerzo propio de un sueño, se dieron forma a sí mismos. Vio con el ojo de su mente a la mujer del sombrero hablándole a través de una tormenta de nieve. Estaba sola, perdida entre una ventisca de ruido blanco que rugía encima de un cielo negro como la noche. Edward quería ayudarla.

—No dispongo de mucho tiempo —dijo ella—, así que haré esto deprisa. Usted es el hombre al que conocí el otro día, ¿verdad? ¿El que encontró mi pendiente?

—Lo rompí.

—Bueno, sí. —Ella rió—. Ya había decidido no hacérselo pagar. Mire, Edward, necesito que encuentre el Gervase lo más rápido posible. ¿Puede usted hacer eso?

Hablaba con el tono más indiferente y despreocupado imaginable, como una mujer que pide un vaso de agua en un restaurante. Edward tragó saliva.

—Pero yo pensaba que... —Volvió a empezar—. Quiero decir, seguro, sí. Pero lo que se me dijo fue que ustedes no querían...

—Oiga, olvide lo que sea que le hayan dicho —lo interrumpió ella impacientemente. Una voz acostumbrada a dar órdenes—. Se lo estoy diciendo ahora. Y Edward, el duque no puede saber nada acerca de esto. ¿Entendido? Tiene que ser un secreto. Entre nosotros dos.

Algo cayó ruidosamente al otro lado de la línea, y la duquesa soltó un juramento. Oyó un susurro cuando se agachó a recogerlo. Todavía medio dormido, Edward asintió. Un lector verde fue contando los segundos en su teléfono, siete de ellos antes de que Edward cayera en la cuenta de que él también tenía que decir algo en voz alta.

—Está bien —dijo—. Quiero decir que perfecto, desde luego que sí. Pero... —Titubeó. ¿Qué quería saber?

¿Era real aquello? ¿Se había vuelto loco? ¿Se habría vuelto loca ella? Todo aquello era tan dramático. Era como si el mundo le hubiese leído la mente y concedido su más secreto deseo. Edward temía que si decía lo que no debía entonces todo se disiparía, se desvanecería y nunca habría sido, dejándolo con las manos vacías mientras trataba de atrapar hilachas de humo. Aquélla era su oportunidad.

—Pero ¿qué? —dijo ella con tono muy seco—. Quiere saber lo que se le va a pagar. Se trata de eso, ¿verdad?

No era eso, claro que no. Pero Edward no lo dijo.

—Se le pagará lo que se gane —añadió ella, respondiendo a su propia pregunta. Edward pudo oír su sonrisa, repentinamente llena de dulzura—. No intente contactar conmigo. Le llamaré dentro de una semana.

Después colgó.

11

Al día siguiente la tarde ya estaba llegando a su fin cuando volvió a sonar el teléfono. Sentado a su escritorio donde miraba el sitio del *Financial Times* en la red sin llegar a leerlo, Edward dejó que el contestador se encargara de responder a la llamada.

—Edward, soy Margaret. Coge el teléfono, por favor.

No susurraba, pero había una callada urgencia en su voz. Edward se sentó en el brazo del sofá y cogió el teléfono.

—Margaret —dijo fríamente—. ¿Cómo estás?

—Me parece que he encontrado algo —dijo ella.

—Qué emocionante para ti.

—Pero necesito tu ayuda.

—La necesitas.

Edward se levantó y fue a la ventana. Todavía estaba resentido con Margaret por la manera tan efectiva en que lo había manipulado con lo de la llave de los Went, a pesar de que una parte de él le estaba agradecida por ello. Edward decidió que mostraría su resentimiento reprimiendo por completo cualquier muestra de excitación que pudiera sentir ante el sonido de la voz de Margaret. En lo más profundo de su mente también sabía que a cada minuto que pasara al teléfono con ella estaba renunciando a un grado más de convicción que pudiera serle de utilidad en el futuro, si su pequeño ardid jamás llegaba a ser descubierto.

Se había nublado, un respiro momentáneo en la ola de calor, y fuera el pavimento se hallaba oscurecido por húmedas manchas grises como vastos continentes inexplorados. El tiempo se correspondía con el estado de ánimo de Edward. Desde la llamada de la duquesa la noche anterior se sentía lavado, renovado.

—¿Dónde estás? —preguntó.

—¿Dónde crees que estoy? Estoy en el apartamento de los Went. —Margaret consiguió transmitir un gélido desprecio sin alterar en lo más mínimo el tono de voz—. ¿Puedes venir? Necesito algunas cosas.

—Lo siento, no creo que eso sea muy buena idea en estos momentos.

Se produjo un largo silencio. Edward estaba disfrutando con aquella inversión en la dinámica del poder, por muy temporal que ésta pudiera ser. Vio pasar a una anciana montada en una vieja bicicleta que llevaba un impermeable amarillo.

—¿Por qué no puedes conseguirlas tú misma?

—Porque no creo que deba abandonar el apartamento en este momento —respondió ella—. Esta mañana he tenido algunos problemas para que el portero me dejara pasar. Me vi obligada a prevaricar.

—¿Qué necesitas?

—¿Tienes una pluma? Necesito un pincel de cerdas suaves, unos cuantos palillos de madera, un poco de aceite mineral (Swan es el mejor), una lata de aire comprimido, si puedes encontrar una, y un martillo para clavar tachuelas. Ah, y una linterna.

—¿Eso es todo?

—Sí. —Si Margaret fue consciente del sarcasmo de él, no lo demostró—. ¿Sabes qué es un martillo para clavar tachuelas?

—Sé lo que es un martillo para clavar tachuelas.

Guardaron silencio durante unos cuantos segundos. Un perro ladró en la calle. El día había quedado suspendido en el aire, enormes pesos equilibrados a cada lado, como un camión cisterna cuya cabina asomara por el borde de un precipicio en unos dibujos animados mientras esperaba a que un ruiseñor se posara en el parachoques. Edward suspiró.

—No tengo llave —dijo al cabo—. Tendrás que quedar conmigo abajo.

—Estaré en el vestíbulo exactamente dentro de una hora.

Margaret le hizo sincronizar sus relojes.

Cuando pasó junto al portero, esta vez Edward estaba convencido de que sería detenido, pero se limitó a seguir andando y trató de parecer muy seguro de sí mismo y no sucedió nada. El hombre de la librea raída no llegó a levantar los ojos del periódico en árabe, que leía con la ayuda de una lupa. Ya habían dado las seis de la tarde. Edward llevaba consigo una abultada bolsa llena de compras.

Un par de lámparas de mesa se hallaban encendidas en el vestíbulo. Nunca lo había visto con las luces encendidas, y le sorprendió comprobar que era realmente austero: una mesa de mármol agrietado y una alfombra oriental reducida por el uso a un entramado de tosca tela de saco. Una tenue sombra de humo de puro rancio flotaba en el aire, dejada allí para siempre por los puros que habían sido fumados en la década de los cincuenta. Margaret, alta y delgada, estaba de pie junto a los ascensores. Su rostro era pétreo.

Cuando vio a Edward, pulsó el botón del ascensor sin decir palabra. Esperaron en silencio hasta que éste llegó.

—No estaba segura de que fueses a venir —dijo ella solemnemente, después de que las puertas se hubieran cerrado. Luego se obligó a añadir—: Gracias.

—Ojalá no lo hubiera hecho. —Edward escuchó el ruido de la maquinaria mientras subían—. ¿Estás segura de que esto no es peligroso?

Margaret asintió.

—No hay nadie. La mujer de la limpieza se fue a las tres.

Permanecieron inmóviles uno al lado del otro, mirando fijamente hacia delante como dos ejecutivos anónimos de camino a la misma reunión. Sus hombros se encontraron al salir, y Edward se apartó y le indicó con exagerada galantería que pasara primero. Ella fingió no darse cuenta. Las luces del apartamento estaban apagadas.

Edward pisó cautelosamente la mullida alfombra oriental y se detuvo. De pronto, sin ninguna advertencia previa, le falló el valor. Se sentía como un hombre cuyo pie descansara, suave pero muy definidamente, encima de una mina terrestre por estallar. Aquél no era un buen sitio en el que estar.

Margaret no miró y se limitó a seguir adelante. Edward vio alejarse su espalda pasillo abajo en dirección a la escalera, el sonido de sus pasos desvaneciéndose. De pronto se encontró corriendo patéticamente tras ella, un cachorro que sólo piensa en no quedarse solo.

—Hay algo que tengo que enseñarte —dijo ella cuando Edward la alcanzó—. Algo que encontré cuando empecé a vaciar esas cajas.

—¿Cuánto llevas aquí?

—Desde esta mañana.

—¿Has estado aquí todo el día?

—Vine a las seis, antes de que se levantaran.

Se detuvieron delante de la pequeña puerta que llevaba a la escalera de caracol. Luego Edward la siguió escalones arriba. Margaret pasaba la mano familiarmente por la barandilla, como si ya hubiera subido y bajado un millar de veces por aquella escalera.

—Estuvieron aquí antes —dijo. Puso las manos en el picaporte, tensó los músculos y echó el peso de su cuerpo hacia atrás. La gruesa puerta se abrió con un ruidoso crujido—. En el apartamento. O alguien estuvo. Oí hablar a gente. Había un hombre que hablaba con acento inglés. Pero nadie subió aquí arriba.

—¿De veras? ¿Los oíste planear un asesinato?

Cruzar el umbral para entrar en el aire frío de la biblioteca era como meterse en un estanque de aguas deliciosamente frescas. De pronto el sarcasmo de Edward pareció excesivo y se desvaneció en el silencio. Margaret se quitó los zapatos, un calzado sensatamente cómodo, y los dejó a un lado. Llevaba calcetines negros. Edward vio fugazmente su pálido talón, allí donde uno de ellos se había desgastado con el uso.

—No quiero que alguien nos oiga andar por aquí —explicó ella.

Había estado trabajando. Ahora las estanterías se hallaban llenas, y había colocado papel de envolver a lo largo de una pared. Estaba cubierto por pilas de libros. Había abierto todas las cajas de madera y en los bordes de las estanterías destacaban numerosas pegatinas en un código de colores. Encima de la mesa estaban el portátil, el cuaderno de Margaret, tres latas de Coca-Cola light y una bolsa estrujada y medio vacía de galletas tostadas, sin sal.

—Bueno —dijo Edward—. Has estado ocupada. Espero que no vayas a presentarme una factura por esto.

—Llevo aproximadamente dos tercios de la colección, y le he echado un vistazo al resto de ella. Los he dispuesto según el período y el país, y luego alfabéticamente. Tomo mis notas a mano, pero también he introducido un catálogo básico en el ordenador.

Edward se acercó a la mesa en la que estaba el portátil. Una ventana del programa de catalogación de los Went se hallaba abierta. Edward realizó una rápida búsqueda de «Gervase» en la base de datos, pero no apareció nada. No iba a ser tan fácil.

—Bien —dijo lacónicamente—. ¿Qué querías enseñarme?

—Cuando llegué aquí esta mañana quería al menos desenvolver y abrir todos los libros y efectuar una somera inspección.

—Así que lo hiciste.

—Sí, lo hice. Mira éste, es un ejemplar particularmente magnífico. —Cogió un librito encuadernado en un cuero muy trabajado. La cubierta se hallaba estampada con cientos de diminutas volutas, florituras y señales que se repetían una y otra vez, dispuestas en cuadrados y rectángulos—. Italo-griego. Después de que Constantinopla cayera en el siglo XV algunos encuadernadores griegos se establecieron en Italia. Crearon su propia estética decorativa altamente característica. Mira, el texto está en inglés.

Abrió el libro. La escritura era una compleja mezcla de ángulos puntiagudos y complicadas florituras. Edward no pudo leerla.

—¿Qué es?

—Es un manual de pesca del siglo XV. *El tratado del pescar con caña.*

—¿Esto es lo que querías que viera? —Edward volvió nerviosamente la mirada hacia la puerta.

—No —repuso ella, haciéndolo a un lado—. Es esto.

Señaló una página en blanco arrancada de su cuaderno y puesta sobre el tablero de la mesa. Encima de la página había una colección de diminutos trozos de papel, cuatro o cinco de ellos apenas más que copos. En algunos había fragmentos de escritura, astillas procedentes de letras negras hechas añicos.

Edward los contempló entornando los ojos.

—¿Qué es esto?

—Papel —dijo ella, impasible—. Encontré estos restos en el fondo de una de las cajas después de que hubiera sacado los libros. Si sostienes algunos de ellos delante de la luz, verás fragmentos de una filigrana.

Hizo una pausa, sin duda esperando que él lo comprobara con sus propios ojos, pero Edward no se molestó en hacerlo.

—¿Y qué?

—La reconocí. Es una marca conocida, una cabeza de jabalí y una flor. Puedes buscarla en el *Dictionnaire historique des marques du papier* y averiguar cuándo y dónde se hizo el papel. En este caso la respuesta es Basel, alrededor de 1450. La textura también es característica. Aquí puedes ver las líneas de disposición —señaló un largo fragmento con el dedo—, y aquí las líneas de cadena, un poco más separadas. Bastante tosco, no es el papel de un aristócrata, pero reconocí el texto a partir de los fragmentos: es *Lyf de Nuestra Señora*, de Lydgate, finales del siglo XV. Más bien terrible, como un Jerry Falwell medieval, pero muy raro. En el mundo quedan unas cinco copias de él.

—Vaya —dijo él, impresionado a su pesar—. Ahora son seis.

—Posiblemente. Pero el libro en sí no está aquí.

Margaret dio la vuelta al grueso volumen antiguo que Edward había mirado en su primer día allí, el libro cerrado que tenía su propio estuche. Puso su pálida mano encima de la rugosa cubierta oscura.

—Éste es el único libro que no he podido llegar a examinar. Basándome en la evidencia externa, encaja con el texto y el período, aunque la encuadernación es un poco elaborada para lo habitual en Lydgate.

Edward se sentó en el borde de la mesa, que crujió ruidosamente bajo su peso.

—Estupendo. Así que he aquí a Lydgate. ¿Dónde está Gervase?

Margaret frunció levemente el entrecejo y ladeó la cabeza en una pantomima de incomprensión.

—Gervase —repitió él—. Ya sabes, el *Viaje* al no sé dónde de no sé quién.

—Edward —dijo Margaret imperturbablemente—, ya no trabajo para ti. Ese acuerdo ha terminado. Así que haz el favor de escucharme: no hay ningún *Viaje*, y cuanto antes lo aceptes y dejes de buscarlo, mejor será.

Sus ojos se encontraron con los de él. Edward le sostuvo la mirada el tiempo suficiente para abrigar la esperanza de que ella pensara que había asimilado lo que acababa de decirle.

—Entonces, ¿qué estoy haciendo aquí?

—Estás aquí porque *Lyf de Nuestra Señora* de Lydgate es un libro raro de inmenso valor, y si realmente se trata de ese libro, necesito tu ayuda para poder abrirlo. ¿Has traído las cosas que te pedí?

Edward cogió la bolsa y la puso encima de la mesa.

—No pude encontrar una linterna. —De hecho, tenía una en su apartamento, pero la había dejado allí por pura tozudez. Margaret sacó los objetos y los alineó a lo largo del borde de la mesa como un cirujano que se prepara para operar.

—¿Qué fuiste a comprar a Henri Bendel? —inquirió con el tono de alguien que quiere entablar conversación. Era el nombre que había en la bolsa. Edward se sorprendió, pues era el primer intento de Margaret de hablar sobre un tema cualquiera.

—Regalos de Navidad. Fue hace mucho tiempo.

Un vívido recuerdo de su primer invierno en Nueva York cobró forma en su mente: la Quinta Avenida a mediados de diciembre con una lluvia gélida, él abriéndose paso a través de la multitud de compradores en la acera mojada, un gentío lo bastante numeroso y malhumorado como para tomar un castillo por asalto. Edward estaba buscando un regalo navideño para su madre, y después de tres horas en uno de los primeros tres o cuatro barrios comerciales del mundo, todavía no había encontrado nada que no fuese demasiado barato o demasiado caro o demasiado romántico para ser apropiado. Los pies lo estaban matando y su abrigo de lana no era impermeable y olía como una oveja mojada. Por si fuera poco, Edward era dolorosamente consciente de que no disponía de una novia para que lo aconsejara acerca de aquel tipo de cosas. Sumido en un estado de desesperado agotamiento, terminó haciéndose con un cardigan de cachemira color camello procedente de Henri Bendel, que había llevado a casa dentro de aquella misma bolsa. A su madre le encantó.

Edward había traído una vieja camisa de franela para que Margaret la utilizara como un paño suave. Ella la alisó con las mangas extendidas hacia los lados y colocó el viejo libro encima, como si se dispusiera a cambiar los pañales a un bebé. A petición suya, Edward acercó un poco más la lámpara de pie. Margaret se inclinó y examinó el nudo de metal oxidado que había sido el cierre.

—¿Por qué no limitarse a abrirlo cortándolo? —preguntó Edward desde una distancia prudencial—. ¿Por qué no lo sierras a través de la madera?

—Un método demasiado invasivo. Será el último recurso. —Se puso a trabajar hurgando en el cierre con dos palillos, uno en cada mano, deteniéndose de vez en cuando para quitar las partículas de óxido acumuladas soplándolas con el aire comprimido—. Ya ha sufrido bastantes daños. Esas tiras de papel son una mala señal.

—¿Cuánto tiempo crees que ha estado cerrado?

Margaret se encogió de hombros.

—Bajo las condiciones apropiadas, esta clase de óxido puede formarse relativamente deprisa. ¿Sabemos cuándo fueron guardados los libros en las cajas?

—No exactamente —respondió Edward—. Espera... Sí lo sabemos. Algunos de los libros están envueltos en periódicos. Mira las fechas de los periódicos y... —Se tocó el lado de la nariz con la punta del índice.

—Muy astuto. ¿Te importaría hacer eso, por favor?

Todas las fechas eran de finales de 1938 y principios de 1939. Margaret dejó los palillos y empezó a frotar delicadamente el cierre con el cepillo de dientes.

Edward la observó trabajar durante otro minuto, Margaret había humedecido el cepillo de dientes con aceite mineral, y luego decidió dar una vuelta por la biblioteca. Al primer paso se dio cuenta de que no se había quitado los zapatos tal como había hecho ella, así que puso una rodilla en el suelo y desató los cordones de sus Oxford de cuero negro. Los puso al lado de los zapatos de Margaret. El gesto pareció incongruentemente íntimo.

—Tengo un amigo que es paleoclimatólogo —dijo al azar, sin dirigirse a nadie en particular—. Estudia la historia del clima. Va por ahí buscando antiguas muestras de aire para comprobar los niveles de oxígeno y dióxido de carbono que hay en ellos. —Se cruzó de brazos para sentir un poco más de calor en aquella atmósfera tan fría—. Encontró un poco de aire del año 300 a. C. Estaba atrapado dentro de un botón de arcilla hueco.

Edward era muy consciente de que estaba solo en una

204

habitación a oscuras con Margaret, ambos en calcetines, ambos implicados en aquella actividad furtiva y clandestina. Empezaba a apreciar los nada convencionales encantos de Margaret, en particular su nariz distinguida y las largas y esbeltas piernas que tanto se cuidaba de no exhibir, como un secreto par de alas que tuviera que mantener oculto a toda costa. Mientras iba por la sala, fue cogiendo un libro aquí y allá de lo alto de las precarias pilas que había a lo largo de la pared. Miró las páginas de los títulos antes de devolverlos a su sitio con mucho cuidado: una gruesa novela de ciencia ficción en cirílico, impresa sobre el sombrío papel gris soviético; un volumen de la autobiografía de Ben Franklin encuadernado en tela roja («Siempre he hallado placer en obtener cualquier pequeña anécdota de mis antepasados...»). Cuando llegó a la ventana, apartó la cortina con un dedo y contempló la ciudad crepuscular con sus luces que empezaban a encenderse, amarillo, blanco y rosa, y los mil colores distintos de otras tantas cortinas descorridas.

Cuando volvió a la mesa, Margaret había dejado de trabajar. Examinó una vez más desde varios ángulos el cerrojo oxidado, sosteniendo el pequeño martillo para clavar tachuelas en su mano derecha. Entonces dobló tiernamente encima del cerrojo una manga de la vieja camisa de franela de Edward, la sujetó con la mano que tenía libre y golpeó una vez, con firmeza. Edward no advirtió ningún cambio, pero cuando Margaret bajó el martillo y apartó la manga, el cierre se abrió sin dificultad.

Ambos estaban equivocados: no era Lydgate ni Gervase. No era un libro. La cubierta se abrió para revelar el cadáver o quizá la tumba de un libro. Estaba hueco: las páginas habían sido cortadas o cuidadosamente arrancadas en el centro, dejando sólo un par de centímetros de márgenes negros en los lados y un vacío en el centro del libro. Éste había sido desencuadernado y no quedaba nada de él, la cáscara hueca.

Cuando Edward se inclinó sobre él, vio que los márgenes no estaban totalmente en blanco. Quedaban vestigios de tinta, motas y puntitos solitarios de color: el negro del texto, pero también ricos rojos pompeyanos, verdes llenos de frescor, intensos azules celeste y unas cuantas y hermosas salpicaduras de oro.

12

—Originalmente había doce cajas de libros —dijo Margaret, más tarde aquella misma noche.

Estaba sentada en el espacioso alféizar del despacho de Laura Crowlyk, con cajas de cartón llenas de papeles a ambos lados y en el suelo alrededor de sus pies cubiertos por los calcetines. Cada pocos minutos se olvidaba de dónde estaba y se inclinaba hacia atrás para apoyarse en las tablillas de las persianas venecianas, que producían un horrible crujido al entrechocar, y se apresuraba a erguirse de nuevo. Se estaba haciendo muy tarde, más de la una de la madrugada. Lo que había empezado como un examen improvisado y más o menos rutinario de lo que había a la vista en el despacho de Laura Crowlyk, mientras iban de camino a los ascensores, se había convertido en una agotadora, exhaustiva y profundamente desatinada categorización de cada pedazo de papel que contenía.

—Once. Las conté. —Tras pasar dos horas sentado encima de la moqueta con las piernas cruzadas, a Edward le ardía el trasero y sentía la espalda como un trozo de cable al rojo vivo curvado con forma de S.

—Según esta factura de «embarcamiento» había doce cajas, no once. Está firmada por Cruttenden.

—¿Has encontrado la factura de embarque?

Margaret continuó estudiando el documento en silencio, así que Edward se levantó del suelo y acudió junto a ella. El papel, que lucía un elaborado emblema baronial incrustado de hipogrifos, llevaba como encabezamiento LA GRAN COMPAÑÍA INTERNACIONAL DE TRANSPORTE MARÍTIMO TRANSATLÁNTICO MACMILLAN y describía doce cajas de tamaños y pesos similares, el contenido de las cuales venía relacionado simplemente como ARTÍCULOS SECOS. Estaba fechada el 7 de agosto de 1939. Las cajas habían sido transportadas a bordo de un barco llamado *Muir*.

—Supongo que sí —dijo Edward al cabo de un momento—. ¿Y qué clase de palabra es «embarcamiento» en todo caso? ¿Por qué no «embarque»?

—Es un término que se empleaba en la Edad Media. Un arcaísmo.

La habitación se hallaba iluminada únicamente por la lámpara del escritorio de Laura, ya que a Edward le preocupaba que alguien viera una luz desde el exterior. El aire acondicionado estaba apagado, y hacía calor y el aire estaba muy cargado. Edward se secó la frente con el brazo. Los cabellos de Margaret estaban empezando a rebelarse.

—De acuerdo, así que nos falta una caja. —Suspiró mientras volvía a sentarse en el suelo—. ¿Alguna idea de lo que le ocurrió?

—No. ¿Puedes preguntárselo a ella?

—¿A quién?

—A Laura —dijo Margaret—. La mujer en cuyo despacho estamos haciendo de ladrones en estos momentos.

Edward meneó la cabeza.

—No. No podemos permitir que ella sepa que todavía estamos interesados en la colección. Y desde luego tampoco hemos visto la factura de embarque. Aunque... —Se mordió el labio. Se suponía que era un secreto, pero luego lo confesó—. La noche pasada la duquesa me telefoneó. Me pregunto si ella lo sabe.

—¿La duquesa de Bowmry te telefoneó?

—Sí. —Edward hizo todo lo posible por dar a entender que conversaba con Blanche, y posiblemente con otros miembros de la nobleza inglesa, de manera regular.

—¿Y?

—¿Y qué?

—¿Puede ayudarnos?

—No lo sé —dijo él, sonrojándose sin que se le ocurriera ninguna razón para ello—. No se trató de esa clase de conversación. Hay mucho que todavía no sé acerca de ella.

Quizá Margaret sintiera curiosidad por aquella conversación con la duquesa, pero no lo demostró.

El despacho de Laura Crowlyk había estado desordenado antes, pero ahora era una catástrofe secretarial a gran escala. Cada superficie disponible se hallaba cubierta por montones de papeles metidos en todas las clases de receptáculo imaginables: carpetas de papel manila, libretas de anillas, bolsas de cartón, álbumes descoloridos por el paso del tiempo, cajas de zapatos, sombrereras, bandejas de madera, portapliegos de cuero atados con cintas de terciopelo. La mayoría de los papeles guardaban relación con el apartamento: impuestos, el seguro, presupuestos y facturas por mantenimiento y reparaciones. Edward examinó la bandeja de entradas de Laura. Su contenido no tenía el menor interés: una prolongada correspondencia con unas aerolíneas sobre algún equipaje de color verde que se había perdido.

El aire estaba saturado del polvo que habían removido, y Edward tuvo que hacer un alto durante un par de minutos para sufrir un ataque de estornudos en el pasillo. Cuando volvió a entrar en el despacho, se frotó los ojos irritados con la palma de las manos y bostezó.

—¿Qué es mejor, un conde o un *earl*?

—¿Qué?

—Condes o *earls*. ¿Cuáles son mejores?

—Ninguno. Un *earl* es como los ingleses llaman a un conde, y un conde es el equivalente continental de un *earl*. El orden de la nobleza inglesa es: barón, vizconde, *earl*, marqués, duque, rey.

Edward se desperezó.

—Me voy. Tengo que dormir.

—Muy bien. —Margaret volvió a su lectura.

—¿Vas a quedarte aquí?

—Durante un rato.

—Vale.

Edward se quedó en la entrada. Apenas podía mantener abiertos los ojos, pero se sentía culpable por dejar allí a Margaret. Aparte de eso, tampoco confiaba lo suficiente en ella como para dejarla sola dentro del apartamento de los Went.

—Llevas más de dieciocho horas seguidas aquí. ¿No tienes ninguna clase que dar o algo así?

—No en verano. —Se irguió y se desperezó también, sus estrechos omóplatos tensándose a través del suéter, y Edward bajó involuntariamente la mirada hacia su pequeño busto. Sin enterarse de ello, Margaret volvió su largo cuello primero hacia la izquierda y luego hacia la derecha para desentumecer los músculos—. Este año tengo una beca para trabajar en mi tesis. De todos modos este otoño no daré clases.

—¿Y cómo te va?

—¿Mi tesis?

Volvió a inclinarse sobre su trabajo.

—Dentro de los círculos académicos se considera que preguntar eso es de mala educación.

—De acuerdo. —Edward se apoyó en el quicio de la puerta y cruzó los brazos, tratando de adoptar una postura llena de airosa seguridad—. ¿Cómo llegaste aquí? Es decir, ¿qué hizo que decidieras convertirte en una académica?

Ella suspiró, pero no hizo la más mínima pausa en el ritmo de su búsqueda y clasificación. Aparentemente Margaret Napier era capaz de mantener un mínimo de habilidades sociales mientras el resto de su cerebro continuaba con la tarea del momento.

—Estudié en casa. Mi padre trabajaba en el Registro de Marcas y Patentes. Mi madre invirtió la mayor parte de su tiempo en mi educación. Ambos eran cristianos y devotos, y yo soy hija única, así que mientras crecía pasé la mayor parte de mi tiempo leyendo. Mi padre murió cuando yo tenía catorce años y mi madre cada vez se sentía más preocupada por mi... mi desarrollo moral. Empecé a asistir a clases en un colegio local. No parece gran cosa, pero supongo que fue mi manera de rebelarme. El programa de asignaturas era bastante rudimentario, y pasados un par de años un profesor de literatura inglesa que daba clases allí sugirió que me trasladase a la Universidad de Pensilvania. Cuando terminé allí, vine a Columbia como estudiante graduada.

Edward se imaginó a la madre de Margaret: una versión de su hija con las facciones ásperas y los cabellos canosos, la pálida mano aferrando un crucifijo de metal.

En lugar de marcharse, Edward volvió a sentarse en el borde del escritorio. Examinó sin demasiado entusiasmo el contenido de un grueso sobre de papel manila etiquetado como CORRESPONDENCIA. Dentro había una mezcolanza de distintas cartas, sobadas copias en papel carbón de triviales comunicaciones de negocios y notas de agradecimiento. Edward las contempló con irritación. De pronto parecían inútiles, primitivas; toscos grabados en tinta hechos sobre pulpa de madera prensada. Lo que él quería era un teclado celestial, con el cual pudiera introducir una pregunta y buscar a través de los papeles, del mismo modo en que podías examinar un disco duro. Mejor aún, pensó, debería poder ir a la ventana, abrir las persianas, teclear EN-CUENTRA LIBRO SECRETO y examinar la ciudad entera. Eso era lo que necesitaba. La realidad parecía claramente obsoleta comparada con la alternativa digital.

No obstante, algo que había leído en una de las cartas seguía presente en su mente. Edward volvió a cogerla y la releyó.

—Mira esto —dijo.

—Qué. —Margaret no levantó la vista del documento que estaba examinando.

—Es una carta del duque, el antiguo duque. Tiene que ser el padre del actual. Va dirigida al Chenoweth.

—Déjamela ver.

Henry La Farge me ha informado de que las instalaciones para la exhibición de los materiales que fueron donados a la biblioteca en la primavera de 1941 no han sido construidas y que tampoco, según tengo entendido, se han hecho preparativos para dar inicio a la construcción de dichas instalaciones. Aunque comprendo que una institución como el Chenoweth dispone de fondos limitados, ustedes me comprenderán si expreso cierta preocupación ante su falta de progresos hasta la fecha. Les ruego que respondan lo más pronto posible con una descripción completa de sus preparativos para la construcción de dichas instalaciones y un programa de fechas preliminar para la construcción de las mismas.

Estaba fechada en 1953 y firmada por el duque de Bowmry.

—No es ningún Gervase de Langford —dijo Edward.

212

—Ni siquiera es un Lydgate. —Margaret dejó la carta encima del escritorio—. Bien, supongo que ya lo tenemos. Supongamos también que los Went enviaron esa duodécima caja como una donación al Chenoweth.

—Supongámoslo. —Edward se dirigió hacia una incómoda silla de madera que había en un rincón de la habitación y se sentó en ella. De pronto empezó a comprender las implicaciones de la carta, y sintió cómo las energías que le quedaban abandonaban bruscamente su cuerpo. Reprimiendo un bostezo, se inclinó hacia atrás y apoyó la espalda en el borde de la silla—. De acuerdo. Así que el viejo duque donó la duodécima caja al Chenoweth.

Margaret lo miró.

—De acuerdo.

—Bueno, eso lo aclara todo, ¿verdad? Es otra pista falsa. —Edward se mesó sus cortos cabellos—. Si el códice estaba allí, entonces ellos lo tendrían y sería famoso, todo el mundo sabría acerca de él. O al menos tú sabrías acerca de él. Y eso sería todo. Sin embargo, tú no tienes noticias y no está aquí. Así pues, fin de la historia. ¿Correcto?

Margaret no respondió y se limitó a asentir pensativamente. Los cláxones de los coches, muy por debajo de ellos, se hacían oír a varias manzanas de allí suavizados por la distancia, de tal modo que casi sonaban musicales. Hacía calor en la habitación, y Edward tenía hambre. No había comido desde el mediodía.

—Es posible —convino Margaret con una expresión pensativa—. Pero en el Chenoweth no hay ninguna sala Went.

—¿Cómo dices?

—Digo que en el Chenoweth no hay ninguna sala Went. La carta del duque da a entender que cuando hicieron la donación, los Went estipularon que habría que

213

construir una instalación especial para alojarla. A menos que yo esté confundida, eso no ha sucedido.

—¿Y... qué? —inquirió Edward con nerviosismo—. ¿Qué estoy pasando por alto?

Margaret negó con la cabeza.

—No entiendes cómo funcionan las bibliotecas. La gente dona continuamente vastas cantidades de libros y documentos al Chenoweth, en ocasiones el contenido de propiedades enteras, la mayoría de las cuales son de un valor cuestionable o no valen absolutamente nada.

Se levantó y empezó a devolver el despacho a una apariencia de su estado anterior.

—Evaluar y procesar donaciones es una labor extremadamente complicada. Si un libro es valioso y está libre de trabas legales, podría ir directamente a las estanterías, pero lo más habitual es que se tarden meses o incluso años, y siempre hay un fondo pendiente acumulado. En un caso como el de la donación de los Went, donde los materiales vienen cargados con unas condiciones financieras secundarias, puede tardarse décadas. De hecho, el Chenoweth cuenta con todos los incentivos del mundo para no catalogarlos, así que en lugar de eso los entierra dentro de una bóveda en algún lugar y espera a que se produzca una especie de cambio en la situación. Un fallecimiento, una nueva generación de herederos que podrían mejorar las condiciones del legado, u olvidarse de ellas. Cualquier cosa. Las bibliotecas viven mucho tiempo y, en el caso de los libros, el tiempo sólo los vuelve más valiosos.

—¿Así que tú crees que la duodécima caja todavía podría estar enterrada en esa acumulación de fondos pendientes? ¿Después de cincuenta años?

—La administración actual probablemente ni siquiera sepa que se encuentra allí. De hecho, quizá se ha asegurado de que lo olvidaba.

Margaret era una auténtica maga con el papel. Mientras hablaba, apilaba montones de carpetas polvorientas, realfabetizaba expedientes y los metía en el corral como a las ovejas perdidas, como una jugadora profesional barajando y dando cartas.

—No tienes idea de cómo son las bóvedas del Chenoweth —agregó—. Hay baúles, maletas, bolsas y cajas de cartón repletas de cartas de amor, garabatos y mensajes telefónicos escritos en bolsas de la compra, todo lo cual puede estar o no más o menos involucrado en disputas legales pendientes de resolución, sin que nada de todo ese material haya llegado a ser inventariado formalmente. Y los libros son la menor parte. Las paredes están llenas hasta el techo de pinturas, pieles de tejón, viejas armas de fuego y mechones de pelo que nadie sabe cómo hay que cuidar apropiadamente. Una vez un colega mío encontró en un rincón de la bóveda un viejo sillón medio roto y se lo llevó a su apartamento. El sillón pasó seis meses arrinconado en su sala antes de que él reparase en que había una cartela en la parte posterior: era el sillón en el que escribía Robert Louis Stevenson. Hace un par de años alguien encontró las cenizas de Dante en una biblioteca de Florencia. Habían pasado setenta años encima de uno de los estantes superiores de un cuarto trastero.

—Estupendo. —Edward se levantó—. Magnífico. Bueno, ¿qué hacemos? ¿Podemos entrar de alguna manera en el Chenoweth y buscarlo?

Margaret no respondió. Hasta aquel momento, Edward no se había dado cuenta de lo cansada que estaba ella realmente.

Margaret puso las manos en el respaldo de una silla y se apoyó en ella, inclinando la cabeza. Cerró los ojos y sus oscuros cabellos le cubrieron la cara.

—Muy bien —dijo con voz queda, echándose el pelo

hacia atrás—. Si se encuentra allí, tal vez estará en las instalaciones del Anexo, en Old Forge. Es donde almacenan el exceso de fondos. —La silla crujió bajo su peso—. Iré allí y encontraré una manera de entrar en la bóveda.

—Bien. ¿Cómo?

—No lo sé.

—Puedo ayudarte —se apresuró a decir Edward. No quería obligarla a hacerlo todo ella sola y necesitaba seguir involucrado en el asunto, permanecer cerca de Margaret, mantener las cosas bajo control, o al menos dentro del radio de su supervisión general, y temía que ella descubriera lo poco que lo necesitaba—. Dispongo del tiempo suficiente. Sé que tú tienes otros trabajos que hacer. Tu tesis, o lo que quiera que...

—¡Oh, a quién le importa mi tesis! —exclamó Margaret bruscamente.

—¿A ti no te importa?

No replicó, limitándose a encogerse de hombros y dirigir la mirada hacia la ventana cerrada.

—¿Y de qué va? —insistió él.

—No lo entenderías.

—Ponme a prueba.

Ella suspiró. En realidad a Edward no le importaba, pero Margaret parecía estar furiosa por algo y él quería saber de qué se trataba.

—De acuerdo. Mi tesis... —Se aclaró la garganta, una colegiala sarcástica que se dispone a leer el informe que ha redactado acerca de un libro—. Bueno, se titula *Un estudioso y un caballero: Gervase de Langford y la problemática de la historia medieval y la historiografía seculares*, y explora el papel que interpretó Gervase en el revivir del escolasticismo en la Inglaterra de finales del siglo XIV, un movimiento que ayuda a marcar la transición desde el final de la Edad Media a los inicios del Renacimiento. En muchos aspectos, Gervase es una figura anómala, un seglar que se dedicó a la investigación histórica en un tiempo durante el que...

Para alivio de Edward, no fue más allá.

—Lo sé. Es aburrido. —Edward se sorprendió al ver que Margaret parecía apenada, incluso llena de amargura—. Hasta mis colegas se sienten aburridos por ella, y créeme, su tolerancia a las monografías soporíferas ganaría medallas en cualquier campeonato mundial. Quinientas páginas de sólida competencia académica.

—¿Realmente escribiste quinientas páginas? —Edward estaba impresionado. Él nunca había escrito nada más largo que un trabajo de veinte páginas en la universidad.

Ella asintió y se remetió el pelo detrás de las orejas, un hábito que afloraba cuando se ponía nerviosa por algo.

—Eso fue hace dieciocho meses. Desde entonces no he escrito nada. Estoy bloqueada. —Se secó una lágrima con un gesto lleno de irritación, como si hubiera una mosca zumbando delante de su cara—. Nunca pensé que llegaría a estarlo. Nunca he tenido problemas para escribir. Nunca.

Edward sintió una inesperada oleada de simpatía hacia ella.

—Estoy seguro de que ya se te ocurrirá algo.

Ella meneó la cabeza impacientemente.

—No soy yo. Es él. Es Gervase. Nunca he tenido problemas para escribir —repitió—. Hay algo que no está bien. Falta algo. Lo miro y todo tiene sentido, pero no dice nada. ¡Falta algo, algo que se me escapa acerca de Gervase, estoy segura de ello! —Sin darse cuenta, sus pálidas manos se apretaron en puños—. Y la culpa no es mía. Hay algo que él se niega a decirme. Ni una sola cosa de lo que dice o hace desafía a la explicación, pero nunca termina de encajar del todo. Pero ¿qué estoy pasando por alto? —Era una pregunta retórica. Margaret había pasado a hablarle a una audiencia invisible formada por sus iguales, o posiblemente le hablaba al mismo Gervase—. Está allí, en algún lugar entre las palabras, en el espacio entre las letras. ¿Por qué murió tan joven? ¿Por qué se quedó en Bowmry y nunca fue a la corte? ¿Por qué dejó Londres en primer lugar? ¿Por qué, si lo escribió él, hay tanta ira y tanto dolor en el *Viaje*?

—Tal vez sólo era una persona corriente. —Edward sabía que debía haberse mostrado amable, que debería haberla consolado, pero por alguna razón, que realmente ignoraba, lo que hizo fue provocarla y darle puntapiés mientras ella estaba caída en el suelo. No pudo contenerse—. Quizá no era un genio. La mayoría de las personas no lo son. No tuvo suerte. No fue importante, tú misma lo has dicho. Ni siquiera fue feliz.

Ella lo miró, los ojos enrojecidos alrededor de los bordes y la boca inclinada hacia abajo con aire solemne.

—Ya sé lo que dije.

13

—Cuéntame una cosa, Edward —pidió Joseph Fabrikant, repantigándose en el asiento—. ¿Cuánto sabes tú acerca de los Went?

Las sillas del Cuatro Estaciones estaban tapizadas en piel de corzo, y eran tan extravagantemente cómodas que costaba permanecer erguido en ellas.

—Probablemente no tanto como debería. —Edward se apretó los dientes con los nudillos y reprimió un bostezo. Eran las ocho y media de la mañana del día siguiente, sin duda muy temprano en su nuevo horario de sueño. Pinchó con un tenedor su tortilla de tomate y albahaca y la contempló apáticamente con los ojos entornados. Joseph Fabrikant, harto de perseguir a Edward a través de la intermediación de Zeph, finalmente lo había emboscado telefoneándolo a casa e insistiendo en que desayunara con él. Ahora estaba sentado al otro lado de la mesa enfrente de Edward, su rostro asimétrico apenas recordado a través de las aulas, el sendero de un campus cubierto de nieve, una fiesta de la cerveza en un dormitorio estudiantil, yéndose con la chica más guapa de todas. Fabrikant había sido un participante natural y asiduo de aquel ambiente, de la misma manera en que Edward nunca había parecido encajar del todo. El sol matinal entraba a raudales por las ventanas y caía sobre Fabrikant en ángulos favorecedores, un demonio rubio alto, apuesto y afable que había triunfado.

—¿Por qué? ¿Cuánto sabes tú acerca de los Went?

—Tanto como he sido capaz de averiguar —respondió Fabrikant—. Que es condenadamente poco.

El restaurante estaba medio lleno, mayormente con hombres de negocios y viudas del Upper East Side en parejas y tríos. En el aire flotaba el murmullo de las conversaciones y el tintineo de la pesada cubertería de plata ahogado por una cara ingeniería acústica. Edward y Fabrikant ya habían agotado sus reservas de cotilleos universitarios. Sólo les quedaba hablar de negocios.

—He aquí lo que sé —dijo Edward—. Los Went son ricos, tienen un montón de libros antiguos y no salen mucho de casa.

Fabrikant no rió, aparentemente confuso. Sus pobladas cejas se curvaron en un gesto de concentración, tensando al mismo tiempo los músculos de la mandíbula. Edward se preguntó si tendría el más mínimo sentido del humor.

Edward había pedido con la tortilla un cóctel mimosa, consciente de que se trataba de una bebida salvajemente inapropiada para lo que en principio debía de ser un desayuno que giraría en torno al poder. Pero últimamente no se había sentido muy dotado de poder. El motivo por el que Fabrikant le había pedido que fuera allí estaba muy claro: ambos eran miembros recientes del circuito de las jóvenes superestrellas financieras de Nueva York, con una leve pero definida conexión personal entre ellos. El siguiente paso era una cuestión de ritual: un intercambio beneficioso de información confidencial entre dos rivales que se respetaban mutuamente, nada demasiado ilegal, sólo parte del negocio, una de las tradiciones santificadas por el paso del tiempo de la fraternidad fiscal. En la actualidad la información fluía como el agua, y a veces incluso los mejores fontaneros terminaban con las manos mojadas.

Sin embargo, la información era un privilegio del que Edward andaba bastante escaso últimamente en lo que concernía tanto al mercado —que Dios lo ayudara si Fabrikant sacaba a relucir los niveles de los intereses en Londres, porque hacía una semana que Edward no los había revisado— como a cualquiera que fuese la nebulosa esfera que habitaban el duque y la duquesa. Y si lo que decía Zeph era cierto, si Fabrikant realmente estaba intentando conseguir que el duque invirtiera en su empresa, entonces Fabrikant estaba actuando en ambos mundos. Eso no hacía sino añadir otra capa de complejidad a las ya existentes, y lo cierto es que Edward tenía problemas para mantenerlas a todas en su sitio. Por si fuera poco, había descuidado su cultivada esfera de influencia, y regresar al mundo donde vivía Fabrikant, el mundo del trabajo, suponía un gran esfuerzo. Era un mundo, recordaba vagamente Edward, que solía ser el suyo. La copa de champán que contenía su mimosa se alzaba en un haz de luz solar, el líquido amarillo reluciendo hipnóticamente.

—Tú limítate a contarme lo que sabes y yo te contaré lo que sé —dijo Fabrikant, como si le estuviera hablando a un niño—. ¿Qué tal te suena eso?

—Mira, aquí vas a sacar el extremo más corto del palo. No sé nada que tú no sepas.

—Peter me contó algo acerca del trabajo que has estado haciendo para él. Háblame de eso.

—¿Peter? ¿Te refieres al duque de Bowmry?

—Sí. ¿Por qué, cómo lo llamas tú?

—De ninguna manera. Nunca he llegado a encontrarme con él.

—Ya lo harás. —Fabrikant empezó a demoler metódicamente un imponente edificio hecho con tostadas—. En cuanto empiece a llamarte, no podrás librarte de él.

—¿Te llama a altas horas de la noche?

—No creo que duerma nunca. Espera a que empiece a enviarte mensajes.

Edward bebió un cauteloso sorbo de su copa.

—¿Y en qué clase de negocio estás metido con los Went exactamente? —preguntó, soslayando el tema—. ¿No somos competidores?

—En absoluto. InTech ocupa un pequeño nicho propio. Estrictamente cuestiones de tecnología. Nos encargamos de hacerles de niñera dentro de sus fortalezas de alto nivel científico: un poco de bioctecnología, un poco de Internet. Nada de lo que debas preocuparte.

—Bien.

—Hasta donde sé, nosotros sólo tratamos con una minúscula fracción de las inversiones de los Went. No creo que ni siquiera tus colegas en E & H sepan todo lo que tienen los Went.

Edward había olvidado lo insulsamente apuesto que era Fabrikant. Tenía un aspecto heroico, casi caballeresco, con sus hoyuelos simétricos y su barbilla profundamente hendida. Llevaba un traje hecho de una fina lana de un oscuro tono verde grisáceo que absorbía luz de la sala.

—¿Y cómo es él? —preguntó Edward—. El duque, quiero decir.

—¿El duque? Es un gilipollas. —Masticó con aire meditabundo—. No me malinterpretes, es todo lo que debería ser: cortés, generoso, profesional, lo que quieras; pero... —Pareció buscar alguna palabra que quedaba fuera de su vocabulario de ejecutivo—. Es un cabrón. ¿Sabes qué dicen acerca de él en Londres? Que los perros le tienen miedo.

—Uh. —Bueno, si había algo que pescar, Edward no era de los que se negaran a ensuciarse las manos—. ¿Qué hay de su familia? ¿Tienen hijos?

—Sólo tuvieron un hijo. ¿Has oído hablar de eso?

Horrible. —Fabrikant se estremeció y dio otro mordisco—. Nunca he llegado a conocer a la esposa.

Comieron en silencio durante un rato. Uno de los tenedores de Edward cayó de la mesa y un camarero acudió de inmediato para llevárselo casi antes de que aterrizara en la moqueta.

—Se suponía que iba a hacerlo en una ocasión —añadió Fabrikant por fin, y miró a Edward con sus extrañamente pálidos ojos azules—. Conocer a la duquesa, quiero decir. Cuando empezamos a hacer negocios juntos, el duque me pidió que fuera a su residencia en el campo. Me llevó hasta Londres en avión, pero no pasé de ahí. Surgió algo... Creo que él volvió a enfermar. El hotel tiene una sala de videoconferencias, uno de esos sitios donde te sientas en un extremo de la mitad de una mesa y ves al otro tipo en una pantalla, sentado a otra mitad de una mesa en algún otro sitio. El duque tenía uno de esos equipos instalado en su casa.

—¿En Weymarshe?

Fabrikant se encogió de hombros.

—Los Went tienen un montón de casas. Fue bastante extraño. Estamos cenando y el duque tiene un Constable colgado detrás de él y yo tengo *Perros jugando al póquer*. Él toma escocés de cien dólares y yo estoy bebiendo el tinto de la casa. Él está comiendo... En fin, supongo que captas la idea. En un momento dado me olvidé y le pedí que me pasara la sal.

Fabrikant eructó como si tal cosa.

—Apuesto a que no lo estará pasando muy bien —sugirió Edward—. Me refiero a lo de su salud.

Fabrikant asintió.

—Está en Londres. En una clínica de Harley Street, un nuevo tratamiento. —La expresión extrañamente cándida de Fabrikant se volvió seria, como la de un niño preocupado—. Ahora cuéntame qué está sucediendo en ese apartamento.

Edward logró controlarse antes de llegar a decir «¿Qué apartamento?». Fabrikant iba claramente varios pasos por delante de donde debía haber estado, y no permitiría que Edward abandonara la mesa del desayuno sin lograr alguna clase de intercambio. Edward no tenía idea de lo que debía decirle o no, de lo cerca que estaba él del duque o de si eso importaba. Iba escogiendo las reglas a medida que avanzaba. Lo único que tenía claro era que iba a mantener fuera de aquello a la duquesa. En algún momento del trayecto Edward había desarrollado una intensa sensación de lealtad hacia ella. Torció el gesto. En el fondo él era igual que Laura Crowlyk.

Explicó a Fabrikant todo lo inocentemente que pudo aquello que éste quizá ya sabía: Laura le había pedido que investigara, y luego el duque había ordenado que abandonara el proyecto, por lo que él se había olvidado del asunto de inmediato. No añadió nada más. No dijo nada acerca de Margaret, de la llamada telefónica de la duquesa o de que había vuelto a estar en el apartamento desde entonces.

Fabrikant lo observó con escepticismo.

—¿Así que has dejado de buscar ese...?

—¿Qué?

—¿Ese libro?

Edward meneó la cabeza lentamente y con mucha seriedad. Fabrikant trató de sostenerle la mirada mientras observaba su rostro inexpresivo. El momento pasó. Fabrikant asintió con aire pensativo, aún vacilante.

—Tal vez sea mejor así —dijo parsimoniosamente.

Y ahí estaba, pensó Edward. Fabrikant no había ido al Cuatro Estaciones guiado por el interés propio. Se encontraba allí en nombre del duque. Así pues, estaba siendo sometido a un reconocimiento nada sutil sobre el terreno, para asegurar que la prohibición del duque era respetada.

—A veces habla de eso, ¿sabes? —añadió Fabrikant.

—¿Quién, el duque?

—Hace unas semanas estuvo aquí. Vino a la oficina, conoció al personal y obsequió a todo el mundo con una cena en Lespinasse y un camión entero de encanto británico. Todos esos «no sabe usted» y «mi querido muchacho» sin los que parece incapaz de terminar una frase. Ya sabes cómo es él... —Hizo una mala imitación del acento de clase alta del duque—. O supongo que no lo sabes. En fin, el caso es que todos tragamos por un tubo. Luego subí a su apartamento solo con él, bebimos coñac en copas gigantes y fumamos puros mientras el duque acribillaba a órdenes a los sirvientes. Yo le seguía la corriente. Estábamos intentando organizar un negocio juntos. Habló mucho acerca de sus antepasados, porque todo ese rollo de la genealogía lo vuelve loco. Y el caso es que te mencionó. No sé cómo, pero saliste en la conversación. En ese momento pareció tener sentido. El duque me dijo que lo de contratarte había sido idea de su esposa, que eras uno de sus proyectos mascota.

—No te sigo.

—Me contó que eras el último capricho de la duquesa. Una de sus «fases». Dijo que si alguna vez llegabas a encontrar ese libro, él lo rompería en mil pedazos delante de ella.

Un miedo gélido y terrible a no sabía exactamente qué cristalizó en el cerebro de Edward. Rió con toda la indiferencia de que fue capaz, pero la risa sonó un poco histérica.

—Eso es ridículo. Ni siquiera he llegado a conocer a la duquesa, sólo a su ayudante. Crowlyk.

No era exactamente cierto, pero bien podría haberlo

sido. Al menos era plausible. Fabrikant asintió con simpatía.

—Si quieres que te diga la verdad, sentí ver cómo se ponía en ridículo de aquella manera. La mayor parte del tiempo el duque es un jugador clásico, uno de los mejores que he visto jamás. De hecho, podrías aprender mucho de él —añadió cándidamente. Edward torció el gesto para sus adentros—. No sé adónde pretendía llegar realmente, pero fuera lo que fuera lo que andaba buscando, la representación no estuvo a la altura de lo que es habitual en él. Eso me hace pensar que hay algo más aquí. Algo aparte del dinero.

—¿Aparte del dinero? ¿Como qué?

Fabrikant se encogió de hombros.

—No se lo pregunté. Quizás estaba borracho, aturdido por la medicación o algo así. En todo caso, no fue una de aquellas conversaciones que quieres prolongar innecesariamente. Ya sabes a qué me refiero.

Fabrikant estaba hablando bastante, mucho más de lo que realmente cabía esperar. ¿Por qué? Era evidente que se mantenía leal al duque. Después de todo, tenía una empresa de la que cuidar. Pero allí estaba ocurriendo algo más: Fabrikant parecía sentirse realmente confuso acerca de los propósitos del duque y muy preocupado acerca de cuál podía ser el papel de Edward en ello. El duque era su cliente, pero Fabrikant todavía era capaz de pensar por sí mismo. Quizás él y Edward podían ayudarse mutuamente sin comprometer de forma aparatosa sus repectivas lealtades. Fabrikant sin duda sabía más acerca de lo que había estado haciendo Edward de lo que evidenciaba, pero menos acerca de las actividades del duque, lo cual le incomodaba. ¿Quizá le estaba proponiendo una oferta, una tregua provisional y no hablada? ¿Una alianza entre peones?

—En ese momento yo sólo guardaba un vago recuerdo de ti, pero el duque dedujo de algún modo que habíamos ido juntos a la universidad y supuso que éramos grandes amigos. El caso es que me contó que Blanche te había contratado para que encontraras ese libro. Me dijo que te invitara a esa fiesta que iba a dar. Insistió en que me asegurara de que asistirías. Alguien iba a encontrarse contigo allí. Pero tú no apareciste.

—Sí. Lo siento. No se me avisó con el tiempo suficiente.

Fabrikant apartó el plato y se inclinó hacia delante. Luego susurró:

—El duque es un tipo muy extraño, Edward. Si pudiera, yo lo dejaría como cliente, pero es demasiado rico y necesitamos el dinero. —Una nube de preocupación cruzó su rostro lleno de frescor—. Estoy intentando hacer despegar InTech. No hay videocámaras por ninguna parte. Estamos hablando de que dentro de dos meses no podré pagar las nóminas. Pero tú... no lo entiendo. ¿Qué sentido puede haber en eso? Tú no lo necesitas. Ya lo tienes todo resuelto. Eres el chico de oro. Y te estás dejando involucrar en algo que podría joder tu carrera de una forma muy seria. Simplemente no tiene sentido.

Edward evitó la cuestión.

—¿Cuál es el gran trato? —Trató de soltar una risita—. No es más que un montón de libros, ¿verdad?

—Que es exactamente a donde yo quería llegar —dijo Fabrikant—. Piensa en ello. ¿Cuánto vale un libro para ti? ¿Por qué no te largas ahora?

—Ya estoy fuera. ¿Qué más quiere el duque de mí? —preguntó con cierto enojo—. ¿Hasta qué punto quiere que me aleje del asunto?

—Más. Mucho más. Oye, limítate a pensar en ello. Eso es todo lo que te estoy pidiendo.

Edward guardó silencio, tocándose la barbilla y haciendo un desafío del no pensar en ello. Aquel tema se estaba convirtiendo en algo increíblemente resistente a cualquier clase de pensamiento serio, racional y analítico. Incluso tenía la impresión de que en realidad Fabrikant no estaba tan preocupado acerca de él. Era más la mera idea de que alguien no actuara guiado por su propio interés profesional lo que le resultaba ofensivo, una blasfemia contra su credo personal de la codicia.

Calculando el momento a la perfección, un camarero que pasaba por allí se detuvo el tiempo suficiente para llevarse los platos de ambos. Cuando llegó la cuenta, asombrosamente cuantiosa, discutieron quién pagaría y, para su propia sorpresa, Edward ganó. Se quedó con el recibo, diciéndose que más tarde encontraría alguna forma de incluirlo en los gastos. Él y Fabrikant salieron del restaurante juntos.

La multitud del desayuno de poder empezaba a disiparse. Los oficinistas y la gente que iba de compras pasaban rápidamente junto a ellos, la cabeza baja, cargados con maletines y bolsas de Barneys, Bloomingdale's y Crate & Barrel. El comercio corriente de las personas corrientes. Edward se planteó la posibilidad de volver a meterse en la cama en cuanto llegara a casa. Él y Fabrikant se observaron mutuamente con los ojos entornados bajo el intenso sol, que arrancaba destellos a las manijas de los coches estacionados y los implementos de acero inoxidable exhibidos en los escaparates de Restoration Hardware y Williams-Sonoma.

—¿Así que realmente no sabes de qué va todo esto? —le preguntó Fabrikant—. ¿No sabes por qué el duque está tan obsesionado con ese libro o con lo que quiera que sea?

Edward se encogió de hombros.

—Probablemente vale un montón de dinero.

—¿Lo vale?

—¿No lo vale?

—Para que a ellos les importe tanto tendría que valer una suma enorme—dijo Fabrikant.

—Seis cifras. Tal vez más.

Fabrikant resopló despectivamente.

—Me sorprendes —dijo. La expresión de preocupación volvió a su rostro, y esta vez Edward se preguntó si sentiría compasión por él—. Realmente esto es todo lo que sabes, ¿verdad? Creía que eras un profesional en esta clase de cosas, pero sólo eres un aficionado. Eres peor que yo.

Meneó la cabeza con aire apenado. No había pretendido insultarlo, y Edward descubrió que no se sentía particularmente agraviado.

—Oye, intenta cuidar un poco mejor de ti mismo —añadió Fabrikant—. Y hagas lo que hagas, mantente alejado de la duquesa.

—Creía que habías dicho que nunca te has encontrado con ella.

—No lo he hecho. Y no quiero llegar a hacerlo jamás. ¿Sabes que la duquesa tiene una reputación?

—¿Qué clase de reputación?

—Se come vivos a los tipos como nosotros. —Fabrikant le guiñó el ojo elocuentemente—. Para desayunar.

Dio media vuelta y se alejó, cuadrando sus anchos hombros y metiendo las manos en los bolsillos, por lo que su aspecto resultó más deslumbrante que nunca, suponiendo que tal cosa fuera posible.

Al día siguiente Edward y Margaret salieron de la ciudad.

Avanzaron por West Side Highway hasta que ésta se convirtió en la carretera 9A hacia el norte, saliendo de Manhattan a lo largo del río Hudson. Cuanto más hacia el norte iban, más fluido se volvía el tráfico, y no tardaron en dejar atrás las monumentales fachadas de los edificios de apartamentos de Riverside Drive primero y la Tumba de Grant después, con salidas con forma de trébol que llevaban al este hasta el interior de Harlem y hacia el norte para entrar en el Bronx. Un pequeño y perfecto remolcador rojo se mecía sobre las aguas debajo del puente George Washington, exactamente igual que un juguete para la bañera.

Viajaban en un vehículo de alquiler —un Ford Contour verde, barato, llamativo y no mucho más que un estéreo sobre ruedas—, pero a Edward le encantaba conducir y no tenía ocasión de hacerlo muy a menudo. Bajó el cristal de la ventanilla y cambió de carril, luchando con los otros conductores para hacerse con una buena posición. No pensaba en nada. Salir de la ciudad era un alivio. El desayuno con Fabrikant había servido para recordarle todas las responsabilidades que estaba descuidando, por no mencionar una advertencia de dificultades futuras todavía por llegar. Pero ahora casi había conseguido olvidarse otra vez de ellas, o al menos se hallaban confinadas en una zona de su cerebro sometida a una cuidadosa cuarentena, gracias a la cual sus pensamientos no acudían sin una estricta supervisión.

Hacía un perfecto y brillante día de verano. El aire era caliente y seco, la carretera subía y bajaba incesantemente por el lado más escarpado del valle del Hudson. Edward condujo por ella como si fuera un circuito de carreras, pero a Margaret no pareció importarle. Tomaron una vieja carretera recubierta de macadán que atravesaba Van Cortlandt Park, tres carriles que el paso de los años había vuelto relucientes y un poco resbaladizos. Los rayos del sol matinal atravesaban el aire lleno de polvo de polen y bañaban las hojas de gigantescos árboles prehistóricos que se inclinaban sobre la carretera desde la ladera de la colina, donde prosperaban gracias al monóxido de carbono liberado por los millones de humanos que respiraban cerca de allí.

Margaret miraba por la ventanilla con ojos inexpresivos, absorta en sus propios pensamientos. Después de aquel día en el apartamento de los Went, ahora ya no había tanta hostilidad entre ellos. Existía un vínculo de amistosa resignación; nada compartido y ningún intercambio, sólo la tácita aceptación temporal de su extraña pareja convertida en sociedad. Margaret llevaba una falda azul y verde y medias azules. No parecía fácil que pudiera meter sus largas piernas debajo del salpicadero de una manera que le permitiese estar cómoda.

—¿Quién le pondría por nombre a un pueblo Fresh Kills? «Muertes frescas», menudo horror —comentó Edward sin ninguna razón en particular mientras dejaban atrás una señal en la carretera.

—Arroyos frescos. En holandés *kill* significa «arroyo».

—¿Y por qué han puesto este sitio tan arriba del estado en Old Forge? Me refiero al Anexo.

—No lo sé.

—¿Vas mucho por allí?

Ella negó con la cabeza.

—El Anexo no tiene gran cosa de interés. No hay fondos medievales significativos. Básicamente sólo es un depósito para los papeles Hazlitt, de los cuales hay varios cientos de metros, y para el material sobrante. Subí allí en un par de ocasiones cuando trabajaba en la biblioteca principal, por asuntos relacionados con el trabajo.

Volvió a mirar por la ventanilla. Edward esperaba que se quedara callada, pero no lo hizo.

—Hay algo que quería contarte —dijo ella—. He estado haciendo unas cuantas averiguaciones sobre las marcas de prensa en la biblioteca Duke.

—¿Marcas de prensa?

—Números de referencia. La mayoría de las bibliotecas privadas no utilizan un sistema de clasificación estándar como el Dewey decimal, sino que cuentan con sus propios sistemas de archivo. Cada prensa, o contenedor, de libro tiene asignado un nombre o un número, o una letra, un emperador romano, una parte del cuerpo o lo que más te apetezca. Pueden ser francamente peculiares. ¿Has leído *El nombre de la rosa*?

—Vi la película. Sean Connery, Christian Slater.

Margaret se abstuvo de hacer ningún comentario.

—En el sistema de los Went cada prensa de libro recibe el nombre de un caballero arturiano: Lanzarote, Galahad, Gawain, Bors, etcétera. He conseguido determinar dónde solía estar prácticamente todo en un principio. Pero hay algunos huecos interesantes.

Le pasó un trozo de papel. Edward bajó la mirada, vio un diagrama temiblemente complicado hecho con lápices de colores y devolvió el papel.

—Aceptaré tu palabra al respecto.

—Es un mapa aproximado de la disposición original de la biblioteca. Los libros que faltan están marcados en rojo. La mayor parte de un contenedor entero ha desaparecido, así como unos cuantos volúmenes dispersos aquí y allá. Si no hay más remedio, podemos descubrir más cosas acerca de esos dos huecos mirando los libros que hay a cada lado de ellos: probablemente dejaron señales de sus cubiertas. También he estado releyendo el texto del *Viaje*. Los fragmentos del siglo XVIII.

Edward mantuvo la mirada fija en la carretera.

—Muy bien.

—Hay algo que... —Sus titubeos dieron paso a un instante de intensa lucha interior, que Margaret perdió de manera callada pero decisiva—. Verás, hay cierta cantidad de evidencias, tanto lingüísticas como históricas, que podrían sugerir, si las interpretáramos de esa manera, la posible existencia de un texto más antiguo precursor de la versión del *Viaje* editada por Forsyth.

Tras aquel corto discurso se mantuvo decorosamente erguida en el asiento, como una monja que se hubiera visto obligada a referirse, por muy eufemísticamente que fuese, a algo obsceno. Su mirada se perdió en un punto situado enfrente de ella. Edward reconoció aquel gesto como una señal de que Margaret se disponía a disertar, y así fue.

—Desde un punto de vista lingüístico, el texto tiene todo el aspecto de ser un fraude. ¿Por qué? Pues porque no está escrito en el inglés medieval de Chaucer o del Poeta de la Perla. En el siglo XIV el idioma inglés variaba mucho de un lugar a otro, pero el *Viaje* no suena a ninguna de las clases de inglés medieval con las que me he encontrado hasta ahora. Suena más bien como un escritorzuelo del siglo XVIII a medio educar que estuviera llevando a cabo su mejor imitación de cómo cree que debería sonar el inglés del siglo XIV.

»Pero eso no significa necesariamente que el editor, Forsyth, no estuviera trabajando a partir de un auténtico texto del siglo XIV. Incluso si disponía de uno, no lo habría seguido muy de cerca. Lo más probable es que lo hubiera traducido al inglés moderno, bastante mal, por cierto, y luego hubiese añadido los toques arcaicos que creía necesarios para hacerlo sonar «auténticamente» medieval, volviéndolo así más auténtico para sus propósitos que el verdadero texto en inglés medieval. Como una novelización de una película basada en una novela.

—Así que estás insinuando que no hay forma de saberlo.

—No estoy diciendo nada de eso.

Extendió el brazo hacia el asiento trasero, rebuscó dentro de su bolso de cuero y sacó un grueso volumen con una sencilla encuadernación de biblioteca: verde pino con un número de referencia blanco estampado en el lomo. Sus cantos estaban erizados de papelitos adhesivos amarillos.

—Escucha. —Abrió el libro y le partió el lomo implacablemente—. Aunque el inglés medieval del *Viaje* es malo, no es todo lo malo que debería ser. Hay ecos de algo auténtico en la métrica. En el inglés medieval generalmente pronuncias las es mudas, y un montón de las líneas de este texto suenan bastante mejor con las es mudas pronunciadas. Podría no ser más que un bonito toque arcaico, excepto por el hecho de que en 1708, cuando se publicó el *Viaje*, nadie sabía cómo pronunciar correctamente el inglés medieval. Ellos simplemente pensaban que Chaucer escribía poesía no métrica y no sabía deletrear muy bien.

—Vale. Me gusta. Me has convencido.

—Hay más. —Se apartó un mechón de la cara y siguió pasando las páginas del libro—. Tomemos esta frase: «el rey Príamo hijo de Troya». Lo que quiere decir el narrador es «el hijo del rey Príamo de Troya», pero en vez de poner eso dice: «el rey Príamo hijo de Troya». ¿Ves la diferencia? La gramática es puro inglés medieval: el verdadero sujeto de la frase pasa a ocupar un lugar intermedio. Sólo un erudito habría sabido eso, y Forsyth, por muchas otras cosas que pueda haber sido, no era ningún erudito. No podía conseguir que le quedara bien. Simplemente no podía.

Edward sonrió.

—Ahora estás apoyando mi postura.

—Lo sé. —Cruzó los brazos exasperadamente y se repantigó en el asiento, apoyando una rodilla en la guantera y mirándola.

—¿Y si estamos en lo cierto? ¿Por qué no escribes algo acerca de ello? ¿Quizás un artículo? ¿No es lo que hacéis vosotros?

Por fin Margaret se echó a reír.

—Ja. Las carcajadas serían tan ruidosas que me vería obligada a abandonar la profesión.

—Bueno, esta noche lo aclararemos todo, si el libro está allí.

Ella asintió.

—Si está allí.

Se internaron en una estrecha carretera de dos carriles que seguía aproximadamente el curso del Hudson hacia el norte para adentrarse en los parajes de Washington Irving: pueblos infestados de pinos con nombres como Tarrytown y Sleepy Hollow, acurrucados sobre las escarpadas laderas del valle del Hudson. Barrios de suntuosas casas coloniales se alternaban con diminutas casas prefabricadas en feos colores pastel, provistas de miradores en el jardín y Camaros envueltos en lonas azules aparcados en el césped.

Edward se aclaró la garganta.

—Dijiste que faltaba uno de los estantes —sugirió—. En la biblioteca.

Margaret no respondió de inmediato. Tras un acceso efímero de locuacidad, había vuelto a caer en su melancólico silencio habitual. Manoseó con indiferencia el cordón de perlas cultivadas que llevaba alrededor del cuello, su única joya.

—Sir Urre —dijo al cabo de un momento—. Así habían etiquetado el estante. El que falta.

—¿Urre? ¿Qué clase de nombre es ése?

—Húngaro. Era un caballero muy menor. Que yo sepa, ni siquiera llegó a formar parte de la Mesa Redonda, lo cual hace un poco extraña su inclusión en el esquema de catalogación.

—Yo ni siquiera sabía que los húngaros pudieran ser caballeros —admitió Edward—. Si no era un caballero de la Mesa Redonda, ¿quién era? ¿Una especie de profesional independiente? ¿Un jugador de segunda categoría?

—Malory escribió sobre él. Sir Thomas Malory era un hombre muy extraño, un caballero que escribió la mayor parte de su obra en la prisión, adonde fue a parar por saquear, violar y entregarse al pillaje, pero también fue uno de los mayores estilistas naturales de la prosa que hayan vivido jamás. Fue Malory quien unió las tramas de las distintas leyendas francesas del Grial en una sola obra maestra inglesa, la *Morte d'Arthur*.

»En tanto que caballero, sir Urre sólo tuvo un momento de gloria, y ni siquiera ése fue muy glorioso. Fue maldecido: recibió varias heridas en un duelo y la maldición, tal como fue administrada por la madre de su oponente, declaraba que las heridas no sanarían hasta que hubieran sido tocadas por el mejor caballero del mundo.

—¿Y ése era...?

—Bueno, ésa es la pregunta, ¿no? Sir Urre fue a visitar la corte de Arturo. Se celebró una justa para descubrir quién podía curarlo. En teoría todo se hacía en beneficio de sir Urre, pero naturalmente los caballeros lo vieron sólo como una manera de determinar quién era el mejor caballero del mundo. En fin, el caso es que lo llevaron hasta allí dentro de una especie de pabellón portátil con abejas en las cortinas (ése era su escudo de armas, una abeja dorada), para que todos los caballeros pudieran tener su ocasión de intentar curarlo. Todo el mundo esperaba que ganara sir Lanzarote, porque era el héroe local, pero sólo éste sabía que no podía ganar, ya que era un pecador: se había acostado con una mujer llamada Elaine, y ahora lo estaba haciendo con Ginebra, la esposa de Arturo, y encima probablemente se enorgullecía de eso.

»Así que todos los caballeros hicieron cola para intentarlo. Todos fracasaron, hasta que le tocó el turno a Lanzarote. Él sabía que también fracasaría y que su pecaminosidad quedaría revelada, pero no tenía elección. Tenía que intentarlo de todas formas.

Empezaba a hacer calor dentro del coche. Edward subió los cristales de las ventanillas y tanteó el salpicadero en busca del aire acondicionado. Margaret extendió la mano y lo puso en marcha por él.

—Y ahora viene lo bueno —añadió después—. Cuando sir Lanzarote puso sus manos sobre sir Urre, las heridas curaron. Dios había perdonado a Lanzarote y le permitió obrar su milagro. Nadie más se sorprendió, pero naturalmente Lanzarote sabía lo que había ocurrido, sabía que Dios lo había perdonado cuando habría podido humillarlo. Nunca podría ser el mejor caballero del mundo, pero Dios le había permitido fingir, sólo por un minuto, que lo era. Aquello fue demasiado para él, y se echó

237

a llorar. «Y así sir Lanzarote lloró —dice Malory—, como si hubiera sido un niño al cual se hubiera pegado.»

Edward torció el volante para rodear una rama que había en la carretera.

—En todo caso, sir Urre salió bastante beneficiado —dijo—. ¿Qué crees que significa el hecho de que pusieran su nombre al estante?

—¿Quién sabe? —Margaret esbozó una tensa y enigmática sonrisa—. Hace una buena historia. No todo significa algo, ¿sabes?

Una vez dicho eso cerró los ojos, relajó sus delgados hombros y se quedó rápida y eficientemente dormida.

Había pasado mucho tiempo desde que Edward se aventuraba a salir de la ciudad —meses, semanas, ni siquiera recordaba la última vez—, y el olor a verdor fermentado de la hierba y los campos, el heno y la savia era como un baño caliente. Le lloraban los ojos y disfrutó de un satisfactorio estornudo. Todo parecía más vívido visto a la luz natural del sol, sin que estuviera obstruido por los rascacielos y los tendidos de electricidad: más claro, más delicado, con texturas excitantes y mejor filmadas. Las estribaciones rocosas del otro lado del Hudson brillaban en la lejanía con un intenso tono rojizo lleno de arrugas. El cielo estaba despejado, salvo por una voluta decorativa. Dejaron atrás graneros para guardar el trigo, iglesias rurales, colmados, un almacén medio en ruinas con una explanada delantera de suelo arenoso llena de viejas rejas de arado oxidadas, abandonadas por sus máquinas quitanieves.

Edward miró a Margaret. Su pálido perfil dormido destacaba contra el verde del paisaje: la larga curva de la nariz, su boca de comisuras inclinadas hacia abajo, el elegante cuello, pálido con un diminuto lunar marrón. Llevaba su habitual uniforme de camiseta y cardigan, incluso en el calor del verano. Una tierna sensación protectora se adueñó de Edward. Cuidaría de ella mientras dormía.

Al cabo de un rato salió de la carretera 87 para entrar en la 116 y atravesó el río por un puente de hierro que se arqueaba sobre el agua azul. Frenó delante de un semáforo. Margaret advirtió que se habían detenido y abrió los ojos. Se subió las gafas hasta la frente y se cubrió la cara con las manos.

—Lo siento —dijo a través de los dedos—. Debo de haberme quedado dormida.

—Eso es bueno —dijo Edward—. Te hará falta para esta noche.

—Sí.

Cuando volvieron a ponerse en marcha Margaret buscó dentro del bolso y sacó otro libro. Empezó a pasar las páginas a un ritmo trepidante.

—Entonces, ¿realmente crees que podría estar allí? —inquirió Edward, interpretando al hermano menor que se niega a estar callado—. ¿Cuáles dirías que son las probabilidades?

—¿Quién sabe? —Margaret pasó otra página con irritación—. No tardaremos en averiguarlo.

—Bueno, sí. Pero...

—¿De verdad quieres saberlo? No, no creo que esté allí. Y te diré por qué. —Cerró el libro y puso el dedo entre las páginas. Parecía necesitar sacarse algo de dentro—. Porque es demasiado moderno. En la Edad Media la gente no utilizaba los libros para las mismas cosas que los utilizamos nosotros. Ahora leemos libros en busca de diversión, para escapar del mundo que nos rodea, pero entonces los libros eran una cosa muy seria. En tiempos de Gervase la literatura era para el culto y la instrucción, para la mejora moral. Los libros eran recipientes de la Verdad. Un libro como el *Viaje*, un relato ficticio escrito

239

para ser leído a solas en tu habitación, por puro placer, habría sido considerado inmoral y peligroso, si no positivamente satánico.

»En Francia estaban muy ocupados formulando una siniestra invención llamada el romance. Puro escapismo: caballeros con armadura, búsquedas, aventuras, todo el repertorio. Esa clase de cosas estaban muy bien para los franceses, pero todavía no habían prendido en Inglaterra. Para los ingleses, la idea de la ficción, de utilizar un libro como vía de escape a otro mundo, era nueva, descabellada e ilícita, incluso narcótica. Puedes verlo en Chaucer. Hay una escena de *El libro de la duquesa* en la que el narrador está leyendo en la cama una historia acerca de una reina cuyo esposo muere. La historia lo atrapa hasta tal punto que confunde lo real y lo que está en la página:

> *Que realmente yo, que hice este libro,*
> *sentí al leer acerca de su tristeza*
> *tamaña piedad y congoja que, a fe mía,*
> *pasé muy afligido el día entero*
> *después de haber así pensado en su pena.*

»La ficción era el último grito, salvaje, nueva y peligrosa, y los límites entre lo que era inventado y lo que era real se mezclaban y se confundían los unos con los otros. Eduardo III tenía una auténtica Mesa Redonda en su castillo, para ser como el rey Arturo. Mortimer, el padrastro de Eduardo III, le decía a la gente que él descendía del rey Arturo. Y por Dios que si alguna vez ha habido un tiempo para escapar de la realidad, fue el siglo XIV en Inglaterra. Guerra, plaga bubónica, ántrax, hambruna, lluvia incesante, disturbios civiles: probablemente fue el peor tiempo y el peor lugar para estar vivo que ha habido en los últimos dos mil años. Un poco de escapismo habría sido perfectamente comprensible. Pero yo conozco a Gervase. No era la clase de persona que se compromete con un libro como éste.

Ya casi eran las tres. Edward había salido de la carretera para meterse por un camino secundario flanqueado de pinos, ocasionalmente una gasolinera o el puesto de una granja donde ofrecían mazorcas de trigo del verano metidas en cajas de cartón. Con Margaret dando instrucciones, siguieron el tortuoso camino hacia el centro de Old Forge. Éste resultó ser una doble hilera de tiendas de antigüedades y restaurantes, algunos pintorescos y otros meramente pueblerinos, con un solo semáforo hacia la mitad del camino y un cine donde se proyectaba el gran éxito de taquilla de hacía dos meses, con el título ligeramente mal escrito en la marquesina.

Un motel terminó apareciendo más adelante a la derecha, un edificio de un solo piso con una hilera de matorrales a lo largo de la fachada creciendo dentro de una pequeña zanja de madera. Se llamaba el Albergue del Pino Blanco. Edward hizo girar el volante y entró en un aparcamiento recientemente asfaltado. El suyo era el único coche que había en él. Cuando apagó el motor, se produjo un extraño silencio. Llevaron el equipaje a la recepción y se inscribieron.

De regreso al aparcamiento, eran las tres de la tarde y el sol todavía estaba alto en el cielo. Resultaba extraño ver a Margaret de pie en el asfalto caliente, bañada por el sol y sosteniendo su bolsa para los libros. Parecía hallarse muy lejos de su elemento nativo, callados montones de libros y aire refrigerado. Allí, el aire estaba lleno de sustancias biológicas, polen, insectos y motas peludas, y Margaret estornudó pintorescamente. Miró alrededor con los ojos entornados bajo la pálida luz, como una niña pequeña que acaba de despertar de una siesta.

—¿Y ahora qué? —dijo Edward.

Ella lo miró de arriba abajo con expresión crítica.

—¿No tienes nada que llevar? ¿Una bolsa, o un cuaderno?

—No. ¿Por qué debería tenerlo?

—Eso añadiría un poco de verosimilitud. Se supone que eres un estudioso de visita.

Margaret le dio un lápiz y un cuaderno de espiral que sacó de la bolsa y luego echaron a andar cautelosamente. Fragmentos de cristal relucían en la gravilla. De pronto, un enorme tractor que tiraba de un remolque lleno de troncos casi los mató al pasar rugiendo junto a ellos. El tractor hizo sonar ensordecedoramente la bocina y les lanzó a la cara cintas de fino polvo de la carretera. Un contracarril de metal discurría a lo largo del otro lado del camino, y el sol relucía con destellos cegadores en el acero sin pintar. Margaret caminaba a pasitos cortos con sus zapatos de cuero fino. Edward se disponía a preguntarle si estaba segura de que realmente sabía adónde iban cuando dejaron atrás una colosal mata de ambrosía y lo vio por sí mismo.

No se había dado cuenta de lo cerca que estaban del río Hudson. Fue lo primero que vio, una gran extensión plana como un lago que centelleaba en el valle muy por debajo de ellos. Se habían detenido al final de un largo sendero de grava que discurría entre dos hileras paralelas de árboles, formando una curva. Más allá de ellos, Edward divisó un recinto enorme y pulcras praderas de césped, puntuadas con esculturas modernas colocadas sobre soportes de hierro y mármol pulimentado, que parecían gigantescos signos de puntuación alienígenas. Alzándose entre ellos y la lejanía, había un edificio de granito rosa, oblongo y modernista, de dos pisos con grandes ventanales ahumados. Edward podría haberlo tomado por una empresa de *software* o una clínica de rehabilitación con precios muy altos.

—Es eso de ahí —dijo Margaret.

Echó a andar por el sendero y sus pies produjeron suaves crujidos en el silencio.

—Maldición —musitó Edward, apresurándose a reunirse con ella—. Hay un montón de dinero en este sitio.

Ella asintió.

—Sí, el Chenoweth es muy rico.

—¿Lo bastante rico como para construir una sala anexa para la colección Went?

—Lo bastante rico. Demasiado rácano.

Caminaban uno junto al otro. El creador del paisaje había dejado en su sitio varios grupos de pinos y alerces de aspecto natural. Un pájaro cantó un solo de tres dulces notas y luego lo repitió.

—¿Estás segura de que esto va a funcionar? —preguntó Edward.

—Por supuesto. Aquí la seguridad es prácticamente inexistente.

—Pero ¿estás segura de que...?

—Me conocen. Me dejarán entrar en la bóveda sin hacer ninguna clase de preguntas. Hay una puerta lateral. Reúnete conmigo allí dentro de veinte minutos antes de que cierren y te dejaré entrar. Si te preguntan qué andas buscando, diles que estás interesado en Longfellow. Te enseñarán unas cuantas cartas. ¿Has leído «La canción de Hiawatha»?

—No.

—¿*Las uvas de la ira?*

—En el instituto.

—Bueno, pues entonces di Steinbeck. Los conservadores te adorarán. Aquí tienen los diarios de Steinbeck. Son muy caros, y nadie los pide nunca.

Había una vista panorámica del valle, con el río al fondo, debajo de ellos. Edward se volvió para mirar corriente abajo, donde un puente sostenido por dos torres de piedra cruzaba el río entre las dos escarpadas orillas, perfilado contra la brillante agua plateada. Coches diminutos pasaban rápidamente por él a intervalos irregulares. Una helada sacudida de reconocimiento le recorrió el cuerpo. De pronto supo dónde se encontraba, pero era un sitio en el que no podía estar, pues no era real. Se quedó inmóvil.

—Dios mío —dijo casi para sí mismo—. Dios mío. Esto sale en el juego.

Margaret miró suspicazmente por encima del hombro.

—Tú sigue andando.

15

Edward estaba sentado en una dura silla de plástico delante de un ordenador. Sus ojos se negaban a enfocar el monitor que había ante él. No podía teclear, por la sencilla razón de que estaba tan nervioso que apenas sentía las manos. Todo aquello estaba sucediendo demasiado deprisa. Edward presionó el teclado, los dedos convertidos en zanahorias congeladas —«fjj;dk safskl»— y le dio a la tecla de regreso. ESA ORDEN NO HA SIDO RECONO-CIDA.

Margaret estaba hablando con el personal en el mostrador de la entrada. Desde donde estaba sentado, Edward observó su erguida y esbelta silueta. No podía evitar sentirse impresionado, porque Margaret sabía controlarse como una auténtica profesional. Lo estaba llevando mejor que él. Se había producido cierta agitación cuando entró y el personal la reconoció, congregándose al otro lado del mostrador para saludarla, pero ella aparentaba la más perfecta de las composturas. Incluso parecía sonreír, algo que él no recordaba haber visto hasta entonces. ¿En qué lugar de su enclaustrada alma académica encontraba Margaret tan heroicas reservas de sangre fría? Quizá no tenía suficiente alma como para sentirse aterrorizada, pensó Edward malévolamente. Se fijó en la manera en que las alas curvadas de sus omóplatos eran visibles a través de su delgado cardigan.

La biblioteca había sido construida justo dentro del lado del valle fluvial, lo que hacía que el interior fuese más grande de lo que había esperado Edward. El otro lado del edificio, que estaba encarado hacia el río, era una sola lámina de cristal ahumado de tres pisos de altura que daba a las aguas del Hudson. A medida que descendía a través de los árboles, el sol brillaba tenuemente entre las ramas, creando un dramático efecto de destellos sobre una lente circular.

Al cabo de unos minutos, Margaret volvió y se sentó a la terminal que había junto a la de Edward. Fingió no verlo.

—¿Ves el escritorio de circulación? —susurró, la mirada fija en la pantalla que había ante ella—. Síguelo con tus ojos. Mira dónde se encontraría con la pared del fondo si continuara. Allí hay una puerta. No puedes verla desde aquí porque es de madera panelada como la pared y en este lado no hay ninguna manija, pero está ahí. Ésa es la puerta por la que pasarás.

—De acuerdo.

—Te he preparado un mapa. Voy a dejarlo debajo del teclado de esta terminal...

—¡Oh, joder, ya está bien! —musitó él—. Limítate a dármelo.

Margaret titubeó y luego se lo pasó deslizándolo a lo largo de la mesa. Lo había dibujado en el dorso de una tarjeta amarilla de referencia.

—Aquí está el escritorio —dijo—. Y aquí está la puerta. —Podría haber sido una antigua empleada con mucha experiencia iniciando a un investigador neófito en los misterios de los operadores booleanos—. Si continúas avanzando a lo largo de esa pared, llegarás a una habitación en la que la gente cuelga sus abrigos. Si algo va mal, puedes fingir que sólo estabas volviendo allí.

—No he traído un abrigo. Estamos en verano.

—Bueno, pues piensa en alguna otra cosa.

—¿Un paraguas? —Edward no había visto en toda su vida un día con menos aspecto de que fuera a llover.

—Si quieres. Comprueba tu reloj. En el mío son... —bajó la vista—, las 3.47 exactamente. La biblioteca cierra a las 5.30. A las cinco quiero que vayas al mostrador de la entrada y firmes la salida por los dos en el registro. Luego, cinco minutos más tarde, abriré la puerta. Tú entrarás por ella. La cerraré después de que hayas pasado. Si llegas con retraso, no esperaré.

—¿Qué pasa si alguien me ve entrar?

—Probablemente darán por sentado que tienes derecho a estar aquí. Tú limítate a aparentar que sabes lo que estás haciendo.

Mientras ella hablaba, Edward tuvo la sensación de que al menos debería fingir utilizar el ordenador ante el que estaba sentado. Sus dedos teclearon automáticamente la palabra «globo», y la búsqueda le proporcionó una lista de hechos y cosas memorables relacionados con dirigibles famosos: el *Dixmude*, el *Shenandoah*, el *Hindenburg*. Este último era como un presagio de desastre. «Vamos a robar un libro de una biblioteca —pensó Edward—. Un libro muy valioso. Podría perder mi trabajo por esto.»

—Una vez que has pasado por esa puerta lo que haces a continuación es muy importante, porque hay cámaras instaladas en las estanterías. Tuerce inmediatamente hacia la izquierda, ve hasta la esquina y espérame allí.

—De acuerdo.

Un hombre alto, tocado con un fez de color marrón, se sentó a una terminal situada enfrente de la de Margaret, su larga cara de nativo del Peloponeso devastada por profundas cicatrices de acné.

—¿Qué debería hacer hasta entonces? —preguntó Edward.

—Intenta no llamar la atención. Consulta los libros de referencia. Lo habitual es que haya una exposición en el segundo piso, así que ve a echarle un vistazo. Si surgen problemas, acuérdate de Steinbeck. Ahora debo marcharme, están esperándome en la bóveda.

—Perfecto. Adelante.

Margaret pulsó una tecla. Una impresora matricial parloteó enloquecidamente en una mesa cercana y escupió papel. Margaret se levantó, arrancó la copia impresa y la llevó al mostrador de circulación, donde fue rápidamente acompañada a través de una puerta giratoria y luego a través de una entrada que daba a los estantes.

«Esto es una insensatez —se dijo Edward lúcidamente—. Nada de lo que puedo llegar a ganar encontrando el códice merece el riesgo que estoy corriendo ahora.» Amplificó y expandió aquel pensamiento en una gran variedad de formas, en cada una de las cuales parecía ser igualmente cierto y, de hecho, parecía serlo un poco más con cada segundo que pasaba.

¿Qué iba a hacer durante la próxima hora y trece minutos? Edward miró furtivamente alrededor en el vestíbulo del Anexo del Chenoweth, sintiéndose perdido y abandonado. El vestíbulo estaba casi desierto, el aire poseía ese frío esterilizado que Edward reconoció de su visita a la sede central allá en la ciudad. Todas las paredes se hallaban cubiertas por paneles de madera. Los techos eran altos y estaban iluminados con montones de minúsculas lucecitas colocadas en guías. A lo largo de la pared de cristal que daba al río había una hilera de sofás, bajos y de aspecto bastante cómodo.

La exposición del piso superior resultó estar cerrada para una función privada, así que Edward se levantó y fue a una estantería que había junto a una pared. Los libros versaban sobre otros libros: bibliografías de oscuras figuras literarias, catálogos de escritos dispersados hacía ya mucho tiempo, historias sobre la impresión, la edición, las encuadernaciones y los tipos de letra. Bajando uno al azar (*Doce siglos de encuadernaciones europeas 400-1600*), Edward fue hacia uno de los sofás. Aún tenía el cuaderno que le había dado Margaret y, en parte para resultar convincente pero también para aliviar la tensión, tomó algunas notas sobre su contenido: *El libro de los muertos*, *Le livre du Lancelot du Lac*, el *Philobiblon* de Richard de Bury, el *Didascalicon* de Hugh de Saint-Victor, el Pentauteco samaritano, los Evangelios de Lindisfarne...

Un enorme Rothko de doble nivel colgaba de la pared a la izquierda de Edward, contrapesado por un *mappamundo* marrón a su derecha. Edward no pudo evitar empezar a relajarse. Hubo algunos momentos aterradores cuando miembros del personal de la biblioteca parecieron estar a punto de decirle algo, pero ninguno de ellos llegó a hacerlo. Edward se preguntó qué se sentiría al pertenecer a aquel lugar del modo en que pertenecía Margaret. Acomodándose en el cuero excesivamente relleno, con el cuaderno encima de su regazo, imaginó otra vida para sí mismo como uno de aquellos estudiosos silenciosos, enterrado en su investigación como un conejillo de Indias en sus peladuras de madera, mordisqueando continuamente en pos de algún arcano fragmento de conocimiento con la esperanza de hacer una adición, por muy imperceptible que fuese, al montón colectivo. No habría sido tan horrible. Una brisa veraniega agitaba silenciosamente la espesa hierba verde que crecía sobre la escarpada ladera del valle. Poco después, Edward dejó de fingir que leía. Abajo, el río destellaba bajo los últimos rayos de sol; era sólo el cristal ahumado de la ventana lo que le permitía mirarlo directamente. Una lancha blanca se abría paso vigorosamente río arriba y saltaba sobre el agua, oleada tras oleada, avanzando contra la corriente mientras el sol arrancaba rítmicos destellos de su casco mojado.

Edward volvió a mirar su reloj. Casi eran las cinco. Todo el pánico que se había ido disipando gradualmente durante la última hora regresó en un súbito torrente que lo dejó helado. Se levantó del sofá como impulsado por un resorte y miró alrededor. Era el único cliente que quedaba: la sala se hallaba vacía salvo por el personal. Una mujer joven de tez aceitunada pasó junto a él empujando un carrito de madera con ruedas chirriantes. Se ofreció a devolver a la estantería el libro que había estado leyendo Edward. Él dejó que lo cogiera de sus dedos entumecidos.

Volvió a sentarse ante una de las terminales de ordenador y esperó, consultando el reloj cada pocos segundos. Su mente de inversor se hallaba íntimamente familiarizada con el cálculo del riesgo, y estaba calificando urgentemente aquella expedición como muy mala. Aquello no era como apostar al póquer con el dinero de otra persona. No, aquello era la vida real. El sudor hormigueaba en la palma de sus manos. Las letras ardían con el verde espeluznante de una alucinación en la pantalla cubierta de polvo del monitor. Edward tenía que ir al cuarto de baño.

A las 5.03 se levantó y fue al fondo de la sala. Ya estaba. El momento había llegado. Una frase de un poema que había leído en la universidad volvió involuntariamente a su memoria, como un reflujo ácido: «No era ningún sueño. Yo yacía completamente despierto.» De pronto Edward fue consciente de su visión periférica: las paredes, el mobiliario, las caras, todo parecía agitarse frenéticamente en la comisura de sus ojos.

Caminó en paralelo al mostrador de circulación mientras trataba de mantener la mirada fija hacia delante. Edward no habría podido sentirse más llamativo si hubiera estado andando por la cuerda floja o ejecutando una serie de *jetés* que lo hicieran volar a través de la sala, aunque en realidad apenas era capaz de andar, porque de repente sus brazos y sus piernas se habían vuelto tan rígidos y envarados como los de un soldado de plomo.

Una grieta se abrió en la pared que había ante él. Dentro sólo había una intensa negrura. Le recordó algo.

El aire era frío. Estaba muy oscuro y había un intenso olor a cuero húmedo. Edward no podía ver nada; era como nadar en un profundo mar de aceite. Estaba al otro lado. Extendió la mano en la oscuridad y sus nudillos chocaron dolorosamente con algo metálico. Instintivamente se volvió hacia la izquierda y echó a andar, tal como le había dicho Margaret que hiciera.

Una luz blanca brilló detrás de sus ojos y Edward retrocedió, tambaleándose. Se había dado de bruces con una pared de cemento. Cayó hacia atrás para terminar sentado encima de los pies de alguien.

—¡Ay! —susurró con voz ronca.

—¡Ay! —siseó Margaret.

Edward se incorporó y golpeó con la coronilla a Margaret debajo de la barbilla. Oyó cómo los dientes de Margaret entrechocaban con un chasquido.

—¡Lo siento! —susurró. Extendió la mano para tranquilizarla y encontró su pecho. Se apresuró a retirar la mano.

Una puerta se abrió al otro lado de lo que de pronto había pasado a ser una gran sala. Una intensa claridad fluyó hacia ellos entre hileras de altos armarios metálicos para libros. Entonces la puerta se cerró y Edward volvió a estar ciego.

—¿Qué está pasando? —preguntó.

—Lo han cambiado —murmurró ella furiosamente. Se frotó la barbilla—. Creo que han cambiado la distribución. Han puesto nuevas separaciones.

Edward se levantó, esta vez con más cuidado. Aquello no le había parecido una partición. Se frotó la frente y se apoyó en lo que parecía el canto de un armario metálico.

—¿Estás segura de que lo recordabas bien?

Ella no respondió.

—¿Quién era la persona que abrió esa puerta?

—No lo sé.

Los nudillos y la frente de Edward palpitaban cálidamente en el aire helado.

—Hace frío aquí dentro.

—«Una soleada cúpula del placer, con cuevas de hielo» —dijo Margaret crípticamente, pero su voz volvía a ser serena y firme en la oscuridad. Edward extendió la mano y esta vez tocó su codo. Se agarró a él. Juntos escucharon una conversación ahogada procedente del área pública, al otro lado de la puerta, súbitamente a un mundo de distancia.

—¿Firmaste nuestra salida? —preguntó Margaret de pronto.

—Mierda. —Edward hizo una mueca que ella no pudo ver—. No. Me olvidé.

—Hazlo ahora.

—¡No puedo volver a salir ahí fuera!

—Si no firmamos la salida, no tiene ningún sentido que sigamos adelante con esto. Me buscarán por todas partes. A ambos.

—Creo que todavía hay gente ahí fuera.

Aun así, Edward tanteó con la punta de los dedos a lo largo de la pared hasta que encontró una grieta y luego la siguió hasta localizar el picaporte. Cuando lo hizo girar abriendo la puerta, apareció una línea de luz. Edward pegó la mejilla a la pared rugosa y miró fuera. Milagrosamente, no había moros en la costa.

—Está bien —dijo. Buscó a tientas la cálida mano de Margaret, encontró tres de sus dedos y se los apretó—. Promete que me esperarás.

—Vete. —Lo empujó.

Increíblemente, Edward salió del amparo de la oscuridad a la luz. El sol del final de la tarde que entraba a raudales por las ventanas era cegadoramente intenso. Edward se encaminó deprisa hacia el mostrador de circulación, el cuerpo inclinado hacia delante como un soldado recién llegado al frente que corriera a lo largo de una trinchera bajo el fuego enemigo. El grueso libro de registro encuadernado en cuero había desaparecido. Ya sin ningún temor, Edward pasó detrás del mostrador y rebuscó dentro de las cajas prohibidas de las peticiones, los tampones metálicos y los lápices amarillos, hasta que dio con el libro de registro. Sentándose con las piernas cruzadas encima de la gruesa moqueta, halló sus nombres, firmó las salidas y volvió a poner el libro donde había estado.

Se levantó. Se sentía un poco ridículo: la biblioteca estaba vacía. Allí no había nadie. Inhaló y exhaló una serie de cortas respiraciones hechas con la boca abierta: «ja, ja, ja». El aire acondicionado era tan severo que casi esperaba ver el vapor de su aliento. Por alguna razón, la ausencia de otras personas hizo que sintiera más agudamente la presencia de los libros que lo rodeaban. Imaginó que oía el rumor de cada volumen que cavilaba furiosamente sobre sí mismo, murmurando presa de la monomanía mientras repasaba sus propios contenidos por toda la eternidad.

Hasta aquel momento, comprendió, no había hecho nada malo. Legalmente todavía estaba limpio. Había una línea que cruzar, más allá de la cual estaría irrevocable e indiscutiblemente implicado, pero aún no la había cruzado. Salió de detrás del mostrador, balanceando vigorosamente los brazos hacia atrás y hacia delante como un nadador que se prepara para los cincuenta metros en estilo mariposa. Aquella línea se hallaba muy, muy próxima: Edward podía percibirla, zumbar peligrosamente como un cable de alta tensión a unos metros de distancia en el espacio y a minutos de distancia en el tiempo.

Se encontró subiendo el corto tramo de escalones que llevaban a la salida. El sol había empezado a ponerse detrás de los riscos rojos en el otro lado del Hudson. Los haces de luz que fluían en ángulo a través de la sala proyectaron sombras surgidas de un cuadro de Giacometti sobre los pies de Edward y de un par de bibliotecarios, un hombre y una mujer, con los que se cruzó mientras hablaban acerca de una fiesta para los donantes de la biblioteca en el piso de arriba, sin abrigar la menor sospecha. Edward pensó que no había nada que lo retuviera allí. Si quería, todavía podía escapar. La promesa de libertad era tentadora. Quizás aquel asunto formaba parte de la historia de otra persona: la de Margaret, la de la duquesa, la de cualquier otro, pero no la suya. Podía marcharse, subir a un autobús, estar de regreso en Manhattan al caer la noche. Se sentía mal por Margaret, pero ella todavía tenía el coche, y ambos sabían que sin él resultaría más fácil. Empujó las puertas al final del pasillo y salió al sendero de grava.

Un pequeño ejército de limusinas negras con las ventanillas ahumadas estaba aparcado a lo largo del ca-

mino y encima del césped. Hombres y mujeres elegantemente vestidos permanecían de pie, hablando y caminando por los senderos de grava con copas de champán
en las manos. Los camareros serpenteaban entre ellos,
portando bandejas de canapés. Apoyado en una de las limusinas, la vista pensativamente fija en el cigarrillo que
sostenía, había un hombre con una barbilla insólitamente débil. Edward lo reconoció al instante. Lo había visto
enfrente del apartamento de los Went el primer día que
fue allí. Era el chófer del duque.

Edward se quedó atónito. ¿Qué estaba haciendo aquel
hombre allí? ¿El duque también estaba presente? ¿Por qué
no se hallaba en Londres? ¿Estaba siguiendo el mismo rastro de pistas que ellos, yendo en busca del códice? Todo
lo que un momento antes le había parecido claro y diá-
fano se invirtió en el rápido girar de un sueño, como un
reloj de arena puesto del revés. Edward retrocedió, cruzó nuevamente el umbral y las puertas se cerraron ruidosamente tras él, como un par de telones que se cierran
sobre el último acto de una obra. Estaba equivocado,
aquél era su sitio. Sus zapatos de suela de cuero resbala-
ron sobre la moqueta mientras corría. La puerta oculta
que daba a los libros todavía se hallaba entornada y Edward la abrió de un manotazo, entró y la cerró meticulosamente tras él. Esperó unos minutos mientras respiraba entrecortadamente. Luego llamó a Margaret lo más
alto que se atrevió a hacerlo.

No hubo respuesta. Avanzó a tientas adentrándose
en el amparo que le ofrecía la sala, utilizando las estanterías como guía. En la negrura absoluta, todo —el suelo,
sus pies, las frías estanterías metálicas— parecía desme-
surado, enorme, casi irreal, como si él fuera un intruso
en la casa de un gigante, como «Jack y la habichuela mágica», y vagara entre sillas y mesas titánicas. ¿Dónde es-

taba Margaret? La mente de Edward, que se había desconectado cuando vio al chófer del duque, empezó a funcionar de nuevo a toda velocidad en un intento de recuperar el tiempo perdido. Tiró al suelo un taburete de plástico, que se alejó ruidosamente en la oscuridad. Deslizó los dedos a lo largo de las estanterías del otro lado, rozando volúmenes anónimos y acumulando volutas de polvo debajo de las yemas.

Al cabo de un minuto alcanzó la pared del fondo y la siguió para tocar más estanterías, un archivador, los mangos de escobas y una fregona, y por último una puerta. Oyó dos voces detrás de ella.

—Bueno, lo siento, pero debería haberlo planeado mejor. La próxima vez concédase más tiempo a usted misma para trabajar. —Edward reconoció la voz quisquillosa de uno de los bibliotecarios con los que se había cruzado antes. Tenía un acento francés, o tal vez belga.

—Pero aquí hay mucho más material de lo que yo podría haber previsto. —Margaret sonaba tan tranquila y decidida como siempre—. El catálogo es muy engañoso. He redactado una entrada de sustitución que es mucho más extensa, pero...

—Las alarmas quedan activadas a las seis y media. Lo siento, pero ahora no hay tiempo para esto.

—Ellen me contó que las reajustaba para las ocho por si se daba el caso de que los donantes quisieran ver la bóveda.

Dijo algo más que Edward no consiguió oír.

—De acuerdo —accedió el bibliotecario y suspiró pesadamente—. De acuerdo. Pero no cambie nada de sitio. ¿Me ha entendido? Cuando haya terminado, déjelo todo dentro del carro.

—Lo he entendido.

—Muy bien. Venga y únase a nosotros en la fiesta

después —añadió de mala gana—, si dispone de tiempo.

Edward esperó a que los pasos del bibliotecario se alejaran, y luego entreabrió cautelosamente la puerta. Comprobó que se hallaba en los despachos interiores de la biblioteca. Margaret estaba sola. Ni siquiera pareció sorprenderse de verlo.

—Entra —dijo.

—¿Qué ha pasado? —inquirió Edward con enfado, mientras la seguía hacia el fondo del despacho—. ¿Por qué no me esperaste?

—Te vi salir al vestíbulo. Pensé que te marchabas.

Edward se ruborizó. Margaret casi lo había visto abandonarla.

—Bueno, no lo hice —dijo defensivamente—. Oye, hay algo que debo contarte. Sospecho que el duque de Bowmry puede estar aquí.

Ella se detuvo.

—Creía que habías dicho que estaba en Londres.

—Ya sé que no tiene sentido, pero vi a alguien que trabaja para él. Me parece que él también me vio.

—Te vio.

Edward volvió la cabeza para mirar nerviosamente la puerta que daba al vestíbulo. La sangre fría de Margaret estaba empezando a irritarlo.

—Oye, olvidémonos de todo esto por el momento y salgamos de aquí. Ya volveremos otro día.

—Edward, estamos en una biblioteca. —Movió la mano con un gesto que abarcó todo lo que los rodeaba—. Sólo son libros. Lo peor que puede ocurrir aquí es una notificación de retraso redactada con tono airado.

Siguió andando.

—Margaret. —Edward no se movió—. Hablo muy en serio...

—No, aquí la que habla en serio soy yo —replicó

257

Margaret fríamente sin mirar atrás—. Eres tú el que está perdiendo el valor.

Lo llevó a través de una gran área de trabajo atestada de ordenadores, voluminosos lectores de microfilm y microfichas. Siguieron avanzando entre escritorios sobre los que se amontonaban precarias torres de libros, cada volumen rellenado con señales, tarjetas de papel manila y papel blanco para xerocopias. En las paredes había colgados tablones de anuncios con chistes recortados del *New Yorker* que habían alcanzado el grosor del musgo viejo. Edward se detuvo a examinar uno. Un joven que va en un bote de remos pasa junto a una sirena sentada encima de una roca. La sirena está hablando por un móvil. El joven dice...

—Edward —lo llamó Margaret, que estaba luchando con el primer cajón de un pequeño archivador metálico de color gris—. Vuélvete.

—¿Qué?

—Dale la vuelta al archivador y ponlo del revés.

Edward titubeó. Luego dobló una rodilla e inclinó cautelosamente el archivador hasta que consiguió dejarlo apoyado sobre el lado. Era muy pesado, y su contenido resonó ominosamente mientras rodaba de un lado a otro en su interior.

—Pongo demasiada fe en ti —dijo Edward.

Cuando el archivador quedó completamente del revés, Margaret se puso en cuclillas y volvió a probar suerte con el cajón superior. Éste se abrió fácilmente, y un amasijo de suministros de oficina se derramó de él para caer al suelo. También lo hizo una llave con un Pikachu muy gastado unido a ella. Margaret la cogió de entre la confusión de objetos.

Edward la miró, impresionado a su pesar.

—¿Cómo sabías que eso funcionaría?

—He leído mucho.

En algún lugar al otro extremo de la larga oficina se abrió una puerta, acompañada por el sonido de numerosas voces.

—Eso es la visita —dijo Margaret, consultando su reloj—. Acaba de empezar.

—¿La visita?

—La visita guiada para los donantes.

—¿Crees que el duque está con ellos?

—No tengo ni idea.

Llaves en mano, fueron rápidamente por un pasillo que terminaba en un par de puertas metálicas de ascensor. Edward adelantó a Margaret a la carrera y pulsó el botón del ascensor.

—Vendrán en esta dirección —dijo Margaret serenamente—. Es la entrada principal a los depósitos.

Las puertas parecieron abrirse a cámara lenta. Margaret pulsó el botón del segundo sótano mientras Edward aplastaba frenéticamente el botón de CERRAR PUERTA. Alguien les pidió que esperaran. Las puertas se cerraron.

Cuando volvieron a abrirse, vieron una larga sala de techo bajo iluminada por luces fluorescentes y llena de interminables hileras de estanterías metálicas pintadas de gris acero. Edward bloqueó las puertas del ascensor con una silla de oficina para que se mantuvieran abiertas. En el silencio las puertas mordisquearon ruidosamente la silla, como un bebé monstruoso que probara sus encías sobre un juguete de goma.

Margaret eligió un pasillo y se encaminaron rápidamente por él. Lo primero en lo que reparó Edward fue que no había libros en las estanterías. En lugar de libros, había una ecléctica colección de objetos como de ensueño: un búho disecado, un cuerno de narval, relojes de bolsillo victorianos, peludos fetiches de los Mares del Sur. Un largo estante se hallaba ocupado por un antiguo trabuco cuya boca se abría igual que un trombón. Un magnífico par de globos de un oscuro color marrón, uno terrestre y otro celestial, ambos de metro y medio de diámetro, ocupaba un rincón. Las voces de la visita guiada no tardaron en resonar a sus espaldas —debían de haber usado la escalera—, pero volvieron a desvanecerse a medida que Edward y Margaret se adentraban entre las estanterías. Éstas desfilaban con una exagerada celeridad a ambos lados de él. Habían pasado al otro lado del espejo.

La primera sala daba a una segunda ocupada por miles de cajas idénticas apiladas en hileras perfectas. Cada una tenía una diminuta etiqueta escrita a máquina fijada con un clip metálico. Movido por la curiosidad, Edward abrió una de las cajas. Sólo contenía una carpeta de papel manila, en cuyo interior había un delgado sobre, amarronado por el paso del tiempo y cubierto de matasellos multicolores, que había sido prensado hasta dejarlo tan plano como una hoja seca.

—El departamento de cartas —le dijo Margaret—. Vamos.

Bajaron por una escalera de cemento llena de ecos, a mayor profundidad, cruzando una puerta de metal tan gruesa como una escotilla que daba a un gigantesco almacén subterráneo. Era como descender a las profundidades del océano en un batiscafo: todo se volvía más silencioso, más oscuro, presurizado y extraño. Hileras de intensas luces zumbantes iluminaban el espacio desde techos de nueve metros de altura. Parecía más un refugio para los bombardeos que una biblioteca. Las estanterías de los libros eran de sólido acero y estaban atornilladas al suelo. Ocupaban toda la longitud de la sala, como los pilares de una catedral, con escaleras deslizantes para acceder a los niveles superiores.

Margaret cogió colegialmente del brazo a Edward, como Hansel y Gretel en el bosque sombrío, y lo condujo a través de una sección llena de libros de grandes dimensiones: volúmenes encuadernados de semanarios ilustrados, registros censales con lomos de cuero marrón y negro estampados en oro que empezaba a desprenderse, atlas gigantes de países esfumados. Algunos habían empezado a desplomarse bajo su propio peso; la mayoría eran demasiado altos para que pudieran permanecer rectos, por lo que habían sido almacenados sobre sus lados. El aire frío estaba saturado por el intenso olor a rancio del cuero en lenta descomposición.

Margaret mantenía la vista alzada hacia los números de referencia mientras caminaban.

—¿Qué estás buscando? —preguntó él.

—Materiales no catalogados. Están por alguna parte cerca de aquí...

Consultó su copia impresa.

—He sacado libros de aquí abajo antes, pero no consigo acordarme... —Su voz se perdió en el silencio.

—¿Está en este piso?

—He dicho que no consigo acordarme —replicó ella secamente—. Cuando me acuerde, entonces lo sabré y te lo diré.

Era como visitar un depósito de cadáveres y no una biblioteca. La estantería que había junto a Edward contenía una larga caja negra con aspecto de estuche para un instrumento musical y la palabra TENNYSONIANA escrita encima con rotulador negro. Al lado de ella había una caja de cartón con una esquina aplastada. Una etiqueta hecha con cinta adhesiva protectora de la que utilizaban los pintores rezaba AUDEN, W. H. SELLADA HASTA 1/1/2050.

Las largas y rectas líneas de las estanterías de metal se sucedían a cada lado, exageradamente puestas en perspectiva. Las luces industriales zumbaban en el silencio. Cuando llegaron a la pared, Margaret pulsó un interruptor y la sala quedó sumida en la oscuridad. Dos tramos de escalones más hasta el final de la escalera de cemento, luego al interior de otro almacén. Las luces fluorescentes se encendieron con un parpadeo, aparentemente en orden aleatorio. En un rincón había una estructura cúbica hecha con lo que parecían planchas de aluminio.

—Eso es un congelador de chorro —explicó Margaret, siguiendo la mirada de Edward—. Cada libro que entra en la biblioteca primero tiene que ser congelado para matar a cualquier parásito.

—¿Gusanos de biblioteca, quizá?

Edward bromeaba, pero ella asintió.

—Existe un gran número de gusanos que se alimentan del papel o de la pasta de biblioteca. «Gusanos de biblioteca» es el nombre genérico para ellos. Si eso no da resultado, entonces encierran los libros al vacío hasta que los insectos se asfixian.

El silencio era todavía más profundo allí abajo, a mayor distancia de la superficie. Edward miró su reloj: eran las siete pasadas.

—¿Qué hay de esas alarmas? —dijo—. ¿Deberíamos estar preocupados?

—Ahora ya no podemos hacer nada. Estaremos aquí hasta las siete de la mañana.

—¡Joder! Creía que habías dicho que en este sitio la seguridad era un chiste.

Margaret se encogió de hombros. Le soltó la mano y alzó la mirada hacia los números en la estantería más próxima.

—Muy bien —dijo—. Estamos aquí. La mayoría de los materiales no catalogados están almacenados en el cuadrante definido por esta hilera y este pasillo, extendiéndose hasta aquella pared. —Señaló con el dedo.

—¿Y ahora qué?

—Ahora empezamos a hacer lo que nos ha traído hasta aquí.

—¿Lo reconoceré cuando lo vea?

—Esto no es ningún tesoro enterrado —ironizó Margaret—. No está escondido. Sólo está perdido. Mira los números de referencia y busca algo obvio, como «Went Nocat». Si está aquí, lo encontraremos.

Avanzó por un pasillo y volvió tirando de una larga escalera de aluminio montada sobre ruedas. Edward escogió el pasillo siguiente, donde había otra escalera. Subió hasta el último peldaño y, desde lo alto, divisó la sucesión de estanterías, que se perdían una tras otra en la distancia, por debajo de él. Cada una se hallaba cubierta por su propia acumulación de polvo. Parecían llevar décadas sin que las hubieran tocado, como una ciudad inmovilizada por la nieve que durmiera en silencio, Pompeya enterrada bajo las cenizas.

La mayoría de las cajas estaban claramente etiquetadas y podían ser eliminadas sin dificultad. Aproximadamente cada dos minutos Edward bajaba y desplazaba la escalera, las ruedecitas sobre las que corría chirriando horriblemente en el silencio. Podía oír a Margaret trabajar directamente enfrente de él, al otro lado de la estantería, a escasos centímetros de distancia. Tenía fugaces visiones de ella a través de los huecos entre los libros y las cajas: el extremo de su falda, un botón de su blusa.

—Este sitio es como el final de *En busca del Arca perdida* —dijo Edward—. Con todas estas cajas —añadió sin demasiada convicción.

Su voz resonó en la estancia y luego se desvaneció. Edward no esperaba que ella respondiera, pero poco después lo hizo.

—¿Te has fijado en esas cajitas rojas de metal que hay a lo largo de las paredes? —dijo ella—. Están ahí por si se produce un incendio. Si los detectores de humo se disparan, las puertas se sellan automáticamente a sí mismas. Todo el aire que hay en esta sala será reemplazado por un gas inerte. Disponemos de treinta segundos para llegar a una salida antes de que eso ocurra.

El frío había empezado a penetrar a través de las prendas de Edward, que estornudó.

—*Gesundheit* —dijo Margaret, con correcto acento alemán.

Trabajaron rápidamente, progresando a lo largo de cada estantería en dirección a la pared, para luego pasar a la siguiente. Margaret trabajaba más deprisa que Edward, y no tardó en estar dos estanterías por delante de él.

—¿Edward? —inquirió ella de pronto—. Una vez me preguntaste cómo llegué a convertirme en una académica. ¿Cómo llegaste a convertirte tú en inversor privado?

Su voz se encontraba más lejos, Edward ya no podía precisar exactamente dónde. Sus ecos resonaron como un fuego fatuo en el bosque de estanterías de acero. Edward casi había olvidado que Margaret todavía estaba allí.

—¿Cómo llega alguien a ser un inversor?

—No lo sé. ¿Cómo se hace?

Él dejó de trabajar. Le picaba la frente y se la frotó con el dorso de la mano, el único punto limpio que quedaba.

—No tienes que contármelo si no quieres.

—No hay mucho que contar —dijo él—. Crecí en Maine. Mi padre era ingeniero; mi madre, diseñadora gráfica. Todavía lo es. Hizo una colección de delantales, agarradores para los pucheros y salvamanteles que se vendió bien. Tiene una manera especial de dibujar las verduras, los pimientos y las cebollas. Probablemente los has visto.

»Mi padre se hizo cargo de la manufactura y la comercialización. Quizá no deberían haberse metido en negocios juntos. Me enviaron a un internado para la secundaria. Luego se separaron por alguna disputa acerca de patentes y derechos, el aspecto y el tacto. Ella estaba preparando una demanda cuando él murió de repente. Un accidente de buceo.

—Lo siento.

—Lo llamaron un accidente imprevisible. —Edward se aclaró la garganta. Recitado en voz alta, su propio pasado le parecía extraño—. Pero en realidad no hay nada de imprevisible en morir cuando estás pescando con arpón dentro de un tubo de lava a cien metros de profundidad, ¿verdad? —Hizo una pausa, sorprendido ante lo amarga que sonaba su voz—. Supongo que todavía me enfurece lo descuidado que era. En fin, el caso es que ella se fue a California y yo fui a Yale. Hace años que no la he visto. Cuando me gradué, supongo que sólo estaba buscando un poco de estabilidad. Una apuesta segura. La gestión de inversiones parecía la clase de apuesta más segura que puedes encontrar. La mayoría de mis amigos habían empezado a hacerlo, eso o algo similar.

—Las apuestas seguras no existen —dijo Margaret.

—Todo es una apuesta segura si eres el corredor de apuestas.

Era una respuesta demasiado fácil. El silencio volvió a envolverlos, de algún modo todavía más profundo que antes.

—Margaret —dijo Edward—, ¿todavía crees que el códice podría ser un fraude?

Margaret se aclaró la garganta y contestó:

—Difícilmente sería el primero de su especie. La historia está llena de ejemplos de seudoepígrafos.

—¿Seudo...?

—Fraudes. Estafas. Falsificaciones literarias. El *Culex*, supuestamente los escritos juveniles de Virgilio; «La carta de Aristeas», que era un falso relato de la composición del Antiguo Testamento; *Los viajes de sir John Mandeville*. Annio de Viterbo, quien pretendía ser un sacerdote babilonio; el *Libro de Jasher* de Jacob Ilive; la supuesta *Ciudad de luz* de Jacopo de Ancona.

»En el siglo XVIII la gente se pirraba por la poesía de un bardo escocés del siglo III llamado Ossian. Lo llamaban el Homero celta, y ejerció una gran influencia sobre los románticos. Después de que muriese, se descubrió que nunca había existido. El hombre que afirmaba ser el traductor de Ossian, un conocido académico llamado James MacPherson, se lo había inventado todo.

»Más o menos al mismo tiempo, un adolescente de Bristol que vivía en la pobreza había empezado a producir algunos poemas muy logrados que aseguraba eran la obra de un monje del siglo XV llamado Thomas Rowley. Decía que los había encontrado dentro de un viejo arcón. El muchacho se llamaba Thomas Chatterton. Naturalmente, los poemas eran falsos. Chatterton se consideraba un fracasado, y se envenenó cuando tenía dieciséis años. Keats escribió *Endimión* acerca de él.

»Los libros no tienen que ser reales para ser ciertos. Gervase habría entendido eso. ¿Era real la obra de Rowley? Era auténtica poesía.

Edward oyó el chirriar de la escalera de Margaret mientras ella la arrastraba por el suelo como un gran animal de compañía recalcitrante.

—Sospecho que el *Viaje* terminará como lo que los

bibliógrafos llaman un fantasma —dijo ella, su voz de nuevo distante—. Un libro que ha sido documentado y del que se ha dado testimonio en la literatura, pero que nunca existió realmente.

Siguieron trabajando en silencio durante otra hora. Al principio Edward sentía curiosidad por cada una de las cajas que comprobaba y echaba un vistazo a los contenidos cuando éstos le parecían interesantes, pero enseguida dejó de hacerlo. Ahora sólo quería eliminarlas lo más deprisa posible y seguir adelante.

Margaret lo esperaba cruzada de brazos al final de la hilera siguiente.

—Se acabó —dijo.

—¿Qué? —Edward trató de ocultar su decepción—. ¿Quieres decir que eso es todo lo que hay?

—En esta sección.

Edward se limpió distraídamente las manos en los pantalones antes de percatarse de que estaban cubiertos de polvo negro.

—Muy bien. ¿Qué queda?

A modo de respuesta Margaret señaló un rincón oscuro del almacén que Edward había pasado por alto previamente. En aquel punto una parte cuadrada quedaba separada del resto del espacio por una jaula de alambre que terminaba a medio camino del techo. Era evidente que había sido utilizada como una especie de contenedor interno, un lugar donde depositar los objetos que presentaban desperfectos y que aun así preferían conservar, quizá simplemente porque eran demasiado grandes para llevarlos hasta la superficie: unidades de almacenamiento descartadas, archivadores llenos de abolladuras, colecciones completas de oscuras publicaciones dañadas. Una enorme prensa de acero de aspecto medieval se alzaba entre los detritos.

Edward se acercó a la verja de alambre y metió los dedos a través de ella.

—¿Crees que está ahí dentro? —inquirió, y sintió que se le caía el alma a los pies.

—No creo que esté aquí fuera.

—¿Podemos entrar ahí?

En la verja había una puerta cerrada con un gran candado de acero. Después de unos cuantos intentos, Margaret encontró la llave apropiada en el llavero de Pikachu y el candado se abrió con un chasquido bien aceitado. La puerta gimió melancólicamente al girar sobre sus goznes.

Dentro los desperdicios se amontonaban elevándose hasta la esquina de la jaula. Era peor de lo que había pensado Edward. Había escobas, fregonas, viejos suministros de limpieza y pura y simple basura; sillas rotas y lámparas medio aplastadas; encuadernaciones descartadas, todo ello cubierto por una gruesa capa de polvo gris. Allí había auténtica suciedad. Edward se abrió paso cautelosamente a través de los bordes de la pila.

—Es inútil —dijo. Miró a Margaret, casi esperando que se mostrara de acuerdo con él y admitiera la derrota, pero ella empezó a apartar los objetos con sorprendente vigor.

—Abramos un camino hasta la parte de atrás —sugirió—. Donde están las cosas grandes.

Amontonaron la chatarra contra las paredes de la jaula lo mejor que pudieron y se pusieron a trabajar juntos para levantar el mobiliario pesado, sillas viejas y mesas. Margaret se rompió una uña en una madera y se detuvo a igualársela, maldiciendo en voz baja. No tardaron en encontrar una serie de baúles y cajas a lo largo de las dos paredes traseras. Cuando estuvo lo bastante cerca, Edward abrió con un horrible chirrido el primer cajón de un maltrecho archivador. Estaba lleno de viejas tiras de pedidos y amarillentos resguardos de préstamos entre bibliotecas de los años cincuenta, todos en blanco, que nunca habían sido utilizados.

Edward tuvo una terrible premonición de que estaban desperdiciando el tiempo.

—Margaret...

Margaret rompió la tapa de una caja de cartón podrido que eructó una nube de polvo como un vilano expulsando esporas. Sacó de su interior un montón de libros encuadernados en cuero rojo, miró sus lomos y luego los arrojó a un lado. Cuanto más exhausto se sentía él, más fuerte parecía volverse ella. Margaret se apartó el pelo de los ojos con sus antebrazos.

—¡Todavía nada! —dijo animosamente mientras respiraba con fuerza.

Edward se sentía como si hubieran entrado en una dimensión paralela donde el tiempo era elástico. Parecía como si llevaran días en la bóveda. El frío, el silencio, la oscuridad y la tensión habían empezado a afectarlo. Ya no quedaba rastro del miedo y la excitación que había sentido al principio. Trabajaba como en sueños. No tenía idea de qué hora era. Supuso que serían las dos de la madrugada y miró su reloj: sólo eran las diez y media.

Pasó cinco minutos tratando de abrir con un sujetalibros de acero una vieja caja de madera que tenía un aspecto vagamente chino. La caja resultó contener frágiles negativos translúcidos de cristal envueltos individualmente en papel de seda. Edward sacó uno y lo sostuvo bajo la luz. La imagen fantasmal de una opulenta rubia con un peinado de los años veinte se materializó y le guiñó el ojo. La rubia estaba subida a una roca desde la que contemplaba el mar bañado por el sol, los ojos entornados y un pálido pecho bamboleante al descubierto.

Edward frunció el ceño. Miró a Margaret, que había dejado de trabajar.

Estaba inmóvil delante de una gran maleta negra, estudiando el manojo de cartelas que colgaba del asa. La maleta estaba estampada con pegatinas de equipaje medio borrosas procedentes de viejas líneas transatlánticas. El frío y polvoriento sótano de la biblioteca emanaba un aire imposiblemente remoto, de baños de sol, sillas de lona alineadas en la cubierta y romance a bordo.

—¿Qué es eso?

—Cruttenden —dijo ella—. Aquí pone «Cruttenden».

Edward dejó caer el negativo. El cristal se hizo añicos contra el suelo de cemento.

—Gracias a Dios —masculló, con más emoción de la que había pretendido—. Estamos salvados.

Entre los dos le hicieron un hueco a la maleta, después la apartaron de la pared con mucho cuidado y la pusieron en el suelo apoyada en la parte de atrás. Era un objeto formidable y pesado. Edward intentó abrirla, pero el cierre estaba echado.

—Supongo que no tienes la llave, ¿verdad?

Margaret cogió un extintor vacío. Edward apartó los dedos del cerrojo justo a tiempo mientras ella propinaba un sólido golpe a dos manos con el extintor. Algo metálico salió disparado y se perdió con un tintineo musical en la oscuridad. Margaret bajó el extintor.

—Prueba ahora —dijo con la respiración entrecortada. La tapa se abrió girando sobre dos brazos articulados ingeniosamente construidos. Edward vio por qué la maleta pesaba tanto: estaba llena de libros, una masa sólida embutida en el interior como un rompecabezas chino, cada libro minuciosamente envuelto en su propio nido de fino papel.

Ahí estaba. Él quería prolongar el instante del desvelamiento, pero al parecer Margaret no compartía sus delicados sentimientos. Escogió un libro al azar, arrancó la envoltura y contempló el lomo con los ojos entornados: tenía una serie de números y letras, algunas de ellas griegas, impresas en oro.

Margaret torció el gesto.

—Estas marcas no están bien. Ni siquiera se aproximan a lo que deberían ser.

—¿Quieres decir que no es...?

No se atrevió a terminar la frase.

—No —dijo ella sin dejar de menear la cabeza—. Es decir, sí. Éste es el libro que faltaba. Tiene que serlo. —Dirigió una mirada desvalida hacia Edward—. ¿Qué otra cosa podría ser?

Edward no tenía ninguna respuesta que darle.

Desempaquetaron los libros entre los dos, empezando por extremos opuestos. Arrodillada junto a la maleta, Margaret arrancaba con las manos el papel de envolver de cada libro y lo arrojaba hacia atrás. Ahora Edward descubría una nueva faceta de ella: Margaret había olido sangre y algo muy serio y primigenio había pasado a primer término, un tiburón enfurecido que subía en rápidas espirales desde las profundidades azules. Procuró no estorbarla mientras trabajaba. Margaret llevaba más tiempo que él buscando aquello, pensó. La victoria era más suya que de él.

Utilizó la manga para quitar el polvo de una mesa donde pudiera poner los libros a medida que ella los desenvolvía. Margaret fue despachando los volúmenes de la maleta con la implacable eficiencia de niño saqueando los restos rotos de una piñata. Algunos de los libros, los que eran obviamente modernos, los arrojaba a un lado sin abrirlos siquiera. Invertía más tiempo en los volúmenes antiguos, pero luego también los despreciaba.

Hasta que por fin la maleta estuvo vacía. El fondo desnudo los contempló en la penumbra. Ambos buscaron a tientas entre las sombras del interior, tocando los lados por si habían pasado por alto un libro o quizá, ¿podría ser?, un compartimiento secreto. Pero no había nada que encontrar. El códice no estaba allí.

Edward estaba demasiado aturdido como para sentirse decepcionado. Había estado tan seguro que ni siquiera había pensado en lo que ocurriría si estaban equivocados. Margaret obviamente tampoco lo había hecho. Rebuscó con las manos entre el papel de envolver que había arrojado a un lado, como un gato que investiga un montón de hojas, pero no había nada sólido.

—No está aquí —dijo con un hilo de voz.

—Supongo que no.

Edward trató de aparentar indiferencia. Se levantó y se sacudió el polvo de las manos. De acuerdo, tampoco era tan grave.

Margaret se incorporó con una expresión de perplejidad en el rostro y paseó la mirada por el montón de desperdicios y objetos descartados.

—No creo que esté aquí —repitió, como si él no la hubiera oído la primera vez. Parecía la víctima conmocionada de un bombardeo saliendo con paso tambaleante del cráter de una bomba.

—Margaret, es obvio que no está aquí —dijo él—. Todavía quedan unos cuantos archivadores más. Podríamos...

Ella dio un paso adelante y pateó la maleta vacía. El polvo se elevó de su interior y el puntapié resonó huecamente en el silencio. Después volvió a patearla, y luego otra vez, con creciente fuerza. Edward contempló, fascinado, cómo cerraba bruscamente la maleta. Nunca había visto a nadie tan enfadado. Con más fuerza de la que él hubiera creído posible en sus delgados brazos, Margaret levantó la maleta del suelo y la lanzó contra un montón de archivadores. Un enorme estruendo resonó a través de la bóveda, como el desplome de una máquina colosal.

—¡Esto es una mierda! —vociferó Margaret—. ¡Una mierda, eso es lo que es!

Siguió golpeando la maleta en el suelo, hasta que Edward finalmente salió de su estupor y la sujetó agarrándola de la cintura. Ella se debatió, tratando de liberar sus brazos, pero era demasiado ligera y él demasiado fuerte. Por un instante la mejilla de Margaret se apretó contra la suya. Estaba humedecida por lágrimas calientes que se enfriaban en el aire gélido del sótano.

—Chist —susurró él—. Chist. Todo va bien.

—¡No, no va bien! ¡Nada bien!

Por fin Margaret se apartó de él, se sentó en una vieja silla de escritorio y apoyó la cabeza en las manos mientras sollozaba. Ambos estaban llenos de suciedad y polvo negro. Margaret sorbió aire por la nariz y se sonó con la manga. Le temblaban las manos.

—Lo siento —dijo. Volvió a sollozar—. Lo siento. ¡Dios, maldito seas!

Edward levantó la maleta del suelo, la puso de lado y se sentó encima. Él no debería estar allí, pensó cansinamente. Estaba agotado, tenía frío y se sentía desdichado, pero aun así no se merecía estar allí. Margaret quería el códice más de lo que él hubiese podido imaginar, más de lo que él había querido nunca nada en su vida. Tenía razón: ella era la seria, y él no era más que un mero compañero de viaje. Se sintió como un conocido en un funeral que se da cuenta por primera vez de que nunca había llegado a conocer realmente a la persona fallecida, de que ha sido invitado meramente como un gesto de cortesía.

Quería consolarla. La habitual distancia que sentía

entre sí mismo y los demás volvía a imponer su presencia, pero Edward no estaba dispuesto a permitirlo. Se acercó a ella y le puso las manos en los hombros. Luego le rodeó la cintura. La posición era incómoda, pero no podía soltar a Margaret. Quería protegerla del mundo decepcionante y siempre dispuesto a herir que los rodeaba. Se quedó así durante lo que pareció mucho tiempo. Ella no se movió. Al cabo de un rato, Edward sintió que se le cansaba el cuello y apoyó la cabeza en la de ella. De vez en cuando Margaret sorbía aire por la nariz con un sonido húmedo, pero no intentó apartarse.

Finalmente se volvió. Edward desplazó el peso de su cuerpo hasta una vieja caja que había junto a Margaret y se besaron. Fue un beso suave, tierno. Un buen beso. Unos minutos después, ella condujo la mano de Edward por su esbelta caja torácica y la puso encima de su pequeño y suave pecho.

Después de un buen rato, por fin se separaron. Margaret tenía los ojos cerrados. Parecía estar medio dormida, medio soñando. No hablaron, ambos sumidos en un profundo silencio. Eran como dos esclavos enterrados vivos juntos para toda la eternidad en la tumba de algún cruel rey asiático. Margaret apoyó la cabeza en el pecho de Edward, y él le pasó los brazos por los hombros. Agradeció el calor.

Alzó la mirada hacia el techo lleno de sombras muy por encima de sus cabezas y luego, con mucho cuidado como para no molestar a Margaret, miró su reloj. Era la una de la madrugada.

A las 6.58, como dos refugiados sucios y temblorosos estaban de pie en una alejada salida de incendios en un oscuro rincón del Anexo del Depósito Chenoweth para Manuscritos y Libros Raros. Margaret permanecía ligeramente separada de Edward. Él llevaba la pesada maleta que contenía los libros de los Went, como un inmigrante harapiento con marcas de tiza en la chaqueta a la espera de pasar por los trámites que lo llevarían a Ellis Island. Ella portaba un raro ejemplar de las *Confesiones de un comedor de opio inglés* de De Quincey en sus brazos cruzados (lo había cogido en algún momento de la noche anterior y se negaba a separarse de él). Miraban y esperaban. A las siete en punto se oyó un tenue campanilleo electrónico, y una minúscula luz roja se apagó encima de la puerta.

La puerta se abrió para mostrar un tupido seto de plantas cubiertas de rocío. Edward y Margaret avanzaron y se abrieron paso a través de un pequeño foso lleno de virutas marrones. Ya era de día, pero nadie los vio, o si lo hicieron no dieron la alarma. Después de la seca frialdad de la biblioteca, el aire estaba tan caliente y húmedo como el de una selva tropical, y los dos se estremecieron incontrolablemente mientras entraban en calor. Surcos rojos cruzaban el rostro de Margaret en los lugares donde se le habían secado las lágrimas. Un pájaro cantó dulcemente orilla abajo, más cerca del agua, allí donde una neblina se consumía bajo el sol de la mañana. La hierba estaba impregnada de una humedad que iba calando en sus calcetines. Edward habría asesinado de buena gana por un trago de whisky.

Margaret lo precedió a través del recinto impecablemente cuidado, Edward no hubiese sabido decir si porque se sentía avergonzada o porque estaba impaciente por salir de allí. Cojeaba ligeramente, debía de haberse hecho daño en el pie cuando la emprendió a patadas con la maleta. Edward no había dormido mucho, y tampoco había comido desde la tarde del día anterior. Ahora el hambre y la fatiga se hacían notar, debilitándolo. La boca se le inundó de saliva. Margaret esperó impasiblemente, como una esfinge, mientras él vomitaba encima de un rododendro.

Había media docena de coches alineados en el aparcamiento del motel como cochinillos mamando. Todas las ventanas se hallaban a oscuras; las cortinas, corridas. Edward tenía la llave. En su habitación había camas gemelas, cubiertas por colchas sintéticas con un motivo floral, sin que nadie hubiera dormido en ellas. Dos vasos de agua esperaban sobre la cómoda, todavía envueltos en papel higiénico.

Edward se sentó en la cama más próxima.

—Dame un minuto —farfulló. Dentro de un instante se levantaría—. Sólo necesito cerrar los ojos durante un minuto.

El colchón era duro. Habían remetido las sábanas de tal modo que apartarlas era todo un esfuerzo. Finalmente Edward se limitó a tenderse sobre la colcha, todavía con los zapatos puestos, metió las manos debajo de la plana flaccidez de la almohada y cerró los ojos. Una pauta que palpitaba con un cálido resplandor apareció detrás de sus párpados. Oyó la ducha.

Poco después notó que unas manos le desataban los cordones de los zapatos, lo apremiaban a meterse entre las sábanas y lo arropaban. Luego Margaret se acostó junto a él, caliente y limpia, y ambos se quedaron dormidos juntos bajo la intensa luz blanca del sol que entraba a raudales por las ventanas.

16

Al día siguiente de regresar, Edward contrajo un resfriado de verano.

Quizás había sido el aire helado de la biblioteca, el polvo, el estrés o la falta de sueño, o todos ellos combinados, pero cuando despertó a la mañana siguiente todo lo que le rodeaba parecía distinto. Edward sabía que su apartamento estaba lleno de sol y calor, pero era incapaz de sentirlos. El tiempo parecía más lento. La gravedad era más débil. Sentía la cabeza como si la tuviera llena de un líquido espeso, pesado y viscoso.

Pasó dos días tendido en el sofá con la cabeza apoyada en los cojines y las piernas colgando por encima de uno de los brazos, la camisa azul de la oficina desabrochada y el pelo sin lavar. Llevaba los pantalones de un pijama de franela y bebía cartones de zumo de naranja a pequeños sorbos, pues le costaba respirar por la nariz. Comía una vez al día. Dejaba el televisor encendido todo el tiempo, viendo programas que nunca había visto antes y que ni siquiera sospechaba que existieran. Un programa estaba dedicado exclusivamente a horrendos accidentes deportivos registrados en cinta de vídeo. Cada episodio seguía la misma fórmula: una ocasión festiva, mucho sol, gradas repletas, «afectuosos» miembros de la familia presentes. A menudo el fatídico incidente tenía lugar en el fondo de la imagen. Un cámara aficionado, sin enterarse de nada durante los primeros segundos, enfocaba a los seres queridos que parloteaban alegremente en primer plano mientras detrás de ellos un coche derramaba inesperadamente combustible, ardiendo por encima de sí mismo; o una lancha motora de carreras de doble casco emprendía un grácil vuelo y flotaba hacia una playa atestada de gente que tomaba el sol; o un Cessna de propiedad privada se bamboleaba en el aire, sobrecargado de felices cazadores dirigiéndose a un fin de semana libre de preocupaciones en una parte del estado que nunca llegarían a disfrutar.

Después de dos o tres días de martirio, Edward perdió toda sensación de conexión con su antigua vida laboral que todavía pudiera quedarle. Debería haber estado sumido en el pánico. Casi había llegado el momento de partir hacia Inglaterra; un vistazo a su carta de oferta, desenterrada de su maletín, confirmó que debía estar allí al día siguiente. Con una mendacidad casual impropia de él, Edward telefoneó a Esslin & Hart en Londres y les proporcionó un exagerado relato de su enfermedad. Después no pudo recordar exactamente qué había dicho, pero ellos convinieron en que su voz sonaba terrible y le dijeron que aplazara su llegada por otras dos semanas, hasta los inicios de septiembre.

Una cosa extraña: telefoneaba a Margaret y dejaba mensajes, pero ella nunca cogía el teléfono y nunca devolvía las llamadas. Edward no lo entendía. El hecho de que estuviese ignorándolo dolía; o al menos, habría dolido si él realmente hubiera sido capaz de sentir algo, pero lo cierto es que casi nada lograba atravesar la cálida y enfermiza manta de sopor que se había apoderado de su cerebro. Edward tampoco se sentía físicamente capaz de pensar en el códice. Se olvidó del pasado y del futuro. Sólo existía el miserable presente falto de significado. Y cuando incluso eso era demasiado, jugaba a MOMO.

En el juego el tiempo operaba en caída libre. El sol corría por el cielo, cada vez más y más deprisa, hasta que se emborronaba en una sola banda reluciente, una franja que ardía en lo alto. Día y noche, nubes y cielo, sol y luna se fusionaban en una luminiscencia uniforme de un gris azulado.

Para que luego hablaran de perder el tiempo. Edward había subido a lo alto de un rascacielos, desde donde vio transcurrir los siglos como si fueran minutos. Edades enteras surgieron y se disiparon, los milenios llegaron y se fueron, las civilizaciones crecieron y se extinguieron. La ciudad se convirtió en una jungla llena de gingkos gigantescos entre los que enormes aves del paraíso surcaban el cielo, arrastrando largos plumajes. Entonces los árboles se marchitaron y cayeron, y Nueva York se convirtió en un oasis dentro de un vasto desierto. Imponentes dunas de arena amarilla pasaban a la deriva como grandes olas, una tras otra, montañas de polvo empujadas por el viento y llevadas tierra adentro por encima del horizonte. Finalmente, cuando parecía que la edad del desierto no fuera a terminar nunca, el mar subió y lo cubrió todo, hasta que Edward pudo inclinarse desde su posición en lo alto del tejado y mojar sus dedos en el agua salada.

De pronto se vio acompañado por un desconocido, cuya presencia nunca llegaba a ser explicada satisfactoriamente por la narración, que hizo avanzar la historia con tonos corteses y sorprendentemente cultivados.

«En realidad es bastante sencillo —dijo el hombre—. Unos alienígenas están planeando invadir la Tierra, pero primero necesitan hacerla habitable. Vienen de un planeta frío, y la Tierra es calentada por la lava fundida en su núcleo. Cuando ese núcleo se enfríe y se endurezca, dentro de millones de años a partir de ahora, la Tierra estará lo bastante fría para que ellos puedan colonizarla. Así que los alienígenas han empezado a acelerar el paso del tiempo, hasta que la Tierra se enfríe lo suficiente para resultar cómoda. Si tienen suerte, para aquel entonces la humanidad también habrá muerto.»

«Vale, de acuerdo —tecleó Edward—. ¿Y entonces cómo los detenemos?» No estaba interesado en los detalles. Se había hartado de ser un observador pasivo. Se moría por una buena pelea. Pero el hombre, ya fuera por estoicismo o a causa de algún hueco en su programación, no le respondía.

Decenas de miles de años se sucedieron rápidamente. Con las masas terrestres cubiertas por los océanos, la humanidad desarrolló una sociedad que vivía completamente suspendida dentro de enormes dirigibles fabricados con pieles de ballena cosidas e hinchadas con aire caliente. Edward dejó su atalaya y se unió a una banda de bucaneros aéreos, y juntos recorrieron la corriente de los vientos, a muchos kilómetros por encima de los relucientes mares, para hacer presa en las naves más pequeñas. Para alimentarse, dragaban los océanos con enormes redes y capturaban aves marinas de las inacabables bandadas que oscurecían los cielos. Pilotaban planeadores de construcción propia hechos con bambú cosechado en los picos del Himalaya, las únicas montañas cuyas puntas seguían asomando por encima del agua.

Pasado un tiempo, Edward se olvidó por completo de la invasión alienígena. Después de todo, dentro del flujo acelerado del tiempo, a él le quedaban millones de años por recorrer antes de que los alienígenas empezaran a ser una amenaza. Podía seguir así prácticamente para siempre: viviendo de su ingenio, bronceado por el sol y con el cuchillo sujeto entre los dientes, sin preocuparse por nada.

Una mañana, Edward despertó sintiéndose mejor. Tenía la nariz despejada. Su cabeza había vuelto al tamaño normal. El telón amarillento de la fiebre había subido.

De hecho, se sentía fabuloso, aunque un poco aturdido. Su ímpetu había regresado, y con intereses. ¡Había desperdiciado tanto tiempo! La noche anterior había llovido torrencialmente, y el cielo todavía estaba nublado. El aire olía a humedad y el día presentaba un aspecto recién lavado, como si hubiera sido vigorosamente frotado con un cepillo de púas de acero. Edward se duchó, se vistió e hizo diez flexiones.

Cogió el teléfono y marcó el número de Margaret. No hubo respuesta, como de costumbre. Ningún problema. Una rápida búsqueda en la red le proporcionó la dirección de Margaret en Brooklyn.

Mientras salía por la puerta con paso rápido y decidido, Edward se sintió, por ninguna razón en particular y a pesar de lo ocurrido, relajado y feliz, de vuelta a la vida. Purgado. Era la primera vez que salía de su apartamento en una semana, y estaba exultante de energía. Armado con un fajo de letra impresa (el *New York Times*, el *Journal*, el *Financial Times*) para que lo devolvieran rápidamente al mundo en general, bajó trotando los escalones que llevaban al tren número 6. Una hora después resurgió, parpadeando, en Brooklyn.

Zeph exageraba cuando dijo que Edward nunca había estado en Brooklyn, pero no mucho. Aparte de un par de noches de estancia más o menos intelectual en Williamsburg, y un desvío accidental en el sentido equivocado Brooklyn-Queens Expressway abajo, Edward casi nunca había cruzado el East River. Miró alrededor para ver cómo un siniestro paisaje urbano de edificios de piedra marrón y casas bajas se alejaba de él en todas direcciones, siguiendo ángulos extrañamente deformados, y deseó haber pensado en traer un mapa. Estaba claro que se hallaba en territorio extranjero, *terra incognita*, completamente fuera de la simple parrilla cartesiana de Manhattan. Las calles tenían más hojas, con algún gingko u otras resistentes plantas urbanas cada veinte metros, y estaban más sucias.

Cuando al fin encontró el edificio de Margaret, tuvo otro problema: ella no estaba allí. Edward llamó al timbre durante cinco minutos sin obtener ninguna respuesta. Era media tarde. Las madres que iban por la calle y las personas mayores sentadas en los portales lo observaban con recelo, y luego desviaban la mirada cuando él se la devolvía. Cuando alzó la vista hacia la que suponía era la ventana de Margaret, Edward sintió que la ira infectaba su soleado estado de ánimo posterior a la recuperación. ¿Cómo se atrevía a desaparecer en ese momento? ¿Acaso iba a cortar toda relación con él como si tal cosa? ¿Estaba Margaret en la ciudad? ¿Había perdido todo interés en el códice? ¿O había dejado atrás a Edward para partir por su cuenta, quizá siguiendo alguna pista más prometedora?

Al final pasó una nota por debajo de la puerta de Margaret y volvió a subir al tren. En algún lugar del Soho se dio cuenta de que estaba muerto de hambre —no había hecho una auténtica comida desde hacía días—, así que se bajó y tomó un copioso almuerzo de última hora de la tarde en el mostrador de una casa de comidas japonesa barata en Chinatown. Vio cómo un hombre bajo y rollizo, con la cabeza afeitada y brazos de estrangulador, freía empanadillas en una sartén del tamaño de una tapa de alcantarilla. Pensó en Zeph y Caroline, cuyas llamadas había estado ignorando del mismo modo en que Margaret ignoraba las suyas. Llamó a Margaret por su móvil, pero ella no respondió. «Que se vaya al infierno», pensó. Lo estaba pasando como en los viejos tiempos sin ella. Llamó a Zeph y Caroline, pero tampoco respondieron, aunque no le importó. Edward no tenía ganas de hablar. Hablar sólo llevaría a explicaciones y discusiones, sensatas evaluaciones, para finalmente decantarse por alguna opción. No, decididamente no estaba de humor.

Había empezado a oscurecer, así que cogió el metro hasta Union Square y vio una absurda película de acción sobre asesinos de la CIA. Después se quedó para ver otra película sobre apuestos surfistas adolescentes, y cuando salió ya casi era medianoche. En el camino de vuelta al metro se detuvo en un bar apenas más ancho que la puerta de entrada a su edificio, con un dragón de papel maché de aspecto barato suspendido del techo, y pidió gimlets de vodka (la bebida favorita del asesino de la CIA de la película número uno) hasta que estuvo borracho. Entonces ya era muy tarde y de algún modo logró teletransportarse al andén del metro. Un equipo de hombres y mujeres con chaquetas fluorescentes regaba el andén con mangueras, el aire olía confortablemente a agua jabonosa caliente. Una joven ciega desgranaba *La chica de Ipanema* en un dulcémele repujado. Una paloma gris pasó flotando en un desesperado revolotear entre los pilares, un alma perdida atrapada en el mundo subterráneo.

«Mañana Margaret llamará —pensó Edward—. Mañana volveré a encarrilar mi vida.» Mientras miraba vagamente las luces que brillaban a lo lejos dentro del túnel del metro, sintió como si estuviera contemplando el interior enjoyado y secreto de la Tierra.

Pero Margaret no llamó y Edward no volvió a encarrilar su vida. En lugar de eso se gastó cinco mil dólares en un portátil muy caro, una diminuta obra maestra tecnológica: negro, de aspecto malévolo, ultraligero y tan delgado que parecía casi oculto. Al tocarlo sentías como si hubiera sido construido con la quitina de algún monstruoso escarabajo negro tropical. También compró un estuche de alta tecnología para el portátil, hecho de una tela sintética negra rellena de gel, y empezó a llevarlo consigo a todas partes. Su función, tal como la veía él, era maximizar el uso eficiente de su crecientemente abundante tiempo libre. Cada vez que le daba el impulso —en un café, en el metro, sentado en un banco de parque—, Edward lo abría, lo inicializaba y jugaba a MOMO.

No obstante, en un momento dado, Edward se quedó atascado. Los tiempos habían cambiado desde sus días como bucanero de altos vuelos en la corriente de los vientos. El enfriamiento del planeta continuaba, y con él había llegado todavía otra edad más, una edad de hielo. Asimismo, un fenómeno secundario estaba acelerando el proceso. En el cielo, al lado del sol, flotaba un círculo fantasmal. Era casi transparente y sólo resultaba visible a lo largo de su perímetro, que destacaba por una ligera pero clara distorsión en el aire. Mientras Edward miraba, el perímetro del disco tocó el borde del sol y empezó a pasar por encima de él. El disco lo eclipsaba lentamente, cubriendo el sol como una lente de contacto encima de un ojo. La porción de sol que cubría era más blanca y pálida, más fría, menos dolorosa de mirar.

El hombre cortés volvió a aparecer.

«Son los alienígenas —explicó como si tal cosa—. Van a cubrir el sol con una lente especial. Para acelerar el enfriamiento», añadió servicialmente.

A partir de entonces la luz del sol cambió, se volvió

284

más fría y gris. Las nubes llegaron rápidamente, bajas y blancas, y la temperatura descendió. Una nieve que parecía polvo empezó a caer del cielo. Ahora los humanos encontraban una precaria existencia entre las frías ruinas de Nueva York, que había sobrevivido inopinadamente intacto durante los milenios que la ciudad pasó bajo la arena y el agua. La civilización había caído estrepitosamente, y no iba a levantarse.

El papel de Edward en el juego había pasado a ser no tanto el de un líder militar cuanto el de un alcalde o un jefe tribal. Los humanos que habitaban el Nueva York del futuro no estaban demasiado ansiosos por resistir una invasión alienígena. Lo que les preocupaba era el subsistir dentro del día a día. Vivían debajo del suelo en las estaciones del metro, donde hacía más calor y estaban más a salvo de los depredadores.

El trabajo de Edward consistía en gestionar los recursos: encontrar comida, recoger madera para el fuego, hacer herramientas, recuperar suministros de los edificios de oficinas. Microgestionaba, disgregando las hojas de existencias y las tablas actuariales. Era casi como su antiguo trabajo. Mientras jugaba, Edward tarareaba obsesivamente el tema de un viejo especial navideño de dibujos animados:

> *Los amigos me llaman señor Nieve.*
> *Todo aquello que toco*
> *se vuelve nieve en mis manos.*
> *¡Soy demasiado, hermanos!*

Pasaba toda la noche levantado jugando a MOMO y finalmente se obligaba a dejarlo a las ocho de la mañana, a plena luz del día, con la hora punta matinal en pleno apogeo debajo de su ventana. Si hubiera podido facturar todas las horas que dedicaba a jugar a MOMO, pensó, ahora sería diez veces millonario. Cuando cerraba los ojos por la noche, seguía viendo el juego, y cuando al fin se quedaba dormido, soñaba con él.

La vida en el juego imitaba la desolada monotonía de su existencia real. Los lobos habían regresado de dondequiera que hubiesen estado viviendo durante tiempos más felices, y ahora recorrían las calles en busca de los viejos y los débiles, lenguas rosadas colgando de grises hocicos. Témpanos tan altos como rascacielos se apretujaban en el puerto de Nueva York. En Central Park el suelo era duro como el hierro y estaba surcado por una nieve tan tenue como el polvo. El único color era el vestigio de azul que asomaba allí donde la nieve había formado pequeños montículos, que el viento moldeaba dándoles la forma de olas. Edward sabía dónde estaba ahora, lo sabía con una extraña certeza propia del delirio. Estaba en Cimeria.

17

El teléfono de Edward sonaba y le dejaban mensajes, pero nunca de Margaret.

Él la llamaba bastante a menudo ahora que ya no tenía sentido, pero no se le ocurría ninguna otra cosa que hacer. Los números de teléfono de Margaret (Edward había conseguido sacarle un número del trabajo a una tartamudeante secretaria en Columbia) se habían convertido en su única conexión con algo que importase. De hecho, volvía a sentir la atracción del códice, más que nunca, y necesitaba encontrarlo. También echaba de menos a Margaret. ¿Se sentiría desconcertada por lo que había ocurrido en la biblioteca? ¿Furiosa? ¿Avergonzada? A aquellas alturas ya no le importaba, sólo quería una respuesta.

Estaba sentado en el sofá jugando distraídamente con las cuerdas de una guitarra que nunca había aprendido a tocar cuando el teléfono volvió a sonar. Su contestador respondió a la llamada.

No era Margaret. La voz era clara, sensualmente dulce y carente de edad, ni joven ni vieja. Edward despertó de golpe, cada nervio de su cuerpo temblando de inmediato. La voz pertenecía, inconfundiblemente, a la duquesa de Bowmry. Parecía el primer sonido real que oía desde hacía semanas.

La duquesa estaba disgustada, como si realmente no

entendiera que el contestador no era un ser humano. Edward respondió a la llamada.

—Edward —dijo ella, acalorada—. ¿Está ahí?

—Sí. —Sólo llevaba calzoncillos, y miró alrededor en busca de unos pantalones que ponerse. No le parecía bien hablar con ella mientras miraba sus pálidas piernas erizadas de pelos—. Oh, excelencia —añadió.

—No tiene que llamarme así, ¿sabe? Peter insiste en ello, pero yo nunca me he acostumbrado. Mientras crecía sólo era una baronesa.

Edward se recostó en el sofá, todavía en ropa interior.

—¿Entonces... baronesa Blanche?

—Me llamaban lady Blanche.

Edward esperó alguna pista acerca de lo que quería, pero no llegó nada.

—¿Así que es usted baronesa de... algún sitio en particular? —se aventuró a decir—. ¿O sólo es una baronesa? Quiero decir, no es que usted vaya a poder ser nunca sólo una baronesa...

—De Feldingswether —aclaró ella—. Es un lugar horrible. Nunca lo visito. Allí hacen raquetas de tenis, y todo el pueblo huele a barniz.

—¿Y cómo funcionó eso cuando se casó? Es decir, si no le molesta que se lo pregunte. ¿Tuvo que renunciar a ser la baronesa de...?

—¿De Feldingswether? En absoluto. —Rió—. Una pesona puede ostentar más de un título, gracias a Dios, así que soy baronesa de Feldingswether por derecho propio y duquesa de Bowmry por cortesía.

—Así pues, ¿su esposo es el barón de Feldingswether por cortesía? —preguntó Edward, siguiendo desenfrenadamente la lógica hasta su amargo final. No parecía ser capaz de callarse.

—¡Claro que no! —respondió ella con voz triunfal—. Los hombres no asumen los títulos de sus esposas del modo en que lo hacen las mujeres. Ésa es la razón por la que si te casas con un rey eres una reina, pero el esposo de la reina de Inglaterra se ve menospreciado con algún ridículo titulito como «príncipe consorte». En cualquier caso, es muy complicado.

—Entonces, ¿cómo debería llamarla?

—Llámeme Blanche —dijo al fin—. Es como me llaman mis amigos.

Edward así lo hizo. Para su sorpresa, él y la duquesa mantuvieron una larga, bastante agradable y completamente ordinaria conversación. Edward apenas podía creer que aquello estuviera sucediendo. La duquesa podría haber sido una simpática tía mayor: afable, voluble, ligeramente dada al flirteo, una conversadora de primera clase, sin duda el producto de siglos de crianza y décadas de adiestramiento. Cierto, había una cualidad un tanto demencial en su discurso, pero eso al menos tenía la ventaja de compensar cualquier torpeza por parte de él. La duquesa estaba obviamente decidida a hechizarlo, e incluso si el gesto se percibía como un poco forzado, Edward no se hallaba en situación de presentar ninguna clase de resistencia. Antes de que se diera cuenta, ya estaba hablando de su trabajo, de sus vacaciones y planes de futuro, en la medida en que existían, y ella tenía el don de hacer que todo pareciese improbablemente fascinante. Era un alivio hablar con alguien que, a diferencia de Margaret, por ejemplo, lograba que él sintiera que se le prestaba atención para variar. ¿Qué importaba que ella fuese una enigmática plutócrata extranjera?

La duquesa condujo la conversación al inminente traslado a Londres de Edward, las peculiaridades de viajar en avión, los distintos barrios en los que podía considerar vivir, las relativas ventajas y desventajas de la vida en el campo comparada con la vida en la ciudad. Contó una larga y cómica historia sobre la renovación de un antiguo guardarropa en Weymarshe. De fondo, Edward oía los gemidos de un perro minúsculo dando saltos para atraer la atención.

Inevitablemente terminaron abordando el tema del códice. Edward le contó la historia de su viaje con Margaret al Anexo del Chenoweth y la decepción que se llevaron allí, obviando la parte de su encuentro con el chófer del duque. Ella suspiró.

—A veces me pregunto si es real. —La duquesa parecía cansada—. El *Viaje*, quiero decir. En un tiempo lo fue, estoy segura de ello, pero ¿cree usted que esa pobre cosa realmente ha sobrevivido a todo este tiempo? Los libros pueden morir de tantas maneras... En ese aspecto son como las personas. Aunque también me recuerdan a los moluscos: duros por fuera, pero con esas delicadas entrañas articuladas... —Volvió a suspirar—. Esto va de mal en peor, Edward. Se nos acaba el tiempo.

—No sé qué decirle. —Edward percibió la preocupación en la voz de la mujer, e imaginó su pálida frente frunciéndose—. La verdad es que ya casi hemos agotado todas nuestras pistas.

—¿Qué hay de Margaret? Parece muy lista.

—Lo es, pero ella... No sé dónde está. Llevo días sin saber nada de ella.

—¿Cómo es? —Un atisbo de algo (¿podían ser celos?) se infiltró en su voz—. ¿Podemos confiar en ella? Me encanta la idea de que haya alguien así, porque suena como un cruce entre Stephen Hawking y Nancy Drew.

—Es una persona difícil de entender. —Edward se sentía culpable por hablar de Margaret a sus espaldas, pero... ¿acaso le debía algo a ella?—. Es muy seria. Muy decidida. Un poco rara. Pero ha leído prácticamente todo lo que cualquier persona ha escrito jamás acerca de cualquier cosa.

—Suena intimidante.

—Lo es. Si quiere que le diga la verdad, me hace sentir como un perfecto idiota. Pero la culpa no es suya. Ella no puede evitar que yo sea un ignorante.

—No sea bobo. Usted no es nada ignorante.

—Bueno —concluyó él—, quizá la conocerá algún día.

—Espero que sí —dijo la duquesa con indiferencia—. ¿Va a acompañarle cuando venga a Inglaterra?

—No lo sé. Bueno... no lo creo. —La idea nunca se le había pasado por la cabeza—. Margaret tiene su propio trabajo que hacer aquí. Yo nunca podría apartarla de eso.

—Pero si pudiera lo haría, ¿verdad?

—¿Llevármela conmigo? —Titubeó—. Lo dudo. Me refiero a que no querría dar por sentado... — Se interrumpió, súbitamente acalorado. La duquesa rió.

—¡Le estoy tomando el pelo, Edward! —exclamó—. ¡Es usted demasiado serio! Apuesto a que ya lo sabe, ¿verdad? Es demasiado, demasiado serio.

—Si usted lo dice —musitó él, apenado. Sintió que necesitaba reconducir la conversación, recuperar la iniciativa—. Blanche, ¿por qué su esposo no quiere que yo busque el códice?

Se produjo una larga pausa.

—¿Él ha dicho eso? —Sonaba indiferente; quizá le tocara el turno al perrito de disfrutar de su atención. Edward se dio cuenta de que había roto una regla no escrita, que la comunicación temporal establecida entre ellos era frágil y podía desaparecer en un instante—. Bueno,

291

estoy segura de que no quería decir nada especial con ello. Así que ha hablado usted con él, ¿no?

—¡No, por supuesto que no! Llegó a través de Laura. Pero ¿por qué no quiere usted que él sepa que lo estoy buscando?

—Mire, aprecio su preocupación, Edmund...

—Edward. Me alegro, porque...

—Y si en cualquier momento usted siente que preferiría no estar involucrado en este proyecto, es libre de marcharse, con tal de que acceda a guardar en secreto la sustancia de nuestros tratos. —Habló con un tono cálido, intenso e impertinentemente generoso, un tono de advertencia, y Edward advirtió que en el fondo pretendía herirlo. De pronto la tía simpática había desaparecido—. Pero mientras esté trabajando para mí, lo hará de acuerdo con mis términos. Ahora mismo tengo un montón de hierros más en el fuego, Edward. Dispongo de recursos que van más allá de cuanto usted pueda saber. Sepa que no es el único que está buscando el códice. Usted es una parte muy pequeña de esto.

Edward vaciló. Se preguntó si era cierto que la duquesa tenía a otras personas trabajando para ella. Sospechaba que no era más que un farol, pero eso no venía al caso. La duquesa lo estaba poniendo a prueba, determinando con precisión hasta qué punto estaba dispuesto a aguantar sus chorradas y cuán poca información necesitaba para seguir adelante antes de que se echara atrás. Y para su gran consternación, Edward cayó en la cuenta de que no había llegado a su límite.

En cuanto se hubo disculpado, la duquesa volvió a adoptar sus maneras joviales y exentas de afectación, y Edward notó cómo empezaba a conducir la conversación hacia un final elegante. Siguieron hablando durante otros cinco o diez minutos. La duquesa volvió a mostrar su afición al flirteo. Edward tenía que telefonearla cuando llegara a Londres. Tenían que verse. Sería maravilloso. Tenía unas cuantas ideas acerca de dónde buscar el códice; le enviaría una carta. Él casi se sintió avergonzado por la facilidad con que sucumbía a sus ardides, entregándose a la deliciosa ilusión de que podían confiar el uno en el otro. Se encontró admitiendo que se suponía que ya debía estar en Londres, que de hecho su trabajo ya tenía que haber empezado, y ella rió como si aquél fuese el chiste más hilarante que hubiera oído jamás.

—Estaba equivocada acerca de usted —dijo cuando recuperó la compostura—. Quizá no es demasiado serio después de todo.

—Tal vez no soy lo bastante serio —contraatacó Edward.

—Bueno, no lo sé —dijo la duquesa—, pero no puede ser ambas cosas. Creo que yo debería tratar de decidirme por una de las dos, como una cuestión de principio lógico.

Edward notó que estaba a punto de colgar, pero él no podía permitirlo, todavía no. No antes de que le diera algo más.

—Blanche —dijo con un tono muy serio—, hay algo que necesito saber. ¿Por qué me pidió que los ayudara a encontrar el códice? ¿Por qué yo y no otra persona?

Edward esperaba que ella volviera a enojarse con él, pero la duquesa se limitó a sonreír y de pronto sospechó que se estaba acercando peligrosamente a algo que no quería saber.

—Porque sé que puedo confiar en usted, Edward —contestó, su voz grave y excitante por la línea telefónica.

—Pero ¿por qué? ¿Debido a ese acuerdo que hice para ustedes en Esslin & Hart? ¿El de los futuros de la

293

plata? ¿Y la compañía de seguros? —Se estaba agarrando a lo primero que le venía a la cabeza.

—No, Edward. Fue... —Titubeó—. Bueno, al principio ésa fue la razón. Peter lo quería a usted. Pero cuando lo vi ese día, supe que podía ayudarme. Lo vi en su cara. Simplemente supe que podía confiar en usted.

Edward guardó silencio. ¿Eso era todo? ¿Se estaba burlando de él? ¿Estaba tratando de seducirlo? ¿Estaba loca? ¿Por qué clase de imbécil le tomaba? Había sido una pregunta seria, y Edward deseó profundamente que ella hubiera tenido una respuesta mejor que darle. Su respuesta hizo que le entraran ganas de colgar.

¿Realmente se hallaba tan sola, tan impotente, que no tenía a nadie más a quien recurrir aparte de él? ¿Un joven inversor al que apenas conocía? Tenía que haber perdido todos los contactos con el mundo exterior fuera de Weymarshe, pensó. La duquesa hacía frente con coraje a la adversidad, pero debía de hallarse completamente aislada. No había nadie más para ayudarla.

Sentado en el sofá, la mirada perdida en el techo de su apartamento, Edward sintió una punzada de miedo.

Cualquiera que fuese el hechizo bajo el que había estado Edward, el sonido de la voz de la duquesa lo había roto, y el tiempo empezó a moverse nuevamente hacia delante. De pronto la partida volvía a seguir su curso. Unos segundos después de que hubieran colgado y antes de que Edward hubiera tenido ocasión de dejar el teléfono, éste sonó en su mano. Era Fabrikant. Quería que volvieran a verse, otro desayuno en el Cuatro Estaciones. Edward trató de contemporizar —podían al menos tomar una cerveza después del trabajo, por el amor de Dios, algo a una hora razonable—, pero Fabrikant alegó una

294

agenda muy apretada, así que Edward dio su brazo a torcer. Después de todo, su último encuentro había sido informativo. Fabrikant quizá tenía unas cuantas migajas más que arrojar en el camino de Edward. Acordaron verse a la mañana del día siguiente, un jueves. Edward colgó y respiró hondo. Contempló el teléfono con recelo, pero no volvió a sonar.

Al día siguiente Edward despertó temprano. Tardó más de lo esperado en acabar con la incipiente barba que vio reflejada en el espejo, y todavía más en apartarse de su sesión de primera hora de la mañana con MOMO (eh, su tribu lo necesitaba; tenía bocas a las que alimentar). Llegó al Cuatro Estaciones con diez minutos de retraso. El encargado lo miró con ojos gélidos, como si pudiera ver a través de él y percibir que realmente ya no pertenecía a aquel sitio. En vez de acompañarlo a una mesa, llevó a Edward hasta una puerta tapizada de cuero al fondo del comedor y luego entraron en una sala privada.

Fabrikant estaba esperando allí, pero no se hallaba solo. A su lado había una mujer que lucía un vestido gris de Armani, de cabellos oscuros y ceñuda, y un hombre que tendría aproximadamente la edad de Edward y que llevaba un arrugado traje deportivo de sarga, con largos y fláccidos mechones rubios cayéndole sobre la frente. Los tres alzaron la mirada cuando él entró, y Edward tuvo la certeza de que antes de que se abriera la puerta se había producido un incómodo silencio. Había una jarra de zumo de naranja y una bandeja de pasteles sobre la mesa, intactas. Fabrikant lo saludó con un gesto de la cabeza. Edward se sorprendió al ver que parecía sentirse incómodo. Creía que no había nada capaz de atravesar el luminoso sentido de la perfección personal de Fabrikant, pero al parecer no era así.

—Edward —lo saludó el hombre de la chaqueta de

sarga, sonriendo afectuosamente y deslizando una tarjeta de negocios sobre la mesa. Tenía un estudiado y refinado acento inglés, casi como una parodia del graduado de Oxbridge que siempre sabe estar en su sitio—. Nick Harris. Estoy aquí para representar los intereses del duque de Bowmry.

Edward se sentó a la mesa, dejando la tarjeta donde estaba. Así que el duque había decidido intervenir directamente. Bueno, ya iba siendo hora; casi le sorprendía que no lo hubiera hecho antes. Edward miró a Fabrikant, que se limitó a devolverle la mirada con ojos inexpresivos. No encontraría ayuda allí.

Edward se aclaró la garganta.

—Bien —dijo—. Trabaja para el duque.

—Hemos trabajado juntos en el pasado. Me pidió que me entrevistara con usted en su nombre.

Nick metió la mano en un bolsillo de su chaqueta, sacó un reloj dorado suspendido de una leontina, lo consultó y volvió a guardarlo. El gesto era tan ridículamente afectado que Edward pensó que podía ser una broma, pero nadie rió. Un camarero llegó y puso en silencio los cubiertos para el nuevo comensal.

—¿Está usted en su oficina de Nueva York?

—Por así decirlo. —Nick sonrió, afable pero serio, un padre preocupado—. Edward, no quiero andarme con rodeos. Tenemos razones para creer que está usted en contacto con la esposa del duque. —Levantó una mano como para interrumpirlo, a pesar de que Edward no había dicho nada—. Le ruego que no confirme o niegue tal punto. Eso sólo complicaría todavía más las cosas para usted desde un punto de vista legal...

—Por supuesto que estoy en contacto con la esposa del duque —admitió Edward—. Ayer mismo me telefoneó. ¿Cómo puede ser eso una cuestión legal?

—Oh, no lo es, créame. Por el momento. Aunque debería saber que si ese contacto continúa, estamos preparados para obtener una orden de alejamiento en ambos países.

—No pretendemos asustarlo, Edward —intervino suavemente la mujer por primera vez. Era norteamericana—. Sólo se trata de mostrarle que el duque se toma muy en serio todo lo referente a preservar la seguridad de su esposa.

Edward suspiró. Así que iban a mostrarse condescendientes con él. Perfecto, había olvidado lo mucho que odiaba a la gente de negocios. Sus reflejos para la lucha empresarial, que habían permanecido dormidos durante las últimas tres semanas, empezaron a despertar súbitamente.

—Muy bien. Usted está sugiriendo que yo represento alguna clase de amenaza para la duquesa. Hablemos de eso.

—No una amenaza en el sentido al que se refiere usted —matizó Nick, impertérrito—. Sin embargo, aunque quizá no lo sepa, usted sí es una amenaza.

Nick y la mujer intercambiaron miradas. Ambos resultaban tan obvios y estaban tan mal equipados para la negociación violenta que Edward no se sintió especialmente nervioso. Aquello incluso podía ser divertido. Lanzó una mirada elocuente a Fabrikant, que a su vez miró a Nick y sacudió nerviosamente la cabeza. Por su parte, Nick frunció el entrecejo e hizo un puente con los dedos sobre el mantel, como un presentador de noticiario que se prepara para introducir una conmovedora historia de interés humano.

—Creo que todos estamos al corriente de la supuesta existencia de un libro escrito por un tal Gervase de Langford. Ninguno de nosotros sabe cuál es su ubicación exacta, o si de verdad existe o no. Por supuesto, dando por sentado que usted tampoco lo sabe. —Miró significativamente a Edward.

—Claro. Desde luego. —Edward no pudo evitar admirar la perfección con la que los rubios cabellos de Nick caían sobre su frente.

—El duque le ha pedido que deje de buscarlo. Dudamos de que usted haya dejado de hacerlo. ¿Y por qué debería dejar de buscarlo? Quizá siente una sensación de lealtad hacia la duquesa. Está de su lado y quiere hacer realidad sus deseos. Quizá simpatiza con ella por razones personales. Ciertamente usted no tiene ninguna razón en particular para sentir lealtad alguna hacia el duque. Todo esto es perfectamente comprensible. Pero creo que si le cuento un poco más acerca de lo que ha estado ocurriendo en Weymarshe entonces sus sentimientos podrían cambiar.

—Soy todo oídos —dijo Edward amablemente. Se recostó en el asiento y cruzó los brazos. No podía negar que Nick había despertado un poco su curiosidad, y quería que siguiera hablando. Fabrikant desmenuzó en silencio un bollo danés encima de su plato.

—¿La duquesa le ha contado por qué está buscando el *Viaje*? ¿No? Verá, lo está buscando porque cree que es un esteganograma. —Nick pronunció aquella palabra nada familiar con un tono bastante seco—. No espero que usted sepa lo que significa eso, así que se lo explicaré. «Esteganograma» es un término técnico procedente del campo del criptoanálisis. Hace referencia a un mensaje que ha sido cifrado de tal modo que oculta o camufla la presencia del mensaje cifrado propiamente dicho. En otras palabras, usted no sólo no puede leer el mensaje que contiene un esteganograma, sino que no puede saber que el mensaje se encuentra allí. Está entretejido en la misma textura del medio sobre el cual está inscrito, de modo que sea indistinguible de ese medio.

—Como ese caricaturista —sugirió Edward—. El que ponía NINA en todos sus dibujos.

—Exactamente. En el caso del códice, el mensaje codificado podría estar incorporado al texto del libro, a las ilustraciones, a las filigranas, a la encuadernación, a la elección de los materiales o a la receta de los ingredientes utilizados para hacer la tinta con la que fue escrito. No tenemos manera alguna de saberlo. Sólo una persona que supiera exactamente cuándo y dónde fue cifrado el mensaje sería capaz de encontrarlo, e incluso entonces quizá no podrían llegar a descifrar su contenido.

—¿Y qué dice ese mensaje? —preguntó Edward.

—No hay ningún mensaje —dijo Nick, poniéndose muy serio—. No hay ningún mensaje, y no hay, con toda probabilidad, ningún códice. Gervase de Langford, sirviente de un nada distinguido noble campesino del siglo XIV, no compuso una fantástica obra de literatura conteniendo un mensaje cifrado que ha estado perdido para la historia desde entonces. La duquesa ha urdido una fantasía, una fantasía basada en muy pocas evidencias y en algunas emociones muy intensas, y en la cual, lamento decir, lo ha involucrado a usted. Debo informarle, Edward, y esto es confidencial, que la duquesa no está completamente cuerda. Lo digo con la debida compasión, pero la duquesa es inestable y ha llegado a sentirse emocionalmente unida a la idea del códice de una manera que no tiene nada de sana. Y aunque usted quizás actúa con la mejor de las intenciones, no le está haciendo ningún favor al alentarla en este asunto.

El rostro de Edward se mantuvo inexpresivo. Se preguntó si debería limitarse a levantarse y salir de allí, pero algo lo detuvo. Aquello no podía ser cierto: era demasiado raro, demasiado retorcido, como algo salido de una novela de espionaje. La navaja de Occam simplemente no lo permitiría. Cierto, había algo un poco extraño en la duquesa —la intensidad un tanto enloquecida en su manera de hablar, la forma en que sus estados de ánimo cambiaban rápidamente de un momento a otro—, pero Edward no podía creer que realmente estuviera loca. El códice era real. Edward casi podía sentirlo, como una brújula que percibe el norte magnético desde medio mundo de distancia. El códice estaba ahí fuera. Tenía que hablar con Margaret. Ella sabría lo que había que creer.

La verdadera pregunta era por qué aquel ridículo petimetre estaba sentado frente a él en el Cuatro Estaciones, parloteando acerca de esteganogramas. Intentaba desacreditar a la duquesa a los ojos de Edward, pero ¿por qué? Toda la situación se descontrolaba, volviéndose demasiado compleja para que pudiera ser analizada sobre la marcha. Edward se esforzó por controlarse.

—Volvamos atrás —dijo—. ¿Por qué la duquesa quiere el códice? ¿Qué cree que hay en ese mensaje secreto?

—Los detalles específicos no importan —repuso la mujer—. Limitémonos a decir que es algo que podría hacerle mucho, mucho daño al duque.

—¿Como qué?

Se miraron fijamente.

—No es la clase de cosa que uno discute durante una conversación educada.

—Oh, por el amor de Dios —intevino Fabrikant con disgusto, rompiendo su silencio—. Suéltelo de una vez.

—Recordará que no le he pedido que contribuya a esta reunión —dijo Nick.

—No trabajo para usted —replicó Fabrikant sin perder la calma.

—Digamos que es algo que sería muy embarazoso para todas las personas involucradas —continuó la mujer—. Algo que podría ser muy dañino para la fortuna de un gran hombre, un hombre que merece ser mejor tratado. Afectaría la reputación de un prominente par inglés.

—No lo capto —dijo Edward—. Si tan terrible es, ¿por qué iba a querer encontrarlo ella?

—¡Porque ella lo odia! —exclamó Fabrikant. Se echó a reír, y Nick lo fulminó con la mirada—. ¿No lo capta? ¡El duque es un gilipollas y ella no lo soporta! — Se levantó bruscamente—. Me disculpo por esto, Edward, de veras. He sido manipulado. La participación del duque en mi empresa les proporciona ciertos medios de ejercer presión sobre mí. Me dijeron que lo organizara todo, y lo hice, pero no estoy...

—Ya basta —lo interrumpió Nick.

—Ella va a arruinarlo, Edward. Si encuentra el códice. El duque perderá todo lo que tiene...

—¡Ya basta! —La tez pálida de Nick enrojeció—. Ha terminado, Fabrikant. Está acabado. ¿Lo entiende? Estamos fuera. No más.

Fabrikant les miró a los dos y asintió ligeramente, con un movimiento apenas perceptible. Muy despacio, con incongruente delicadeza, volvió a doblar su servilleta blanca encima del mantel. Edward pensó que se lo veía un poco pálido. Se movía con la precaria dignidad de un hombre en una película del oeste al que le han disparado en la barriga pero se niega a dar a sus enemigos la satisfacción de verlo caer. Edward lo vio partir sin poder hacer nada. Cuando Fabrikant salió de la sala, trató de dar un portazo tras él, pero la puerta forrada de cuero había sido cuidadosamente concebida para que no hiciese ningún ruido cuando se cerrara.

Nick volvió a abotonarse la chaqueta y se sentó. La mujer actuó como si no hubiera ocurrido nada, y Edward hizo lo mismo. Sin Fabrikant presente, de pronto la escena parecía mucho menos graciosa. Edward quería terminar de una vez.

—Así que el códice es... ¿qué? ¿Una especie de bomba para los periódicos sensacionalistas, que espera el momento de hacer explosión?

—El códice es una fantasía absurda —dijo Nick pacientemente, como si le estuviera hablando a un niño—. Una fantasía concebida por una mujer realmente magnífica que por desgracia ya no es ella misma. ¿Cómo puedo dejárselo más claro? Créame, el duque sólo piensa en los intereses de la duquesa. Lo único que le pedimos es que deje de comunicarse inmediatamente con ella. ¿Ve, ahora, lo importante que es eso?

Edward vaciló. ¿Debería limitarse a seguirles el juego?

—¿No ve lo que esto le está haciendo a ella? —inquirió despectivamente la acompañante de Nick. Sus elegantes cejas formaron una V acusadora llena de enfado—. Todo lo que usted dice sirve de alimento a sus delirios. Con eso sólo consigue empeorar las cosas.

Edward asintió vagamente, pero apenas escuchaba. Su mente se hallaba en otro lugar. ¿Qué iban a hacer, pincharle el teléfono? ¿Por qué no se limitaban a dejarlo en paz? La verdad era que empezaba a tener serios problemas para conectar con nada de todo aquello; la escena tenía un aire tremendamente escenificado, y a cada minuto que pasaba se parecía más a una novela barata de misterio. Bueno, si él era el detective privado, iba a hacer falta algo más que sir Ricitos de Oro allí presente para apartarlo del caso.

—De acuerdo —dijo finalmente. Suspiró—. Lo que sea. Prometo que no me pondré en contacto con ella.

¿Por qué no? Después de todo, él nunca había telefoneado a la duquesa. Era ella quien llamaba. Además, Edward no habría sabido cómo contactar con ella de todos modos.

—De acuerdo, entonces —dijo Nick. La mujer se levantó.

—De acuerdo.

Ella le tendió la mano en un torpe gesto conciliatorio. Edward se la estrechó. El orden estaba restaurado. Contra todo pronóstico, la reunión parecía haber terminado por fin.

—¿Y en qué parte de la ciudad tiene sus oficinas el duque? —preguntó con naturalidad a Nick.

—No sabría decírselo —respondió Nick. La mujer, cuyo nombre Edward no había llegado a saber, se ocupó de la cuenta—. Nunca he estado allí. Soy una especie de asesor para él. Tenemos un acuerdo flexible y paso la mayor parte de mi tiempo en E & H.

—En... —Tenía que haberlo oído mal—. Quiere decir en Esslin & Hart.

—Eso es —dijo Nick, su voz sonando como la de un corresponsal extranjero para la NBC que informara en directo desde Uagadugu—. ¿Qué, no se lo han dicho? —Le sonrió—. Yo solía estar en la oficina de Londres. Soy el hombre que han enviado aquí para ocupar su sitio.

Aquella noche, de nuevo en su apartamento, como de costumbre, Edward estaba mirando la pantalla del ordenador. Pero esta vez Zeph lo acompañaba. Zeph estaba sentado en la silla de oficina de Edward, y éste miraba por encima de su hombro.

—Esto es increíble, colega —dijo Zeph.

—Lo sé.

—No, quiero decir que es jodidamente increíble. —Su rostro era una máscara de conmocionada indignación—. ¡De veras! ¡Es que no puedo creerlo!

—No sé cómo explicarlo.

—¡Yo tampoco!

Zeph manipuló fríamente los controles y desplazó el punto de vista hacia atrás y hacia delante. Incluso Edward, a la búsqueda de algo que lo distrajera de la tormenta de complicaciones que había caído sobre él aquella tarde, estaba harto de mirarlo. Tenía decisiones que tomar, decisiones difíciles, y pronto, pero en lugar de eso contemplaba el monitor. Lo que veía, cuando conseguía obligarse a mirar, era lo mismo que no había parado de ver fútilmente durante la última semana: el campamento destrozado de la tribu a la que se suponía debía estar liderando. La nieve se filtraba hacia abajo desde el nivel de la calle a través de las rejas de las alcantarillas, fundiéndose sobre el andén de cemento en el que sus congéneres humanos permanecían sentados desconsoladamente mientras esperaban las órdenes de Edward. Una hoguera humeante hecha con traviesas del metro ardía tétricamente encima de las vías. Era un pequeño mundo plano metido dentro de una caja, un lamentable simulacro pixelado de las tres dimensiones.

—¿Cómo has podido permitir que llegara a ocurrir esto? —le reprochó Zeph. Se estaba dejando crecer la barba, escasa y rizada, confiriéndole un aspecto de ogro aún más acusado—. Es el espectáculo de incompetencia más patético que he presenciado jamás dentro del contexto de un juego de ordenador. Y puedes creerme cuando te digo que he visto unos cuantos. Deberías estar avergonzado de ti mismo.

—Me avergüenzo de mí mismo.

—¡Ni siquiera deberías estar aquí! —continuó Zeph. Se golpeó los enormes muslos con ambas manos—. ¡Desde que te di esta copia, he ganado tres veces! Una en cada nivel de dificultad de MOMO. Deja que te explique una cosa: a estas alturas deberías tener bases en la Luna. Deberías estar explotando las riquezas mineras de los cometas y haciendo el amor con chavalas alienígenas. —Estaba tan afectado que balbuceaba—. ¡Deberías tener un sistema de defensa planetario estacionado en satélites! ¡Deberías haber pasado a la ofensiva! Y en vez de eso, esto es como *El clan del oso cavernario.* —Sacudió la cabeza apenadamente—. Se terminó. Esto se ha acabado, joder.

—Bien. Quiero que termine.

Zeph tenía razón. No había estado prestando atención. Había cometido errores, había pasado por alto sus claves, y ahora era demasiado tarde para arreglarlo. Nunca prestaba suficiente atención cuando importaba. Pero ¿qué claves estaba pasando por alto ahora?

—Ha sido así desde el principio. —Edward sabía que sonaba petulante, pero ya no le importaba—. ¡Yo no tenía ningún arma, o no tenía las apropiadas, o con quién utilizarlas! Y cuando por fin llegaba allí, era demasiado tarde, todo el mundo se había ido y los alienígenas estaban haciendo saltar alguna otra cosa, o interfiriendo con el tiempo o sabe Dios qué. Ahora incluso los otros humanos me están dando de palos. —Se mesó el pelo—. Y también está toda esa cosa con el Sol.

El horror agrandó los ojos de Zeph.

—¿Has permitido que trastearan con el Sol?

—Míralo tú mismo.

Edward se inclinó sobre el teclado y guió a su personaje escaleras arriba hasta salir. Dirigió su mirada hacia arriba: el Sol, debilitado detrás de la lente alienígena, derramaba sus rayos vacíos exentos de calor. Mientras lo miraban, una banda de humanos ferales de otra tribu pasó por allí y mató al personaje de Edward. Éste cayó de espaldas sobre la nieve, sangrando pero con la mirada todavía alzada hacia el cielo.

—Joder —dijo Zeph—. Nunca había visto eso antes.

—¿Por qué otra razón crees que hace tanto frío?

Zeph se impulsó hacia atrás, se levantó y fue hacia las ventanas con una expresión de enorme solemnidad en el rostro, las manos entrelazadas detrás de la espalda como un médico de urgencias que hiciera frente al mayor reto de su carrera como emisor de diagnósticos. Anochecía, y el apartamento estaba oscuro.

—¿Cómo llegaste hasta aquí? —preguntó al cabo de un rato—. Cuéntamelo desde el principio.

Edward describió las escenas de apertura del juego. Zeph lo escuchó atentamente y alzó una mano para interrumpirlo.

—¿Así que no llegaste a hacerte con la carta que había dentro del buzón? ¿No salvaste el puente?

—No, no salvé el maldito puente. ¿Cómo hubiera podido hacerlo?

—Se suponía que estabas debajo del puente, matando al maldito experto en municiones.

—¿Qué experto en municiones? ¿De qué estás hablando? ¿Cómo podría haber matado yo a un experto en municiones?

—Con la pistola —dijo Zeph. Meneó la cabeza—. Se suponía que todo debía encajar, igual que un mecanismo de relojería. Pero olvídalo. Olvídalo, ni siquiera puedo explicarlo. La has cagado desde el principio. Nunca tuviste una sola posibilidad.

Ambos guardaron silencio durante un rato. Edward tenía en funcionamiento un par de ventiladores estratégicamente colocados, pero incluso de noche el calor era opresivo. El aire del verano olía a cerrado y a humedad, como si ya hubiera sido respirado a su vez por otros ocho millones de habitantes de Manhattan. Edward fue a la cocina y volvió con una botella de whisky escocés y dos vasos grandes con hielo.

Zeph aceptó uno de los vasos.

—No te sientas demasiado mal —dijo mientras agitaba el hielo filosóficamente. Se dejó caer en un sillón—. Es como aquella vez que yo estaba a punto de conquistar el Japón medieval. Pero entonces aquel *daimyo* construyó un puente de tierra a través de... De hecho, es más fácil si te lo dibujo...

—Zeph —dijo Edward, manteniendo firme la voz con gran esfuerzo—, intenta centrarte un poco. Me da igual el Japón medieval. Tú limítate a decirme cómo ganar en MOMO.

—No sé si puedes. De hecho, así a bote pronto, yo diría que estás completa y permanentemente jodido, de no ser por una cosa: el juego ya debería haber terminado. Hace mucho tiempo. Simplemente debería haberse detenido.

Zeph se frotó pensativamente la barbilla peluda.

—De acuerdo —dijo Edward hoscamente—. ¿Y qué?

—¿Es que no lo ves? Alguien se tomó la molestia de crear todo este complejo escenario a través del que estás jugando. ¿Por qué? Normalmente a estas alturas, cuando ya no hay ninguna esperanza, habrías llegado al punto en el que tu personaje cae muerto y una voz salmodia: «¡Mortal, has fracasado!», o algo por el estilo. En lugar de eso alguien creó deliberadamente todas las cosas que estás viendo; todos esos elaborados mapas, texturas, fondos y efectos de sonido. Todo ese guión fue escrito por adelantado. ¿Por qué, cuando es todo tan inútil?

—No lo sé. A menos que en realidad todavía haya una manera de ganar a partir de aquí.

—Exacto. —Zeph apuró su escocés, se levantó y le palmeó el hombro a Edward—. Exacto. No se ha acabado, amigo mío. No por un buen trecho, como dirían tus socios ingleses. Aquí hay una historia y se ha tramado un argumento, lo que significa que tiene que haber alguna manera de terminarla. Pero necesitas ayuda, ayuda que yo no puedo darte. Hay alguien al que tienes que ver.

—¿Quién?

—No puedes llamarlo. Él no tiene teléfono. Su apartamento sólo dispone de líneas de datos.

—Le mandaré un correo electrónico.

—No lo aceptará. Tu criptografía no es lo bastante buena. Tendrás que ir a verlo en persona.

—No sé si es buena idea. Por lo que dices, no parece un tipo muy sociable.

Zeph se encogió de hombros.

—La elección es tuya. Pero él es tu única oportunidad. No se me ocurre nadie que sepa más que él acerca de MOMO. Forma parte del colectivo que gestiona su código base en la red. Modera el grupo de noticias de MOMO. Y por lo que yo sé, puede que incluso haya escrito la mayor parte de los gráficos. ¿Tienes un bolígrafo?

Edward le dio uno. Zeph miró alrededor en busca de un trozo de papel, después se sacó del bolsillo trasero del pantalón una novela barata de ciencia-ficción y arrancó una de las guardas finales. Escribió con grandes letras mayúsculas una dirección en el Lower East Side, junto con un nombre: ALBERTO HIDALGO.

Luego hizo una pausa, el bolígrafo suspendido fatídicamente sobre la página, como si estuviera contemplando una revisión adicional de último momento.

—De hecho, creo que ya lo has conocido.

18

Aquella noche Edward recibió una carta de la duquesa.

La encontró cuando fue a acompañar a Zeph hasta el metro, un sobre de cartón de FedEx sujeto a su buzón con gruesas bandas de goma roja. Bueno, ella había dicho que le escribiría, pero en realidad Edward no esperaba que lo hiciera. No lo abrió de inmediato. Esperó a estar sentado en la cama con el sobre encima del regazo, equilibrado sobre sus rodillas. Dentro había varias rígidas hojas de un caro papel de oficio blanco, escritas en tinta de estilográfica azul oscuro. La letra era grande y femenina, con numerosos giros y adornos extravagantes y unos cuantos borrones, redactada a toda prisa pero aun así perfectamente legible.

El membrete era de Weymarshe. En lo alto de la página había un escudo con un solo árbol de grueso tronco prensado en tinta negra, sin lema. ¿Su emblema de armas?, se preguntó Edward. ¿O su sello, o como quiera que se llamara? Había algo en él que le resultaba familiar. Debía de haberlo visto antes, hacía meses, cuando trabajaba en la cuenta de los Went para Esslin & Hart. Debajo estaban escritas las palabras CASTILLO DE WEYMARSHE en un limpio tipo clásico sin trazo terminal. Edward se dijo que conforme pasaba el tiempo la duquesa parecía alejarse de él en vez de aproximarse. Primero la conoció en persona,

luego oyó su voz por teléfono y ahora se había empeque-
ñecido hasta quedar convertida en palabras escritas sobre
el papel.

No había ningún saludo al inicio de la carta, ni siquiera una fecha. El escrito meramente empezaba en lo
alto de la página.

Edward volvía a casa después de un largo día de
trabajo.

Edward frunció el ceño. Aquello no era exactamente
lo que esperaba. Arqueó el sobre apretándolo por los lados para ver si dentro había otra página que se le hubiera
pasado por alto, pero estaba vacío. Repasó las páginas, por
si de algún modo las había desordenado. No. De hecho,
estaban numeradas, y aquélla era la primera página. Siguió leyendo.

Edward trabajaba para una gran empresa financiera en Manhattan, en Nueva York, en el estado de
Nueva York, en los Estados Unidos de América. Era
alto y apuesto. Tenía el pelo oscuro. Casi eran las diez
de la noche y Edward estaba muy cansado. Iba por la
acera junto a Central Park contemplando el cielo.

Estaba compadeciéndose de sí mismo. Edward
tenía mucho éxito en su profesión, y a la temprana
edad de veinticinco años ya estaba próximo a adquirir
una considerable fortuna personal, pero tenía que trabajar muy duro para hacerlo, y después de un largo día
de escuchar a clientes difíciles y estudiar pautas en el
mercado y ese tipo de cosas, a veces se preguntaba si
todo aquello realmente merecía la pena o no.

Era verano. En la calle hacía un poco de calor,
pero algo extraño flotaba en el tiempo. Soplaba un

viento caliente y había una especie de indescriptible sensación eléctrica en el aire. Se aproximaba una tormenta. Edward sintió que algo lo golpeaba suavemente entre los omóplatos. Se volvió para ver qué era. Era una hoja de papel arrastrada por el viento.

Una hermosa mujer de cabellos oscuros corría hacia él por la calle. Ya no estaba en su primera juventud, debía de ser unos cuantos años mayor que él, pero todavía poseía una hermosura madura e incluso fascinante. En realidad no corría, sino que más bien daba cortos y acelerados pasos de muchacha, que era todo lo que podía hacer con su larga falda. De pronto el portafolios de cuero que llevaba se le abrió y el viento esparció los papeles que contenía por toda la calle. La mujer trataba de recogerlos, con la ayuda de un hombrecito de librea oscura que la seguía.

—¡Socorro! —gritó la mujer—. ¡Por favor, mis papeles!

Edward se unió a la persecución, y los tres corrieron como locos tras las páginas, que llenaban el cálido aire del verano como hojas otoñales. La calle se hallaba desierta. Edward corrió como una exhalación al centro de la calzada, cogiendo ágilmente las páginas del aire y metiéndoselas debajo del brazo. Su cansancio se desvaneció. El ejercicio le sentaba bien. Era un alivio echar a correr y estirar sus largas piernas después de tenerlas todo el día encogidas debajo de un pequeño escritorio que apenas les dejaba espacio libre.

Unos minutos más tarde habían cogido todas las páginas. Jadeando, Edward se las llevó a la hermosa mujer como un fiel sabueso que entrega un pato abatido.

—¡Muchísimas gracias! —dijo ella con la respiración también entrecortada—. ¡No sé qué habría hecho sin usted!

—No ha sido nada.

—Ahora —dijo ella, poniéndole la mano en el brazo—, le ruego que me permita pedirle un favor más. Lléveme de regreso a mi hotel.

Edward titubeó.

—Está bien —balbuceó—. Quiero decir, si...

—¡Por favor! —Ella le cogió el brazo con su pequeña mano. Estaba fría, y era sorprendentemente fuerte—. No me encuentro bien. ¡Esta noche realmente no soy yo misma!

Él la miró a los ojos. Parecían insólitamente brillantes, y su rostro, aunque hermoso, era preocupantemente pálido sobre sus oscuros cabellos.

Edward se levantó y arrojó el resto de las páginas encima de la colcha. ¿Qué demonios era aquello? ¿A qué clase de juego infernal estaba jugando la duquesa? Fue a la cocina para servirse un vaso de agua. Después de que Zeph se marchara, había tomado otro whisky, lo que probablemente fue un error, ya que ahora sentía la amenaza de un dolor de cabeza. Bebió un vaso grande de agua tibia del grifo, después otro. Luego volvió a la cama con otro whisky.

Ella no se lo estaba poniendo nada fácil, pensó. ¿Estaba loca? ¿Se trataba de una broma pesada? ¿Una especie de chiste? De ser así, Edward no lo pillaba. ¿Podía proceder realmente de la duquesa? La gente del duque había intentado hacerlo dudar de su cordura. Quizás aquello formaba parte de lo mismo, una falsificación introducida en su buzón.

Pero por alguna razón Edward lo dudaba. La carta exudaba una sensación de autenticidad. Pero ¿qué significaba? ¿Se suponía que era una fantasía? Y en ese caso, ¿se suponía que la fantasía era suya o de ella? ¿Era una novela en curso? ¿Tal vez un mensaje codificado, concebido para despistar a quien examinara aquella correspondencia? Trató de recordar lo que había dicho Nick acerca de los esteganogramas. Si había un significado oculto allí, él no podía verlo. Quizá la duquesa realmente no estaba del todo en sus cabales.

¿O tenía alguna clase de sentido más profundo? Quizá no estaba buscando lo bastante a fondo. Algo en la carta lo había dejado helado, incluso en el calor del verano.

El hombrecito de la librea se llevó el portafolios, de nuevo lleno de papeles, y regresó un minuto después al volante de una limusina. Abrió la puerta para la mujer, y Edward la siguió al oscuro interior del vehículo. Allí dentro había silencio, olía a tabaco aromático y cuero. La noche veraniega del exterior era un borrón detrás del cristal ahumado. La limusina se deslizó silenciosamente a través de la ciudad, como una góndola a lo largo de un oscuro y resguardado canal veneciano en el corazón de San Marcos. Los dos estaban allí juntos.

—¿Cuál es su nombre? —inquirió Edward educadamente.

—Blanche. ¿Y el tuyo?

—Yo me llamo Edward. Edward Wintergreen.

No dijo nada más y se limitó a apretarle la mano mientras temblaba un poco en la oscuridad.

El chófer los llevó a través del parque hasta la plaza. Les mantuvo la puerta abierta para que bajaran, y la misteriosa Blanche condujo a Edward hasta la acera cubierta por una alfombra y hasta el interior del vestíbulo. Él vio que era esbelta y que vestía las prendas más elegantes y seductoras imaginables. Se apoyaba en él como si estuviera a punto de perder el equilibrio, pero al mismo tiempo le condujo presurosamente a través del vestíbulo, con oscuro propósito, dejando atrás el mostrador de la recepción y el bar del hotel, con su agradable música de piano al fondo. Siguieron por un pasillo enmoquetado de rojo que era como una garganta. Todo era un sueño, el más maravilloso, delicioso e imposible de los sueños. Entraron en un ascensor suntuosamente adornado y las puertas se cerraron tras ellos.

Blanche se pegó inmediatamente a él. Su cuerpo era suave, cálido y maduro, y Edward estaba hambriento de él. La rodeó con el brazo, todavía sosteniendo torpemente su maletín con la otra mano. Su muslo se deslizó entre las piernas de Blanche y se besaron. Fue como estar en el cielo.

Entonces las puertas volvieron a abrirse, ella se apartó y lo llevó al pasillo.

—Ahora —dijo por encima del hombro— tienes que venir a mi habitación y ayudarme a clasificar esos papeles. ¡Están todos desordenados!

—¿Desordenados? —inquirió Edward estúpidamente. Se había sonrojado. ¿A qué podía referirse Blanche?

—¡Por favor! —insistió ella—. ¡Tengo que clasificarlos adecuadamente!

—Pero ¿por qué?

Al final del pasillo, Blanche abrió una puerta tapizada con cuero rojo y entró por ella. Edward la siguió.

Dentro las altas paredes estaban cubiertas por suntuosos tapices medievales. En uno Edward distinguió la forma tramada de un caballo sin jinete congelado

314

en las agonías de la batalla, todo él ojos desorbitados y ollares dilatados, y los dientes blancos al descubierto. Una vasta y oscura alfombra oriental cubría el suelo de piedra, tejida con motivos que se repetían una y otra vez, cada vez más diminutos, hasta que se desvanecían confundiéndose entre sí.

La luz de la luna y de las estrellas entraba a raudales por grandes ventanas. Las primeras gotas de lluvia de la tormenta ya habían empezado a salpicarlas. Ahora por fin estaban solos.

Blanche se volvió hacia Edward y le tomó la cabeza entre las manos, poniéndose de puntillas para llegar hasta él.

—Y ahora escúchame bien, Edward. El mundo real no es hermoso y agradable como éste. Es un caos donde todo está desordenado, igual que lo estaban mis páginas. El mundo entero ha sido desencuadernado, Edward, sus páginas se las ha llevado el viento. Tu trabajo consiste en volver a ponerlas en el orden apropiado.

Le pasó los brazos por el cuello y susurró, rozándole la oreja con los labios:

—¡Ahora hazme el amor!

19

Al día siguiente Edward cogió un taxi para ir al Lower East Side. Bajó en la esquina desierta de la calle Dos con la Avenida C y se quedó de pie allí durante un minuto, hurgando dentro de sus bolsillos en busca de la dirección que le dio Zeph, pues se las había arreglado para traspapelarla durante el trayecto.

Era viernes, a media tarde, y a pesar de la luz blanca e intensa del sol, la persiana de acero del colmado de la esquina ya estaba bajada. Una puerta de nevera amputada estaba apoyada en un parquímetro. Había agua de lluvia ácida acumulada en el compartimiento de la mantequilla.

Edward finalmente encontró la dirección hecha un ovillo dentro del bolsillo trasero. El papel en el que estaba escrita era de un pulposo blanco barato que ya había empezado a oscurecerse con el tiempo. En el dorso se leía una frase impresa con un tipo muy grueso, toda ella en mayúsculas:

¡¡¡PARA SALVAR A LA TIERRA, PRIMERO ÉL TIENE QUE SALVAR A LOS QUINCE DUPLICADOS DE ÉSTA!!!

Una camioneta de una panadería pasó ruidosamente junto a él. Llevaba un enorme pan pintado en uno de los lados, lo que hizo que Edward se acordara melancólicamente del pan que comían los campesinos en su pintura del campo de trigo. Una ráfaga de viento levantó una nube de polvo en la calle. Hacía calor, pero un tenue atisbo de frialdad flotaba en el aire, tan débil que apenas se notaba. Aun así, Edward se dijo que el verano casi había terminado: el día siguiente era el primero de septiembre. El tiempo pasaba.

El edificio era alto y estaba hecho de ladrillo marrón, un bloque de finales de siglo que se inclinaba visiblemente sobre la calle. El nombre de Alberto Hidalgo aparecía junto al timbre del último piso. Todas las demás ranuras se hallaban vacías. Edward llamó al timbre y esperó.

De pie en la esquina, rodeado por cápsulas de crack rotas, mierda de perro y envoltorios de Slim Jim que revoloteaban por el aire, Edward oyó el inaudible pero inconfundible sonido de su vida chocando con el fondo. ¿Qué estaba haciendo allí? Todo lo que guardaba relación con aquella situación parecía ser un error. ¿Merecía la pena el esfuerzo de recorrer aquella distancia ciudad abajo, hasta el límite del univeso conocido, sólo para obtener ayuda con un juego de ordenador? No, claro que no. Pero ¿qué más le quedaba por hacer? Margaret no daba señales de vida. La duquesa era un interrogante. Ahora el códice estaba todavía más perdido de lo que lo había estado antes de que Margaret y él agotaran su única pista en Old Forge. Ya iba siendo hora de ir a Inglaterra. Edward incluso había llegado a dar el drástico paso de reservar una plaza en un vuelo dentro de unos días, pero sabía que no podía subir al avión. Todavía no, no sin el códice. Quizá si echaba a correr todo lo lejos que pudiera en dirección opuesta se tropezaría con él viniendo desde el otro lado. ¿Y de qué conocía aquel nombre, Alberto Hidalgo? Edward se apoyó en el timbre, casi esperando que nadie respondiera.

Un par de minutos más tarde, Edward reparó en una pequeña cámara de vídeo que lo observaba desde arriba a través de un sucio panel de cristal colocado en la puerta. Le saludó con la mano y la cerradura zumbó.

Empujó la puerta y entró. La escalera era estrecha y empinada. El techo se hallaba cubierto por delgadas láminas de latón estampadas con un motivo floral repetitivo y pintadas de verde pálido. Todo estaba oscuro y silencioso mientras Edward subía por la escalera, sus zapatos arañando secamente los gastados escalones de mármol. Una vez dentro, vio que el sistema de seguridad tenía un acabado bastante casero, como si hubiera sido montado a partir de componentes obtenidos de distintos catálogos. Un par de cables sobresalían de la cámara, un cordón eléctrico y un cable de Ethernet grapados juntos en el ángulo entre la pared y el techo, y Edward los siguió escalera arriba. Los cables llegaban hasta el sexto y último rellano.

Una de las puertas que daban al rellano estaba entornada.

—Entre —dijo una aguda voz andrógina.

Edward obedeció. El ambiente en el apartamento era más bien fresco. Estaba poco iluminado y tenía un techo falso. Las paredes eran blancas. La luz se filtraba a través de ventanas casi completamente ocultas por altas y precarias pilas de libros en ediciones de bolsillo, que sólo dejaban entrar rendijas de luz blanca. El suelo estaba cubierto por una alfombra barata, azul pálido y aparentemente nueva. Estaba plagada de bolas de papel, bolígrafos, catálogos de hardware de brillantes colores, discos compactos, los abigarrados órganos internos de varios ordenadores y un sinfín de bolsas naranja de Jax vacías. Alberto Hidalgo había sujetado con tachuelas cables eléctricos a lo largo de las paredes, justo encima del suelo, para disponer de una toma de corriente cada par de metros. Hasta la última de ellas se hallaba en uso. Alberto estaba sentado en un largo escritorio blanco de Ikea con media docena de

318

monitores de distintas formas y tamaños alineados a lo largo de él. Edward lo reconoció de inmediato.

—Yo a usted lo conozco —dijo.

—Yo a usted también —replicó el Artista serenamente.

Era el hombrecillo del apartamento de Zeph y la fiesta RAL. Iba tan pulcramente vestido como descuidada estaba la habitación, con un traje gris y una corbata rosa bien anudada, como un niño vestido para una *bar mitzvah*, salvo por el hecho de que sus pies estaban descalzos. Alberto Hidalgo era tan bajo que los pies apenas le tocaban el suelo.

Edward se quedó en el umbral, dudando más que nunca de que quisiera seguir adelante con aquello.

—Zeph me dijo que iba a venir —comentó el Artista—. Siéntese, por favor.

Edward avanzó cautelosamente hasta un sofá destartalado de terciopelo junto a la pared de enfrente, sintiéndose como una visita que pone los pies por primera vez en la consulta de un psiquiatra.

—¿Tiene consigo su copia del juego?

Edward asintió. Sacó el disco del bolsillo de su camisa y se lo entregó. El Artista lo introdujo en un enorme ordenador colocado debajo del escritorio, que producía un audible zumbido.

—Menuda máquina tiene usted ahí —dijo Edward.

—Es un KryoTech —informó el Artista. Parecía sentirse completamente a sus anchas—. Son más rápidos que la mayoría de los sistemas que encuentras en las tiendas del ramo. Está estructurado alrededor de una unidad de refrigeración que enfría el microprocesador hasta alrededor de los cuarenta grados bajo cero. Eso reduce la resistencia en el silicio. A esa temperatura incluso un chip estándar puede ser acelerado de manera fiable hasta velocidades muy superiores a las especificadas por la fábrica.

Aun así, no se ven muchos KryoTech: hacen mucho ruido y consumen mucha energía. También pesan una tonelada. Y son caros.

El motor del disco zumbó mientras el sistema leía el disco de Edward.

—Bueno —dijo el Artista—, y ahora veamos dónde está usted.

Sus manos titubearon por un instante, suspendidas sobre el teclado.

Edward nunca había visto a nadie que tecleara tan deprisa como el Artista. Los clics de cada tecla se confundían en un solo zumbido agudo. La enorme pantalla del monitor mostraba diez o quince ventanas abiertas y, al cabo de unos segundos, el juego de Edward apareció en una de ellas, reducido hasta el tamaño de un sello de correos. El Artista asió una esquina de la ventana con el ratón y la abrió, tirando de ella, hasta que cubrió la mayor parte de la pantalla. La estudió críticamente.

—Ajá —dijo, con el mismo tono de un radiólogo al examinar la radiografía de un bazo aplastado—. Ajá, ajá.

Hizo girar el punto de vista 360 grados.

—Uh.

—¿Qué?

—Bueno —dijo el Artista—, no cabe duda de que se ha metido usted en una situación muy jodida.

Una diminuta y torcida sonrisa apareció en su rostro, luego desapareció para reaparecer de inmediato: un chiste secreto. El Artista reprimió la risa. Edward se levantó y se acercó para detenerse detrás de él. En la pantalla grandes copos de nieve caían del vacío cielo gris.

—¿Qué tal? —dijo Edward.

—Lo siento. —El Artista se aclaró la garganta—. ¿Sabe qué está pasando aquí? Se encuentra usted atrapado dentro de un Huevo de Pascua.

Edward negó con la cabeza. Lo único que quería era terminar de una vez con todo aquello.

—Un Huevo de Pascua. No sé qué es eso.

El Artista se echó hacia atrás y cruzó las manos detrás de su cabeza.

—Un Huevo de Pascua es algo que a veces un programador inserta dentro de un programa que él o ella está escribiendo. ¿Tuvo usted alguna vez un Atari 2600 cuando era más joven?

Edward parpadeó.

—No me acuerdo. Pero no es la primera persona que me ha hecho esa pregunta.

—Si lo tuvo, habría jugado a un juego de vídeo llamado *Aventura*.

—De acuerdo. —Lo que fuese.

—El objeto de *Aventura* era encontrar el Santo Grial. —El Artista se apartó del escritorio con un enérgico empujón, de tal forma que su silla rodó un par de metros a través de la alfombra—. No obstante, en su camino para llegar hasta el Santo Grial usted se encontraría con un par de muros misteriosos en los que no había ninguna puerta. Para atravesarlos tenía que encontrar la llave negra, entrar en el castillo negro y matar al dragón rojo con la espada. Luego iba y cogía el puente púrpura, lo llevaba al interior del castillo negro, al interior del laberinto oscurecido, y lo utilizaba para entrar por una pared. Incrustado dentro de ésta había un punto mágico invisible.

Edward se sentó en el sofá. No estaba pagando por su tiempo al Artista, así que ya puestos bien podía dejarlo hablar.

—Cuando llevara tanto el punto invisible como el Santo Grial al interior de una sala, los muros misteriosos desaparecerían y usted podría entrar en una sala secreta. Allí hallaría el nombre de la persona que escribió *Aven-*

tura, escrito en letras multicolores que se encendían y se apagaban.

—Eso tiene que haber sido una decepción, después de tanto trabajo —dijo Edward, sólo para demostrar que todavía estaba prestando atención. Tres semanas antes, habría encontrado completamente absurda la idea de que alguien le estuviera soltando toda una disertación acerca de un videojuego.

—Era un tanto anticlimático —agregó el Artista—. Pero lo importante es que esa sala era un ejemplo de lo que los programadores llaman un Huevo de Pascua; una firma secreta, un mensaje escondido dentro del todo más grande, puesto allí para ser leído por aquellos que sabían dónde había que buscar. La mayoría de los programas los tienen, pero hay que saber dónde mirar.

—Algo así como un esteganograma —dijo Edward.

—En algunos aspectos, sí —convino el Artista. Si le había sorprendido que Edward supiese lo que era un esteganograma, no lo demostró—. Muy parecido a un esteganograma. Ahora usted ha encontrado un Huevo de Pascua dentro de MOMO. Todo el entorno virtual que está explorando, el frío, la falta de alimentos, los lobos, es como esa sala escondida en *Aventura*: algo secreto que la inmensa mayoría de las personas que juegan a MOMO nunca llegan a ver.

—Pero no entiendo cómo puedo haber descubierto nada secreto —dijo Edward parsimoniosamente—. No hice nada especial. Apenas llegué a hacer algo.

—Debo suponer que se habrá tropezado con ello por accidente. Pero en mi opinión la verdadera pregunta es: ¿por qué alguien iba a tomarse todas las molestias de construir un Huevo de Pascua de semejantes dimensiones y complejidad en primer lugar?

El Artista hizo una pausa y tosió discretamente en el

puño. Se levantó y fue a la pequeña cocina del apartamento, donde sacó un vaso de papel de un paquete de plástico sellado y lo llenó con agua del grifo. Éste estaba equipado con un gran filtro de agua que tenía aspecto de ser bastante caro. Antes Edward no se había fijado en que el Artista llevaba en su muñeca derecha una férula para el túnel carpal de apariencia artesanal confeccionada en cuero bordado.

—¿Fue creado para la diversión privada de esa persona? —En algún lugar por debajo de su vacuo exterior el Artista sin duda lo estaba pasando en grande interpretando al sagaz Sherlock Holmes frente al Watson estúpido de Edward—. Quizá. Pero, ¿valdría realmente semejante diversión privada todo el trabajo necesario para crear un entorno virtual tan detallado? —La dicción del Artista tenía una cualidad abiertamente retórica que casi parecía propia de un guión, como si hubiera aprendido a hablar escuchando a un presentador de noticiarios televisivos—. ¿Podría haber habido otro motivo? ¿Hay aquí un mensaje, y si lo hay, cómo podemos leerlo? Y sobre todo, ¿cómo podemos sacarlo a usted del Huevo de Pascua, para que así pueda ir y terminar el juego?

—Cierto —dijo Edward—. Todas ésas son buenas preguntas.

Esperó, pero el Artista no respondió de inmediato. El hilo de sus pensamientos había cambiado de curso para internarse en su propio túnel privado. Permanecía inmóvil con los ojos vidriosos sentado en su silla de escritorio, tomando de vez en cuando rápidos sorbos de su vaso de papel. Edward reparó en que una de las ventanas del monitor era una página web con reservas de avión para Londres. Otra mostraba una granulosa visión en imagen real tomada por la cámara de seguridad de la entrada. Todo ello contribuía a reforzar la extrañamente omnisciente cualidad del Artista.

—Este edificio está muy bien —sugirió Edward.

—Gracias —dijo el Artista distraídamente—. Es de mi propiedad. Yo era el empleado número siete en Yahoo.

Dejó el vaso y alzó la mirada hacia la imagen en el monitor, mientras tecleaba nerviosamente en uno de sus equipos.

—Bueno —dijo—, todavía puede usted ganar. Si quiere hacerlo, claro. Vuelva a frenar el fluir del tiempo. Derrote a los alienígenas.

Edward se irguió, sorprendido.

—¿Puedo?

—Muy fácilmente. Mire, se lo mostraré.

Una de las manos del Artista empezó a danzar sobre el teclado mientras la otra sostenía el ratón. Éste era un sofisticado modelo sin cable, aerodinámico y erizado de botones plateados. Una hojita de papel de seda rosado reposaba sobre el monitor, una factura con un árbol en el extremo superior.

De pronto un resorte saltó en la mente de Edward.

—¡Joder! —exclamó—. Usted es Alberto Hidalgo.

—Sí. No entiendo por qué Zeph utiliza mi nombre cuando yo prefiero que se me llame «el Artista». Quizá sea un reflejo de su sentido del humor.

—Pero usted es el Alberto que solía trabajar para la familia Went.

No hubo ninguna pausa en el ritmo de las pulsaciones de teclas del Artista, que siguió mirando la pantalla. Casi contra su voluntad, ciertas cosas empezaban a encajar en la mente de Edward, aunque en realidad no tenían ninguna razón para hacerlo.

—Sí. ¿Cómo lo ha sabido?

—Ahora trabajo para ellos.

—Oh.

Edward observó al Artista con mucha atención.

—Me contrataron para que les diseñara ciertos programas personalizados —reveló el Artista por iniciativa propia—. Una base de datos para el catálogo de una biblioteca. Cumplí con mi contrato a su entera satisfacción.

—Lo sé. Ahora lo estoy utilizando. Los Went me contrataron para que catalogara su biblioteca.

—Ya veo. —El Artista ajustó con exagerado cuidado un dial en el monitor—. Espero que mi programa le resulte satisfactorio.

—Es magnífico —dijo Edward.

El corazón le latía con tal fuerza que sentía como si fuera visible a través de su camisa. El Artista balanceaba rápidamente sus cortas piernas mientras trabajaba.

—Déjeme preguntarle algo —dijo Edward, tratando de mantener un tono casual—. ¿Le hablaron los Went alguna vez de un antiguo códice que andaban buscando?

—Códescis —dijo el Artista—. El plural de codesc, una abreviatura para «compresión/descompresión», que hace referencia a un proceso algorítmico para reducir el tamaño del archivo mediante la eliminación de las redundancias...

—No me refiero a eso. Me refiero a un códice, en singular. Es un libro antiguo.

—Sé a qué se refiere —dijo el Artista en voz baja.

Atónito, Edward cayó en la cuenta de que, escondido en aquel miserable apartamento del Lower East Side con el excéntrico tecnófilo que vivía enclaustrado en él, había encontrado algo. Ignoraba de qué se trataba, sólo sabía que era frágil y que debería llevar las cosas a la perfección o perderlo para siempre. El vello se le había erizado en los antebrazos; se sentía como un hombre a punto de ser fulminado por el rayo, con relámpagos invisibles reuniéndose en el aire sobre su cabeza y acumulándose en el suelo bajo sus pies.

—Pero usted trabajó con su biblioteca.

—Sí.

—Con Laura Crowlyk.

—Eso es.

—Y la duquesa.

—Y la duquesa —confirmó el Artista. Introdujo una arcana combinación de teclas para la que utilizó ambas manos. Había incrementado de algún modo la velocidad del reloj en el juego, de tal forma que ahora los acontecimientos se sucedían a un paso frenéticamente acelerado dentro de su diminuto mundo. Las pequeñas figuras saltaban de un lado a otro como bailarines folclóricos en un viejo noticiario cinematográfico.

—Así que... ¿llegó a conocerla? —preguntó Edward, describiendo círculos alrededor de su presa.

—Un poco. No mucho. Dicen que no trabajo bien con otras personas.

El Artista dejó de teclear y la pantalla volvió a quedar inmóvil. El motor del disco duro gimió mientras escribía sobre el disco, luego lo escupió.

El Artista lo cogió y se volvió hacia Edward.

—Bueno, con eso ya debería tenerlo todo solucionado. He colocado a su personaje en los cuarteles generales del movimiento de resistencia humano —explicó, rápido como una ametralladora—, y he activado los generadores de emergencia, así que debería ser capaz de poner en funcionamiento los convoyes del metro. Visite Bulgari en la Quinta Avenida y coja los diamantes que hay dentro de la caja fuerte. La combinación está en el bolsillo del empleado, aunque puede que no necesite matarlo para conseguirla. No se preocupe, él es un colaborador. Una vez que tenga los diamantes, coja el metro hasta el aeropuerto. Pague con los diamantes a un equipo de vuelo para que repare un avión y lo pilote hasta Cabo Cañaveral en Florida. Desde allí puede coger la lanzadera espacial y entrar en órbita. Después de eso todo debería explicarse por sí mismo.

El Artista le tendió el disco. Edward lo contempló recelosamente sin cogerlo. Notaba que el Artista quería que se marchara. La audiencia había terminado.

—¿Eso es todo?

—¿Qué más esperaba? —preguntó el Artista.

—Bueno, todavía no ha respondido a esas preguntas. Como la de dónde provienen todas esas cosas, por ejemplo. ¿Y quién las puso ahí? ¿Y por qué?

Por un instante el Artista pareció mostrarse impaciente.

—¿Por qué le importa eso? Le he explicado cómo salir del atolladero. —El Artista miró la pantalla, el rostro empalidecido en la luz del monitor—. Aunque no sé por qué iba a querer hacerlo. La nieve, las calles vacías, el silencio... Es hermoso a su propia manera, ¿no le parece? —Daba la impresión de ser un principito caritativo que mostrase la vista desde la ventana de su mansión—. Puede ver las estrellas desde el centro de Times Square. Dudo que nadie haya hecho eso en ciento cincuenta años.

—Supongo que no.

—¿Por qué dejarse atrapar por nociones convencionales de «victoria» y «derrota»? ¿Realmente vencerá usted si rechaza a los alienígenas y salva el mundo? ¿Por qué no limitarse a permitir que todo siga su curso? Deje que los humanos vayan muriendo hasta desaparecer. Dé una oportunidad de dirigir las cosas a los lobos para variar. Y los narvales... Con el frío los narvales han empezado a venir al sur. ¿Los ha visto? ¿Sabe que, junto con la beluga, son una de las pocas especies de ballenas que carecen de una aleta dorsal? Pronto habrían estado aquí. Les gustan las corrientes frías vestibulares.

Edward miró la pantalla del monitor. Vio, para su sorpresa, que algo acerca de los «cuarteles generales» que mencionaba el Artista le resultaba familiar. Las características molduras, los techos altos, los sillones de cuero: parecía el apartamento de los Went. De hecho, era exactamente una réplica virtual del apartamento de los Went.

—Esto es obra suya —dijo.

Por fin empezaba a entenderlo. Las similitudes, los ecos, las conexiones entre el juego y su vida y el códice; las ruinas donde debería haber estado la biblioteca del Chenoweth; los terrenos fuera del edificio del Anexo en Old Forge; el hombre con las astas que había visto en la fiesta RAL. Algo, una forma, comenzaba a emerger de la oscuridad. Edward negó con la cabeza, dudando entre la ira y la exasperación o la simple admiración.

—Fue usted... Usted creó esta cosa. Usted la hizo, usted la puso en el juego y yo quedé atrapado en ella. Dios mío. ¡Maldito bastardo de mierda!

El Artista lo miró sin inmutarse, pero su parpadeo se había vuelto más frecuente.

—¿Por qué? —Edward quería zarandearlo—. ¿Tiene alguna idea de cuánto tiempo he desperdiciado con esta cosa?

—Nadie lo apuntaba a la cabeza con una pistola.

Eso era cierto.

—Pero ¿por qué? ¿Por qué molestarse en hacerlo? ¿Qué demonios le pasa?

—Tenía mis razones.

—¿Sí? ¿Como cuáles?

En vez de responder, el Artista se levantó y se acercó a una ventana, donde fingió estudiar los lomos de las ediciones de bolsillo apiladas allí. Edward reparó con sorpresa en que todos los libros, sin excepción, tenían los lomos de color rosa y azul, y los títulos estampados en oro con letras llenas de curvas de las novelas románticas para el gran público.

—Porque quería hacerlo —dijo el Artista, con aire de sinceridad infantil—. Pensé que un día tal vez se lo enseñaría a ella. Podría gustarle. Había cosas que siempre he querido contarle. Pero con el paso del tiempo ella dejó de venir al despacho y ya no volví a verla. Nunca llegué a saber por qué no venía. Y de todos modos me lo pensé mejor.

—Usted hizo esto para Blanche.

La ira de Edward había empezado a desvanecerse. Era demasiado patético y gracioso al mismo tiempo. Trató de imaginar al Artista haciéndole una demostración de su juego de ordenador a la duquesa.

—Ha dicho que quería contarle cosas. ¿Como cuáles?

—Como dónde está el códice.

El tiempo, que había estado precipitándose incontrolablemente hacia delante durante el último minuto, de pronto se detuvo. Su motor se atascó y se fundió. Edward sintió la mente clara. Se mantuvo inmóvil por miedo a sobresaltar al Artista, como si éste fuera un ave exótica y cualquier movimiento pudiera asustarlo hasta el punto de ocultar lo que fuese que se disponía a revelar. Un vasto tablero blanco cubierto de garabatos ilegibles, diagramas, cartas de flujo y símbolos escritos en rotulador rojo, verde y azul colgaba de la pared ante el escritorio del Artista. Un humidificador se alzaba en un rincón desde el que exhalaba silenciosamente una vaharada de niebla blanca tras otra, nubes en miniatura que se disolvían a cámara lenta en el aire.

—No necesité tanto tiempo para dar con él —prosiguió el Artista—. Los rompecabezas se me dan muy bien. Éste ni siquiera era particularmente difícil.

Edward apenas podía hablar.

—¿No lo era? —musitó.

—No. En realidad no. —El Artista no parecía orgulloso ni jactancioso, sólo honesto.

—¿Así que usted... usted lo tiene? —inquirió Edward.

—Dije que lo encontré. No he dicho que lo tenga.

—¿Dónde está?

—¿No lo sabe?

—Santo Dios. —Edward se apretó frenéticamente la cabeza. Se estaba volviendo loco. No sabía si estrangular al Artista o suplicarle que se apiadase de él—. ¡Limítese a decirme dónde está!

El hombrecillo sonrió tristemente y sacudió la cabeza.

—Ya he dicho demasiado.

—¡No ha dicho nada!

—Ojalá no lo hubiera hecho.

El Artista se sentó en la alfombra y apoyó la espalda en la desnuda pared blanca. Era como si de pronto su menudo cuerpo se hubiera quedado sin fuerzas. Parecía un muñeco mágicamente animado cuyo encantamiento estuviera desvaneciéndose, Pinocho yendo hacia atrás.

—La duquesa me contrató para trabajar en sus ordenadores, pero Laura me lo contó todo acerca del códice. O al menos lo suficiente para que yo adivinara el resto. He estado en todos los sitios donde ha estado usted. No debería haberlo hecho. Al principio pensé que le haría un favor a la duquesa, porque a ella le gusta que los hombres jóvenes le hagan favores. Usted ya ha descubierto eso. Creí que yo sería su héroe, pero me equivocaba. Me di cuenta justo a tiempo. Casi era demasiado tarde. Quizás era demasiado tarde. —Suspiró y Edward se sorprendió al percibir una sombra de inquietud, un delator estremecimiento en su voz. El Artista estaba intentando no llorar—. Tardé tanto tiempo en hacerlo... Utilicé pautas climatológicas de la edad de hielo como modelo. La era Wisconsin.

Respiró hondo y se controló.

—Por cierto —dijo—, creo que es usted el único que ha llegado a descubrirlo jamás. Tiene que ser muy, muy malo con MOMO para haber encontrado mi Huevo de Pascua.

—Muchísimas gracias.

El Artista empezó a describir los extremos a los que había llegado para modelar con precisión los efectos del filtro solar alienígena sobre la biosfera de la Tierra. Tenía sentido —Edward se acordó de lo que había dicho Zeph acerca del trabajo que hacía el Artista durante el día, algo relacionado con el Servicio Meteorológico Nacional—, pero sólo lo escuchaba a medias. Algo más revoloteaba en su mente, y se inclinó sobre el monitor del Artista para volver a mirarlo. La recreación del apartamento de los Went era asombrosamente detallada. Edward utilizó el teclado para guiarse a sí mismo pasillo abajo, abrió la puertecita, subió por la escalera de caracol —lo que requirió un complicado trabajo con el ratón— y entró en la biblioteca de los Went. Estaba allí, igual que en la vida real, pero vacía, despojada de todo: no había cajas, mesa, lámpara o cortinas. Sólo el suelo, el techo y las paredes desnudas, todo ello meticulosamente dibujado. El único mobiliario era las estanterías, que también se hallaban vacías. Una abeja virtual zumbaba y se estrellaba contra la ventana virtual. ¿Por qué una abeja?

—Pero no lo entiendo —se interrumpió—. ¿Por qué no le dijo a la duquesa que lo había encontrado?

—Lo siento, Edward. —El Artista meneó su redonda cabecita—. Eso tampoco puedo contárselo.

Era tan inútil como discutir con un buzón de voz recalcitrante. Sin embargo, algo había empezado a cobrar forma en la mente de Edward, algo que antes se hallaba roto en mil pedazos y que ahora volvía a unirse. ¿No era eso lo que había dicho el Artista acerca del correo electrónico la primera vez que se encontraron? Trocitos dispersos de información, recogidos y reunidos hasta formar un mensaje para ser leído. El caos deviene en orden. O lo que decía la duquesa en aquella ridícula carta suya: era como un libro que ha sido desencuadernado, cuyas páginas han quedado esparcidas y luego son reclamadas de nuevo y convertidas en un todo. Edward volvió a pensar en Margaret y en su historia acerca de sir Urre. ¿No tenía éste una abeja en su escudo de armas...?

Edward cogió el disco con su juego grabado en él y se volvió hacia el Artista, quien súbitamente había decidido interponerse entre su persona y la puerta. Ahora era Edward el que se disponía a marcharse y el Artista quien quería retenerlo allí, como un anfitrión que de pronto recuerda sus maneras y se dispone a compensar el tiempo perdido.

—¿Sabe por qué este juego se llama MOMO? —preguntó, recuperando su voz tranquila y suave, tal como era cuando Edward entró allí. Estaban cara a cara. No había forma de que el Artista pudiera detenerlo físicamente; Edward le sacaba al menos treinta centímetros, quizá más—. Hay un lugar al que puede ir donde verá la palabra «MOMO» escrita en una pared al estilo grafitti. Nadie sabe quién la puso allí o por qué. Pero ¿sabe usted quién era Momo? Era un dios griego: un titán, uno de los dioses que gobernaban el mundo antes de que Zeus y sus hijos se hicieran con el poder. Su madre era Nyx, que significa noche, y su padre era Erebo. Erebo era la personificación de la oscuridad del Hades.

»Momo fue el único de los dioses griegos que se atrevió a criticar el universo creado. Incluso llegó a sugerir unas cuantas mejoras. Pensaba que los toros deberían tener cuernos en los hombros en vez de en la cabeza, para que así pudieran ver mejor lo que estaban atacando. Le dijo a Afrodita, la diosa de la belleza, que sus sandalias crujían. Dijo que los humanos deberían haber sido hechos con puertas en los pechos, para que así pudieras abrirlos y ver qué era lo que sentían realmente.

»Al final los otros dioses terminaron tan hartos de oír quejarse a Momo que se reunieron y lo echaron del Olimpo. No sé qué le sucedió después de ese momento, pero creo que hay una lección en algún lugar de esto, Edward. Quizá sea la de que el mundo es un lugar imperfecto, pero si pasas todo tu tiempo buscando algo mejor, sólo conseguirás terminar en un sitio todavía peor.

»Siento lo del códice, Edward. Pero realmente no puedo decirle dónde está. Ya le he contado demasiado.

—Pero ¿por qué no? —insistió Edward, que no quería revelar más de lo estrictamente necesario. En su mente ya había salido por la puerta. Sabía dónde estaba el códice.

—Porque sé que se lo dirá a la duquesa. —El rostro infantil del Artista se puso muy serio, su voz se volvió apremiante—. No puedo permitir que haga eso. Su sustituto, Nicholas, está en lo cierto, aunque por razones equivocadas. La duquesa está mucho mejor sin el códice. Si lo encontrara, intentaría utilizarlo contra el duque, y éste nunca lo consentirá. Cualquier cosa que ella pudiera llegar a hacerle no es nada comparada con lo que él le haría a ella. Podría hacerle daño, Edward.

—Eso es ridículo —dijo Edward secamente, sintiéndose como la única voz de la razón que quedaba en el mundo. Tenía que salir de allí antes de que le estallara la cabeza. Cogió el disco y se lo metió en el bolsillo de la camisa. Apenas escuchaba al Artista—. No tiene ningún sentido. ¿Qué podría hacerle? El duque es un inválido.

333

Está enfermo. Y en cualquier caso, se encuentra en una clínica de Londres. La duquesa está en Weymarshe. Mientras ella esté allí, el duque no puede hacerle nada.

Se volvió y avanzó resueltamente hacia la puerta, hacia el Artista, abriéndose paso a través de los objetos esparcidos sobre la alfombra.

—Gracias por su ayuda —dijo, sin pretender parecer desagradecido mientras trataba de pasar junto al Artista—. Me refiero al juego.

—Se equivoca —repuso el Artista, y se apartó de mala gana—. Despierte, Edward. Trabajar para los Went me enseñó algo. Yo he pasado por todo esto antes que usted. Encontré el libro y lo dejé ir, y eso es lo que debería hacer usted. Olvídese de la duquesa. Esto no es un juego, Edward, es la vida real. Regrese al trabajo.

Edward no miró atrás. No necesitaba recibir un sermón sobre la vida real de alguien que parecía un hobbit. Bajó con paso rápido y decidido el primer tramo de escalones, después dejó de fingir y se lanzó como una exhalación escalera abajo, saltando los escalones de tres en tres y derrapando en los rellanos mientras se agarraba a la barandilla para no perder pie. El Artista se puso a dar voces por el pozo de la escalera mientras lo veía partir.

—¡Yo también la amaba, Edward! —gritó. La voz del hombrecillo retumbó y creó ecos sobre los escalones de mármol—. ¡El trabajo es la maldición que Dios hizo caer sobre nosotros! ¡Acuérdese de eso, Edward! ¡Nunca intente escapar de él!

Un instante después Edward estaba en la acera y echaba a correr.

20

Mientras volvía en el taxi, Edward todavía dejó otro quijotesco mensaje más en el contestador de Margaret, tratando de infundirle un sentido de lo urgente de la situación. Llevaba dos semanas sin poner los pies en el edificio de los Went y en la entrada había un portero nuevo, aunque parecía llevar el mismo traje raído que había vestido el antiguo portero. Edward se preguntó qué habría sido de él. El nuevo portero era un hombre corpulento, de rostro rosado y pelo blanco que empezaba a ralear propios de un contable. A diferencia de su predecesor, cuando detuvo a Edward en la entrada habló un inglés excelente. Para sorpresa de Edward, su nombre todavía figuraba en la lista de los Went. Y, aún más sorprendentemente, vio que el nombre de Margaret también figuraba en ella. La duquesa debía de haber conseguido hacer que se la añadiera.

Entró torpemente en el vestíbulo sombrío y allí estaba ella. Era como si la visión de su nombre en la maltrecha tablilla con sujetapapeles del portero le hubiera hecho cobrar existencia. Margaret estaba esperándolo en el vestíbulo, sentada en un sillón de cuero marrón lleno de grietas, tranquila e imperturbable como una ninfa de piedra. Se levantó en cuanto lo vio, su gran bolso de cuero colgando encima de su cadera. Edward medio esperaba que todavía mostrara señales del desastre en el Chenoweth —ojeras pronunciadas a causa de las noches sin dormir, pelo por lavar, una sombra de su antiguo yo—, pero estaba exactamente igual que cuando la vio por primera vez: discreta, informalmente vestida con una falda y un cardigan, con sus oscuros cabellos severamente cortados a la altura de la barbilla. Tenía la misma expresión resignada e indiferente en su pálido rostro ovalado, la misma postura de espalda perfectamente erguida.

De inmediato la envolvió en un abrazo de oso que ella ni invitó ni evitó y que le oprimió los brazos contra los costados. Edward se aferró a ella, los ojos firmemente cerrados para contener las lágrimas. No dijo nada y se limitó a abrazarla, sin importarle si la emoción que sentía era correspondida o no. Su fe en algo, no sabía qué, había estado a punto de desmoronarse, y la inesperada presencia de Margaret la había restaurado instantáneamente dejándola intacta, como si nunca hubiera flaqueado. Edward tuvo la impresión de haber estado vagando entre una neblina sin ella, sin ninguna expectativa de ser rescatado, y ahora Margaret había surgido de la nada para ponerlo a salvo.

—Te he echado de menos —dijo finalmente, y la soltó—. Te he echado de menos. ¿Dónde has estado?

—Estuve fuera. —Margaret bajó la mirada—. Lo siento. No quería verte.

—Creía que me habías abandonado.

Edward había olvidado lo bonita que podía llegar a parecer, con su cara larga y seria y la extravagante curva de su nariz. ¿Cómo podía no haber visto eso?

Se encaminaron a los ascensores y subieron juntos. El suave tañido metálico de los pisos que iban pasando era ensordecedor en el silencio. Dentro, el apartamento se hallaba desierto, y no hicieron ningún intento de ocultar su presencia. Estaba claro que los Went ya se habían ido, y Edward pensó que debían de haberlo puesto a la venta. La gran alfombra oriental había sido enrollada y se hallaba en un rincón; una ligera doblez en el centro hizo que se inclinara cortésmente hacia ellos mientras pasaban por su lado. Una fina calima de polvo de yeso flotaba en la luz de última hora de la tarde que se filtraba a través de las ventanas, producto de la conmoción causada por los hombres de las mudanzas. De camino a la escalera de caracol, pasaron por delante del despacho de Laura Crowlyk. Estaba vacío excepto por un par de cajas de plástico amarillo con descripciones de su contenido garabateadas con Magic Marker negro a los lados. Una sensación de cambios drásticos e inminentes permeaba la atmósfera.

—Espero que no se llevaran los libros —dijo Edward. La ausencia de alfombras o cortinas había alterado sutilmente la acústica, haciendo que sonara como si estuviera dirigiéndose a una sala de conciertos vacía.

Pero los libros seguían allí. Cuando Edward abrió la pesada puerta de metal al final de la escalera de caracol tirando de ella, la biblioteca los estaba esperando, al parecer sin haber sufrido cambio alguno desde la última vez que ellos estuvieron allí. Gruesas cortinas seguían cubriendo los ventanales.

—¿Has vuelto a venir aquí? —preguntó Edward—. Desde que regresamos del Anexo, quiero decir. —A pesar de sus esfuerzos, sintió que se sonrojaba en la oscuridad. Empezó a buscar a tientas la lámpara de pie, los brazos extendidos delante de él igual que un sonámbulo.

—Una vez —dijo Margaret. Señaló la vieja maleta que había contenido los libros que liberaron del Chenoweth. Estaba vacía, había vuelto a ponerlos en las estanterías.

—¿Sabes cuántas veces te llamé? —De pronto la ira que Edward había estado alimentando en su interior regresó de golpe. Le lanzó una mirada feroz—. ¿Por qué no me respondiste?

Ella meneó la cabeza.

—Lo siento, Edward, yo sólo... Lo siento. Pensé que todo había terminado. Pensé que el códice había desaparecido y lo único que quería era... pasar a otra cosa. Quería olvidarme de ello.

Apretó los labios.

—Me fui a casa durante un tiempo.

—Bueno. —No iba a decir que la perdonaba, pero...—. Me alegro de que estés de vuelta.

Una hora antes Edward ardía en deseos de contarle todo lo que acababa de descubrir, pero ahora que ella estaba allí apenas era capaz de hablar. Al final fue Margaret la que habló primero.

—He estado leyendo a Richard de Bury —dijo sosegadamente—. Quizá nunca has oído hablar de él. Fue obispo de Durham en el siglo XIV y uno de los consejeros de Eduardo III. También fue el primer gran coleccionista de libros que hubo en Inglaterra. Era implacable a la hora de hacerlo, no le importaba arruinar a una familia noble sólo por su biblioteca, y después de morir dejó varias listas de libros que había tenido intención de adquirir. Uno de ellos suena como si pudiera haber sido nuestro códice. *Un viaje a una tierra lejana*, un volumen, ningún autor, de la biblioteca de Bowmry. Pero sus papeles no revelan si consiguió llegar a adquirirlo o no.

»También hay algo en los papeles de un tal John Leland, custodio de la biblioteca del rey bajo Enrique VIII. Se le encomendó la labor de crear un registro de los artefactos históricos de Inglaterra, libros incluidos, pero enloqueció antes de que pudiera llegar a completarlo. Sus papeles están en...

—Margaret, espera. —Le puso una mano en el brazo para que fuera más despacio—. Hay algo muy importante que tengo que contarte.

Edward respiró hondo y se lanzó. Empezó por contarle su desayuno con Fabrikant. Se encontró escogiendo y seleccionando la verdad con mucho cuidado, porque no quería contarle más de lo que ella necesitaba saber. Explicó la teoría de la duquesa acerca del esteganograma, tal como la había descrito el representante del duque, pero eludió la cuestión de lo que podía significar y por qué lo quería la duquesa.

Cuando terminó, Margaret miraba el techo mientras sus labios se movían en silencio.

—Un esteganograma —susurró casi para sí misma—. Un esteganograma. Qué idea tan ridícula. —Pensaba en voz alta—. La *Esteganografía* de Tritemio fue posterior a Gervase, muy posterior. Aunque *La nulidad de la magia* de Bacon fue cien años anterior; Roger Bacon, no Francis. Y la sección en código del *Equatoria de los planetis* de Chaucer habría sido casi contemporánea. Si realmente fue Chaucer quien la escribió.

Se sentó a la mesa de trabajo.

—La verdad es que no creo que sea absolutamente imposible —dijo por fin, meneando la cabeza—. Técnicamente hablando. Pero es muy, muy improbable. No, es ridículo. ¡Es descabellado! ¿Y qué dice? ¿Y por qué lo quiere la duquesa? ¿Por qué nos dijeron que dejáramos de buscarlo?

Edward suspiró.

—No lo sé.

—Si fuese real, ¿qué crees que haría la duquesa con él?

—No lo sé —volvió a decir Edward, con una punzada de culpabilidad. Era un mal mentiroso, pero ella ni siquiera parecía sentir tanta curiosidad. Margaret bajó la mirada hacia el reloj que llevaba en la muñeca y empezó a juguetear con él.

—Bueno, no importa, ¿verdad? —dijo amargamente. Se sentó en la vieja silla de oficina y cruzó las piernas—. Seguimos sin estar más cerca de lo que estábamos.

—Te equivocas. Ahora sí estamos más cerca. —Se quedó callado durante un segundo, vendiendo la frase—. Margaret, creo que sé dónde está el códice.

Ella dio un respingo, como si Edward acabara de arrojarle el contenido de una copa a la cara.

—¿Lo has encontrado? ¿Dónde está? —Se agarró al borde de la silla y se inclinó hacia delante.

—No he sido yo —dijo él, hablando rápidamente—. Alguien más lo encontró, o asegura que lo hizo. Alguien que no lo quería. No me contó dónde estaba, pero me dio una pista. Si estoy en lo cierto, el códice se encuentra en esta sala.

Margaret miró nerviosamente alrededor como si el libro pudiera estar al acecho en un rincón oscuro, dispuesto a abalanzarse sobre ella.

—De acuerdo —dijo, tratando de calmarse—. Cuéntame tu teoría.

Edward estaba disfrutando de su gran momento. Echó a andar por la biblioteca y sus pisadas resonaron en el gran espacio vacío.

—En una ocasión me dijiste que algo de lo que sabemos acerca de Gervase proviene de documentos que fueron reutilizados en las encuadernaciones de otros libros. Libros que a su vez fueron desencuadernados para recuperar los papeles originales.

—Sí —dijo ella lentamente—, es cierto. Aunque esos casos son relativamente raros.

—Bueno, ¿y si al códice le ocurrió lo mismo? ¿Qué

pasa si alguien lo utilizó para hacer la encuadernación de otro libro?

—¿Por qué alguien iba a querer hacer eso? —preguntó Margaret con aire despectivo, una profesional que reprende a un aficionado por sus torpes meteduras de pata—. El procedimiento del que me hablas se utilizaba para el papel que ya no servía de nada. El códice habría estado escrito en pergamino. Hay una gran diferencia. Esencialmente el pergamino es cuero muy fino: era caro, y poseía unas propiedades físicas muy distintas de las del...

—Pero escucha —la interrumpió Edward—. Tú sólo escucha. ¿Y si lo hicieron como una manera de ocultar el códice?

Ella dedicó un instante a pensar en aquella posibilidad.

—Bueno —dijo con voz serena—, eso implicaría un cierto daño para las páginas originales. La pasta causa decoloración, y sin duda sería necesario practicar algún orificio. ¿Y por qué alguién iba a molestarse en hacerlo?

—Olvídate de eso por un momento. Limitémonos a suponer que lo hicieron.

Margaret se levantó y también echó a andar de un lado a otro.

—En un libro hay demasiado pergamino para que pueda ser ocultado incluso en una encuadernación muy gruesa. Como mucho podrías llegar a meter ocho o diez páginas.

—Cierto. Ya pensé en eso. Así que rompes el códice, repartes las páginas en varios grupos y las dispersas, esparciéndolas a través de una serie de volúmenes.

—De acuerdo. —Cruzó sus largos y esbeltos brazos—. Muy bien. Supongamos que ese procedimiento fue llevado a cabo con el códice. Ahora estamos buscando cualquier número de libros en vez de sólo uno. Estamos peor que cuando empezamos.

—Exactamente. —Edward se dirigió hacia la vieja maleta—. Margaret, ¿y si hubieras estado en lo cierto desde el primer momento? ¿Y si, después de todo, el códice estaba en la duodécima caja?

Dejó que su voz se perdiera en el silencio, cargado de elocuencia. Edward advirtió que sus palabras empezaban a ser comprendidas. Margaret fue a una de las estanterías y alzó su pálida mano para tocar la hilera de lomos gastados y polvorientos, tan delicadamente como si acariciase las escamas curtidas por la intemperie de un dragón dormido. Se inclinó para examinar más de cerca las etiquetas grises que ya se habían vuelto amarillas. Una pegatina rosada adherida al estante exhaló su último suspiro y cayó al suelo en un grácil aleteo. Margaret no le prestó ninguna atención.

—Maldita sea —dijo con voz queda y sin vehemencia—. Esos números de referencia... Sabía que eran extraños. Lo sabía. —Los estudió a la tenue luz—. Es tan obvio —susurró—. Pusieron el códice dentro de los libros de la duodécima caja y la donaron al Chenoweth, conscientes de que allí quedaría perdida. Esos números y letras no son números de referencia, sino que cumplen la función de firmas. ¡Y esas palabras tienen que ser contraseñas! —Alzó la mirada hacia Edward—. Si el libro realmente está aquí dentro, ésos son los cotejos, en el mismo lomo. ¡No son números de referencia, sino las instrucciones para recomponer el códice!

Los ojos de ambos se encontraron. Edward sintió que se le ponía la carne de gallina en los brazos. De repente el pensamiento había pasado a hacerse realidad, surgiendo una tercera y sobrenatural presencia en la sala con ellos: el códice estaba allí, el fantasma de un libro, destripado y dispersado pero esperando ser devuelto a la vida. Armándose de valor, Margaret sacó un enorme tomo del

342

estante correspondiente a Urre —un volumen que había quedado abandonado allí debido a la diáspora de alguna enciclopedia olvidada— y lo llevó a la mesa de trabajo. Lo puso encima con un golpe sordo.

—Muy bien —dijo. Lo abrió y empezó a estudiar el interior de la cubierta. Pasó los dedos por los bordes, percibiendo su textura y grosor—. Estas tapas son cartón, no madera. Si las páginas del códice están aquí, entonces forman parte de la cubierta, debajo del cuero.

Sacó del bolso un cortaplumas de hoja de acero y, con un solo gesto muy seguro, practicó un largo corte recto a lo largo del reborde de la última guarda interior. Dejó el cortaplumas e introdujo la punta de los dedos. Apoyando el antebrazo en el libro para que no se moviera, sacudió enérgicamente con la otra mano la raja que había hecho. Un fino polvo seco salió de ella.

Margaret alzó la herida hacia la lámpara y miró dentro de ella. Al cabo de un momento, alzó la mirada hacia Edward y dijo:

—Vamos a necesitar un poco de dinero en efectivo.

Tardaron media hora en bajar todos los libros a la acera y meterlos dentro de un taxi. Al final tuvieron que registrar el apartamento de los Went en busca de viejas bolsas de la compra donde esconderlos. Sin duda no eran los primeros que transportaban las posesiones de los Went, porque el portero no vio nada sospechoso en lo que estaban haciendo. Incluso les llamó un taxi.

Margaret no quería arriesgarse a poner los libros dentro del maletero, por si las herramientas para cambiar las ruedas los estropeaban o había alguna mancha de aceite, así que tuvieron que amontonarlos en el asiento trasero y luego embutirse dentro del taxi. Los muelles reblandecidos de la vieja tapicería chasquearon y se hundieron bajo su peso. Margaret se apretó contra una de las portezuelas traseras, mientras que Edward tuvo que sentarse en el asiento delantero al lado del conductor, aplastado bajo una pila de libros que llegaba hasta el techo de vinilo.

Fueron por Lexington Avenue hasta adentrarse en el Bowery, y luego a través de Canal Street hasta el puente de Manhattan. Cada minúscula irregularidad en la calzada se transmitía hacia arriba con la precisión de un sismómetro a través de la suspensión sobrecargada del coche e iba directamente al trasero de Edward, pero a él le daba igual. Durante semanas el códice había sido un objeto abstracto, místico y vaporoso; ahora Edward cerró los ojos, sintió el sólido peso tranquilizador de los libros en su regazo y se imaginó al taxi recorriendo el puente en un largo y dramático plano tomado desde un helicóptero, con el punto de vista que subía y se alejaba, el final de la película, luego empezaba a sonar el tema principal, los créditos desfilando por la pantalla. «Ya está —pensó—. Por fin se ha terminado.» Weymarshe estaba al doblar la esquina. Como si le hubieran dado la entrada, el taxista empezó al son de la melodía que sonaba en la radio, muy alto y sin sentirse nada cohibido, en un acento de la Costa Este: *Another Day* de Wings se convirtió sin ninguna transición primero en *Band on the Run* y luego en *She Blinded Me With Science*, de Thomas Dolby, con el taxista haciendo la parte de los teclados para que no faltara de nada. Mientras cruzaban el puente, la rejilla metálica incrustada en el asfalto gimoteaba musicalmente debajo de los neumáticos.

Todo el centro de Brooklyn parecía hallarse en obras. El tráfico avanzaba a paso de tortuga por una tortuosa ciénaga de barreras, pozos de grava y caballetes con luces anaranjadas intercambiando parpadeos encima de ellos. El tráfico se detuvo por completo durante cinco minutos mientras Edward, paralizado bajo el peso de los libros, se vio obligado a contemplar por la ventanilla un restaurante llamado ¡Para el Buen Bistec! Ya había oscurecido cuando el vehículo se detuvo ante el edificio de cuatro pisos donde vivía Margaret, en una estrecha calle de casas marrones idénticas. Ella descargó el asiento trasero mientras él pagaba al taxista. Luego empezaron a subir los libros por las escaleras, caminando rápidamente con las piernas dobladas y las pilas vacilantes sujetas debajo de sus barbillas.

En una ocasión Edward había visto el edificio de Margaret desde fuera, pero nunca había estado dentro y lo había imaginado perezosamente como una especie de cubil para estudiosos, un claustro de una sola habitación recubierto por paneles de madera oscura, con una mesa de lectura tapizada de fieltro verde. En lugar de eso, Margaret lo hizo subir tres tramos de escalones (dos cochecitos de niño plegados como un par de arañas gigantes en proceso de apareamiento convertían el tenebroso hueco de la escalera en un lugar encantado) y lo llevó al interior de un estudio oscuro, sin decorar y caótico, en el cuarto piso de lo que antaño debía de haber sido una acogedora residencia burguesa antes de ser dividida en apartamentos individuales de alquiler. Las paredes eran blancas y los techos muy bajos. Todo parecía más pequeño de lo normal: la nevera era la mitad de grande que un modelo convencional, y el sofá-cama no era mucho más grande que la litera de un niño. Estanterías improvisadas, edificios inestables hechos con tablas de pino y bloques de ceniza prensada llegaban hasta el techo.

El único mueble de tamaño normal que había en el apartamento era un colosal escritorio de madera colocado junto a las ventanas. Debía de pesar media tonelada, y parecía salido del despacho del presidente de un banco del Medio Oeste. Margaret barrió de él los papeles arrojándolos sobre la cama y empezó a hurgar dentro de un armario en busca de suministros, que dispuso a toda prisa en una ordenada línea a lo largo de la superficie del escritorio: rollos de cinta adhesiva blanca, grandes pinzas de metal reluciente, pinceles de pelo suave, agujas de hacer punto, un bote lleno de pasta, espátulas surtidas, trozos de papel de aspecto exótico, láminas de plástico transparente rígido y un delgado estuchito negro, que se abrió para revelar un reluciente escalpelo quirúrgico acomodado en un nido de terciopelo.

Edward estaba listo para empezar con el desvelamiento, la excavación o la recomposición, cualquiera que fuese el término apropiado para el proyecto que se disponían a iniciar, pero Margaret lo envió al colmado más cercano en busca de Coca-Cola light y Q-tips. Edward obedeció sin protestar, pero mientras caminaba por los sucios pasillos que olían a orina, repletos de pañuelos de papel sin marca, galletas caducadas y latas de anónimas raíces caribeñas, se preguntó si debería tratar de contactar con la duquesa y contarle lo que estaba sucediendo. Al volver, se detuvo en un teléfono público y probó suerte con el número del apartamento de los Went. Nadie respondió, lo cual tenía sentido, dado que él acababa de estar allí y el apartamento se hallaba vacío. Sintiéndose un poco idiota, dejó un adusto mensaje para Laura diciéndole que lo llamara a su móvil y colgó.

Cuando regresó, Margaret estaba inclinada sobre el primero de los libros, una hermosa edición de los *Idilios del rey* de Tennyson con ilustraciones de Gustave Doré, que yacía como un paciente quirúrgico en el círculo de luz de una lámpara halógena. No le mostró compasión alguna. Con unos cuantos cortes, separó el lomo y la cubierta del bloque de páginas que contenían.

—Estoy violando la primera ley de la preservación —murmuró.

—¿Que es?

—Nunca sometas un libro a ninguna operación que no puedas invertir.

Dejó a un lado con sumo cuidado las hojas liberadas y se concentró en las cubiertas.

—Nunca se lo contaré a nadie —dijo Edward.

Guardó las latas de Coca-Cola dentro de la nevera en miniatura de Margaret que, por lo demás, sólo contenía una caja de levadura en polvo y un recipiente Tupperware lleno de lo que parecía queso fresco. Cuando hubo terminado, se sentó con mucho cuidado en la cama, que estaba pulcramente hecha y cubierta con una colcha, quizá cosida a mano, bastante gastada y llena de bultos.

—En algún momento de la Edad Media la gente decidió que seguir haciendo las cubiertas de los libros a partir de la madera resultaba demasiado caro —explicó Margaret—, así que empezaron a usar el cartón, que por aquel entonces consistía en hojas de papel pegadas con cola y recubiertas de cuero. También empezaron a sustituir el pergamino por el papel para las páginas. El papel no se deforma como lo hace el pergamino, así que ya no necesitaban esas pesadas cubiertas de madera para mantener planas las páginas.

Cortó las cubiertas y apartó el lomo separado del cuerpo del libro, tomando nota primero de lo que había escrito en él. Edward torció el gesto, pero Margaret mostraba la típica insensibilidad del estudioso acerca del bienestar físico de los libros: ella ya había visto suficientes bibliocidios para que nada pudiera escandalizarla.

—Es asombroso, cuando piensas en ello —continuó—. No podía haberles importado menos qué papel usaban. No estaban interesados en preservar la historia.

Simplemente cortaban cualquier libro que nadie estuviera leyendo en aquel momento. A veces utilizaban obras de literatura que tenían cientos de años, libros que nosotros habríamos protegido debajo de un cristal en un museo incluso entonces, así que ya no hablemos de ahora. Eran tan raros...

Frunció el entrecejo y meneó la cabeza, como si se tomara personalmente la incomprensible conducta de épocas anteriores.

—Olvidamos que no todas las épocas estaban tan obsesionadas con la identidad del propietario como lo está la nuestra. En tiempos de Gervase un autor sólo se interesaba por la verdad: era su mayordomo, su conservador temporal, no su propietario. Ellos no tenían ninguna concepción del plagio. Si un hombre copiaba algo que había escrito otra persona, eso no era un crimen, sino un servicio a la humanidad. Y consideraba sus propios escritos del mismo modo.

Mientras él estaba fuera, Margaret había preparado una solución de disolventes dentro de un recipiente para mezclar de acero inoxidable. Trabajando deprisa y con cuidado, utilizó una esponja para esparcir el líquido transparente alrededor de los bordes de las cubiertas de cartón, ahora reducidas a dos paneles vacíos, y después les aplicó una gruesa capa de pasta blanca, que dejó secar durante un minuto. Cuando el cartón estuvo bien saturado, Margaret raspó la pasta y se dispuso a separar los bordes de la guarda del cartón con el estrecho filo de una espátula de cocina. Progresó lentamente a lo largo de los cuatro lados. Después levantó la guarda y se apresuró a secar las partes humedecidas con los trozos de papel.

Cuando apartó el papel que había estado utilizando como secante, Edward y Margaret se encontraron contemplando la primera página del códice.

Edward llevaba tanto tiempo buscándolo que había dejado de pensar en él como un objeto físico, algo que podía ser visto y tocado, manipulado y leído. Cuando pensaba en él, lo imaginaba como algo salido de un episodio de *Scooby-Doo*, un volumen místico que flotaba en el aire sin que nada lo sostuviera, iluminado desde dentro por un fantasmagórico resplandor verde y con unos coros celestiales cantándole serenatas, mientras sus páginas se volvían por sí solas como bajo una mano invisible. Pero allí estaba: puesto ante él encima del escritorio de Margaret, tan sucio y desmadejado como un bebé recién nacido que estuviera pidiendo disculpas por su pésimo aspecto.

No había esperado que fuera tan hermoso.

La página no era especialmente grande, no mucho mayor que el folio estándar de una hoja de papel blanco para xerocopias, pero sí infinitamente más fragrante: un delicado aroma, entre húmedo y mohoso, se alzó de ella cuando Margaret la puso al descubierto. Ella ya le había advertido de que podía estar dañada, y lo estaba, con la franja de un centímetro y medio de anchura que corría a lo largo de tres de sus bordes manchada de un intenso marrón quemado, pero el resto de la página era de un liso color crema levemente moteado. El Tennyson había sido un libro grande, por lo que quienquiera que hubiese escondido la página allí no había tenido que doblarla para que cupiera. La página contenía dos densas columnas de texto manuscrito, perfectamente centradas tanto vertical como lateralmente y con los finales de las líneas tan bien igualados como si hubieran sido justificadas en un procesador de textos. Estaban rodeadas por espaciosos márgenes y escritas en una tinta que antaño podía haber sido negra, pero que se había vuelto de un intenso color caoba. Esparcidas al azar por la página, una letra aquí y un sigilo allá habían sido realzados en rojo oscuro o liso oro metálico.

La escritura era una densa masa que recordaba más bien a un seto de enredados espinos negros o a las volutas en el hierro forjado de una escalera contra incendios. Era casi completamente ilegible; sólo cuando Edward fijaba la vista en una única palabra, un par de los puntiagudos garabatos se definían lentamente en letras reconocibles. ¿Qué significaba? Edward contempló el texto y éste rieló, augurando una promesa de sentido pero sin divulgar nada. Era como los problemas de ajedrez que él había resuelto con tan ridícula facilidad cuando tenía siete años, y que ahora contemplaba en el periódico con una impotente incomprensión. Por alguna razón, Edward quería saber tan desesperadamente lo que decía que le ardieron los ojos, pero el texto se le resistía; era como la escarcha del significado, condensada y recogida sobre el papel en aquella negra tracería, con su oscuridad brillante casi cegadora.

Hacia la mitad de la columna de la izquierda, el escribiente había convertido una gran Y en un cuadro en miniatura: un campesino jorobado y de aspecto miserable acarreaba una rama de árbol seca encima del hombro a través de un paisaje nevado, doblado bajo su carga, como si el peso de lo que ésta significaba fuese demasiado deplorable para soportarlo.

—Tiene un aspecto muy auténtico —dijo Margaret clínicamente.

Edward volvió bruscamente a la realidad. Se preguntó cuánto tiempo llevaba de pie allí mirando el texto. Margaret manipulaba la página como si tal cosa, pero a él le pareció ver temblar sus dedos.

—Un papel pergamino de una finura excepcional —dijo ella—. Necesitaríamos un microscopio para estar seguros, pero parece piel de ternero no nacido.

—¿Ternero no nacido...?

—Papel de pergamino hecho a partir de la piel de una vaca embarazada. Era muy apreciado y salía muy caro.

Trabajando con gran esmero, empapando y secando, tensando y tirando, Margaret soltó y retiró una segunda página de la misma encuadernación, y luego una tercera. Si sentía algo de la poderosa expectación que experimentaba Edward, su metódica falta de prisa no la traicionaba. A las nueve Margaret había terminado con el Tennyson: el volumen había arrojado un total de seis hojas de papel de pergamino, un poco arrugadas y llenas de manchas pero intactas. Pusieron las páginas a secar encima de la cama, previamente cubierta con papel de cocina. En un par de sitios, la tinta se había abierto paso a través de la página; la tinta hecha con hierro y hiel podía ser altamente corrosiva cuando se la mezclaba imperfectamente, explicó Margaret. Mientras ella las extendía, Edward vio que en realidad las páginas eran hojas de tamaño doble, cada una de ellas doblada por la mitad y cubierta de escritura por ambos lados, haciendo un total de cuatro páginas, con orificios subiendo por el centro allí donde habían estado cosidas a la encuadernación.

Cuatro latas de Coca-Cola light yacían en el suelo alrededor del asiento de Margaret. Puesto que no había ningún sitio donde sentarse, Edward se sentó en el suelo de linóleo agrietado de la cocina, apoyando la espalda contra la nevera que zumbaba suavemente y los pies en la pared de enfrente. Se dedicó a observar a Margaret. Incapaz de marcharse o ayudar de alguna manera, Edward era una presencia inútil. El apartamento de Margaret proporcionaba pocas distracciones. La única ventana de buen tamaño encima de la cama daba a la parte posterior de una casa de comidas, donde mozos mexicanos vaciaban perolas llenas de agua sucia y escuchaban música de mariachis. Los hombros y los brazos de Margaret trabajaban mientras cortaba, desprendía y secaba las valiosas páginas. Se había recogido el pelo hacia atrás en una corta coleta sujeta por una banda de goma color rosa, de la cual habían escapado unos cuantos mechones que flotaban en el aire.

—Voy a buscar algo de cena —dijo Edward al cabo de un rato.

—En la esquina con Vanderbilt hay un chino, el Jardín de Wah.

Edward se levantó del suelo.

—¿Qué quieres?

—El número 19, pollo con salsa de ajo. Y empanadillas al vapor. Y quizá podrías traer un poco más de Coca-Cola light.

A medianoche Edward se dio cuenta de que se había quedado dormido en el suelo, con la cabeza echada hacia atrás y la boca abierta. La comida china había desaparecido, los recipientes de cartón blanco vacíos se hallaban dispuestos en un ordenado montón sobre la encimera de la cocina. En el escritorio de Margaret había un vaso alto lleno de un líquido nebuloso y un vago color a lima.

Margaret seguía trabajando con el mismo nivel de energía y concentración que cuando había empezado hacía seis horas. Ahora la pila de libros intactos a su izquierda se había reducido, al contrario que el montón de libros destripados y desmantelados a su derecha. Edward la observó trabajar, tan abstraída que no era consciente de su presencia, y se preguntó cuántas noches habría consumido Margaret de aquella manera, una tras otra, hasta que ya no quedaba nada más que el amanecer, con nadie allí para cuidar de ella del modo en que lo estaba haciendo él en aquel momento. Se veía empujada hacia delante por la fuerza de su voluntad, propulsada por algún motor interior cuyos mecanismos Edward sólo podía tratar de adivinar. Se le ocurrió pensar que para Margaret aquella labor masoquista, sostenida y obsesiva era lo que pasaba por felicidad. Él estaba buscando una manera de escapar del trabajo, pero el trabajo era todo cuanto ella tenía. Se preguntó si también era todo lo que quería.

Se levantó, puso las manos en las caderas y arqueó su rígida espalda.

—Estás despierto —dijo Margaret sin levantar la vista.

—Ni siquiera sabía que me había quedado dormido —dijo él estúpidamente, y se aclaró la garganta—. ¿Qué bebes?

—Es un Tom Collins. Sin el vodka. Me gusta la mezcla —añadió ella, un poco avergonzada.

Edward utilizó el cuarto de baño (uno de los largos cabellos oscuros de Margaret estaba pegado a la pared del plato de ducha hecho en plástico moldeado), recogió los restos de la cena y luego fue a la cama para examinar las páginas.

—Bueno —dijo, sintiéndose un poco mareado—, aquí está.

Había veinte o treinta páginas, en distintos estados de conservación y deterioro. Algunas, como la primera que había visto, se hallaban en un estado casi prístino; otras habían sido dobladas dos o incluso tres veces para que cupieran dentro de libros más pequeños, sufriendo los efectos de la humedad y la acidez, de tal forma que su color iba desde un crema de aspecto muy nuevo hasta un oscuro marrón quemado. Unas pocas estaban tan salpicadas de oscuras manchas de moho en proceso de expansión que parecían mapas de la superficie lunar.

Las mejores partes, las únicas que significaban algo para Edward, eran las iluminaciones: una H transformada en un castillo, o una F en un árbol de robusto tronco que apenas se elevaba del suelo. Los animales parecían tener más personalidad que las personas: nerviosos perros parecidos a lebreles; afables ovejas; caballos serios y de pío aspecto. En una página una salamandra bermeja que sonreía sinuosamente acechaba a lo largo del extremo inferior del texto. Los pigmentos eran tan frescos y vívidos que parecían húmedos; en algunos lugares los colores habían sido extendidos en capas tan gruesas que la página se había deformado y quedado rígida debajo de ellos.

Por fin Margaret terminó apiadándose de él y se levantó para mirar también las páginas.

—Hay algo extraño en estas imágenes —dijo—. Pero no consigo llegar a ver qué es. Por la manera de manejar la pluma, parece como si el escribiente y el iluminador hubieran sido la misma persona, cosa nada habitual pero que desde luego no carece de precedentes. La calidad es alta. ¿Ves ese cielo de un azul tan brillante? El color fue obtenido triturando lapislázuli importado de Afganistán. Ese pigmento era tan caro como el oro.

—¿Puedes leer la escritura?

—Por supuesto.

Edward se sentó con mucho cuidado en el borde de la cama.

—¿Qué pone? —preguntó nerviosamente—. ¿Es el mismo texto que el *Viaje*?

—Creo que sí. Al menos algunas partes coinciden. Apenas he tenido tiempo de mirarlo.

—¿Qué quieres decir con eso de algunas partes?

Ella frunció el entrecejo y la comisura de sus labios se torció hacia abajo.

—Es demasiado pronto para decirlo esta noche. —Agitó la mano con la que sostenía el escalpelo de acero—. He estado leyendo algunos fragmentos mientras trabajaba. Hay cosas aquí que no reconozco; cosas que no están en el texto moderno. En esta versión hay mucho más acerca del hijo del señor del castillo al que se dio muerte mientras perseguía al caballero ciervo. El texto llena páginas enteras sobre lo poderoso que habría podido ser ese héroe. Pasajes sentimentales.

»Y aquí, en este pasaje. —Señaló una de las páginas—. Durante sus viajes, el señor del castillo se encuentra con una mujer que le da una semilla. Él cree que la mujer es una virgen sagrada, pero cuando planta la semilla brota un árbol gigante en cuyas ramas viven demonios.

—Pero ¿qué hay de ese mensaje secreto? ¿El esteganograma, o lo que quiera que sea?

Ella negó con la cabeza.

—Ni siquiera sabría dónde empezar a buscarlo, Edward. Incluso si es real. Si está aquí, podría estar en cualquier sitio; escondido en un dibujo, o escrito en tinta invisible, o tramado en diminutos alfilerazos, o en cualquiera de un gran número de códigos alfabéticos medievales. Cada palabra podría representar una letra o cada letra podría representar una palabra, con el número de letras en cada una de ellas pudiendo representar una letra a su vez. Los autores de los códigos medievales eran gente llena de recursos. Y Gervase pasó algún tiempo en Venecia. Los venecianos eran los maestros de la criptografía en el mundo medieval.

Edward se inclinó sobre la página en la que había la F y la estudió atentamente. Como máximo lograba distinguir dos palabras cada vez: «entonces... jardín... brotó del...».

Margaret le observó contemplarlo con los ojos entornados.

—Es hermoso, ¿verdad? Esa caligrafía nunca estuvo destinada a los profanos. Fue concebida para que se la escribiera lo más deprisa posible y ocupara el menor espacio, para así ahorrar tiempo y papel. Algunas palabras están abreviadas, otras han sido fusionadas entre sí. La técnica es conocida como *littera textura*, «palabras entretejidas». Es preciosa, pero se necesita mucha práctica antes de poder descifrarla. Y mira aquí.

Cogió una página, sosteniéndola con mucho cuidado sobre sus palmas planas, como una sacerdotisa que estuviera haciendo una ofrenda. La alzó ante la lámpara del escritorio para que la luz mostrara la textura del pergamino al brillar a través de ella.

—Fíjate bien —dijo—. Esto es algo que no esperaba. Todavía no puedo leerlo, no sin una luz ultravioleta.

Edward miró. Detrás de las letras oscuras, corriendo en perpendicular a ellas para descender verticalmente hacia abajo, había franjas de un marrón muy tenue, tan débil que casi se habían confundido con el marrón pálido del pergamino alrededor de ellas. Cuando Edward miró con más atención, vio que las franjas estaban compuestas de letras, bandas de escritura fantasmal que flotaba tras la precisa caligrafía negra de Gervase.

—Y esto es todavía más curioso —dijo Margaret secamente—. Este papel ha sido reutilizado. Había algo más escrito aquí, un texto anterior que fue raspado para hacerle sitio al *Viaje*. Nuestro códice es un palimpsesto.

A pesar de todos sus esfuerzos, la excitación inicial de Edward fue cediendo gradualmente ante el agotamiento conforme transcurría la noche. Mientras Margaret seguía adelante en una orgía de trabajo, él volvió a sentarse apoyado contra la pared. Cerró los ojos, sus zapatos salieron de los pies. De algún modo se encontró en la cama, hecho un ovillo para mantenerse alejado de las preciosas páginas, el brazo extendido sobre los ojos para ocultar la luz. La música de mariachis alcanzó el clímax y cesó por el resto de la noche. Edward contempló el feo techo rebajado con tablas de aglomerado del apartamento de Margaret. Nunca se había sentido tan cansado. La almohada sobre la que reposaba su cabeza olía maravillosamente, como el pelo de Margaret. Cerró los ojos y sintió que la habitación giraba lentamente alrededor, como si estuviera borracho.

Imaginó las páginas del códice flotando por todas partes en torno a él, como flácidas hojas marrones sobre la superficie cristalina de un estanque en el que Edward flotaba boca arriba como un muerto, o una piscina de patio trasero que iba llenándose de restos en aquellas primeras semanas de septiembre. En el Maine de su infancia aquéllas eran unas semanas terribles, cuando el clima le recordaba que el verano era una anomalía temporal, algo a lo cual no había que habituarse, y que Bangor, si bien superficialmente parecía civilizado, compartía su gélida latitud con lejanías tan septentrionales como Ottawa y Halifax. Más tarde tendría vagos e infundados recuerdos de Margaret no leyendo, sino hablándole (¿soltándole una disertación?, ¿suplicándole?), mientras sacudía la cabeza con desaprobación, incredulidad o quizá decepción. Pero nunca podría recordar de qué estaba hablando, o ni siquiera si aquello había sido real o sólo un sueño.

Despertó para encontrarla recogiendo el resto de las páginas de la cama alrededor de él y apilándolas sobre su escritorio. Edward se deslizó entre las sábanas sin abrir los ojos, como un bebé. Poco después oyó apagarse la luz y notó que Margaret se acostaba junto a él.

En la oscuridad, en su estrecha cama de matrimonio, era como si Margaret fuese una mujer distinta: cálida, suave, próxima y dispuesta a tocar, a la vez reconfortante y necesitada de que se la correspondiera, nada que ver con la hosca y difícil Margaret diurna a la que él estaba acostumbrado. Sus largas piernas se hallaban desnudas y tenían un poco de pelo. Se volvió de lado, apartándose de él, y Edward se pegó a ella y sintió la cálida forma de su cuello. Margaret todavía llevaba las bragas y una camiseta, pero la desnudez de sus piernas hacía que sintiera su calor. Sus fríos pies descalzos se mezclaron con los calcetines calientes de Edward. Entonces se volvió hacia él y Edward la ayudó a quitarse la camiseta por encima de la cabeza. De pronto el mundo se encogió hasta quedar convertido en la diminuta isla tropical de cama que compartían, llevándolos hacia el centro de un oscuro mar que se mecía suavemente.

Margaret lo estaba sacudiendo. Edward miró la radio despertador. Eran las cuatro de la madrugada.

—Dios mío —dijo. Se volvió y puso una almohada encima de su cabeza—. ¿Todavía no duermes?

—Edward —dijo ella. Había una insólita nota de urgencia en su voz—. Edward, tienes que despertar. Necesito que mires algo.

Edward abrió los ojos. Había entrado en calor, estaba cansado y se encontraba a gusto en la cama, pero la novedad de que Margaret solicitara su consejo poseía cierto atractivo. Se incorporó. El resplandor de la lámpara de escritorio le hacía daño en los ojos. Aun así, pensó que Margaret parecía asustada.

Margaret tenía una lupa en la mano, lo que le recordó a la duquesa cuando la había comparado con Nancy Drew, y sobre el escritorio había un montón de páginas del códice. Se había puesto una sudadera gris sin ninguna afiliación particular y llevaba unas gafas rectangulares a la última moda, que Edward nunca le había visto antes. Durante el día debía de llevar lentes de contacto, pensó. Olía deliciosamente a pasta dentífrica mentolada.

—Edward —dijo ella melodramáticamente, mirándolo a los ojos—. Lo he encontrado.

—¿Qué has encontrado?

—Lo he encontrado. He encontrado el esteganograma, el mensaje oculto. La duquesa tenía razón: es real.

Edward sintió que se le hacía un nudo en el estómago. Los últimos vestigios del aturdimiento del sueño se desvanecieron.

—¿Qué? ¿Se puede saber de qué estás hablando? —le dijo—. No puede ser real.

—Ya sé que no puede ser real. Pero lo es.

Edward la miró fijamente. Quería compartir su entusiasmo, pero sólo sintió frío. Entonces comprendió que en realidad él no quería que el mensaje fuera real. Su victoria ya era completa. Tenían el códice. No quería todo lo demás: el mensaje secreto, la intriga, las alarmas y las digresiones y revelaciones.

—¿Qué dice?

—Espera. Prefiero enseñártelo.

Cogió la primera página del montón que había encima del escritorio. Edward se acercó, se detuvo detrás de ella y dejó que sus manos reposaran sobre los hombros de Margaret.

—Recordarás —dijo ella— que había algo en esas iniciales historiadas, las letras grandes iluminadas, que me tenía preocupada. —Su voz encontró lentamente el camino de regreso a su sereno tono de conferenciante—. Si las miras, verás que no hay nada demasiado inusitado en su colocación, o su ejecución. Está la O, por ejemplo, que forma un marco alrededor de una madre y su hijo.

—De acuerdo.

—No es la imagen la que no tiene sentido, sino el contexto. Lo habitual es que el tema de una inicial historiada provenga del que aparece en el texto que la rodea, pero aquí no encuentro ninguna conexión. El pasaje no tiene nada que ver con una madre y su hijo, habla del héroe cruzando el océano en una embarcación.

—Cierto. De acuerdo, quizá se trate de una conexión metafórica —sugirió él sin pararse a reflexionar—. Océano como madre o algo por el estilo. —Se hizo sombra en los ojos que empezaban a acostumbrarse a la luz.

Ella frunció el entrecejo.

—No lo creo. Sería anacrónico, porque...

—¡Perfecto, perfecto! Date prisa, que me estás poniendo muy nervioso. Limítate a contarme lo que significa.

—En sí mismo no significa nada. Pero comprobé las otras ilustraciones, y ocurre lo mismo en cada una de ellas. Ninguna ilustración guarda relación real con el texto que la rodea.

»Después de mirarlas durante un buen rato, decidí hacer una lista de todas las letras que el escribiente había optado por ilustrar. Pensaba en la *Hypnerotomachia Poliphili*, en la que el autor escribió una carta de amor utilizando las primeras letras de cada capítulo. Era monje, y nadie se dio cuenta de ello hasta después de que hubo muerto. Pero eso no es lo que ocurrió aquí. El códice tiene treinta iniciales historiadas, pero no deletrean ningún texto. Mira, las he escrito por orden.

Margaret le enseñó una página de su cuaderno con las letras copiadas en orden:

D T U O J M A S I R D B A M D L O I U O D H E N I E A G O E

—Estuve dándole vueltas, jugando con ellas y probando distintas combinaciones. No sé por qué lo hice. Tardé mucho tiempo, pero al final terminé obteniendo esto.

Pasó unas cuantas páginas más, todas ellas densamente cubiertas de letras, garabatos y borrones. Al final de la última página, subrayada dos veces, había esta frase:

GUARDE DIOS DE TODO MAL A MI BUEN HIJO

Edward miró la página, luego a Margaret y después nuevamente la página. Se relajó. Un cálido charco de alivio llenó su pecho.

—Margaret —dijo dulcemente—, no lo entiendes. Esto podría ser una mera casualidad. Recolocando esas letras podrías obtener cualquiera sabe cuántas series de palabras. Es como una mancha de Rorschach: no prueba nada. Y aunque lo hiciese, ¿qué probaría?

—Ya pensé en eso —admitió ella—. Pero hay algo más, algo que necesito mostrarte. Intenté encontrar una manera de poner a prueba la teoría, así que volví a las ilustraciones. Reordené las páginas del códice de tal modo que las letras iluminadas fueran deletreando las palabras que se me habían ocurrido. Quiero que mires lo que descubrí.

Se levantó e indicó a Edward que debería sentarse en su sitio. Él obedeció de mala gana y ella le puso delante un rimero de páginas que, dado su estado, más bien era un confuso montón. Edward empezó a leerlas por orden, pasando por alto todo lo que no fueran las letras iluminadas.

Su resistencia se desmoronó. Vio lo que veía Margaret, y comprobó que era real. Dispuestas en su nuevo orden, las imágenes formaban una narrativa coherente y reconocible, una historia. La primera ilustración mostraba a un hombre joven con el pelo ondulado muy corto y una orla de barba rojiza, de pie y solo dentro del arco de una gigantesca G roja. Tenía los sencillos ojos de dibujo animado propios de las caras en las pinturas medievales, sencillos pero expresivos: parecía un poco temeroso, como si ya tuviera una idea bastante clara de lo que le reservaba el destino y no le hiciera ninguna gracia. Vestía humildemente, sostenía un cálamo en una mano y un pequeño cuchillo en la otra. En una mesa junto a él había un libro abierto. Sus páginas estaban en blanco.

—G por «Gervase» —susurró Margaret.

Él la hizo callar.

—Ya lo capto.

La segunda letra, una U, hacía entrar en escena a una pareja noble. Estaban dispuestos como figuras en un camafeo. La mujer era hermosa, esbelta y con una barbilla favorecedoramente poco marcada; el hombre, muy erguido, de oscuro cabello ensortijado y nariz larga y afilada. Llevaba un jubón azul marino y un extraño sombrero de ala flexible. Observaba con dignidad a Edward desde la página.

A lo largo de las páginas siguientes los mismos tres personajes se repetían una y otra vez, solos y en grupos, posando en una variedad de escenarios. A veces había un castillo en miniatura detrás de ellos, elevándose hasta la altura de la cintura como una caseta de perro e irremediablemente falto de perspectiva; en una ocasión el noble estaba solo, cazando, rodeado por un círculo de lebreles. El joven se unía a la pareja, aparentemente para desempeñar las funciones de un sirviente de alto rango. Se lo mostraba trabajando en labores de escribiente, tratando con mercaderes y contando sacos de monedas. A veces escribía con su pluma en el libro, y a veces la noble leía del libro. El efecto total era como el de un montaje hecho con fotogramas tomados de una película. El tiempo pasaba. El sol salía y se ponía. Las estaciones cambiaban. Pasadas unas cuantas imágenes el esposo de los cabellos ensortijados aparecía cada vez con menor frecuencia.

Edward sabía qué era lo que estaba viendo. Aquello era un Huevo de Pascua, igual que el del Artista, pero oculto dentro del códice para que él lo encontrara. Le recordó algo que había escrito la duquesa en aquella extraña carta: ¿no había dicho algo acerca de clasificar correctamente las páginas, de reordenarlas? ¿Cuánto había sabido ella? Al menos, pensó Edward, esto demostraba que no estaba loca. Hacia la mitad de la historia había dos pinturas especialmente realistas y detalladas colocadas dentro de las vocales en la palabra «TODO». En la primera el joven sirviente y la hermosa noble eran mostrados solos y juntos. La mano de ella reposaba con gesto protector sobre el pecho de él. En la segunda la dama estaba dando de mamar a un niño, su mano sosteniendo igual que una Virgen una pulcra teta hemisférica. Como si la cuestión necesitara más aclaraciones, el niño tenía el pelo ondulado y rojizo.

Edward examinó rápidamente el resto del códice. Las páginas restantes recapitulaban una secuencia de imágenes similar, pero en orden inverso: el joven aparecía cada vez con menos frecuencia y, cuando lo hacía, estaba solo, escribiendo. La película se proyectaba a sí misma hacia atrás. La duquesa era representada más a menudo con su esposo, o leyendo a solas. La penúltima imagen mostraba a la noble pareja junta, con el niño que crecía entre ellos. La última inicial, una suntuosa O dorada, mostraba al joven nuevamente solo, cálamo en mano. Sus ojos eran los mismos de antes: velados por los párpados, llenos de infelicidad, penetrantes. El cielo se había oscurecido detrás de él hasta adquirir una negrura entintada de azul en la que relucía un hormigueo de brillantes estrellas blancas. Ahora el libro abierto a su lado encima de la mesa se hallaba lleno de escritura.

Edward contempló la última imagen durante un minuto. Los ojos vacíos de Gervase de Langford lo miraron a su vez, y sus miradas se encontraron a través de los siglos. Edward se cruzó de brazos y le devolvió la mirada a la página. «¿Y bien? —pensó—. ¿Qué esperas que haga al respecto?»

O tal vez Gervase no le estaba preguntando algo, sino que intentaba decirle algo. Quizá trataba de prevenirlo. A pesar de lo tardío de la hora, Edward hizo un esfuerzo para concentrarse. Después de todo, aquél era el gran secreto que Margaret y él habían rescatado del interior de tantos otros secretos a su vez depositados dentro de secretos: de un juego dentro de un juego, luego de un libro dentro de un libro, luego de otro libro escondido dentro de ése. Gervase había intentado huir de su propio mundo con la duquesa, y al final había terminado haciendo precisamente eso. Y no había más que ver lo que obtuvo de ello. Ahora los ojos parecían meramente vacíos, pero allí había oscuridad y la más negra miseria. Edward la reconoció. La miseria seguía siendo miseria, y seiscientos años de historia no habían hecho nada para mejorarla. Cuanto más miraba, más lo asustaba la negrura que había en los ojos de Gervase, como la oscuridad de aquel desfiladero sin salida en el *Viaje* en el que se habían internado los caballeros, para nunca volver. El dolor estaba allí, pensó Edward. Y la muerte. Se removió incómodamente en la dura silla de Margaret. Gervase sabía acerca de la escapatoria, sabía cómo vivir una vida de fantasía, y lo único que había sacado de ello fue pérdida, dolor y una muerte a una edad temprana. Se había apartado del recto camino, cayendo sobre las rocas afiladas y hambrientas que esperaban abajo. Allí también había peligro para él, para Edward, y estaba próximo, muy próximo...

Edward cerró los ojos que le ardían y sacudió la cabeza. «Olvídalos», pensó. Establecer conexiones allí donde no había ninguna carecía de sentido. Como diría Margaret, no todo significaba algo. Apartó las páginas y se echó hacia atrás.

Margaret estaba acostada de lado en la cama, los ojos cerrados. Edward pensó que se había quedado dormida, pero de alguna forma ella advirtió que él había terminado y levantó la cabeza.

—¿Lo has visto? —preguntó.

—Sí.

—Pero ¿lo has visto realmente? —Se incorporó en la cama—. ¿Has visto lo que significa? Dios mío. Gervase de Langford engendró al hijo del duque de Bowmry y lo dejó allí para que fuese criado como hijo del duque. Debió de estar enamorado de ella después de todo.

—Puedo verlo.

—Pero es tan perfecto. Tiene tanto sentido. —Sus manos eran dos pálidos puños sobre sus rodillas desnudas y sus ojos ardían con un celo erudito—. ¡Hay tanto anhelo en el *Viaje*, tal sensación de pérdida! ¿Por qué? ¡Porque fue escrito por un hombre que había perdido a su hijo y a su amante, pero que seguía viéndolos cada día sin poder llegar a tocarlos! La vida de Gervase fue un páramo emocional. De ahí salió el códice. Quizás era para su hijo, porque Gervase debía de pensar que él lo encontraría algún día.

—Claro. —Edward se frotó los ojos irritados. Miró por la ventana, pero fuera todavía estaba oscuro. Parecía como si durante las últimas doce horas hubiera transcurrido una semana entera.

—Esto podría ser la clave. ¿No lo ves? ¡La pieza del rompecabezas que faltaba! No me extraña que la reputación de Gervase quedara completamente arruinada en Londres, porque sin duda debieron de hablar de ello por toda la ciudad. Dios mío, esto lo cambia todo. En vez de escribir fábulas piadosas, comunicados de prensa en verso para sus patronos o poesía amorosa, estaba escribiendo este... este soberbio romance escapista y ateo acerca de caballeros y monstruos. ¡No me extraña que se viera postergado! Gervase era el primer hombre educado en Inglaterra que descubría la lectura por placer. La duquesa también tenía que saberlo. —Edward advertía cómo los engranajes de la mente de Margaret se ponían en marcha y empezaban a dar vueltas, ganando velocidad, acumulando inercia de giro mental—. Quizá fue así como él la conquistó. Igual que les ocurrió a Paolo y Francesca, ¿te acuerdas? La pareja que fue seducida por un libro.

—Eso es dar un salto muy grande partiendo de unas cuantas ilustraciones, ¿no te parece? —objetó Edward. Debería estar lleno de alborozo, pero en lugar de eso sentía la mente confusa e irritable. De pronto deseó perversamente bajarle los humos a Margaret y abrir agujeros en su teoría.

—Quizá. —Margaret se dejó caer sobre la cama y alzó la mirada hacia el vacío blanco del techo—. Sin embargo, es cierto, sé que lo es. Es demasiado perfecto. ¿Qué crees que hará la duquesa con ello?

—No lo sé —mintió él—. No estoy seguro.

Por supuesto que sabía lo que haría ella con el códice. Pasaría a convertirse en un arma, o un rehén, en su pequeña guerra privada con el duque. Si la duquesa había dado a luz al hijo de Gervase, entonces el precioso linaje del duque se veía comprometido, manchado por la bastardía y la infidelidad, y ella disponía de los medios para probarlo. Sólo Dios sabía si Margaret llegaría a tener alguna vez su oportunidad con el códice. Edward se sentó en el escritorio y apoyó la barbilla en las manos entrelazadas. Tenía decisiones que tomar, pero carecía de la voluntad necesaria para hacerlo. Contempló aturdido las viejas hojas. Podía sentir a Margaret reescribiendo su tesis mentalmente. Tal vez deseaba que él se marchara para poder trabajar sin perder un instante.

—Es un descubrimiento asombroso —dijo, siguiéndole la corriente—. Si es cierto. No cabe duda de que te hará famosa.

Ella asintió, pero Edward se dio cuenta de que no lo estaba escuchando. Fuera, una sirena lejana gimió en la noche. Alguien o algo hizo saltar la tapa de un cubo de basura y la mandó rodando calle abajo por un período de tiempo asombrosamente largo, girando y girando, hasta que terminó por detenerse con un gran estruendo de címbalos. Ya eran más de las cinco, y el sol no tardaría en salir. Una devastadora oleada de fatiga se elevó y cayó sobre Edward, obliterando cualquier otro pensamiento. Se levantó, apagó la luz y volvió a desplomarse sobre la cama.

Margaret le daba la espalda. Su coleta le rozaba delicadamente la cara, y Edward le soltó la banda de goma que la mantenía unida y la lanzó hacia la oscuridad.

—No puedes quedarte aquí —susurró ella al cabo de un rato.

—¿Por qué no?

Él seguía acariciándole el pelo.

—Mañana va a venir gente.

—¿Qué clase de gente?

—Sólo gente. Visitantes.

Ella cambió de postura debajo de la sábana, poniéndose más cómoda.

—No importa —dijo Edward—. Yo le caigo bien a la gente. Soy una persona a la que le gusta relacionarse con la gente.

Hubo una larga pausa. Edward casi se había quedado dormido.

—Sólo un par de horas —susurró—. Luego me iré. Prometo que me iré.

Ella no respondió, pero Edward la oyó poner el despertador que tenía junto a la cama.

21

—Edward. ¿Qué está pasando?

Edward ni siquiera se incorporó en la cama. Se limitó a volverse para coger el teléfono y acercárselo a la oreja. Había regresado a su apartamento. Margaret lo había echado al amanecer, según lo prometido, y después de buscar un taxi durante lo que parecieron horas por las largas aceras desiertas, llenas de basura y con todo cerrado de Flatbush Avenue, finalmente se dio por vencido y cogió el metro. Llevaba media hora durmiendo, treinta deliciosos minutos de inconsciencia salpicada de nubes y teñida por los colores del arco iris, cuando sonó el teléfono.

—¿Edward? —repitió la duquesa, más impaciente que antes—. ¿Estás ahí?

—Estoy aquí.

—Suenas raro. ¿Ocurre algo?

Edward meditó en ello durante unos momentos antes de responder, sopesando por igual ambos lados de la pregunta y tomando en consideración la complejidad y el alcance de las circunstancias.

—Estoy perfectamente —dijo.

—Dejaste un mensaje en el contestador. —La duquesa presentaba su modalidad imperiosa, su voz dura y apremiante, acero lustrado—. ¿Qué está pasando? ¿Tienes otra pista?

Él seguía hallándose en la desventaja de una persona dormida que habla con otra despierta, pero se aclaró la garganta y consiguió decir:

—Blanche, lo tengo. Tenemos el códice. Anoche lo encontramos.

—¡Oh, gracias a Dios! —murmuró ella.

La duquesa dejó el teléfono y Edward oyó el golpe sordo del auricular al chocar contra algo. Luego percibió un teatral suspiro de alivio, seguido de una risa histérica que sonó aterradoramente próxima a un sollozo. Se sentó en la cama. Le pareció oír respirar pesadamente a la duquesa. Ésta tardó medio minuto en volver a coger el teléfono.

—¡Gracias a Dios, creía que nunca lo encontraríamos! —dijo con tono alegre, como si no hubiera ocurrido nada, como si él acabara de comunicarle que había encontrado su lente de contacto perdida—. No es que yo haya sido de mucha ayuda, ¿verdad? ¿Dónde estás?

—Estoy en mi apartamento. —Volvió a tenderse en la cama—. Usted me ha telefoneado aquí.

—Tienes razón. Dios mío, estoy perdiendo los pedales. ¿Tu chica está ahí?

—¿Que si está aquí quién?

—¿Que si está aquí quién? —Ella lo imitó y volvió a reír, esta vez no tan agradablemente como antes—. Me refiero a Margaret. ¿Está ahí contigo?

—Ella no es... —Suspiró. En fin, lo que fuese—. No. Estoy solo.

—¿Qué vas a hacer ahora?

—No lo sé. —La respuesta le salió con un tono más quejumbroso de lo que pretendía, pero era cierto. Habían ocurrido tantas cosas que ni siquiera había terminado de pensar en ellas—. Dígamelo usted. ¿Debería ir a Inglaterra?

Tras un instante de silencio, ella respondió:

—Sí. ¿Por qué no?

—Pero eso no es lo que usted quería, ¿verdad?

Edward hacía conjeturas, dando palos de ciego en la oscuridad.

—Claro que sí —dijo ella con tono conciliador—. ¿Cuándo puedes estar aquí?

—Tengo hecha una reserva en un vuelo para dentro de un par de días: E & H paga el viaje. Espere un momento y miraré las horas de vuelo.

—¿Un par de días? Lo necesito mucho antes.

—Bueno, supongo que podría tratar de encontrar un vuelo que salga antes.

—No te preocupes —dijo ella bruscamente—. Yo me ocuparé de ello.

El tono pícaro de la duquesa había vuelto a esfumarse para dar paso a una gélida y firme voz de mando, la voz de alguien acostumbrado a utilizar el dinero para comprimir el tiempo y la distancia según sus propias especificaciones. Edward se le imaginó haciendo desfilar legiones enteras de doncellas a golpe de órdenes con esa voz.

—Quédate donde estás hasta que tengas noticias mías, y no hables con nadie. ¿Cómo suena eso? ¿Eres capaz de hacerlo?

Colgó sin esperar una respuesta.

—Corto y cierro —le dijo Edward al teléfono muerto. Desconectó el timbre y volvió a quedarse dormido.

Alguien llamaba con los nudillos a la puerta de su apartamento.

—¡De acuerdo, de acuerdo! —vociferó Edward sin abrir los ojos. Se quedó tendido en la cama durante unos cuantos segundos más, saboreando airadamente los últimos momentos del sueño. Luego se levantó.

Fue al cuarto de baño, se echó agua en la cara y se envolvió en un esponjoso albornoz blanco. Sentía los ojos como si los tuviera llenos de masilla reseca. Cinco mensajes en el contestador. Por unos segundos, ni siquiera se acordó de lo que había sucedido la noche anterior, y luego todo volvió a su memoria en un súbito torrente. No había tiempo para pensar en ello. Echó un vistazo por la mirilla.

La persona que había en la puerta era Laura Crowlyk. Su rostro largo y pecoso, completamente despierto, estaba enrojecido por la excitación. Edward abrió la puerta.

—¡Edward! —exclamó ella. Alzó los brazos para ponerle las manos en los hombros y lo besó larga y ruidosamente en la boca—. ¡Lo has encontrado!

Edward dio un paso atrás, sintiéndose bastante aturdido, y Laura Crowlyk pasó rápidamente junto a él y entró en el apartamento.

—La duquesa me ha telefoneado. —Hizo una pausa y volvió a abrazarlo, como si por fin estuvieran celebrando una reunión largamente esperada—. ¡Sabía que eras tú! —dijo en su hombro—. Siempre supe que eras tú.

—¿Lo sabía?

—Sólo puedo quedarme un minuto. —Lo empujó apartándolo de ella—. Tenemos muchas cosas que hacer.

Laura estaba completamente transformada. Su aire altivo había desaparecido, dando paso a un demencial buen humor. Sus serias facciones no eran apropiadas para un estado de alegría tan extrema. Dejó caer su bolso Coach de cuero sobre la mesa de la cocina de Edward.

—Voy a vestirme —dijo él.

Cogió algo de ropa limpia y se batió en retirada al interior del cuarto de baño, sosteniendo las prendas con gesto protector ante él. Cuando volvió a salir, vestía una camiseta y unos tejanos, sintiéndose marginalmente más humano. Laura ya había puesto el café al fuego. Edward se apoyó en el canto de la encimera. Se sentía un poco mareado por la falta de sueño.

—Bueno, ¿y qué puedo hacer por usted?

Ella sacó del bolso un sobre de color crema y se lo tendió.

—Billete de avión —dijo sin más.

Edward abrió el sobre. Era un vuelo de ida para Londres, clase ejecutiva. Al parecer, efectivamente la duquesa se había ocupado de todo.

—¡Dios mío, este vuelo sale dentro de cinco horas!

—Fue el primero en el que pude conseguirte un asiento.

—Mire, no tiene por qué hacer esto —le explicó Edward pacientemente—. La empresa ya paga mis gastos de desplazamiento a Londres. Tengo un vuelo que sale el martes.

—El asunto no puede esperar hasta el martes —repuso ella secamente—. No puede esperar ni un solo minuto más. Ahora todo está empezando, Edward. Si no puedes ir, enviaremos a alguna otra persona.

—No, iré yo —dijo Edward, molesto.

—Bien. Una limusina te recogerá aquí al mediodía para llevarte al aeropuerto. Tendremos un coche esperando en Heathrow.

Le entregó un segundo sobre, éste considerablemente más grueso.

—Mil dólares y mil libras —explicó—. Para cualquier gasto que tengas.

Edward no lo abrió. No necesitaba hacerlo. No era idiota, sabía que estaría todo allí. Bajó la mirada hacia los sobres, el dinero en una mano, el billete en la otra, y después miró el rostro sonrojado y expectante de Laura. Un gas rarificado e intoxicante había empezado a llenar sus pulmones y corría por su sangre: felicidad. Por fin estaba sucediendo. Edward estaba pasando a través de la puerta para trasladarse hacia el mundo de ella, el mundo de la duquesa. Puso bien los sobres con el gesto rápido y decidido de un profesional de los negocios y los dejó a un lado antes de que pudiera hacer alguna estupidez, como sostenerlos ante la luz o husmearlos para percibir su aroma de dinero recién impreso.

Se sentó a la mesa de la cocina y asió con ambas manos el objeto más familiar que tenía a su alcance, su tazón recuerdo de Enron lleno de café caliente, como si fuese el único punto de apoyo sólido en un universo que, por lo demás, había empezado a escorarse rápidamente. Las últimas veinticuatro horas habían sido tan frenéticas y semejantes a un sueño que apenas las había percibido, como una andanada de correo electrónico todavía por leer, pero ahora todas hacían impacto a la vez. El dinero no importaba, por supuesto. Sin duda era mucho más de lo que requerían las circunstancias pero infinitamente menos que un recorte de uña para los Went. Era más bien lo que representaba, la facilidad con la cual era dispensado y su evocación de las sumas inimaginables que se alzaban tras él. Edward volvió con el pensamiento a la primera y única vez que había visto a la duquesa en carne y hueso. Los rizos oscuros bajo el ala de su sombrero, su pálido rostro vuelto hacia arriba, aquella boca de grandes labios que te partía el corazón. La duquesa lo estaba esperando. Y no sólo eso, sino que estaba impaciente por verlo llegar.

Bajó la mirada hacia el café y sintió que se le aceleraba el pulso. Las cosas habían empezado a moverse demasiado deprisa, con sus contornos volviéndose borrosos a medida que se alejaban de él. Edward sabía que debía dar un paso de gigante hacia atrás para ver la situación en perspectiva. Necesitaba ir allí disponiendo de un plan. Se reuniría formalmente con la duquesa en Weymarshe. Le presentaría el códice; ¿o debería dejarlo en Londres dentro de una caja de seguridad, para acudir allí con las manos vacías? ¿Cuál de las dos era la posición más fuerte? Tendrían que discutir los plazos, la remuneración, un puesto para él en la organización de la duquesa. Edward necesitaría ver ciertos papeles. Querría hablar con un abogado.

Y después de aquello, si todo iba bien, el regreso a Londres para presentar su dimisión en E & H. Y luego... ¿qué? Edward torció el gesto. Había demasiadas variables y muy pocas constantes. Todo aquello le venía demasiado grande. Nick tenía razón: la duquesa no había hecho ninguna promesa, o al menos ninguna que no pudiera romper. «Tus instintos son capaces de hacerlo mejor», se dijo. En el pasado ya había hecho frente a un montón de gastos y problemas, adquiriendo unos instintos de primera clase que lo preparaban para la batalla, y que ahora le advertían que se cubriera las espaldas. Incluso Margaret lo tenía claro: «Nunca hagas nada que no puedas invertir.»

Y sin embargo... Algo seguía tirando de él hacia delante, algo que no podía llegar a nombrar o describir, una motivación procedente de las lejanías del espacio profundo, más allá de la familiar constelación de deseos: hambre, lujuria, codicia, ambición. Aquello le estaba diciendo que tirase su carrera al cubo de la basura, y él lo estaba haciendo. Seguía adelante con ello. Si se echaba atrás ahora, Edward nunca se perdonaría a sí mismo. Se imaginó solo en un dormitorio en Weymarshe, bebiendo lentamente un café a primera hora de la mañana, en el silencio del campo. Fríos suelos de piedra. Una gran cama blanca como una tumba de mármol, magníficas sábanas elegantemente revueltas, luz blanca que entraba a raudales a través de grandes ventanales, verdes senderos que se perdían de vista en el ondular de la lejanía.

Surgirían problemas, estaba seguro. No eran alucinaciones. Pero serían problemas nuevos, problemas mejores que los que tenía ahora. Se frotó la barbilla. Necesitaba afeitarse. Y sus cosas... Nunca terminaría de hacer el equipaje. Consternado, su mirada vagó por su caótico apartamento. Había cajas a medio llenar por todas partes, pilas de libros y CD esparcidos por el suelo. Una mesita de centro lisiada, con dos patas en su sitio y otras dos desaparecidas, seguía allí donde la habían dejado abandonada él y Zeph.

—Nunca estaré listo para mediodía —dijo.

—¡No hay por qué preocuparse! —aseguró Laura, inocente como Mary Poppins. Le cubrió las manos con las suyas—. Enviaremos tus cosas allí después de que te hayas ido. O puedes quedarte en el castillo, ¿por qué no? ¿Tienes un pasaporte?

Edward asintió en silencio. Sentía cómo la máquina del dinero de la duquesa descendía sobre él y lo envolvía en sus alas protectoras para ponerlo a salvo. Él había pasado toda su carrera jugando con obscenas sumas de dinero que contaba, manipulaba y vertía de una cuenta a otra, para luego volver a dejarlas tan pulcramente colocadas en su sitio, como si fuese un ayuda de cámara, y entregárselas a su legítimo dueño. Así era cómo debían de sentirse esas cosas.

—Bueno —dijo ella—, creo que ahora ya lo tienes todo resuelto.

Se levantó para marcharse. Edward hizo lo propio y respiró hondo. Se sentía como si estuviese borracho.

—Señora Crowlyk...

375

—Por el amor de Dios, llámame Laura. —Sonrió furiosamente mientras se echaba el bolso al hombro—. Ahora formas parte de la familia.

—Laura —dijo él, todo lo seriamente que pudo en su estado de confusión—, ¿qué va a ocurrir ahora exactamente? Una vez que la duquesa tenga el códice, ya sabe. ¿Qué va a hacer con él?

Ella se quedó inmóvil y lo miró fijamente.

—La verdad es que no creo que eso sea asunto tuyo —repuso cordialmente—. O mío, pensándolo bien. Hemos hecho nuestro trabajo. Hemos hecho lo que teníamos que hacer. Ahora le toca actuar a la duquesa.

—Pero ¿por qué? ¿Qué va a ocurrirle al duque?

—Sólo lo que él mismo se ha buscado. Sólo lo que se merece. Él haría lo mismo si pudiera, y cosas todavía peores.

—Así que... ¿todo está bien? —dijo él desvalidamente.

—¡Por supuesto que sí! —Ella le tocó el brazo y en su rostro apareció una expresión de preocupación maternal—. ¡Por supuesto que sí! Con tal que tú tengas el códice. Lo tienes, ¿verdad?

Edward asintió débilmente mientras su mente volvía a funcionar a toda velocidad.

La acompañó hasta la puerta, pero Laura se detuvo en el umbral y se volvió hacia él. El escote del vestido dejaba al descubierto la punta de sus clavículas, con una mancha de rubor que tenía la forma de Australia tiñendo la piel por encima de ellas. Por un instante pareció mucho mayor, casi demacrada. Dio un paso hacia él, los ojos brillándole con una misteriosa expectación, y de pronto Edward pensó que iba a volver a besarlo.

—¿Puedo verlo? —preguntó.

Edward parpadeó.

—¿Ver qué?

—El códice, mi tonto muchacho. ¿Puedo verlo?

—No está aquí.

—¿No está aquí? —Un destello de duda apareció en sus ojos llenos de dicha—. Bueno, ¿dónde está?

—Lo tiene Margaret. Está en su apartamento.

—¿Margaret...?

—Margaret Napier. La mujer de la Universidad de Columbia.

La cabeza de Laura se alzó bruscamente. Parecía como si quisiera escupirle a la cara.

—Maldito imbécil de mierda. ¿Cuándo puedes recuperarlo?

—En el momento en que tenga necesidad de él —respondió Edward.

—Bien. —El rostro de Laura se torció en una mueca casi aterradora. Literalmente temblaba de disgusto—. ¡Pues ve allí y cógelo!

Trató de dar un portazo al salir, pero Edward sujetó la puerta antes de que ésta se cerrara.

—Laura —dijo—, el códice está en Brooklyn al otro lado del puente. No pasa nada. Todavía tenemos tiempo de sobra.

Ella apretó los labios y no dijo nada. Después abrió su bolso de cuero y hurgó furiosamente en su interior durante unos segundos. Edward esperó. ¿Qué demonios estaba buscando? ¿Una pistola? ¿Un estuche de maquillaje? ¿Un guante, con el cual abofetearle la cara? Laura terminó sacando un paquetito cuadrado envuelto en papel de seda de color rosa.

—Toma —dijo con voz gélida mientras se lo entregaba—. La duquesa me pidió que te diera esto.

Él abrió el paquete sin moverse de la entrada. Dentro había un pendiente con la forma de un diminuto y exquisito reloj de arena hecho de plata. Edward lo hizo girar entre sus dedos, tiernamente, y luego volvió a alzar la mirada en el preciso instante en que Laura le cerraba la puerta en la cara.

Edward tomó una larga ducha tibia. Sentía el cuerpo embotado y dolorido después de aquella noche en la que básicamente no había dormido. El edificio en el que vivía estaba equipado con un potente sistema de cañerías anterior a la guerra, por lo que su ducha era capaz de dispensar torrentes de agua caliente a una presión satisfactoriamente alta durante períodos indefinidos de tiempo. Edward dejó que el agua cayera sobre su cara, lisa como el cristal, aplanándole el pelo para luego derramarse por sus mejillas mientras le cerraba suavemente los párpados. Se sentía como uno de esos intrépidos exploradores que, acorralados por pigmeos caníbales, descubren un escondite secreto detrás de una cascada.

Parpadeó. Había estado soñando despierto. Era hora de volver a ponerse en marcha. Sólo disponía de cinco horas para coger el avión, ahora ya ni siquiera eso. Cerró el agua, se secó a toda prisa y se vistió. Antes de marcharse les envió un correo electrónico a Zeph y Caroline para informarlos de lo que estaba pasando.

Ya eran más de las diez cuando salió a la calle con la cabeza todavía embotada. Era una mañana de sábado, y la calle estaba vacía. Una hoja muy gruesa, todavía verde, cayó del despejado cielo azul sobre el pavimento. Edward se sentía como si estuviera andando por la Luna.

Un reluciente sedán negro se hallaba aparcado junto a la acera. Una de las portezuelas traseras se abrió cuando Edward pasó junto a él.

—Edward, espera —dijo una voz.

Al volverse, Edward descubrió la figura delgaducha de

Nick Harris, que venía trotando hacia él. Nick llevaba un arrugado traje gris cuyo aspecto parecía indicar que había dormido con él puesto, y no particularmente bien. Tenía el pelo más largo de lo que recordaba. Con sus gafas oscuras parecía un vampiro rubio.

Pero estaba sonriendo. Edward se limitó a devolverle la sonrisa. A aquellas alturas ya había superado los límites de la sorpresa, aceptando el hecho de que el mundo había decidido lanzarle personas al azar.

—¿Qué?

—Necesito hablar contigo.

Edward no quería detenerse y Nick no estaba dispuesto a dejarlo marchar, así que echaron a caminar juntos por la acera. Nick llevaba un pequeño móvil negro en la mano. Dijo algo por él y se lo guardó en la chaqueta.

—¿Me estabas esperando?

—Sí. ¿Tienes el libro?

—¿Has llegado al extremo de montar guardia delante de mi apartamento?

Nick se quitó las gafas. Tenía los ojos inyectados en sangre por la falta de sueño.

—Sí. ¿Te has dado cuenta de que aparcar por aquí es una auténtica pesadilla?

—No tengo coche.

—¿Tienes el libro?

—¿Así que ahora afirmas que existe?

Hubo una incómoda pausa. El sol matinal era dolorosamente intenso, y Edward se hizo visera en los ojos con la mano libre. Se preguntó si aquello realmente se le daba tan bien como creía.

—Para nosotros esto no es ningún juego, Edward.

—Sobre todo cuando estás perdiendo, ¿verdad? —Esperó para ver si aquella réplica surtía algún efecto—. Pero en respuesta a tu pregunta te diré que no, no tengo el códice.

Edward reparó en que el gran sedán negro había empezado a seguirlos a lo largo de la manzana.

—Pero sabes dónde está —insistió Nick—. Puedes hacerte con él.

—Así es.

—Bueno, tenemos que librarnos del libro. Quemarlo, si podemos.

—No arderá.

Nick lo miró parpadeando. Se apartó los mechones de pelo que le caían sobre la cara.

—¿Qué quieres decir?

—El códice está escrito sobre pergamino, no sobre papel. No es inflamable. Oye, tengo un poco de prisa...

El móvil reapareció en la mano de Nick.

—Tengo a su excelencia al teléfono —dijo—. El duque tiene una oferta de dinero en efectivo para ti. Creo que la encontrarás sorprendentemente generosa. Queremos arreglar esto de una manera amistosa.

Se rascó la nuca con tan poco disimulo como si estuviera solo. Edward había visto por última vez a Nick hacía tan sólo unos días, pero al parecer el tiempo transcurrido desde entonces había sido bastante difícil para él. No se había afeitado, y su famoso reloj de bolsillo no aparecía por ninguna parte. Edward no sintió pena por él. Suspiró y cerró los ojos. Lo único que quería era que aquella escena concluyera rápidamente, ya que había dejado de ser interesante. ¿Por qué no lo dejaban en paz de una vez? Él había encontrado el códice. Era real. Lo que Margaret había sacado a la luz con su anillo decodificador secreto, lo que fuese que había dentro del códice, ahora era suyo. Trató de encontrar las palabras apropiadas. «¿Cómo puedo decirlo? El juego ha terminado. He ganado.»

—Dámelo. Dame el teléfono.

Edward se detuvo y alargó la mano. Nick le dio el móvil. Edward cortó la conexión, cerró el móvil y se lo devolvió.

—Lo siento —dijo—. No tenemos nada de que hablar.

Nick no parecía sorprendido. Miró a Edward con la endurecida jovialidad de alguien acostumbrado al rechazo. Se rascó el hombro y añadió:

—Pues yo creo que sí. ¿Te has preguntado alguna vez cómo llegaste a conseguir ese empleo tan apetecible en Londres, Edward? El duque lo arregló todo para ti. Podría volver a arreglarlo con la misma facilidad.

—No te creo —replicó Edward, sonriendo.

No le creía. Tenía que ser un farol. En cualquier caso, estaba razonablemente seguro de que lo era. En aquel momento no se sentía muy vinculado al trabajo, pero todavía estaba orgulloso de haberlo obtenido, y no consentiría que lo obligaran a renunciar a él. De todos modos, no tuvo tiempo de pensar en ello con frialdad, porque, mientras Nick le soltaba aquella bomba, Edward oyó la sucesión de sonidos propios de un coche al detenerse: el chasquido del freno de mano, la puerta al abrirse, el tintineo metálico de las llaves todavía puestas en el contacto... Luego del sedán salió un hombre no muy alto con bigote y aspecto de turco: el ex portero de los Went.

Se dijo que quizás el acto de rascarse había sido una señal acordada de antemano. El portero pasó ágilmente entre dos coches aparcados y se reunió con Nick en la acera.

—Necesitamos tu ayuda en este asunto, Ed —dijo Nick, adoptando las maneras de abuelo cariñoso de un entrenador de fútbol—. Podrías ahorrarte algunos problemas realmente serios.

Edward esperó, pero ninguno dijo nada más. Mientras miraba a los dos hombres, Edward tuvo la inquietante sospecha, casi increíble a la vista de las circunstancias, de que estaba siendo amenazado físicamente.

—¿Hacia dónde ibas? —continuó Nick como si tal cosa—. ¿Por qué no te llevamos? Podemos hablar en el coche.

No quería precipitarse, pero Edward evaluó sus opciones en un intento de sintonizar con el espíritu de las cosas. Qué demonios, ninguno de los dos era tan alto como él, y el aspecto del portero turco sugería que sus mejores días como tipo duro habían quedado muy atrás. Probablemente podría salir de allí con sólo unos empujones. Pero el rostro de Nicholas se había enrojecido y, mientras lo observaba, Edward vio cómo adoptaba una postura de profesional subido al cuadrilátero, sugiriendo alguna clase de adiestramiento al viejo estilo en las artes marciales inglesas. Por si fuera poco, Edward se sentía exhausto, y no se había visto metido en una pelea desde el instituto.

Dio un paso atrás. Nick y el portero se desplegaron a ambos lados para cortarle las rutas de huida. La mente de Edward volvió a sus días como intrépido pirata del aire en MOMO. ¿Qué haría su ego virtual si estuviese allí? Además, estaba harto de huir.

Y de pronto los dos hombres desviaron la mirada para dirigirla hacia algo situado por encima del hombro de Edward.

—¡Un buen día que tengáis todos, mozos! —tronó una voz vibrante en un patético intento de imitar la manera de hablar de los irlandeses. La voz calló y luego volvió a intentarlo, con idéntico resultado que la primera vez—. Esperad. Ya veréis cómo ahora sí que me sale bien. ¡Así tengáis...! Esperad. ¡Buen día a todos!

Edward se arriesgó a echar un rápido vistazo hacia atrás.

A pesar de su corpulencia, nunca se le había pasado

382

por la cabeza que la apariencia de Zeph pudiera tener nada de amenazadora. Ahora se vio obligado a recordar el efecto que la considerable mole de su cuerpo tenía sobre quienes no lo conocían. Cierto, Zeph llevaba sandalias Teva y una camiseta negra con las palabras CODIFICO ERGO EXISTO en grandes mayúsculas amarillas, inclinadas en perspectiva para que se parecieran al prólogo de *La guerra de las galaxias*. Aun así, medía más de metro noventa de estatura, rozaba los ciento cuarenta kilos de peso y lucía una barba de aspecto extremadamente aterrador. Visto desde donde estaba Edward, incluso parecía ocultar parcialmente el sol.

Edward se volvió para encararse con sus adversarios. La situación de tablas había terminado. Se aclaró la garganta.

—Usted nunca me ha gustado —le dijo al portero de los Went—, y tampoco tengo demasiado buen concepto de su jefe. ¿Por qué usted y el James Bond rubio no vuelven a subir a su carruaje y regresan con el duque, y así podrán tomar té con pastas juntos?

Con la tensión del momento, fue todo lo que se le ocurrió.

A aquella hora en un fin de semana el trayecto hasta Brooklyn no requirió mucho tiempo, incluso deteniéndose para dejar a Zeph en su apartamento del centro. Media hora más tarde, Edward ya estaba de pie en la acera de cemento llena de grietas enfrente del edificio de Margaret. Un gato de color jengibre lo miró, agitando sus largos bigotes blancos desde detrás del macetero de una ventana. Al lado de la columna de timbres, Edward encontró el nombre «Napier» escrito en una tira de papel con la pulcra caligrafía de Margaret. Una gota de lluvia había caído sobre la tira y luego se había secado, convirtiendo la tinta negra en una delicada flor pintada con acuarela azul.

Edward pulsó el botón. El eco distante de un timbrazo llegó hasta él desde las profundidades de la casa.

Un intervalo de silencio siguió al sonido. La conmoción y la fatiga hacían que la mente de Edward divagara sin rumbo fijo, y por un largo y aterrador segundo pensó que Margaret podía haberse ido, que había cogido el códice y dejado la ciudad. ¿Adónde iría? ¿De regreso con su madre? Pero después Margaret apareció. Evidentemente el timbre de apertura no funcionaba, porque había bajado a la calle para abrir la puerta. Tenía el rostro hinchado por el sueño, su delgado cuerpo oculto bajo una holgada camiseta y unos pantalones de chándal grises. No pareció particularmente sorprendida de verlo. Edward la siguió por la escalera.

El apartamento de Margaret, tan desordenado la noche anterior, ahora estaba limpio y ordenado. La comida china había sido recogida, los platos estaban puestos en el escurreplatos y sus ropas habían desaparecido. Los restos de los libros destripados yacían dispuestos en dos pulcras pilas en el suelo, una de cubiertas y lomos de cuero y otra de páginas descartadas. Sólo la cama seguía por hacer.

—Siento haberte despertado —se excusó Edward.

Ella rechazó su disculpa con un ademán.

—¿Has dormido lo suficiente?

—Sí —dijo ella—. Hay mucho que hacer.

—¿Qué hay de tus amigos?

—No vinieron. Les dije que no lo hicieran.

No dio ninguna otra explicación. Tenía la voz un poco tomada, y se sirvió un vaso de agua en la cocina. Las cañerías resonaron ruidosamente.

—Hay algo de lo que tengo que hablar contigo —dijo él—. Necesito llevarme el códice.

La expresión de ella no cambió. Edward siguió hablando.

—Hace cosa de una hora Laura Crowlyk, la ayudante de la duquesa, me despertó. Vino a mi apartamento y me entregó un billete de avión para Londres. Dijo que trajera el códice conmigo. Se supone que tengo que dárselo a la duquesa.

Margaret asintió. Su rostro no mostraba expresión o reacción algunas.

—¿Cuándo sale tu vuelo?

—Esta tarde. Margaret, por mucho que lo hayamos encontrado, el códice no es nuestro. Sigue siendo propiedad de los Went.

—Ya lo sé —replicó ella secamente, pero sin demasiada convicción.

Se volvió hacia el escritorio en el que había estado trabajando. Encima de él había un paquete envuelto en una bolsa de lona de Target, y Margaret lo desenvolvió. Era el estuche que Edward había encontrado durante su primer día en la biblioteca de los Went. Estaba hecho de una madera de textura muy fina, sin trabajar pero pulida hasta hacerla relucir con un delicado brillo amarillento, provista de delicadas bisagras metálicas en un lado y un solo cierre hábilmente labrado en el otro.

—Lo traje con nosotros ayer cuando cogimos el resto de los libros —susurró Margaret—. Cuando nos íbamos del apartamento de los Went. El estuche es moderno, naturalmente, pero aun así es muy bonito, y casi sin duda esa encuadernación es original. Encaja perfectamente. Piel de cabra, creo, sobre tablas de roble. Así que, después de todo, no era Lydgate.

Abrió la caja para revelar las cubiertas del libro hueco, depositado en el interior de terciopelo.

—Debería haberlo adivinado la primera vez. Esto ha

sido el códice durante todo el tiempo. Menos su contenido, por supuesto. Pero supongo que, técnicamente hablando, en realidad es la encuadernación la que hace que un códice sea un códice.

Edward asintió y tocó la oscura superficie de cuero de la cubierta, con sus densos ornamentos, los iconos indescifrables y las imágenes, desgastadas y alisadas por el uso y el paso del tiempo. Se acordó de lo fascinado que se había sentido por ellas la primera vez que las vio en la biblioteca de los Went. Ahora quería preguntarle a Margaret qué eran, quién las había hecho y cómo, y qué significaban, pero ya era demasiado tarde para eso. Se le había acabado el tiempo.

Volvió a cerrar el estuche y echó el cierre. Los ojos de Margaret siguieron sus manos, como si abrigara la esperanza de una última mirada o una conmutación de la condena en el último momento. Edward se sintió peor de lo que había esperado. Exhaló un hondo suspiro.

—Nunca podré agradecerte bastante todo lo que has hecho —dijo, y las palabras sonaron a falso en cuanto las pronunció—. Ya sabes que la duquesa te pagará por todo el trabajo que has hecho. Tú limítate a enviarle una factura, toma lo que hubiéramos acordado y multiplícalo por diez. Ahora a ella no le importará. Lo más probable es que ni siquiera se dé cuenta. Y bien sabe Dios que te lo has ganado.

Estaban cara a cara, Margaret asiendo el vaso de agua con ambas manos, sus oscuros cabellos aplastados y sin lavar pero aun así hermosos. Había tantas cosas que él no podía contarle por mucho que lo deseara...

—¿Qué crees que hará la duquesa con el códice? —preguntó ella.

—No lo sé. Probablemente hará que lo evalúen. Quizá decida donarlo a un museo. Tal vez se lo quedará para su colección personal. Realmente no lo sé.

Con cada fluida mentira Edward sentía como si estuviera perdiendo a Margaret, como si sus palabras hicieran que el tiempo retrocediera para borrar todo aquello por lo que habían pasado juntos y volver a dejarlos como dos desconocidos, tal como habían sido aquel primer día en la biblioteca. Pero no podía decirle la verdad. El secreto era de la duquesa, no suyo, y de todos modos Margaret estaría mejor no sabiéndolo.

—No quiero dinero, Edward. —Era incapaz de mirarlo a los ojos. Él se preguntó si había preparado aquel discurso—. Sólo quiero pasar más tiempo con el códice. Ya sé que el descubrimiento no fue mío... —Interrumpió a Edward con un gesto antes de que hablara—. No, al final fuiste tú el que lo encontró. Eso ya lo sé. Pero puedo leer el códice, Edward. Puedo hablar por él, por Gervase. Nadie más podría hacer eso tan bien como yo.

—Lo sé, Margaret. Haré todo lo que pueda por ti, créeme.

—Entonces llévame contigo.

En el instante en que el corazón de Edward se rompía, salió de su boca un torrente de palabras que no reconocía y sobre las que no tenía ningún control. «Consultoría», «competencias básicas», «relación con el cliente» y «mantener la posesión del proceso». Era como si un robot se hubiera puesto a hablar. Él, o ello, hablaba cada vez más deprisa en un intento de adelantarse a sus propios sentimientos, su vergüenza o su duda, que se alzaban sobre él como una ola a punto de desplomarse encima de un surfista.

—Mira —dijo, tratando desesperadamente de concluir aquel horrible discurso—, creo que voy a alojarme en Weymarshe. Te llamaré cuando llegue allí y entonces hablaremos de las condiciones. ¿De acuerdo?

Ella esbozó una débil sonrisa forzada.

—Ya hablaremos de ello cuando llegues allí —dijo.

—Te llamaré.

Edward metió el estuche en la bolsa de lona y se la echó al hombro. Casi era hora de marcharse.

—¿Has tenido tiempo de leer algo más del libro?

—Algo. —Ella asintió, aparentemente tan aliviada co-mo él al hablar de otra cosa que no fuese el futuro de ambos—. Algunas de las páginas necesitan un trabajo de restauración antes de ser completamente legibles.

—¿Descubriste cómo termina? —preguntó él—. Dejamos a nuestro héroe en pleno centro de un erial helado, ¿no? Era algo así, ¿verdad? No me tengas en suspenso. —Todo lo que decía y pensaba lo llenaba de repugnancia.

Ella apretó los labios.

—Es interesante. He estado sacando a la luz algunos de los textos subyacentes anteriores, previos a éste. El palimpsesto, ya sabes. Parece como si Gervase hubiera barajado varios finales distintos. En uno de ellos el protagonista adopta las costumbres indígenas y se casa con una cimeria. En uno llega a ser un hombre muy santo y los convierte a todos al cristianismo. En otro creo que sugiere que Cimeria realmente siempre había sido Inglaterra, sólo que se encontraba tan devastada por la plaga y el invierno que resultaba irreconocible.

—¿Como en *El planeta de los simios*?

—¿Verdad que sí? Pero Gervase raspó todas esas versiones. En el texto final una mañana el héroe despierta y se da cuenta de que es Domingo de Pascua. Lleva mucho tiempo sin ir a misa y necesita confesarse. No sabe si los cimerios son cristianos, pero pregunta y ellos acceden a llevarlo hasta una iglesia. Lo llevan a una capilla milagrosa, diciéndole que el rezar allí es su única posibilidad de regresar a casa sano y salvo. La capilla está misteriosamente construida en su totalidad con vidrieras de colores, sin una sola piedra. No sé si has estado alguna vez en París, pero supongo que se parece un poco a la Sainte-Chapelle. Los ventanales muestran historias tomadas del mito clásico: Orfeo y Eurídice, Pigmalión, la caída de Troya, etcétera. En cierto modo, la estructura es como un códice. Gervase señala la similitud: «Y era como un libro en sí misma, un volumen por muros limitado, con hojas de cristal.»

»Deduce que es la Capilla de la Rosa. Ésa es la iglesia mística que el caballero ciervo describió al principio de la historia, lo que ha sido el objeto de su búsqueda durante todo el tiempo. Por fin la ha encontrado, mucho después de que hubiera dejado de buscarla. La búsqueda finalmente ha terminado.

»Dentro hace calor, lo cual tiene cierto sentido literal: supongo que un edificio de cristal como ése funcionaría algo así como un invernadero. Por primera vez en meses, el señor del castillo se siente a salvo y deja de tener frío. Mientras reza, va desprendiéndose de todas las cosas que había estado buscando. De pronto ya no echa de menos a su esposa, o su hogar en Inglaterra. Todo lo que hay sobre la faz de la Tierra deja de importarle. Se desprende de todo aquello que había sido importante para él. Quizás es una epifanía espiritual, una liberación de sus vínculos terrestres y materiales, o quizá sólo sea que se encuentra agotado. En una mezcla de fe y desilusión, éxtasis y decepción, se quita la armadura, se tumba en el suelo y se queda dormido frente al altar. Mientras duerme, su alma abandona el cuerpo y es aceptada en el cielo.

Edward cambió el peso del cuerpo de un pie al otro. Había algo satisfactorio en el final, pero también triste.

—¿Y eso es todo? ¿Nunca llega a casa?

Ella meneó lentamente la cabeza.

—No.

Edward sintió como si debiera tener algo inteligente que decir acerca de ello, pero se le había quedado la mente en blanco.

—¿Qué crees que significa?

Margaret se encogió de hombros.

—Sé lo que opinarán mis colegas —dijo cautelosamente—. A un nivel dialéctico, la Capilla de la Rosa es el reverso de la página negra en el segundo fragmento: luz allí donde la página negra es oscura, amparo allí donde el desfiladero sin salida es destructor, legible allí donde la oscuridad no puede ser leída...

—De acuerdo, ya lo he captado. Pero ¿qué opinas tú?

Ella se volvió hacia el escritorio, quitó discretamente un poco de polvo que se había acumulado en el libro y lo recogió en la palma de la mano.

—Es extraño. Casi parece más existencialista que cristiano. No lo sé. Me gusta.

—Bueno —dijo él, súbitamente incómodo—, pero ¿no crees que al final el señor del castillo debería haber llegado a casa?

Margaret le miró fijamente.

—¿Eso crees? ¿Crees que debería llegar a casa? —Le arrojó el puñado de polvo. Edward retrocedió—. ¡Mira alrededor! ¿Acaso el mundo es así? Todos obtienen lo que quieren, todo sale a las mil maravillas, todos terminan llegando a casa. ¿Es eso lo que esperas?

—Bueno, no —respondió Edward, entre dolido y perplejo, mientras se quitaba el polvo—. Quiero decir que... no lo sé.

—¿No lo sabes? ¡Bueno, ya lo averiguarás! —replicó ella amargamente—. ¿O por qué no se lo preguntas a la duquesa? Tal vez ella pueda decírtelo.

La ira de Margaret casi supuso un alivio. Edward quería que ella estuviese furiosa, tanto como él lo estaba consigo mismo.

—De acuerdo —dijo—. De acuerdo. Lo siento, Margaret, pero no tengo elección. Tú ya lo sabes. Haré todo lo que pueda por ti.

Ella asintió. Se sacudió el polvo de las manos encima del cubo de la basura.

—Lo sé —dijo—. Eso ya lo sé.

Una profunda calma descendió sobre la habitación. El constante ruido de fondo del estrépito callejero, siempre audible en el apartamento de Margaret, cesó misteriosamente por un instante, dejándolos solos en un conspicuo silencio. Edward se ajustó la bolsa encima del hombro.

—Debería irme —dijo—. Mi vuelo sale dentro de un par de horas.

—De acuerdo.

—No tardaremos en volver a hablar. Te llamaré en cuanto llegue allí.

—De acuerdo.

Margaret dio un torpe paso adelante y lo besó con inesperada ternura. Él la mantuvo abrazada durante un momento, luego se volvió y abrió la puerta. No había nada más que decir. De todos modos, Margaret sabía que él no tenía la culpa. En realidad, no había ninguna razón por la que sentirse culpable.

22

Dos horas después, Edward estaba sentado en un Chili del aeropuerto JFK luciendo su traje más caro —un Hugo Boss negro de cuatro botones— y sus mejores zapatos de cuero negro, con una impecable corbata de seda rosa enrollada en el bolsillo. Llevaba consigo dos bolsas: el estuche de su ordenador portátil, dentro del que también había conseguido meter el cepillo de dientes y una muda extra de calcetines y ropa interior, y la bolsa de lona que contenía el códice. Puso las dos bolsas a buen recaudo debajo de la mesa, sujetándolas entre las rodillas, y pidió una enorme jarra de cerveza clara mexicana con una rodaja de lima flotando en ella. Le parecía que antes de marcharse debía tomar algo quintaesencialmente americano.

Observó con disimulo su reflejo en un anuncio de cervezas espejado. El dolor de dejar atrás a Margaret aún lo acompañaba, pero empezaba a palidecer ante la excitación de lo que se avecinaba. Todo comenzaba a encajar. De hecho, el último mes parecía una larga ordalía salida de un sueño que por fin llegaba a su finalización, y sentía que debía dar gracias a Dios por ello. Incluso los cuatro años que había pasado trabajando en Esslin & Hart parecían irreales, como una condena de cárcel cumplida por un crimen que nunca había cometido. Mejor olvidarlo. Aquel tiempo había pasado. Edward miraba hacia delante, listo para volver a empezar. Sin embargo, estaba tan cansado... Se sentía como un astronauta que espera en la torre de lanzamiento donde su cohete suda nitrógeno líquido sobre la pista, mientras aguarda el momento de impulsarlo hacia arriba y llevarlo al próximo mundo.

Una voz anunció su vuelo por megafonía. Una auxiliar de vuelo que le esperaba al otro lado del control de seguridad le acompañó en privado hasta su asiento, permitiéndole dejar atrás como todo un señor a la larga cola de pasajeros que avanzaban lenta y obedientemente hacia el avión por el corredor extensible. Un bonito detalle. Una vez que estuvo a bordo, Edward no quería guardar el códice dentro de un compartimiento superior (en un mundo ideal, pensó, lo habría tenido esposado a la muñeca, estilo agente secreto), pero estaba decidido a que su portátil siguiera con él, así que se vio obligado a consignar el estuche con el códice a la rejilla para los equipajes. Una boquilla situada encima de su cabeza lo bombardeaba con aire seco y helado. El asiento contiguo al suyo se hallaba vacío, presumiblemente la duquesa también lo había adquirido para garantizar su comodidad durante el viaje. Pensó en llamar por el móvil a Esslin & Hart para decirles que ya iba de camino, pero en ese instante apareció el anuncio de desconectar todos los aparatos electrónicos, y lo guardó. El día se había oscurecido y un par de gotas dejaron finos restos de agua a lo largo del grueso plástico de la ventanilla. A través de ella Edward vio al personal de tierra yendo de un lado a otro en sus vehículos de extrañas formas para el transporte del equipaje, como carritos de golf alienígenas.

Cuando despegaron, la aceleración apretó suavemente a Edward contra el asiento. Los efectos de su larga noche por fin empezaban a hacerse notar. Cerró los ojos. Parecían estar subiendo, elevándose cada vez más en dirección a la nada, y Edward sintió como si en cualquier momento fuera a desvanecerse, a dejar de existir en un instante de arrobamiento, correr las cortinas, encender las luces de la casa. La historia había terminado. No era perfecta, pero en realidad, las cosas nunca lo eran, excepto quizás en los libros. Cuando se alzaron por encima de las nubes, Edward ya se había quedado dormido.

Volvió a despertar hacia la mitad de la película que se proyectaba durante el vuelo. La vio lánguidamente, sin molestarse siquiera en ponerse los auriculares gratuitos. Era una película de artes marciales de gran presupuesto, bastante fácil de seguir incluso sin el diálogo. El joven héroe era adiestrado por un antiguo maestro de lucha que le prescribía una serie de tortuosos ejercicios. Tocaba la flauta mientras se mantenía en equilibrio sobre la punta de una espada. Hacía añicos un rubí gigante, rompiéndolo con la frente a cámara lenta. Hacía saltar a patadas frutas tropicales de las cabezas de los sirvientes del maestro sin llegar a rozar sus ridículos cortes de pelo con forma de cuenco.

Llegó la hora de que el discípulo compitiese en un gran torneo. No sólo fracasó miserablemente, sino que fue humillado por el pupilo estrella del archirrival del antiguo maestro de lucha, una sombría figura poseedora de siniestros mostachos. El anciano maestro sacudió melancólicamente la cabeza. Todo aquel tiempo y aquel adiestramiento, desperdiciados. Pero justo cuando toda esperanza parecía estar perdida, cuando la hermosa hija del maestro se esforzaba por contener las lágrimas, el discípulo reaparecía. El propósito de su adiestramiento le había quedado claro. Sus habilidades dormidas se manifestaban a sí mismas. Subía de nuevo al ring. Victoria en el gran torneo. Derrota del estudiante del archirrival. Alegría con la hermosa hija. Sonrisa sagaz del maestro. La película terminó.

El interior del avión estaba oscuro. Las persianas de las ventanillas se hallaban bajadas, iluminadas en rojo con el crepúsculo del vuelo a gran altitud, y todas las luces de lectura estaban apagadas excepto por una luz solitaria, muy lejos hacia la proa del avión. El aire seco y estéril era frío, y cada pasajero o pasajera se arrebujaba bajo su manta individual de lana gris. El arco de su trayectoria iba aproximándose al Círculo Ártico en los monitores, y el sonido de los motores se había convertido en un sordo rugido soporífero y regular. Las azafatas permanecían silenciosamente agrupadas en los extremos de los pasillos, donde se libraban de los zapatos para masajear los elegantes arcos de sus pies a través de las medias.

Pero Edward no tenía sueño, casi sentía cómo sus ritmos circadianos empezaban a desviarse del curso habitual, y sacó su ordenador de debajo del asiento que tenía delante y lo inicializó. Metió el disco que, con la presencia de mente del adicto, había recordado traer consigo en el bolsillo de la solapa. La fría luz gris de la pantalla de cristal líquido se derramó sobre él en la oscuridad como un baño de leche. MOMO estaba esperándole, como siempre, justo allí donde lo había dejado el Artista. Ahora que disponía de los medios, el conocimiento y el tiempo libre necesarios para finalizar el juego, Edward decidió intentarlo.

Para su sorpresa, descubrió que recordaba con absoluta claridad todo lo que le había dicho el Artista acerca de cómo ganar en el juego: cómo reactivar el metro, dónde encontrar los diamantes, cómo llegar al aeropuerto, cómo volar hasta Florida, cómo poner en órbita un cohete. Todavía disponía de cuatro horas antes de llegar a Londres y, tras librarse del Huevo de Pascua del Artista, todo era ridículamente fácil. Edward sintió como si un tremendo peso hubiera sido levantado de sus hombros. Ganó cada combate, encontró cada pista, esquivó cada trampa prácticamente sin intentarlo siquiera.

Y así, casi sin darse cuenta, se halló en el espacio exterior. La canica recubierta de ondulaciones azules y verdes que era la Tierra giraba bajo sus pies. Los misiles volaron, los láseres destellaron. Edward había reunido un magnífico ejército de guerreros e ingenieros sometidos a su voluntad: utilizando un campo magnético superpotente cazaron a lazo un asteroide —convenientemente rico en metales ferrosos— que pasaba por allí, lo sacaron de su trayectoria y lo lanzaron contra el centro de la lente puesta en órbita que los alienígenas habían utilizado para privar a la Tierra de la luz solar. Fue como el hacerse añicos del rosetón de una catedral: una celosía de finas grietas se desplegó a partir del centro (una joya con un defecto cegadoramente intenso, o un gran ojo con capilares de oro fundido inyectado en sangre) y luego estalló en mil pedazos, dejando pasar la deslumbrante pureza del resplandor solar.

Satisfacción. Se había terminado. La Tierra estaba helada y muerta, pero al menos los alienígenas se habían ido, y el sol no tardaría en regresar. La vida volvería a emerger. Suponía. En cualquier caso, él ya había hecho su parte, había ganado el juego. Edward bostezó y se desperezó.

Sólo que el juego no había terminado. Todavía seguía su curso. Edward frunció el entrecejo. Lógicamente, al menos según la lógica de Zeph, todavía debía de quedar algo de lo que ocuparse. Pero ¿qué?

Estudió la situación. Eran las horas nocturnas, la noche antes del primer nuevo amanecer del antiguo sol sin filtrar. Contempló cómo la pequeña figura que le representaba luchaba por seguir adelante en la pantalla, incansable como siempre, haciendo crujir robóticamente la fina capa de nieve en polvo que cubría el suelo. Guió a la figura curso arriba del río helado que discurría hacia el norte después de salir de la ciudad, caminando durante kilómetros a través del hielo mientras dejaba tras de sí una línea de pisadas en miniatura.

Requirió mucho tiempo. Edward perdió toda noción de los minutos y las horas en la monotonía del paisaje bañado por la luna, elevación tras elevación, como olas o dunas de arena, interrumpidas únicamente por el ocasional grupo de siemprevivas o una granja derrumbada medio cubierta por un manto de nieve como un durmiente de sueño inquieto. El problema quizá fuese el tiempo. Edward había destruido la lente gigante que flotaba en el cielo y puesto en desbandada a los alienígenas invasores, pero éstos también habían acelerado el tiempo. Él no había reparado en eso, ¿verdad? Y pensándolo bien, aunque consiguiera detener el tiempo, ¿no era cierto que el daño ya estaba hecho? Edward intentó pensar por un minuto como un fanático de la ciencia ficción. La Tierra estaba fría y muerta. Nada iba a cambiar eso. Quizá ya era demasiado tarde después de todo. Un vago temor se agitó dentro de él. ¿Había ganado el juego, o lo había perdido?

Dobló la última curva en el valle del río. Ya casi había llegado. Las ruinas del viejo puente habían desaparecido hacía mucho tiempo, pero Edward reconoció la forma del risco: allí había empezado el juego. La cima todavía se hallaba cubierta de hierba que había logrado sobrevivir de alguna manera al frío (ásperos manojos verdes de gruesas hojas, rígidos por la escarcha. Realmente era como Cimeria). Edward se preguntó si el Artista habría incluido en alguna parte un modelo de la Capilla de la Rosa para que él lo encontrara. Vio cómo un amanecer rosado teñía el campo helado con un delicado tono de rosa grisáceo. Mientras iba a través de él, los cristales de escarcha empezaron a derretirse y se convirtieron en gotas de rocío. Cuando se agachó para examinar una, vio en cada gotita reluciente (ya hacía mucho que había dejado de preguntarse cómo era posible semejante grado de detalle) el reflejo del mundo entero alrededor de ella, y en cada una de las otras gotitas aparecía el reflejo de ese reflejo, y así sucesivamente hasta el infinito.

El viejo buzón seguía allí, todavía vacío. Los abedules y álamos temblones de delgados troncos entre los que había andado al inicio del juego estaban casi doblados bajo el peso del hielo y la nieve, formando una columnata arqueada y techada por gruesas ramas inclinadas hacia el suelo. Junto a ellos había un árbol muy grande y viejo, ahora caído de lado, extendido junto al pozo que habían abierto sus horribles raíces cuando el peso del tronco las arrancó de la tierra. Edward se repantigó un poco más en el reconfortante abrazo de su asiento de clase ejecutiva y cerró los ojos.

Pero el juego seguía. Fue adentrándose en el bosque, derramando sobre él el peso de ramas enteras cargadas de nieve. ¿No era allí por donde había entrado?, se preguntó. Quizá pudiese salir del mismo modo. Él había puesto patas arriba aquel mundo, y ahora sólo intentaba escabullirse sigilosamente por la puerta de atrás y volver a probar suerte en uno nuevo. Mejor suerte la próxima vez. Pero no, sólo había árboles y más árboles. Edward se llevó las manos a las caderas y alzó la mirada hacia la vacía cúpula gris del cielo. Bueno, aquello era un acertijo, pero estaba harto de resolver los problemas de otras personas, saltar a través de sus aros, fisgar en el interior de sus secretos. También se había hartado de sus propios secretos. Hizo una profunda inspiración: buen aire frío, seco y tonificante.

Con el amanecer llegó la nieve. Caían ligeros copos

secos y no esas bolas espesas que nunca se adhieren a nada, que se derriten y se convierten en agua sucia antes de tener ocasión de acumularse. Aquélla era una nevada como es debido, y no mostraba señales de que fuese a parar. Edward se apoyó en la familiar barandilla blanca del porche, quitó la delgada capa de nieve que ya se había acumulado allí y contempló el río helado. Todo era tan agradablemente familiar... ¿Y por qué no?

Él creció allí. Al parecer el tiempo había llegado tan lejos que se había curvado sobre sí mismo, ya que ahora Edward volvía a estar en Maine, y su padre estaba vivo, y sus progenitores seguían juntos. «Bueno, tal vez he ganado el juego —reflexionó, su yo del sueño formulando confusos pensamientos oníricos—, y ésta es mi recompensa.» Sólo necesitaba una cosa más antes de ser completamente feliz, y ya venía de camino. Edward contempló caer la nieve y escuchó el silencio especial que traía consigo. Casi estaba seguro. Sería imposible que mañana hubiera escuela.

Sonó un timbre. Edward abrió los ojos. El signo de ABRÓCHENSE LOS CINTURONES estaba encendido. El avión iniciaba su descenso hacia Heathrow.

Algo maravilloso estaba sucediendo en su interior. Respiró hondo para tratar de calmarse, pero no podía dejar de sonreír. No podía evitarlo. No podía recordar la última vez en que realmente había ardido en deseos de que algo ocurriera. Deseó poder detener el tiempo, prolongar para siempre aquel suave descenso que le elevaba el estómago para así saborear mejor la anticipación. Se levantó y bajó del compartimiento superior la bolsa que contenía el códice. La sostuvo en su regazo, sintiendo su tranquilizadora solidez. El avión sobrevolaba los suburbios de Londres. La ventanilla de Edward se llenó de tejados grises dormidos y luces blancas que desfilaban rápidamente.

Cinco minutos después estaban en tierra. El avión rodó hacia la puerta y se formó una fila de pasajeros dispuestos a desembarcar. Edward se echó las bolsas al hombro y se unió a ellos. El mero hecho de ponerse de pie era un alivio. Las rodillas le dolían deliciosamente. Según la hora de Nueva York, sólo eran las nueve de la noche, pero en Londres eran las dos de la madrugada. En el área de espera todo parecía sutilmente distinto y europeo. Los teléfonos públicos eran amarillos y azules, y a lo largo de las paredes había complicadas máquinas de alta tecnología expendedoras de cigarrillos. La cafetería contaba con un bar entero de bebidas alcohólicas detrás de ella. Abundaban las barbas, y todo el mundo parecía tener un móvil y unas gafas de sol.

Edward no tenía ninguna prisa. Permaneció de pie junto a la puerta y esperó mientras la multitud salía del avión alrededor de él. Como todos los aeropuertos, Heathrow era rico en flechas y letreros, rutas ramificadas y senderos que se bifurcaban por los que sus anónimos compañeros de viaje iban repartiéndose diligentemente. Pasaban junto a Edward como si fuera uno de ellos, y no alguien con una misión arriesgada y altamente secreta que llevar a cabo. Estaba listo para unirse a los demás, dejarse arrastrar y ser clasificado junto al gentío, pero esperó durante un minuto más. No tenía prisa. Vio noticias silenciosas en un televisor suspendido del techo.

Una figura entre la multitud atrajo su mirada al fondo de la sala. Una mujer joven, alta y esbelta como un sauce, atravesaba resueltamente el suelo del área de espera, luchando con una pesada bolsa de viaje. Su nariz era larga y curvada, y sus lisos cabellos de color castaño oscuro oscilaban a la altura de su barbilla mientras caminaba. No advirtió expresión alguna en su rostro, pero la comisura de sus labios inclinada de manera natural hacia abajo le confería una apariencia melancólica.

Edward la vio cruzar la moqueta para reunirse con un hombre que la esperaba al fondo de la sala. Edward ya lo había visto antes. Alto y apuesto, era un hombre mayor con una rígida cresta de pelo blanco. Estaba muy delgado, casi macilento, como si se hubiera recuperado recientemente de una grave enfermedad, pero se mantenía tan erguido como un poste. Cuando Margaret llegó hasta él, el hombre cogió su bolsa de viaje y se la echó al hombro con un solo gesto lleno de energía. Sus rosadas mejillas relucían con tosca salud. Oyó algo parecido a un campanilleo, y una voz rápida como una ametralladora habló fríamente por megafonía. Tras un breve intercambio de palabras, Margaret y el duque de Bowmry abandonaron juntos la estancia por la salida de ADUANAS.

Edward los vio marchar desde donde estaba. Era extraño, pero no podía moverse. Era como si una toxina incolora e insípida hubiera entrado en su cuerpo, el aguijonazo silencioso de una medusa invisible, y lo hubiera dejado completamente paralizado. Se quedó allí, observándolos desde la distancia. Todavía no podía asimilarlo. Sólo eran colores y formas, nada que su mente pudiera traducir en algo que tuviera sentido.

Un instante después ya habían desaparecido en dirección a las aduanas. La parálisis de Edward se desvaneció para ser reemplazada por el miedo, miedo a lo que él sabía que ya estaba sucediendo o ya había sucedido. Sólo entonces su cuerpo reaccionó. Mientras caminaba, una parte de su cerebro mantuvo un tono neutral acerca de lo que estaba pasando. Edward quería que su mente hiciese frente a aquel nuevo misterio, que se debatiera con él hasta darle la forma de algo soportable, pero aquélla se negó a luchar, tratando desesperadamente de escapar del ring. Todo cuanto lo rodeaba era nítido y claro, como un mosaico de cristales rotos. No había tiempo. Realmente debería decir algo. Necesitaba inspiración, un golpe maestro que invirtiera la situación, que hiciese que ésta nunca hubiera ocurrido, explicándola y neutralizándola para devolver el sentido. Margaret debió de pensar que él tomaría un vuelo posterior, se dijo. Sin duda no habría querido que la viese así. Edward se sentía como una cámara con el obturador bloqueado en la posición de apertura: no podía cerrarse, no podía dar media vuelta, no podía dejar de percibirlo todo.

Durante un largo instante pensó que los había perdido entre la multitud, pero entonces volvió a verlos en la cola delante del control de pasaportes. Edward trató de atraer la mirada de Margaret, pero el ángulo era malo y ella llevaba gafas de sol, cosa que nunca le había visto hacer antes. Le quedaban fatal, pues parecía una ciega. Margaret le dijo algo al duque, éste rebuscó solícitamente en los bolsillos y le tendió un pañuelo limpio. Edward apenas podía mirarla: Margaret era un punto solar incandescente de dolor. Ella no lo entendía. Debía advertirla.

—¡Margaret! —exclamó—. ¡Margaret!

Diez mil personas se volvieron al unísono. Margaret también miró hacia allí y se apresuró a desviar la vista. Un agente uniformado se acercó al duque, hablaron y él y Margaret abandonaron la cola. Desaparecieron por una entrada separada, saltándose por completo a la multitud. Edward los vio partir, una mano alzada como un hombre paralizado en el acto de llamar a un taxi. Se produjo una súbita conmoción en una de las ventanillas de la aduana cuando un niño (no, un hombre insólitamente menudo) trató de abrirse paso a través de la cola y fue enérgicamente retenido por dos aduaneros uniformados que no tuvieron ningún problema para reducirlo. Lo escoltaron fuera de allí.

De pronto las bolsas de Edward parecieron volverse muy pesadas. Encontró un banco y se sentó. Seguía necesitando alguna acción urgente, una aportación propia. Una alarma interior sonaba de manera cada vez más insistente con cada segundo que pasaba, pero Edward no sabía qué hacer o cómo desconectarla. Le parecía increíble que el tiempo siguiera hacia delante, que aquel nuevo curso de los acontecimientos no hubiera causado una súbita detención, con un estridente rechinar y un olor a aislamientos que se quemaban. Su cerebro catalogó mecánicamente detalles carentes de significado en el pasillo monótono del aeropuerto: anuncios para Lucky Strike y Campari, pautas de puntitos brillantes en el suelo de linóleo. Le picaba la nariz. Fuera, unos operarios trabajaban con un motor de avión bajo el resplandor de un foco en la pista. Edward dirigió la mirada hacia allí hasta que le dolieron los ojos, creando deliberadamente imágenes residuales en su retina. Parecían bolas de fuego azul.

Una algarabía sin sentido que había estado sonando como ruido de fondo se definió gradualmente en el sonido de la voz de un hombre que hablaba por el sistema de megafonía. Edward se obligó a escuchar.

La voz estaba diciendo su nombre.

Asombrosamente, los toscos mecanismos de la vida real seguían funcionando con un máximo de eficiencia, girando y cortando, clasificando y procesando. Una serie de flechas pintadas, corteses funcionarios de aduanas y colas gratificantemente rápidas hicieron pasar a Edward a través de las aduanas y lo sacaron al área de recepción. Un chófer provisto del habitual letrero escrito con no muy buena letra estaba allí para recibirlo en la recogida de equipajes. Era su viejo amigo de la barbilla débil, vestido con una elegante chaqueta de cuero encima de un ridículo e inapropiado suéter de cadeneta con cuello de tortuga. Otro hombre, un airoso sirviente que se parecía increíblemente a Clark Gable, cogió las bolsas de Edward. No le hablaron ni tampoco lo hicieron entre ellos, se limitaron a conducirlo hasta un garaje subterráneo lleno de mareantes vapores de gasolina.

Una limusina azul esperaba allí, una felina Daimler-Benz al acecho sobre sus patas hechas de relucientes radios trenzados. Edward fue decorosamente acomodado en el asiento trasero, mientras ellos se sentaban juntos delante. El coche se puso en marcha con un delicado ronquido.

Lo llevaron hacia el norte fuera de la ciudad, atravesando suburbios con nombres un tanto familiares, como Windsor, Watford, Hempstead, Luton. Edward sentía como si llevara días sentado, y empezaba a dolerle el trasero. Hizo cuanto pudo para mantener la mente concienzudamente en blanco. En aquel momento no había ningún posible curso de pensamiento que él estuviera ni remotamente interesado en explorar. Se preguntó qué mentira le habría contado el duque a Margaret acerca de lo que haría con el códice, cómo quería preservarlo, permitir que Margaret escribiera acerca de él, tratarlo como el tesoro nacional que era. ¿Cómo podía ser tan brillante e ingenua al mismo tiempo? Por supuesto, el duque destruiría el códice en cuanto pudiera, tal como le había dicho a Fabrikant que haría.

Rodaron durante horas. Las estrellas eran asombrosamente brillantes tan lejos de la ciudad, pero Edward no se molestó en admirarlas. No salió del coche cuando se detuvieron a fumar un cigarrillo o a echar gasolina, o diésel, o lo que quiera que fuese. No percibió el celestial olor a cuero y tabaco aromático en el asiento trasero. En lugar de eso se limitó a mirar fijamente el respaldo del asiento delantero, o cerró los ojos y trató de dormitar. Su preciso traje negro se había arrugado y llevaba la camisa medio desabrochada y con el cuello abierto, por lo que parecía un invitado desaliñado que volvía a casa después de una larga y desastrosa fiesta.

Por mucho que intentó evitarlo, sus pensamientos se adelantaron hacia su inminente llegada a Weymarshe y las inevitables dificultades prácticas. ¿Le permitiría entrar allí la duquesa sin el libro? Trató de imaginárselo. La duquesa alzaría la mirada desde donde estaba lánguidamente sentada en un sofá Sun King, la expresión de disgusto reflejada en el rostro cuando el mayordomo anunciara su nombre. ¿Cómo se atrevía a mostrar su cara en Weymarshe? O quizá no sería tan terrible, pensó, mientras el Daimler-Benz lo acercaba cada vez más a su destino. Él estaba en el equipo perdedor, pero la duquesa también. Ella todavía tenía su dinero, lo cual era importante, ¿verdad? Y se hallaba en posesión nominal de Weymarshe, mientras que el duque seguía en Londres. Era un revés, pero no un desastre, no algo que rompiera el trato. Había llegado el momento de que la duquesa reagrupara sus fuerzas, reconsiderara sus opciones, y él podía ayudarla. La duquesa necesitaba un oído lleno de simpatía y un nuevo par de ojos, ahora más que nunca. Edward se obligó a respirar hondo, y una parte de la opresión en su pecho se disipó. Quizá todo iría bien.

Volvió a escenificar mentalmente la escena de su llegada, pero esta vez la duquesa respondía ella misma a la llamada a la puerta (los sirvientes ya se habían ido a la cama) con un vestido de noche y un cóctel en cada mano, la luz arrancándole destellos. El códice sólo había sido una fantasía pasajera, confesaba, un capricho aristocrático, eso era todo, nada más. Se horrorizaba ante la preocupación de Edward. «Ni se le ocurra pensar en ello.» La duquesa le quitaría toda importancia al asunto con su risa musical y un beso juguetón en la mejilla. «Nunca vuelva a hablar de ello. Beba. Salud.» Una ambulancia pasó aullando en dirección contraria con el deprimente efecto doppler de su desafinada sirena europea. El sonido hizo que Edward se sintiera muy incómodo. De pronto pareció como si el coche fuese a paso de tortuga, como si retrocedieran en vez de avanzar, o rodaran sobre una cinta sin fin que los hacía pasar ante un escenario giratorio de colinas de cartón, casas de contrachapado y los mismos setos repetidos una y otra vez.

Después de una eternidad, el coche finalmente redujo la velocidad y se detuvo delante de una verja. La gravilla blanca crujió bajo los neumáticos. Era el momento antes del amanecer, y el cielo brillaba con un resplandor azul. Un espasmo de duda y autoconservación hizo presa en Edward. ¿En qué se estaba metiendo? Todavía no podía enfrentarse con la duquesa. No estaba preparado. Antes de que cruzaran la verja, Edward abrió la portezuela del coche y salió de él.

Necesitó dar un par de pasos tambaleantes para recobrar el dominio de sus pies. El aire era inesperadamente frío y cortante, y la sacudida lo despabiló un poco. Era el primer aire fresco que respiraba desde que había subido al avión en Nueva York hacía doce horas, y el solo hecho de inhalarlo hizo que se sintiera más calmado. La reluciente limusina se detuvo inmediatamente junto a él.

Edward se irguió y miró alrededor casi con serenidad tratando de orientarse. La propiedad se hallaba rodeada por un alto seto, tan tupido que parecía capaz de hacer retroceder a un blindado alemán, con el remate de un almenaje de ladrillo visible justo por encima de las hojas.

¿Qué estaba haciendo él allí? ¿Debería pedir socorro? ¿Limitarse a echar a andar? Un intercambio de susurros tuvo lugar en el asiento delantero del Daimler-Benz. El chófer bajó hasta la mitad el cristal de su ventanilla.

—¿He de esperar, señor? —inquirió educadamente.

El otro hombre —Clark Gable— bajó por el lado del pasajero, su chaqueta todavía insultantemente impecable y libre de arrugas después del largo trayecto. Miró con una expresión de leve preocupación a Edward por encima del reluciente techo del coche.

—¿Quiere que lo llevemos hasta la entrada principal de la casa, señor? —preguntó—. Hay bastante distancia. Yendo a pie, por lo menos tardará una hora.

Edward volvió a mirar alrededor. En eso el hombre tenía razón. La casa más próxima debía de estar quince kilómetros atrás. Bueno, tarde o temprano tendría que descubrir cómo terminaba todo aquello. «¿Qué es lo peor que podría ocurrir? No respondas a eso.» Volvió a subir al coche y cerró la portezuela.

El sirviente no había exagerado. Tardaron al menos media hora en llegar a la casa en coche, un tiempo que habría sido mucho mayor yendo a pie, a pesar de que el chófer atacó el tortuoso camino como si fuera una autopista alemana. Ya casi eran las cinco de la madrugada. El sol estaba a punto de salir y Edward distinguió entre la penumbra a lo largo del trayecto cuadros artísticamente envejecidos: un huerto que luchaba por sobrevivir, un campo lleno de bien dispuestos almiares de heno, un jardín obra de Edward Gorey lleno de topiarios amorfos y pésimamente cuidados. Permanecía muy recto en el asiento, los hombros firmemente erguidos. Lo último que quería era que lo sorprendieran contemplando el escenario con la boca abierta. Pasara lo que pasara, iba a salvar de aquello una parte de su dignidad.

En un momento dado el coche se detuvo con un frenazo tan brusco que Edward casi se golpeó la frente con el asiento que había ante él. Un ciervo estaba inmóvil en el centro del camino, como si hubiera estado esperándolos. Las luces largas del coche iluminaron su orgulloso pecho cubierto de pelaje blanco. El ciervo era enorme, y Edward lo encontró extrañamente inquietante. Se dijo que debía de provenir del famoso parque de ciervos de los Went, aunque hubiese podido salir directamente de las páginas del *Viaje*. El chófer tocó el claxon, pero el animal se tomó su tiempo, sin sentirse nada intimidado por su adversario mecánico. Inclinó la cabeza hacia un lado, como si estuviera recibiendo transmisiones invisibles en sus oscuras astas, y luego la volvió nuevamente para mirarlos. Sus ojos parecieron buscar a Edward con un mensaje de desprecio señorial.

Un instante después volvían a estar en marcha, y el camino se dividió y pasó a ser un ancho sendero circular de gravilla blanca, abrazado por un par de columnatas abiertas a cada lado. En el centro del círculo se alzaba una modesta fuente, ninfas y sátiros que representaban alguna ilegible alegoría mitológica y un dios de las aguas, alto e impertinentemente masculino, que presidía los procedimientos con expresión adusta. Al frente de todo ello se alzaba la casa. Esta vez Edward esperó a que el vehículo se detuviera por completo antes de bajar. Dejó que el sirviente le abriera la portezuela.

Después de todo aquello, pensó, Weymarshe no se parecía en nada a la instantánea mental con las puntas dobladas por el uso que tenía de ella. Estaba un poco decepcionado: la casa era un imponente leviatán gris, más descomunal que grandiosa, toda ella mole y carente de ningún donaire. Edward tuvo una borrosa impresión de muchas columnas, muchas ventanas, urnas, ornamentos —en algún momento de su historia la casa había adquirido una fachada neoclásica—y una espaciosa escalinata de piedra debajo de un par de puertas dobles. Parecía más una biblioteca universitaria que una mansión. Edward casi había esperado que no encajara con algo en MOMO, pero al verla, comprendió que el Artista nunca había llegado tan lejos, pues nunca había tenido ocasión de ver Weymarshe. Edward se hallaba en un territorio nuevo.

Una puerta se abrió. Edward pensó que la duquesa aparecería por las enormes puertas centrales (él lo habría escenificado de esa manera), pero en cambio salió por una puerta más pequeña que había a un lado; Edward supuso que debía de existir algún término arquitectónico para ésta. La duquesa le estaba esperando o quizá se había levantado temprano. Estaba magnífica, destacando contra la cálida luz que salía del interior de la casa. Edward la había imaginado con un vestido de noche, algo regio y de amplio vuelo, pero en lugar de eso llevaba una indumentaria decididamente práctica: larga falda oscura, guantes y chaqueta delgada contra el frío. Sus pendientes eran muy discretos.

De hecho, pensó él, iba vestida para viajar.

—Edward. —Se detuvo y esbozó una extraña y fría sonrisa, apenas curvando la comisura de los labios—. Bueno, bueno. Eres la última persona que esperaba ver por aquí.

Edward pensó que bromeaba, enseguida comprendió que sólo decía la verdad. Realmente estaba sorprendida de verlo. Subió los escalones hacia ella. La duquesa parecía más pequeña de lo que él recordaba, los hombros más estrechos, aunque el escalón sobre el que se había detenido lo compensaba. También era mayor, pensó nada galantemente, pero aun así no menos hermosa.

—¿Laura no se lo ha contado? —empezó—. Me dio

el billete que usted había enviado. Mi vuelo llegó hace unas horas. Vinimos directamente hacia aquí.

—¡Oh, Laura! —Agitó la mano con un gesto despectivo que borró del universo la idea de Laura—. Ya me he enterado de lo que ocurrió en el aeropuerto. No creía que fueras a venir después de ese fiasco, lo digo en serio. Mala estrategia, malas tácticas. ¡Mal gusto!

La duquesa dio un paso adelante, pero tropezó con el primer escalón y puso una mano enguantada en la pechera de la camisa de Edward para no perder el equilibrio. Él olió su aliento, y comprendió en un frío destello de revelación que estaba completamente borracha.

—Bueno —dijo con forzada jovialidad—, ahora que estoy aquí, quizá podría enseñarme el lugar.

Le ofreció el brazo. El aire frío trataba de robarle la voz. No conseguía recuperar el aliento.

—No creo que vayamos a tener tiempo para eso. ¿Dennis? —Al parecer, se refería al chófer sin barbilla, porque éste se volvió—. ¿Está todo listo?

—Todo listo y en orden, excelencia. —Llegó la réplica.

La duquesa por fin aceptó el brazo que le ofrecía Edward, pero su atención estaba puesta en otro lugar. Dirigió la mirada hacia donde los sirvientes estaban atareados con su abundante equipaje de cuero verde, que esperaba a lo largo del primer escalón en la luminosa claridad anterior al alba. Un pájaro trinó. Weymarshe había sido construida sobre una pequeña elevación natural que le proporcionaba a Edward una magnífica vista de los terrenos. Él y la duquesa los contemplaron juntos, de pie, como si a los ojos del mundo fueran el señor de la mansión y su dama. El cielo se había teñido intensamente de azul, un azul que Edward jamás recordaba haber visto, y la hierba y la fuente de mármol parecían bañados en tinta índigo.

—Lo cierto, Edward, es que estaba a punto de marcharme —dijo la duquesa—. Como soléis decir vosotros los encantadores norteamericanos, tendré que dejar que te las arregles por tu cuenta.

Para esa única frase, «tendré que dejar que te las arregles por tu cuenta», aventuró un acento tejano.

—¿Adónde va?

—Me marcho de aquí, Edward. —La duquesa miró a los chóferes que esperaban—. Muy lejos. A decir verdad, ya va siendo hora de que me tome unas vacaciones. Dios, necesito pasar algún tiempo fuera de aquí.

Volvió a contemplar Weymarshe y una mueca de disgusto apareció en su rostro.

—¿De verdad se va? —inquirió Edward. Trató de obligarla a que lo mirase a los ojos—. Pero ¿qué hay del códice? ¿Qué vamos a hacer acerca del duque?

Ella pareció reparar en su presencia por primera vez. Sus ojos lo enfocaron y se inclinó hacia él. Le tocó el brazo con mano temblorosa, pero su voz era tan firme como siempre.

—Hemos perdido, Edward —susurró, su aliento humeante y apestando a ginebra—. Se acabó. ¿Es que no lo ves? No hay nada peor que un perdedor que se niega a admitirlo. —Volvió a erguirse—. Supongo que no es el estilo americano, pero allí de donde yo vengo sabemos cómo salir de escena decentemente.

La duquesa arqueó las cejas.

—¿Qué te pasa? —preguntó—. Quieres venir también, ¿verdad?

Edward negó con la cabeza.

—Me parece que ya he tenido bastante tiempo libre por el momento.

La duquesa volvió a inclinarse, evidentemente con la intención de darle un beso en la mejilla, pero él la detuvo con el antebrazo. No habría nada de eso. Siempre aprendía muy despacio, pero si no había obtenido ninguna lección de todo aquello, por lo menos sí que había aprendido eso.

—Es mejor así —dijo la duquesa mientras se erguía—. Allá adonde vamos supongo que de todas formas no te dejarían entrar.

Se volvió sin más y bajó casi saltando el resto del tramo de escalones hacia la limusina que esperaba. El chófer le abrió la puerta. La duquesa se detuvo en el umbral y —¿lo imaginó Edward?— puso la mano por un instante en la mejilla mal afeitada del chófer antes de entrar y sumergirse en la oscuridad interior que la engulló.

Edward vio partir el coche. Dio unos pasos hacia un lado para ver más allá de la fuente en mitad del camino y siguió con la mirada las luces traseras mientras se alejaban a lo largo del sendero por el que acababa de llegar él, dos pálidos surcos con una cresta verde entre ellos, exquisitamente cuidada y tan recta como una regla. Metió la mano en el bolsillo de la chaqueta y acarició su corbata de seda para las ocasiones especiales. Deseó haberse acordado de ponérsela antes de ver a la duquesa, pero ya era demasiado tarde. La duquesa estaba huyendo, y Edward se preguntó si alguna vez llegaría a ser capaz de dejar de correr. Lo dudaba, pero lo cierto era que probablemente nunca lo sabría. El final de aquella partida se jugaría sin él.

Se sentó en los fríos peldaños de piedra. Todavía tenía la bolsa con el estuche para el códice dentro de ella, y se la puso encima de las rodillas. ¿Estaba realmente vacía? Diminutos grillos cantaban ensordecedoramente entre la hierba. ¿Había encontrado Margaret esa copia de Lydgate que andaba buscando? Quizás el premio de consolación de Edward consistiría en eso. Abrió el cierre y volvió a enfrentarse con la rugosa cubierta negra.

El hueco interior no se hallaba vacío. Estaba lleno de papel, pero no era el códice o ningún libro. Estaba lleno de fajos de billetes de cien dólares cada uno. Edward hizo correr uno con el pulgar y calculó como el experto que era que había cien billetes en cada fajo, cincuenta fajos en total. Quinientos mil dólares, unos cuantos centenares más o menos. Debía de ser el precio de Margaret. Bueno, ella siempre había sido una buena negociadora y, conociéndola, la cantidad completa tenía que estar allí. Margaret había dicho que no era una cuestión de dinero, y él supuso que estaba diciendo la verdad. Pensó en hacer algún gesto simbólico con el dinero, como romper los billetes en mil pedazos, esparcirlos por encima del césped como hojas caídas de un árbol o quizá quemarlos en los escalones de Weymarshe, pero en lugar de eso volvió a ponerlos a buen recaudo dentro de la caja y la guardó. De pronto sintió que un nuevo estado de ánimo pragmático empezaba a adueñarse de él.

Alzó la mirada hacia las copas de los árboles y el cielo que se arqueaba sobre él. Sintió como si despertara de un sueño.

El aire olía a otoño, el cielo había adoptado un rosado tono grisáceo como el del interior de una concha. Cruzó los brazos encima del pecho. Hacía frío, pero pronto haría más calor a medida que el sol subiera por el cielo. Sorprendido, advirtió que el entumecimiento que sentía casi le resultaba agradable. Miró por encima del hombro: detrás de él unas manos invisibles habían cerrado la puerta por la que había salido la duquesa, y la fachada de piedra de Weymarshe se hallaba tan muerta y sombría como una cabeza de la isla de Pascua. El vacío que había en la mente de Edward era como el de las guardas finales de un libro muy largo. Se preguntó distraídamente si volvería a ocurrirle algo interesante alguna vez. Todavía había algunas estrellas visibles, y Edward sentía las frías constelaciones del invierno al acecho detrás del horizonte, listas para alzarse allí donde no podían ser vistas. Era gracioso pensar que aún lo esperaban en la oficina al día siguiente por la mañana, temprano, antes de que abrieran los mercados financieros. Se subió las solapas de la chaqueta, pero el frío aire otoñal se abrió paso a través de la delgada tela. Pensar que probablemente él estaría allí todavía era más gracioso.